Nina Gehde

SEELENLAST
Das Vermächtnis von Nuretaja

NINA GEHDE

SEELEN
LAST

Das Vermächtnis
von Nuretaja

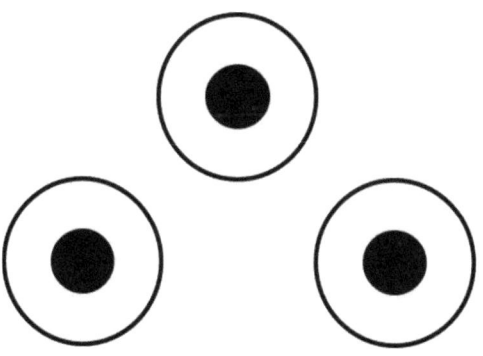

Impressum

Bibliografische Information der Deutschen Nationalbibliothek: Die
Deutsche Nationalbibliothek verzeichnet diese Publikation in der
Deutschen Nationalbibliografie; detaillierte bibliografische Daten
sind im Internet über dnb.dnb.de abrufbar.
Die automatisierte Analyse des Werkes, um daraus Informationen
insbesondere über Muster, Trends und Korrelationen gemäß §44b
UrhG („Text und Data Mining") zu gewinnen, ist untersagt.

Zweite Auflage © 2025, Nina Gehde, gehdenina@gmail.com
Verlag: BoD · Books on Demand GmbH,
Überseering 33, 22297 Hamburg, bod@bod.de
ISBN: 978-3-7693-9023-0

Kia Kahawa Verlagsdienstleistungen
Lektorat: Marcel Michaelsen
Korrektorat: Celina Keute
Buchsatz: Malte Knaack
Nina Gehde
Cover: Malte Knaack
E-Book: Michael Haitel
www.kiakahawa.de

Druck: Libri Plureos GmbH, Friedensallee 273, 22763 Hamburg

Prolog

21 JAHRE ZUVOR

Ich war zurückgekehrt. Trotz der Umstände konnte ich mein Glück kaum fassen. Nach so langer Zeit war es mir vergönnt, in meiner Heimat sterben zu dürfen.

Auf einer schmalen Pritsche, in einer heruntergekommenen Hütte, mitten im Wald. Doch Marit hatte alle Fenster geöffnet und das Sonnenlicht, das durch die Bäume brach, erreichte sogar mich. Der Wind trug die intensiven Aromen von feuchtem Waldboden, Kiefernzapfen und Waldmeister zusammen mit dem lauten Gequake der Kröten vom nahe gelegenen See zu mir herüber und erfüllte mein Herz. Ich hatte alles so lange vermisst.

Es ging zu Ende, meine Schmerzen wurden stärker und ich wurde immer schwächer. Doch ich war nicht allein. Marit war bei mir und begleitete mich auf meinem letzten Weg.

Meine letzten Gedanken widmete ich meinen Kindern, die ich zurückgelassen hatte. Was hätte ich dafür gegeben, sie jetzt noch einmal sehen zu dürfen. Ich liebte sie so sehr und hoffte, sie würden ihre Leben ohne meine Hilfe und mich meistern können. Ich hätte sie darauf vorbereiten müssen. Sie waren doch noch so klein.

Jetzt konnte ich nur noch darauf hoffen, dass ihnen nicht das gleiche Schicksal bevorstehen würde wie mir. Ich spürte eine schwielige Hand, die sanft über meinen Handrücken streichelte, und schloss mit einem leisen Seufzen meine Augen.

1.
LILA

Erbarmungslos startete der innere Film in meinem Kopf ein weiteres Mal. Es begann mit einem dumpfen Knall, etwas war kaputtgegangen, das hörte ich sofort. Ich lag noch immer dort, wo Tom mich hin geschubst hatte. Langsam und mühevoll drehte ich mich um und meine Welt hörte auf zu existieren. Ich sah Tom, wie er nach vorn geschleudert wurde. Seine Körperhaltung war dabei unnatürlich gestaucht und seltsam verdreht. Der darauffolgende Aufprall klang wie ein schwerer Sack, den man achtlos auf den Asphalt klatschte. Keine Abwehr und keine Körperspannung. Danach hörte ich nur noch einen hysterischen Schrei. Es dauerte einen Moment, bis mir bewusst wurde, dass es mein eigener war.

Tränen schossen mir in die Augen, die ich nicht zurückhielt. Sie rannen langsam über mein Gesicht und tropften auf den Linoleumboden zu meinen Füßen. Sie waren nicht die ersten und würden nicht die letzten bleiben.

Ich befand mich allein im Wartezimmer der Notaufnahme. Wenigstens war keiner hier, der mich blöd anguckte oder, was noch viel schlimmer gewesen wäre, mir noch blödere Fragen stellte.

Aber mir war bereits mitgeteilt worden, dass die Polizei mit mir sprechen wollte und ich jederzeit die Möglichkeit hätte, mit einem Psychologen oder einem Geistlichen des Krankenhauses zu reden. Alle konnten mir gestohlen bleiben. Alles war egal.

Mein Kopf tat mir weh und der Verband, der darum gewickelt war, fühlte sich zu eng an. Aber das spielte keine Rolle. Abschürfungen an den Handinnenflächen und Knien, eine an der rechten Wange und eine Platzwunde mittig auf der Stirn. Da musste ich wohl gegen den Poller geknallt sein. Der Verdacht auf eine Gehirnerschütterung lag nahe, aber das war ebenso belanglos. Ich konnte sitzen, ich konnte gehen, heulen, schreien, alles. Im Gegensatz zu Tom.

Mein Bruder kämpfte ein paar Räume weiter um sein Überleben. Er war reglos geblieben, die ganze furchtbar lange Zeit, während der Tross aus Rettungswagen und Notarzt endlich eingetroffen war, ihn zum Krankenhaus gefahren, ausgeladen und direkt in den OP gebracht hatte. Ich hatte nicht mitgedurft, sondern wurde in einem anderen Wagen hierhin chauffiert. Jemand hatte meine Wunden gereinigt und mich verbunden. Jetzt roch ich wie ein steriler Tupfer und passte damit perfekt an diesen Ort. Ich hasste es hier.

Ein weiteres Mal stiegen mir Tränen in die Augen und ließen meine Sicht verschwimmen.

Dabei hatte der Tag so schön begonnen. Wie fast jeden Samstag in den vergangenen vier Jahren waren Tom und ich zum Laufen verabredet gewesen. Nie zu früh, wegen meiner Schicht in der Bar, aber immer vormittags. Für mich war das definitiv der Höhepunkt jeder Woche. Ich liebte es, mich draußen zu bewegen, und das Gefühl des Windes, der meine Haare zerzauste und über meine Haut strich. Vor allem zusammen mit meinem Bruder. Tom hatte mich, wie immer, bei meiner Wohnung abgeholt, die ganz in der Nähe des Stadtparks lag.

An der letzten kleinen Straße, die uns vom Park trennte, war es passiert. Ich hatte nicht aufgepasst und war auf die Fahrbahn gelaufen. Das herannahende Auto hatte ich einfach nicht bemerkt. Tom schon. Er musste direkt hinter mir gewesen sein, denn er hatte »Achtung!« geschrien und mich nach vorn geschubst. Sein Stoß hatte solch eine Wucht, dass ich über die Straße geschleudert wurde. Ich krachte mit meiner Stirn gegen einen der Poller am Parkeingang. Das Auto erfasste Tom. Er war chancenlos.

Mir wurde schlecht, richtig schlecht. Mein Magen zog sich krampfartig zusammen, so fest, als würde ihn jemand mit beiden Händen wie einen Stressball immer wieder zusammendrücken. Brennende Galle stieg mir die Kehle hoch. Mein Körper streikte und weigerte sich zu atmen. Ich übergab mich röchelnd an Ort und Stelle, bis nichts mehr kam. Endlich bekam ich wieder Luft. Zitternd und mit rotem Kopf schaute ich zu Boden und versuchte, meine Panik niederzuringen.

»Du siehst nicht gut aus. Soll ich jemanden rufen, der dir hilft?« Eine tiefe und ernst klingende Stimme drang in mein Bewusstsein.

Seine Frage klang aufrichtig, aber distanziert. Ich fand sie dämlich. Kurz hob ich meinen Kopf, um ihn sofort wieder in meine Hände fallen zu lassen. Meine Kopfschmerzen würden mich gleich umbringen. Ganz langsam linste ich nun stattdessen zwischen meinen Fingern hindurch. Mein Blick fiel auf einen groß gewachsenen Typen, der aufrecht und mit verschränkten Armen neben der Tür zum Krankenhausflur stand. Er betrachtete mich mit leicht hochgezogenen Augenbrauen, der Rest seines ebenmäßigen Gesichts zeigte hingegen keine weitere Regung. Seit wann stand er wohl schon da? Hatte er meine gesamte Kotzerei mitangesehen? Unter diesen Umständen sollte es nicht wichtig sein, dennoch war mir diese Situation höchst peinlich.

Ich fühlte mich miserabel. In dem Wartezimmer mischte sich inzwischen der penetrante Geruch nach scharfem Desinfektionsmittel mit dem sauren Gestank meines Erbrochenen. Der bitterscharfe Geschmack davon lag mir wie ein Pelz auf der Zunge, die sich dick und geschwollen anfühlte. Ich versuchte, möglichst unbeteiligt auszusehen, und nuschelte ein leises »Schaff' ich schon allein.«

Nachdem ich mich mühsam aufgerappelt hatte, ging ich langsam und in gebückter Haltung in Richtung Tür. Ich musste wenigstens jemandem Bescheid geben, dass ich hier eine Riesensauerei veranstaltet hatte. Gerade, als meine Finger die Klinke berührten, explodierte etwas in meinem Kopf. Weiße Blitze tanzten vor meinen Augen, gefolgt von einem donnernden, dumpfen Schmerz, der sich wie eine Welle von meinem unteren Hinterkopf ausbreitete. Alles verschwamm vor mir, und mein Griff an der Klinke löste sich. Den Aufschlag auf den Boden merkte ich nicht mehr.

Mein Kopf lag warm und weich. Es roch herb nach Leder und zart und fruchtig nach Orangenblüte. Diese Kombination gefiel mir und ich bewegte mich vorsichtig ein wenig hin und her. Mein Kopf lag definitiv nicht auf dem Krankenhausboden. Er dröhnte immer noch und ich traute mich nur sehr langsam, die Augen zu öffnen. Im ersten Moment erfüllte ein warmes Grün mein Blickfeld. Meine Sicht schärfte sich ein wenig und ich erkannte das Gesicht des Jungen wieder, der sich besorgt über mich beugte. Dunkle Wimpern umrandeten schmale Augen, deren grüne Iriden im Kontrast zu seinen kurzen dunklen Haaren zu leuchten schienen. Ich schloss meine Augen wieder. Allem Anschein nach hatte er meinen Sturz abgefangen und mich auf seinen Schoß gebettet.

»Danke fürs Auffangen«, sagte ich leise, während ich mich langsam hochstemmte und nun doch meine Augen wieder öffnete. Dabei zog sich mein Brustkorb schmerzhaft zusammen, als ob eine unsichtbare Hand ihn umklammerte. Ich atmete gepresst ein und fuhr fort: »Ich habe wohl etwas mehr abbekommen, als ich dachte.« Die gesamte Situation war mir unglaublich unangenehm. Zuerst hatte ich ihm gewissermaßen vor die Füße gekotzt und jetzt fiel ich vor ihm in Ohnmacht. Ich sollte hier jetzt einfach verschwinden und versuchen herauszufinden, wie es meinem Bruder ging. Als ich mich von ihm abwenden wollte, hob er seine Hand und hielt kurz mein Handgelenk fest, um meine Bewegung zu stoppen. Sein Griff war sanft, aber bestimmt. Ich verharrte und wand mich ihm wieder zu. Er fixierte mich für einen Moment und sein Blick war so intensiv, dass mir schon wieder ganz schummrig wurde. Meine Haut kribbelte an der Stelle, an der kurz zuvor seine Finger gelegen hatten, und ich bekam schwitzige Hände.

»Ich bin wirklich wieder okay!«, versicherte ich ihm, obwohl meine Stimme dabei etwas zu hoch war, fast schon kieksig. Etwas leiser fuhr ich fort: »Ich suche mal jemanden, wegen der Schweinerei da vorn und wegen meines Br…« »Bruders« hatte ich sagen wollen, stoppte aber abrupt ab. Das ging ihn nichts an. Ich vermied es dabei, ihn erneut anzusehen, spürte aber weiterhin deutlich seinen Blick.

Ich drehte mich wieder Richtung Ausgang und ging, so schnell es mir in meiner Verfassung möglich war, durch die Tür.

Auf dem Flur roch es nun wenigstens nicht mehr nach meinem Erbrochenen, nur der schneidende Desinfektionsmittelgestank blieb.

Hinten, am Ende des Ganges in Richtung der OP-Säle, sah ich den Arzt, der meinen Bruder in Empfang genommen hatte. Langsam kam er in meine Richtung. Sein schlurfender Gang verriet, wie müde und abgekämpft er war. Er sah den ganzen Weg zu Boden und als er den Kopf hob, wusste ich es. Tom hatte es nicht geschafft.

Das durfte nicht sein. Ungläubig starrte ich den Arzt an, dann wandte ich mich langsam von ihm ab und drehte mich wieder Richtung Besucherzimmer. Der Typ von eben stand jetzt im Türrahmen und beobachtete. Er sagte nichts, aber ich sah, dass seine Kiefer-

muskeln angespannt und seine Augenbrauen leicht bedauernd zusammengezogen waren. Ich wandte mich wieder dem Arzt zu, dann
verschwamm alles. Dieses Mal fing mich keiner auf und ich fiel un-
gebremst auf den Linoleumboden des Krankenhausflures.

2.
JURI

Dieses Mal hatte ich es nicht geschafft, sie aufzufangen. Dieser dämliche Versager von einem Arzt hatte doch viel näher bei ihr gestanden. Er hatte sie einfach fallen lassen.

Ich wusste schon von meiner vorangegangenen Recherche, dass Lila Mitte zwanzig war, doch momentan wirkte sie wesentlich jünger und weitaus hilfloser. Ganz anders als ihr Bruder.

Einzelne Strähnen ihres kinnlangen blonden Haares lugten unter dem Kopfverband hervor und ihre Augen waren rot und verquollen. Alles an ihr wirkte fragil.

Ich machte einen einzelnen Schritt in ihre Richtung, ich wollte ihr helfen. Dann besann ich mich, es war keine Zeit für Trost. Ich musste schnell zu Tom. Schlimm genug, dass ich es nicht rechtzeitig geschafft hatte, ihn zu finden. Ich hätte gar nicht erst in den Wartebereich gehen dürfen. Mein Weg hätte mich sofort zu Tom führen müssen. Vielleicht hätte er da noch gelebt. Alles wäre weit einfacher gewesen. Aber sie hatte so verloren gewirkt mit den Tränen zu ihren Füßen. Ich presste meine Lippen zusammen.

Jetzt musste ich sehen, wie es um ihn stand.

Ich atmete tief und ruhig ein und straffte meine Schultern. Dann schob ich mich mit einer arroganten Selbstverständlichkeit am Arzt und an Lila vorbei. Der Mediziner sah mich kurz etwas erstaunt an, beugte sich dann aber wieder zu Lila hinunter.

Ich ging zielstrebig in Richtung der OP-Säle und bog vor dem Haupteingang in den kleinen Umkleidebereich ab. Den Zugangscode hatte ich bereits beim Betreten der Station ausspähen können. Die Sicherheitsmaßnahmen waren einfach lächerlich.

Schnell fischte ich mir OP-Kittel, Haube und Mundschutz aus dem Regal und ging weiter. Es war ruhig und über der gesamten Station lag eine gedrückte Stimmung. Vermutlich war es heute für alle Beteiligten ein beschissener Start ins Wochenende.

Ich schaute mich unauffällig um und sah, dass bei einem OP-Saal die Tür offen stand. Hier musste Tom liegen. Mit langen Schritten betrat ich den Raum und sah bereits den Leichnam, auf den ich direkt zusteuerte.

Kaum hatte ich seinen Arm ergriffen, wurde ich durch eine barsche Stimme hinter mir unterbrochen.

»Hey, Sie, was machen Sie hier? Wer sind Sie?«

Ich unterdrückte das natürliche Bedürfnis, zusammenzuzucken. Stattdessen streckte ich meinen Rücken durch und drehte mich langsam um.

»Wir kennen uns noch nicht! Ich bin neu«, setzte ich an und schob ein freundlich klingendes »Hallo« hinterher. »Ich komme von unten aus der Leichenhalle und soll den Verstorbenen mitnehmen.« Dabei sah ich die kleine, etwas untersetzte Frau ruhig und selbstsicher an.

Sie kniff kurz ihre Augen hinter den dicken Brillengläsern zusammen. Sie schaute auf meine Hand, die noch immer Toms Arm festhielt, und ich konnte förmlich ihre Gedanken rattern hören.

»Warum halten Sie seinen Arm fest?«

Ich zog meine linke Augenbraue ein kurzes Stückchen nach oben. »Ich halte den Arm nicht, sondern lege ihn lediglich wieder zurück auf die Bahre. Er war hinuntergerutscht.«

Meine Hände schlossen sich langsam zu Fäusten. Ihr Blick wurde noch verkniffener. Ich machte mich bereit. Sollte sie mir das nicht glauben, würde ich sie mit meinen Fäusten ruhigstellen müssen.

»Also ehrlich, junger Mann, mag ja sein, dass Sie noch neu und unerfahren sind, aber das will ich nicht noch mal sehen. Ich werde Sie melden«, dabei blickte sie empört an mir herunter, »sollte ich Sie erneut in normalen Schuhen hier sehen!«

Sie sah abfällig auf meine schwarzen Schuhe, die so gar keine Ähnlichkeit mit den ganzen Gesundheitslatschen hatten, die hier üblicherweise getragen wurden. Ich bemühte mich um einen reuigen Blick und nickte nur. Sie ging weiter und ließ mich wieder allein. Ich atmete kurz und scharf ein.

Bevor ich erneut nach Toms Arm griff, schloss ich die Tür des OP-Saals. Meine Befürchtungen von eben wurden bestätigt. Ich konnte die Male am Rippenbogen sehen, doch es war zu spät. Ich war zu spät.

Wo war sie? War es möglich, dass Lila nun die Trägerin war? Ich musste das sofort überprüfen.

Ich machte auf dem Absatz kehrt und ging mit langen Schritten zurück zum Krankenhausflur. Auf dem Weg schmiss ich die Klamotten in der Umkleide in den dafür vorgesehenen Wäschesack und linste nach draußen.

Es war, als sei ich gar nicht gegangen. Lila hatte sich keinen Millimeter bewegt. Nur der Arzt hatte sich mittlerweile wieder aufgerichtet und schaute ungeduldig in Richtung der Aufzugtüren. Vermutlich hatte er Hilfe angefordert, da seine Kompetenz nicht im Bereich der emotionalen Erstversorgung zu liegen schien.

»Lila!«, rief ich und ließ meine Stimme eine Spur lauter und ein wenig abgehetzter klingen. Erschrocken blickte der Arzt in meine Richtung. »Es tut mir leid, dass ich Sie mit dieser Situation einfach allein gelassen habe.« Ich machte eine vage Geste mit der Hand, die beide einschloss, ohne jedoch konkret zu werden. »Es war wohl so eine Art Übersprunghandlung.«

Ich ließ mich in einer fließenden Bewegung neben Lila nieder und sah zum Arzt hoch.

»Jetzt bin ich wieder da und kümmere mich um Lila. Wenn Sie möchten, gehen Sie ruhig. Sie sehen aus, als ob Sie dringend einen Kaffee vertragen könnten.«

Ich wandte mich Lila zu und nahm vorsichtig ihre Hand. Sie fühlte sich kalt und schwitzig an. Eine Reaktion ihrerseits blieb aus. Ich sah noch mal kurz zum Arzt und deutete ein Nicken an, um meinen Worten Nachdruck zu verleihen.

Zunächst rührte er sich nicht, allerdings schien es mir, dass es ihm durchaus recht gelegen kam, ein kleines Päuschen einzulegen. Schließlich neigte er zustimmend seinen Kopf.

»Ja, das klingt gut. Ich habe ihre Vitalwerte überprüft, alles in Ordnung so weit. Sie benötigt in erster Linie Ruhe. Ich habe der Seelsorge bereits Bescheid gegeben. Sie müsste jeden Moment hier sein. Außerdem wird sich die Polizei noch mit Frau Walter unterhalten wollen. Mein Beileid für Sie.« Er verstummte kurz und sah mich eingehender an. »In welchem Verhältnis standen Sie zum Verstorbenen?«

Nachdem ich einen kurzen Seitenblick auf Lila geworfen hatte, entschied ich mich für die logischste Erklärung und hoffte auf fehlende Gegenwehr.

»Ich bin Lilas Freund. Da kenne ich … kannte ich Tom natürlich sehr gut.«

Der Arzt blickte zustimmend, drehte sich um und ging wieder zu seiner Station zurück. Ich schaute zu Lila, die immer noch leer in die Gegend starrte und vermutlich gar nichts mitbekommen hatte.

Diesen Umstand konnte ich gegenwärtig nicht ändern, obwohl ich Mitleid für sie empfand. Es gab Wichtigeres. Zunächst sollten wir hier verschwinden, bevor die Seelsorge und die Polizei eintrafen. Ausweisen konnte ich mich nicht. Und das war nur einer der Punkte. Ich stupste sie leicht an. Erneut keine Reaktion.

»Lila, hörst du mich? Wir müssen los! Ich werde dich jetzt hochheben und wir verlassen das Gebäude, okay?« Ohne auf eine Antwort zu warten, nahm ich sie auf meinen Arm und verließ das Krankenhaus, so schnell ich konnte.

3.
LILA

Um mich herum erschien die Welt in einem diffusen rötlichen Dunst. Ich lag auf einem kalten Steinboden in einem kleinen Kämmerchen und blutete. Meine Hände hielten einen Dolch, der bis zum Anschlag in meinem Oberkörper steckte. In meinem direkten Blickfeld konnte ich eine Tür sehen. Sie war wunderschön und bestand aus filigranen, mit Goldplättchen durchsetzten Schnitzereien. Sie war einen Spalt weit geöffnet, so weit, dass ich ein wenig hindurch in die angrenzende prachtvolle Halle sehen konnte. Mir war so kalt auf diesem Boden und der Schmerz der Einstichstelle hatte sich von einem Brennen zu einem dumpfen Pochen gewandelt. Dazu gesellte sich jetzt noch eine erdrückende Müdigkeit, die sich über mir ausbreitete wie eine Eisdecke. Der nahende Schlaf wirkte so verführerisch, ich musste ihm einfach nachgeben. Ich schloss die Augen und mein Herz hörte auf zu schlagen.

Ich wachte nicht auf dem Krankenhausboden, sondern in einem Bett auf. In meinem Bett. Irritiert sah ich mich um. Noch vom Traum gefangen, kniff ich meine Augen wieder fest zusammen und verharrte regungslos. Dieser Traum verfolgte mich nun schon eine gefühlte Ewigkeit. Immer lag ich mit einem Messer in der Brust auf dem Boden und immer endete es mit meinem Tod. Seit bereits elf Jahren ging das inzwischen so. Es hatte angefangen, als ich vierzehn wurde, und ich konnte mich noch gut daran erinnern, wie verstört ich nach meinem ersten Albtraum gewesen war. Mir war damals aber sofort bewusst gewesen, dass ich träumte. Ich spürte die Stichwunde, spürte den brennenden Schmerz, aber keine Angst. Weder vor dem Tod noch vor dem Messer in meiner Brust. Die Schmerzen waren indes jedes Mal sehr real, aber es dauerte nie lange. Die Person, in deren Körper ich mich befand, starb bereits Augenblicke später und damit waren die Schmerzen fort. Ich konnte nie sagen, wann der Traum kam, allerdings hatte ich bemerkt, dass Stress jeglicher Art dazu führte, dass ich häufiger diese Geschichte träumte. Immer dieselbe Szene. Ich kannte weder die Vorgeschichte, noch konnte ich sagen, wie es nach meinem Tod weiterging. Hatte ich mir das Messer selbst in die Brust gerammt oder befand sich mein Mörder hinter der Tür in der großen Halle? War das überhaupt wichtig? Diese Frage hatte ich mir bereits des Öfteren gestellt und mich sogar mit der Traumdeutung auseinandergesetzt. Das wurde mir allerdings zu skurril.

Ich hatte herausgefunden, dass es für ein langes Leben stand, wenn man sich selbst sterben sah. Eine weitere Deutung erklärte, dass man sein Leben jetzt aufräumte und ausmistete und mit einer bestimmten Sache endgültig fertig war. Demnach würde ich uralt werden und Entrümpelungsexpertin. Das führte zu nichts.

Ich glaubte jedoch fest daran, dass mir dieser Traum etwas mitteilen sollte. Etwas, was ich bislang nicht verstand.

Ein Blick auf meinen Wecker verriet mir, dass es bereits Viertel vor acht war. Ich setzte mich auf und mitten in meiner Bewegung traf mich die Erkenntnis erneut wie ein Hammerschlag. Tom war tot! Er hatte einen Unfall gehabt und nicht überlebt. Weil er mich von der Straße geschubst hatte, hatte das Auto ihn getroffen. Nicht er, sondern ich sollte jetzt im Leichenschauhaus liegen. Eine nie gekannte, riesige Traurigkeit schnürte mir die Kehle zu. Ich zog meine Knie an, bettete meinen Kopf darauf und fing hemmungslos an zu weinen.

Als meine Schluchzer langsam etwas abebbten, vernahm ich ein zaghaftes Klopfen an meiner Schlafzimmertür. Irritiert sah ich hoch. Dann fuhr mir der Schreck in die Glieder. Natürlich, nachdem ich im Krankenhaus ohnmächtig geworden war, hatte mich jemand nach Hause gebracht und anschließend ins Bett gelegt. Es klopfte erneut.

Mein Herz raste und meine Stimme zitterte ängstlich, als ich ein unsicheres »Herein« von mir gab.

Sogleich öffnete sich die Tür und der Mann aus dem Wartezimmer betrat ruhig mein Schlafzimmer. Er blieb taktvoll etwa zwei Meter von meinem Bett entfernt, die Schultern entspannt, aber aufrecht und die Hände hinter seinem Rücken verschränkt.

»Dein Verlust tut mir wirklich leid.« Er sprach mit einer ruhigen und tiefen Stimme, die Zuversicht ausstrahlte, obwohl ich selbst keine in mir spürte. Mehr noch, ich fühlte mich unwohl, obwohl er Abstand hielt und sehr höflich wirkte. Ich senkte meinen Blick und zupfte nervös an der Bettdecke herum.

Dabei fiel mir auf, dass ich statt meiner Laufklamotten jetzt mein Nachthemd trug. Darunter nur noch einen Slip und mein Sportbustier. Hastig zog ich die Decke wieder hoch zum Kinn. Er hatte mich umgezogen. Fassungslos starrte ich ihn an und sah mich nach meinem Handy um, das ich immer auf dem Nachttisch deponierte. Da lag es aber nicht. Kam ich an ihm vorbei, wenn ich schnell aufsprang?

Der Fremde aus dem Krankenhaus hatte sich nicht gerührt, stand immer noch still. Aber ich konnte aus dem Ausschnitt des Oberteils eine leichte Röte erkennen, die langsam seinen Hals hochkroch. Er verlagerte sein Gewicht auf ein Bein und sprach dann leise:

»Lass es mich« dir kurz erklären, okay?« Bei seinen Worten hob er leicht seine ausgestreckten Handflächen, um mich zu beruhigen. Er hatte die Anzeichen meiner Panik erkannt. »Ich verstehe, dass dir die Situation übergriffig vorkommt. Und du hast recht damit.«

Er stoppte kurz und verschränkte seine Arme nun vor der Brust. »Nachdem du vom Tod deines Bruders erfahren hattest, bist du im Krankenhausflur zusammengebrochen, weißt du noch?« Er schaute mich eindringlich an, ohne sich zu rühren.

Um ehrlich zu sein, konnte ich mich gerade an nichts so richtig erinnern. Ich schloss meine Augen und versuchte, die Zeit im Krankenhaus Revue passieren zu lassen.

»Du bist ins Wartezimmer gekommen und ich habe mich übergeben müssen.«

»Ich glaube nicht, dass da ein direkter Zusammenhang besteht«, wurde ich von ihm leise unterbrochen. Er hatte einen Mundwinkel ganz leicht nach oben gezogen. Das ließ ihn gleich sehr viel nahbarer und sympathischer erscheinen.

Heiser fuhr ich fort:

»Dann bin ich raus auf den Flur und da ist mir bereits der Arzt entgegengekommen.« Mir entfuhr ein Schluchzer und meine Nase begann zu laufen. Als ich meine tränenverschleierten Augen wieder etwas öffnete, zeigte er auf eine Taschentuchbox, die links unten neben meinem Bett deponiert worden war. Dankbar griff ich nach unten und nahm mir ein Tuch. Ich trocknete meine Tränen und putzte mir die Nase. Das Tuch behielt ich fest in meiner Hand und zwirbelte nervös an einer Ecke herum.

Erst als ich ihn wieder ansah, fuhr er fort: »In etwa so war es. Du hast nach der Nachricht das Bewusstsein verloren und warst nach dem Aufwachen nicht ansprechbar. Dann habe ich dich nach Hause gebracht.«

Daran konnte ich mich nicht wirklich erinnern. Nur an ein paar Fetzen, die lose in meinem Kopf herumspukten. Eine Erinnerung allerdings konnte ich festhalten.

»Du hast dem Arzt erzählt, du wärst mein Freund? Warum? Ich kenne dich nicht einmal. Was wolltest du im Krankenhaus? Und woher weißt du überhaupt, wo ich wohne?«

Meine Trauer und meine Angst lieferten sich ein Kopf-an-Kopf-Rennen, wobei mein Körper verkrampfte. Schweiß sammelte sich auf meiner Oberlippe und meiner Stirn. Adrenalin schoss durch meine Adern und ich fühlte schon wieder eine beklemmende Enge in meiner Brust, die mir das Atmen erschwerte.

War der Typ hier ein Irrer und mein Leben in Gefahr?

Meinem Gegenüber entging keine meiner Reaktionen. Er rückte demonstrativ noch ein Stückchen weiter weg, um mich zu beruhigen. Dann räusperte er sich leise.

»Wenn ich dir etwas hätte antun wollen, hätte ich bereits mehrfach die Gelegenheit dazu gehabt, meinst du nicht? Ich habe eine Beziehung vorgeschoben, da dies die einfachste und unkomplizierteste Erklärung war, um schnell aus dem Krankenhaus verschwinden zu können.« Er stoppte kurz und sah mich offen an. »Tom und ich kannten uns aber tatsächlich, wenn auch sehr kurz. Genau genommen habe ich ihn erst vorgestern in der Bar hier um die Ecke kennengelernt. Wir saßen beide am Tresen und kamen ins Gespräch. Er erzählte mir von seiner Schwester, die in dieser Bar arbeitet. Damit warst ja vermutlich du gemeint.«

Er verlagerte sein Gewicht nun wieder entspannt auf beide Beine und seine Arme hingen locker an den Seiten herab. Seine ganze Haltung strahlte Gelassenheit aus, die mich ebenfalls langsam ergriff.

»Er erzählte mir, dass ihr samstags immer laufen geht. Ich bin erst sehr kurz in dieser Stadt und kenne niemanden. Dein Bruder lud mich spontan ein, mit euch zusammen joggen zu gehen, und wir wollten uns am Parkeingang treffen.« Etwas leiser sprach er weiter. »Dazu kam es dann allerdings nicht mehr. Ich habe euch kommen sehen und dann den Unfall mitbekommen. Ich war leider zu weit weg, um euch zu helfen. Und als ich dann bei euch ankam, hatte sich bereits eine Menschenmasse gebildet und ich habe mich im Hintergrund gehalten. Aber ich wollte auf jeden Fall wissen, wie es ihm geht, und deswegen bin ich auf gut Glück ins nächstgelegene Krankenhaus gegangen. Dort habe ich dich dann im Wartebereich sitzen sehen.« Er machte eine Pause und schaute mich abwartend an.

Ich schaltete meine Nachttischlampe an, zog mir die Decke enger um den Körper und erwiderte seinen Blick. Seine Erklärung klang für mich schlüssig, aber irgendwie fehlte was. Allerdings passte es zu meinem Bruder, jemanden, den er kaum kannte, aber nett fand, zu unserem Sportvormittag einzuladen, und das, ohne mich vorher zu fragen. Er fasste schnell Vertrauen und hatte einen guten Instinkt. Aber das hatte ihm alles nicht geholfen. Ich versank langsam wieder in meiner Trauer.

»Juri. Ich heiße Juri.« Die dunkle Stimme des Fremden stoppte meine Gedanken und zog mich damit wieder ins Hier und Jetzt. Er presste leicht seine Lippen zusammen, bevor er leise weitersprach. »Ich habe dir die Kleidung gewechselt, bevor ich dich ins Bett gebracht habe, da deine Hose und dein Shirt etwas von deinem Erbrochenen abbekommen hatten. Deine Sachen liegen jetzt im Badezimmer. Ich versichere dir, dass ich sehr diskret war.« Schuldbewusst zog er leicht die Augenbrauen zusammen und blickte zu Boden. Und schon wieder stieg eine leichte Röte seine Wangen hoch, die seine Ohren erreichte und rosa einfärbte. Obwohl die Situation auch für mich unangenehm war, glaubte ich ihm und seinen guten Absichten.

»Ich bin sicher, das passiert nicht noch einmal«, begann ich und sah ihn so ernst wie möglich an, »aber falls doch …, sei so gut und wirf meine Sachen dann wenigstens in die Waschmaschine.«

Er blinzelte, sichtlich überrascht. Mein Satz drang nur langsam zu ihm durch. Dann schlich sich ein Lächeln auf sein Gesicht. Die Anspannung wich aus seinen Zügen und das Lächeln erreichte seine Augen, die plötzlich strahlten. Kleine Lachfältchen zeichneten sich an seinen Schläfen ab, und auf seiner linken Wange zeigte sich ein charmantes Grübchen.

Schließlich musste auch ich grinsen. Die Atmosphäre wurde gelöster, und ich atmete tief ein.

»Deine Adresse stand auf deinem Ausweis, der in deiner Gürteltasche steckte«, fuhr er fort. »Der Schlüssel liegt auf der Kommode im Flur, gleich neben deinem Handy. Übrigens, das hat schon mehrfach vibriert.« Seine Stimme klang jetzt viel weicher und wärmer, voller Ruhe und Gelassenheit.

Mein Handy, ich musste dringend meine Mutter anrufen. Sie war bestimmt bereits vom Krankenhaus informiert worden. Wo war sie noch gerade? Als Gynäkologin hatte sie sich seit dem Verschwinden unseres Vaters vor einundzwanzig Jahren den Ärzten ohne Grenzen angeschlossen und reiste seitdem von einem Krisengebiet zum nächsten, nur damit sie der hauseigenen Krise aus dem Weg gehen konnte. Aber man konnte nicht sagen, dass wir allein gelassen worden waren. Oma und Opa mütterlicherseits hatten uns bei sich aufgenommen, wohl auch, weil sie ihr einziges Kind so gut wie möglich hatten unterstützen wollen und ihren Schmerz nicht ertragen hatten. Und bis zu ihrem Tod hatten sie sich liebevoll und sehr geduldig um Tom und mich gekümmert. Wobei Tom schon immer der angepasste und freundliche Junge gewesen war, während ich bereits in der Grundschule meine Probleme gehabt hatte. Das zog sich bis heute wie ein roter Faden durch mein gesamtes Leben.

Wenn ich mich recht entsann, hatte meine Mutter gerade einen Einsatz irgendwo im südostasiatischen Raum. Tom und ich hatten irgendwann aufgehört nachzufragen. Ich liebte meine Mutter, aber sie war mittlerweile wie eine Fremde für mich. An Weihnachten kam sie meist für eine kurze Zeit und übernachtete in einem Hotel, da sowohl meine als auch Toms Wohnung zu klein für so viel Nähe waren. Ich freute mich immer auf Weihnachten, um dann wieder festzustellen, dass man sich nicht viel zu erzählen hatte, außer den Reiseberichten und medizinischen Wundern, die sie erlebt hatte.

Aber jetzt war es wichtig, sie zu erreichen. Ich traute meinen Beinen bislang nicht ganz und bat stattdessen Juri, mir das Handy zu holen. Sofort brachte er es mir ohne weiteren Kommentar. Unsere Fingerspitzen berührten sich kurz und meine Finger kribbelten. Juri schien es ebenso gemerkt zu haben. Er schaute erst auf meine Hand und dann mich kurz an. Seine Augen waren wirklich schön, fiel mir erneut auf.

»Wenn du fertig bist, gibt es da noch ein paar Dinge, die ich mit dir besprechen müsste.«

4.
JURI

Lila erwiderte meinen Blick und umklammerte kurz das Telefon fester, bevor sie schnell wieder wegschaute.

»Während du telefonierst, versuche ich, aus deinen Vorräten etwas zu kochen. Die Sonne geht gleich schon unter, du musst etwas essen.«

Ich war ihr suspekt, daran bestand überhaupt kein Zweifel, doch sie hatte nicht die Kraft dazu, mich hinauszuwerfen, zumindest bis jetzt nicht.

»Danke Juri, ich habe wirklich keinen Hunger. Du hast dich schon genug um mich gekümmert.«

Ich wusste, dass sie so reagieren würde. Sie widmete sich ihrem Handy und ich ging trotz allem in die Küche, die allem Anschein nach nicht oft benutzt wurde. Es lag kein Geschirr herum, weder in der Spüle noch auf der Arbeitsplatte. Der Herd sah aus wie neu, ebenso der Backofen. Lediglich die Mikrowelle war alt und etwas speckig vom Gebrauch. Mit den dunklen Möbeln und Geräten wirkte die Küche zudem nicht gerade einladend. Das traf allerdings auf den Rest der Wohnung ebenfalls zu. Sie war funktional, aber mit wenig Liebe eingerichtet. Pflanzen fehlten vollständig. Lila verbrachte hier vermutlich nicht viel Zeit oder legte keinen Wert darauf.

Ich hatte bereits den Nachmittag genutzt, um ihre Wohnung zu durchsuchen. Überraschendes hatte ich dabei nicht finden können. Die paar Fotos, die sie besaß, zeigten abwechselnd Lila mit ihrem Bruder und ihren Großeltern. Dann gab es mehrere Fotos ihrer Mutter aus verschiedenen Teilen der Welt und ein einziges Bild ihres Vaters. Es war Varun. Aber das wusste ich bereits, da ich schon in Toms Wohnung gewesen war. Seine Wohnung war so anders gewesen. Mit viel Liebe zum Detail und behaglicher war sie auch gewesen. Es herrschte eindeutig mehr Ordnung und allem voran gab es dort viel mehr Lebensmittel als hier, stellte ich ernüchtert fest.

Ich ging systematisch die Vorräte durch und legte mir Eier, Mehl, Zucker und altes Brot auf die Arbeitsplatte.

Während ich anfing, zu kochen, schweiften meine Gedanken zu Varun. Marit hatte tatsächlich recht gehabt. Varun war hier gelandet und hatte eine Familie gegründet. Durch den frühen Tod Varuns war Tom vermutlich eine Ausbildung verwehrt geblieben oder er hatte sie schlichtweg abgelehnt. Tom war mir dennoch ausgeglichen und körperlich gesund vorgekommen. Er hatte weder Schmerzen noch andere Einschränkungen gehabt. Außerdem hatte man Tom angemerkt, dass er glücklich in seinem Leben gewesen war. Eine erstaunliche Leistung, wenn man bedachte, dass er keine Unterstützung gehabt hatte. Bei Lila fiel es mir schwer, überhaupt etwas zu erkennen. Sie wirkte unsicher und verschlossen.

Während ich Eier verquirlte und altes Brot in Scheiben schnitt, hörte ich leises Stimmengemurmel aus Lilas Schlafzimmer. Sie hatte ihre Mutter erreicht.

Ich schmolz extra viel Butter in der Pfanne und deckte schon mal den kleinen Tisch, der direkt unter dem Küchenfenster stand. Die Brotscheiben badeten in dem flüssigen Pfannkuchenteig.

Bei Lila konnte ich nichts spüren, aber das musste nicht unbedingt etwas bedeuten. Als ich sie umgezogen hatte, war ich wirklich sehr darauf bedacht gewesen, nicht allzu deutlich hinzusehen, aber ich hatte schon versucht, am Rippenbogen die typische Kennzeichnung der Seelenwanderer zu finden. Leider ohne Erfolg. Das Bustier war zu lang und unhandlich gewesen. Ich hatte gar nichts erspähen können. Die beiden Geschwister waren so unterschiedlich wie Tag und Nacht und Lila konnte ich nicht einschätzen. Lilas zarte Gestalt und ihre kurzen blonden Haare ließen sie fast wie einen Jungen wirken. Allerdings waren ihre Gesichtszüge filigran und ihre Lippen sehr feminin. Als sie schlief, sah sie unheimlich verletzlich aus. Und wunderschön.

Wie Tom an dem Abend in der Bar berichtet hatte, gab es für Lila eigentlich nur ihn in ihrem Leben. Und nun war er tot. Keine echten Freunde und keine echte Familie. Sie hatte eine große Mauer um sich herum errichtet.

Ich musste herausfinden, ob sie ein Träger war. Andernfalls war die Wahrscheinlichkeit hoch, dass ich seine Seele verloren hatte.

Ich horchte, ob Lila noch im Gespräch war, mischte Zimt mit Zucker und stellte eine klein geschnittene Banane, Himbeergelee und Erdnussbutter auf den Tisch. Es war still im Schlafzimmer, aber kurz darauf hörte ich die Toilettenspülung und die Dusche vom Badezimmer nebenan. Ich hatte nicht mitbekommen, dass sie ihr Zimmer verlassen hatte. Diese Unaufmerksamkeit durfte ich mir nicht erlauben. Ich straffte automatisch meine Schultern.

In der Küche war es durch den Herd mit der heißen Pfanne inzwischen angenehm warm. Eine Mischung aus Butter mit Zimt und Zucker lag in der Luft.

Ich drehte mich um, als Lila die Küche betrat. Rote Flecken zierten ihr Gesicht, die durch ihre blasse Haut noch verstärkt wurden. Ihre Augen waren stark geschwollen.

Jetzt trug sie schwarze Leggings und dazu einen weiten dunkelgrauen Wollpullover, der ihr weit bis auf die Oberschenkel reichte. Ihre Füße steckten in selbst gestrickten bunten Wollsocken. Sie hatte den Verband am Kopf abgenommen und eine kleine genähte Platzwunde prangte auf einer Beule an ihrer Stirn.

Sie hob ihr Gesicht und schnupperte. Ihr Blick fiel auf das Essen.

»Arme Ritter? Die hatte ich ewig nicht mehr. Das letzte Mal bei meiner Oma.« Sie schniefte und erneut rann ihr eine Träne über die Wange.

Als sie Platz genommen hatte, fuhr sie fort: »Mama hatte fast einen Nervenzusammenbruch und macht sich, so schnell es geht, auf den Weg. Das kann aber wohl etwas dauern, da in dem Land, in dem sie sich gerade befindet, Unruhen herrschen. Da sie noch ein paar Kontakte zum Krankenhaus hat, werde ich aber nichts machen müssen … für Tom, für Toms Beerdigung, mein ich«, schob sie leise hinterher.

Sie starrte mit leerem Blick auf die gebratenen Brotscheiben und rührte sich nicht mehr. Bevor sie wieder aufstehen konnte, richtete ich aber schnell einen Teller an und schob ihn vor sie.

»Iss am besten, solange sie noch warm sind«, forderte ich sie auf und schob mir meinerseits ein Stück Brot mit Banane und Erdnussbutter in den Mund.

Zögerlich griff sie zum Besteck und tat es mir gleich.

Am Ende hatte sie doch einige Scheiben gegessen und lehnte sich schweigend zurück. Geredet hatten wir beide nicht.

Ich überlegte fieberhaft, wie ich das Gespräch beginnen sollte, doch bevor ich starten konnte, begann Lila bereits.

»Was machst du eigentlich noch hier? Versteh mich nicht falsch, ich bin dir schon dankbar, dass du mich nach Hause gebracht hast … Aber wir kennen uns nicht. Du bist nicht für mich verantwortlich.« Sie starrte verloren auf ihren leeren Teller.

Ihre Frage war verständlich, und unter anderen Umständen wäre ich wohl bereits längst gegangen. Doch als ich sie ansah, regte sich in mir ein ungewohntes Gefühl, das ich lange nicht mehr gespürt hatte; der Wunsch, etwas an ihrer Traurigkeit zu ändern. Ein fast vergessener Teil von mir wollte aufstehen und sie trösten. Ich presste meine Backenzähne fest zusammen und unterdrückte diese Anwandlung. Stattdessen versuchte ich, sie mit Worten zu beruhigen.

»Trauer ist eine sehr starke Emotion. Manchmal tut es gut, diese zu teilen und Hilfe anzunehmen.« Natürlich war mir klar, dass meine sogenannte Hilfe primär in meinem Interesse lag. Ein leichter Funken schlechten Gewissens erglomm, wurde aber sofort wieder gelöscht. Für mein Land wäre ich bereit, weit mehr zu tun als das hier. Ich versuchte, ihren Blick einzufangen, aber ihr fiel es schwer, Blickkontakt über einen längeren Zeitraum zu halten. »Und ich erwarte gar nicht, dass du mir sofort dein Vertrauen schenkst, aber ich hoffe, du wirst es bald.«

Vor Erstaunen weiteten sich ihre blauen Augen.

»Wieso sollte ich dir vertrauen?«

Nun wurde es heikel. Wenn ich ihr einfach geradeheraus mitteilen würde, dass ich aus einer fremden Welt stammte und vermutete, dass sie aus Versehen eine Seele aufgenommen hatte, die unsere Welt retten könnte … Ich sah gewisse Zweifel, dass sie mir dann vertrauen würde. Ich änderte meine Strategie und zeigte auf das Bild mit Varun. »Das ist dein Vater, oder? Er heißt Varun, nicht wahr?«

»Tom hat dir von Varun erzählt?«

Das brauchte er gar nicht, aber das musste sie ja vorerst gar nicht erfahren. Ich hob meinen Kopf, den sie als Nicken deuten konnte, wenn sie wollte. Weiter ging ich nicht darauf ein, sondern stellte ihr stattdessen eine Gegenfrage.

»Wie war er so? Tom hatte erwähnt, dass er witzig war und eine große Fantasie hatte.« Hatte er nicht erwähnt, aber ich musste spekulieren, um das Gespräch in die richtige Richtung lenken zu können.

Irritiert sah sie mich erneut abwägend an. Ich konnte es fast in ihrem Kopf rattern hören. Sie war überfordert und unsicher, ob sie mir vertrauen konnte.

Ich nahm einen Schluck Wasser und wartete auf ihre Reaktion.

»Mein Vater konnte die besten Gute-Nacht-Geschichten erzählen.« In Erinnerung daran stiehl sich sogar ein leichtes Lächeln auf ihre Lippen. »Ich hätte nicht gedacht, dass Tom das noch gewusst hatte. Papa las nie vor, er mochte die normalen Märchen nicht. Er hat sich immer selbst welche überlegt.« Lila sah zum ersten Mal, seit ich sie kannte, gelöster aus, entspannter. Und noch schöner.

Ich räusperte mich leise und fragte dann: »Was war deine Lieblingsgeschichte?« Angespannt sah ich sie an.

Nun lächelte sie mich wirklich an. Es war ein strahlendes Lächeln, bei dem ihre Zähne blitzten und auch ihre Augen erreichte.

»Mein Vater erzählte immer ganz ähnliche Geschichten. Sie handelten alle von einer weit entfernten Welt.«

Ich versteifte mich für einen kurzen Moment, riss mich aber sofort wieder zusammen.

»Es war dort eigentlich fast wie bei uns auf der Erde, aber irgendwie auch nicht. Es war friedlich, die Bewohner waren glücklich und Papa erzählte, dass sie immer mal wieder bei uns zu Besuch sind. Er erzählte uns von den Abenteuern, die ein Junge auf dieser Welt erlebt hatte. Er hatte sich viele Sachen angeschaut und dann versucht, sie in seiner Welt nachzubauen. Mal mehr, mal weniger erfolgreich. Wie hieß sie noch gleich? Nureta oder so ähnlich.«

»Nuretaja?«, fragte ich sie vorsichtig.

Sie zuckte zurück und setzte sich gerade auf. Ihr Blick spiegelte Verunsicherung, Erstaunen und erneut ein wenig Angst wider.

»Woher?« Sie hauchte das Wort nur, unfähig, einen ganzen Satz zu formulieren, und stockte.

»Ja. Darüber wollte ich mit dir sprechen. Und ich bitte dich, mir zuzuhören.« Ich lehnte mich ein wenig in ihre Richtung. »Ich weiß, dass er diese Welt Nuretaja genannt hat, weil ich aus Nuretaja komme.« Ich sah sie erwartungsvoll an.

Lila zupfte nervös mit ihren Fingern an der Tischdecke herum.

»Ich weiß nicht, was genau dein Vater erzählt hat, aber unsere Welt,

Nuretaja, ist tatsächlich ganz ähnlich wie die Erde. Es gibt sogar geografische Punkte, die komplett identisch sind. Man könnte es als Zwillingsplanet bezeichnen. Unterschiede gibt es selbstverständlich schon. Aber vor allem haben wir viele Gemeinsamkeiten. Wir Nuretajaner bestehen aus Fleisch und Blut, müssen essen und trinken und sprechen unterschiedlichste Sprachen und Dialekte. Unser Erbgut ist sogar so nah beieinander, dass wir zusammen Kinder bekommen könnten.« Ich bemerkte die flapsige Zweideutigkeit meiner Worte sofort und räusperte mich leise.

Ihr Blick streifte mich kurz, ohne dass sie eine Miene verzog.

»Das kam jetzt komisch rüber, sorry.« Ich pausierte, um ihre Reaktion besser wahrnehmen zu können. Sie hatte es relativ gut aufgenommen.

»Du meinst, du bist ein Alien?«, fragte sie mich zögernd.

Das Wort kannte ich und die dazugehörigen Filme ebenfalls. »Nein.« Die Abscheu war mir deutlich herauszuhören. »Ich würde mich definitiv nicht als Alien bezeichnen. Ich bin Nuretajaner. Und dein Vater hatte recht, wir haben die Erde mit einer ziemlichen Regelmäßigkeit besucht. Wir besitzen etliche Dokumente über eure Geschichte und die verschiedenen Entwicklungen auf der Welt.« Ich machte eine kurze Pause. »Jedenfalls wissen wir sehr viel über euch.«

Lila starrte mit leerem Blick auf ihren Teller und spielte weiter mit der Tischdecke. Sie hatte das Gehörte bislang nicht verdaut. Wäre mir vermutlich ähnlich gegangen.

Sie stand langsam auf und stellte zwei Gläser und eine Flasche mit klarer Flüssigkeit auf den Tisch. Wodka! Keine gute Idee. Nachdem sie die Gläser zweifingerbreit gefüllt hatte, reichte sie mir ein Glas und kippte ihres, ohne zu zögern, in einem Schluck runter. Ich nippte daran und meine Kehle wurde sofort wohlig warm. Lila füllte nach und sah mich abwartend an.

»Okay, Juri. Du wolltest, dass ich dir zuhöre? Bitte schön. Das habe ich, und ich finde deine Geschichte mehr als nur merkwürdig. Da waren Papas Storys realistischer. Ich bin diejenige, die Wodka trinkt, aber deine Geschichte klingt, als hättest du schon einiges mehr intus als ich!« Kaum hatte sie es gesagt, hob sie ihr Glas zum Prosten und der nächste Wodka landete in ihrer Kehle.

Damit sie alles nachvollziehen konnte, bevor sie komplett betrunken war, sollte ich mich besser auf das Wesentliche fokussieren. »Ich verstehe, dass das alles etwas abgedreht klingt, aber so ist es nun mal. Nuretaja existiert und war früher, wie dein Vater erzählt hat, ein wunderschönes und friedliches Land. Das Volk war glücklich und zufrieden. Vieles davon hatten wir Miro zu verdanken. Er war unser erster und unbestritten der beste Anführer. Es gibt bei uns unzählige Geschichten über seine zukunftsweisenden Entscheidungen und er brachte es fertig, dass die Länder unseres Planeten in einem fairen Miteinander existierten. Dieses ist bislang immer unser oberstes Ziel gewesen, damit unsere Welt im Frieden leben kann. Und so hat es Jahrhunderte angedauert. Nie wurden unsere Demokratie oder Miro und seine jeweiligen Träger infrage gestellt. Bis vor etwa sechsundzwanzig Jahren.«

Nach einem Blick auf Lila stellte ich fest, dass ihr Blick ein wenig ins Leere ging. Ich stand auf, griff nach der Flasche und kippte den Inhalt in die Spüle.

»Nein!« Ihre Empörung kam etwas verzögert und klang bereits dumpf. »Weißt du, was der gekostet hat?«

»Ist mir egal.« Ich drehte mich nun wieder zu ihr. Meine Kiefermuskulatur spannte sich kurz an, während der Rest meines Körpers entspannt blieb. »Ich versuche gerade, dir wichtige Hintergrundinformationen über mein Zuhause und eure Verwicklungen zu geben, und du betrinkst dich! Ich brauche dich mit einem klaren Kopf, Lila. Ich erzähle dir diese Geschichte doch nicht, damit du von deinen Problemen abgelenkt wirst. Es geht um weit mehr als nur um dich. Es geht um mein Volk, mein Land und dabei spielen dein Bruder und allen voran dein Vater eine nicht ganz unwesentliche Rolle, versuche bitte, dich zusammenzureißen!«

Meine Stimme erhob ich dabei nicht, aber die Eindringlichkeit meiner Worte zeigte sofortige Wirkung bei Lila. Sie hatte aufgehört, mit ihren Fingern nervös an der Tischdecke herumzuspielen, und verharrte regungslos.

Und zum ersten Mal sah sie mich direkt an, ohne ihren Blick sofort wieder nervös abzuwenden. Dabei fiel mir auf, dass sich ihre Augen langsam mit Tränen füllten.

»Warum erzählst du mir das? Macht es dir Spaß, andere Leute zu quälen?« Leise und leidend sprach Lila diese Worte aus. Jedes einzelne davon traf mich.

Sie senkte den Blick wieder zum Tisch und flüsterte fast. »Ich habe heute meinen Bruder verloren! Er war mehr als nur das. Er war mein einziger Freund! Und dann kommst du, lädst dich ungefragt in meine Wohnung ein, und dann erzählst du mir diese abstruse Geschichte? Und, um dem ganzen noch die Krone aufzusetzen, ziehst du noch meinen Papa mit rein?« Sie schniefte und atmete einmal tief durch, bevor sie fortfuhr: »Ich vermisse meinen Papa, seit er vor einundzwanzig Jahren abgehauen ist! Ich war vier Jahre alt und er hat mich einfach verlassen! Und nun ist auch mein Bruder weg!«

Ihr Blick traf mich erneut. Es tat mir in der Seele weh, sie so zu sehen. Dann sank sie in sich zusammen. Selten habe ich eine unglücklichere Person gesehen. Ich zögerte kurz, unschlüssig, was ich tun konnte, was ich tun durfte, ohne sie noch mehr gegen mich aufzubringen. Dann ging ich ganz langsam vor ihr in die Hocke und schloss sie fest in meine Arme.

Mir war bewusst, dass jeder andere in diesem Moment besser geeignet gewesen wäre, sie zu trösten – schließlich war ich es gewesen, der ihre seelischen Wunden aufgerissen hatte. Doch ich war die einzige Person, die da war. Und ich erinnerte mich daran, wie viel Trost eine Umarmung spenden konnte.

Ihr erster kurzer Reflex, sich daraus zu befreien, erstarb schnell wieder und sie drückte ihre tränennasse Wange an meine Brust. Ich bettete kurz meinen Kopf auf ihren und nahm ihren Duft nur allzu deutlich wahr. Eine Mischung aus zartem Jasmin gepaart mit der Frische der Sommerluft nach einem Regenschauer.

5.
LILA

Juris Arme zogen mich an sich, und für einen Moment sträubte ich mich dagegen. Schließlich hatte er dazu beigetragen, dass ich mich noch schlechter fühlte, als ich es ohnehin schon tat. Doch es fühlte sich gut an, gehalten zu werden, und langsam beruhigte ich mich. Seine Umarmung blieb fest, aber er ließ mir genug Raum, sodass ich selbst entscheiden konnte, wie nah ich ihm sein wollte. Er roch nach dem Zimt und Zucker vom Essen und erneut konnte ich diese Geruchskomposition aus Leder und Orange ausmachen. Kurz schloss ich meine Augen und ließ den Trost zu.

Ich spürte ein kurzes Brummen an meiner Wange, als er sich räusperte und mich etwas von sich schob. Seine Hände ruhten noch für einen kurzen Augenblick auf meinen Schultern, bevor er sie vor seinen Armen verschränkte und einen Schritt zurücktrat. Er versuchte, meinen Blick einzufangen, und als ich ihn ansah, bildete sich eine Gänsehaut in meinem Nacken, die sich mein Rückgrat entlang ausbreitete. Der Blick war so intensiv und ich sah Mitgefühl und Wärme darin. Die emotionalen Täler und Berge, die ich gerade in Lichtgeschwindigkeit zurücklegen musste, machten mich fertig.

»Besser?« Er sah mich forschend an. Seine Augen erschienen in dem Licht wie funkelnde Smaragde, die von seinen dichten Wimpern umrandet waren. Er setzte sich wieder mir gegenüber. Ich fühlte mich unfähig, einen klaren Gedanken zu fassen. Unschlüssig, wie ich zu Juri stand. Sollte ich ihm weiter zuhören oder versuchen, ihn sofort hinauszuwerfen?

Juri schien meine Gedanken zu erahnen, denn er reagierte sofort.

»Bitte Lila, höre mich an.« Die tiefe Stimme meines Gegenübers ließ mich in die Gegenwart zurückkehren.

Mein Schweigen nahm er als Zustimmung und sprach weiter.

»Vor knapp sechsundzwanzig Jahren wurde ein Attentat auf Samson, unseren damaligen Ephor, verübt. Das ist in etwa vergleichbar mit eurem Präsidenten. Samson war zu dem Zeitpunkt der Träger von Miros Seele. Samson starb und Miros Seele ist seitdem verschwunden. Es gab mehrere Spekulationen, wo er stecken könnte.

Viele glaubten, dass er für immer von uns gegangen war, doch ich glaube das nicht. Ich glaube, er wurde gerettet und ist bei euch versteckt worden. Und vor drei Tagen war ich mir sicher, dass ich ihn wiedergefunden habe. Und zwar in deinem Bruder. In Tom.«

Er schaute mich abwartend an, was wollte er von mir hören? Gerade hatte es sich bei ihm noch so gut angefühlt, jetzt lehnte ich mich etwas zurück, um den Abstand zu vergrößern. Ich lachte auf, es klang nervös und unsicher.

»Ähm, ja. Juri …« Rasch stand ich auf und räumte geschäftig den Tisch ab. »Ich glaube, ich benötige jetzt mal ein bisschen Ruhe!«

Ich merkte, wie fahrig meine Bewegungen waren, und meine Stimme klang nicht so bestimmend, wie ich es mir gerne gewünscht hätte. »Ich danke dir für alles. Wirklich! Aber jetzt solltest du besser gehen und ich sollte hier mal …«

»Lila, lass es mich anders ausdrücken.« Juri hob leicht seine offenen Hände in einer beschwichtigenden Geste, während ein kaum wahrnehmbarer Hauch von Anspannung seine Stimme durchzog. »Ich denke, dein Bruder trug die Seele unseres Herrschers Miro, damit war er die ganze Zeit hier bei euch.«.

»Ja doch, Juri.« Jetzt war ich es, die ihn stoppte, während ich unruhig meine Hände knetete. »Ich höre dir zu und offen gesagt glaube ich, dass genau das mein Problem ist. Ich habe dir vielleicht etwas zu lange meine Zeit geschenkt. Ich will, dass du jetzt gehst!« Meine Stimme war leise, aber bestimmt und nicht so wackelig, wie ich befürchtet hatte.

Juri hob verwundert leicht seine Augenbrauen, hatte sich dann aber wieder absolut unter Kontrolle. Nur als er sprach, merkte man ihm an, dass er nicht mit meiner Reaktion gerechnet hatte.

»Du möchtest, dass ich gehe? Lila, ich kann es dir bestimmt so erklären, dass du es verstehst.«

»Ja, bestimmt kannst du das. Aber nicht jetzt und nicht mir. Geh! Jetzt sofort!« Ich hatte genug davon und bugsierte ihn etwas zittrig, aber unnachgiebig Richtung Haustür. »Juri, verlass meine Wohnung. Geh jetzt!« Gleichzeitig öffnete ich die Tür und schob Juri hindurch.

Ich schloss sie mit einem lauten Knall, drehte mich um und ließ mich langsam an ihr zu Boden gleiten. Außen hörte ich Juri leise klopfen.

»Bitte Lila. Ich muss es dir erklären! Es ist wichtig, dass wir darüber sprechen. Ich kann dir nicht garantieren, dass du hier in Sicherheit bist! Ich gehe davon aus, dass früher oder später andere Personen nach Miro suchen werden. Personen, die du nicht kennenlernen möchtest.«

Das ging mir jetzt zu weit! Wollte er mir Angst machen?

»Verschwinde, du Irrer!«, stieß ich zwischen zusammengepressten Lippen hervor, während ich mich fest gegen die Tür stemmte. »Ich rufe die Polizei, das schwöre ich dir!«

Ich konnte spüren, dass Juri noch immer unentschlossen vor meiner Tür herumstand, und hielt die Luft an.

»Bitte, Lila.« Zaghaftes Klopfen, auf das ich nicht reagierte.

Nach einer Weile hörte ich seine gedämpften Schritte im Treppenhaus und wie die schwere Haustür schließlich ins Schloss fiel. Endlich! Endlich war er weg.

Langsam atmete ich aus. In meinem Innern drehte sich alles und mein Magen wurde erneut unruhig.

Juri hatte mich ganz schön durcheinandergebracht. Er war freundlich und zuvorkommend und alles hatte sich so einfach und vertrauenserweckend angefühlt. Und dabei war er einfach verrückt. Total irre und vielleicht sogar gemeingefährlich.

Ich atmete noch mal langsam und tief ein und schloss meine Augen. Was ich jetzt brauchte, waren mein Bett und ganz viel Ruhe.

Ich stemmte mich an der Tür hoch und hielt mich etwas wackelig am Türrahmen fest. Der Wodka war im Nachhinein keine gute Idee gewesen.

Ich musste mich dringend etwas ausruhen und ließ mich im Wohnzimmer auf die Couch fallen.

Kaum hatte ich meine Kuscheldecke über mir ausgebreitet, überfiel mich erneut eine steinerne Müdigkeit und ich war sofort weg.

Wieder sah ich meine Umgebung durch diesen roten Schleier. Ich wusste, dass ich mich in meinem ständig wiederkehrenden Traum befand, und fühlte mich dadurch ein wenig erleichtert und sicher. Ich träumte nur und das hier war keine Realität. Das war mir mittlerweile zu jeder Zeit bewusst. Dennoch waren die Schmerzen realistisch und meine Einstichstelle brannte unangenehm. Ich hielt, wie jedes Mal, den Dolch umfasst, dessen Griff sehr fein gearbeitet war. Ich hatte keine Kraft mehr in meinen Händen, keine Chance, das Messer zu entfernen, und die Waffe steckte somit weiterhin bis zum Anschlag in meinem Körper. Mein Blick glitt vom Anblick der blutigen Hände zu der wunderschön verzierten Tür. Was machte ich hier nur? Warum träumte ich das immer und immer wieder? Und warum hatte ich mir diese Frage noch nie gestellt?

Zum ersten Mal wollte ich es nicht hinnehmen, hier einfach am Boden zu liegen und elendig zu verrecken. Meine Glieder wurden schwerer und mein Körper wurde langsam taub. Die Schmerzen klangen allmählich ab und ich empfand die kleinsten Bewegungen als ungemein anstrengend. Ich kannte diese Anzeichen bereits und wusste, dass sich mein geträumter Tod anschlich und ich selbst dadurch bald wieder aufwachen würde.

Ich wandte meinen Blick von der Tür ab und sah mich in dem Kämmerchen um. Das war ebenfalls neu. Normalerweise wurde mein Blick immer zuerst auf den Dolch geleitet und im Anschluss von der wunderschönen Tür abgelenkt, um in die große dahinterliegende Halle spähen zu können. Ich lag neben einer Art Récamiere, die mich nahezu komplett vom Rest des Zimmers abschirmte. Über meine Fußspitzen hinweg sah ich einen kleinen Tisch mit Stuhl in der Ecke, einen Schreibtisch vermutlich. Daneben befand sich ein hoher, schmaler Spiegel, dessen Reflexion einen Blick auf den oberen Teil der hinter mir liegenden Wand erlaubte.

Da dieser Raum fensterlos zu sein schien, kam das einzig eindringende Licht aus der großen Halle und ließ die Ecken in einem Schatten verschwimmen. Die rückwärtige Wand wurde gänzlich von einem großen Teppich bedeckt. Er war kunstvoll an den Rändern verziert, und obwohl es dort so düster war, ließ sich die Farbenpracht des Teppichs erahnen. Auf diesem war in der Mitte ein Mann abgebildet, der aufrecht auf einer Art Thron saß. Er wurde so dargestellt, dass der Blick seiner freundlichen Augen einen immer traf. Mich überkamen beim Anblick des Mannes eine tiefe Ruhe und Zuversicht. Kannte ich ihn? Ein Teil von mir dachte das, aber ich bekam den Gedanken nicht zu fassen.

Eine kleine Bewegung des Teppichs riss mich aus dieser Überlegung. Meine Augen wanderten zur Zimmerecke. Mein Herz stockte in meiner Brust und mir entfuhr ein fassungsloser, kehliger Laut, der an ein verletztes Tier erinnerte. Die Person, die bis gerade noch hoch konzentriert in die Halle blickte, sah sich verwundert und aufgeschreckt um. Dann erspähte der Mann mich. Seine Augen weiteten sich und ich las Angst und eine tiefe Traurigkeit darin. Ihn so zu sehen, traf mich mitten ins Herz. Gleichzeitig überkam mich eine große Freude! Ich

hatte ihn so lange nicht mehr gesehen und doch sah er aus, wie ich ihn in Er-
innerung behalten hatte. Er stand in der Ecke des Zimmers, von dem ich so oft
seit Jahren bereits träumte und an dessen Ende ich immer sterben musste. Meine
Augen schlossen sich.

»Papa«, krächzte ich leise. Tränenverschmiert und schluchzend wachte ich auf und versuchte, mich aufzusetzen.

Mein Kreislauf spielte verrückt. Alles drehte sich und mir war schwindelig. Mein Kopf dröhnte. Ich war aus einem Albtraum aufgewacht, um festzustellen, dass ich in einem anderen leben musste.

Juris wirre Geschichte und Toms Tod ließen jetzt noch die alten Erinnerungen an den Verlust meines Vaters wieder aufleben und sie begleiteten mich sogar in meine Träume. Ein Vater, der beschlossen hatte, vor einundzwanzig Jahren einfach zu gehen! Hatte Mama, Tom und mich einfach allein gelassen. Das hatte unsere Mutter fast gebrochen. Die Erinnerungen an meinen Vater waren recht vage, schließlich war ich erst vier Jahre alt gewesen, aber ich konnte mich noch sehr genau an die durchheulten Nächte meiner Mutter erinnern. Meine Großeltern waren dann schnell gekommen und hatten sich um uns gekümmert. Mama war so voller Trauer gewesen.

Ich hatte erst sehr viel später erfahren, dass Papa krank gewesen war, sehr krank sogar. Er hatte nicht mehr lange zu leben gehabt. Trotzdem hatte er uns verlassen. Er wollte nicht im Kreise seiner Familie sterben, sondern hatte es vorgezogen, zu verschwinden. Und jetzt tauchte er in meinem Traum auf. Und er erkannte mich nicht. Erkannte nicht seine eigene Tochter. Ich hatte seine Bestürzung und Traurigkeit in seinen Augen gesehen, aber kein Wiedererkennen.

Ich wusste nicht, was mich gerade mehr fertig machte: Ihn gesehen zu haben oder die Tatsache, dass er mich nicht erkannt hatte.

Heulkrämpfe packten mich und ließen mich nicht mehr zur Ruhe kommen. Zusätzlich waren da noch diese Kopfschmerzen, die mich fertigmachten. Und das Engegefühl in meiner Brust begleitete mich weiterhin, vermutlich eine Folge des Sturzes. Ich atmete tief ein. Die Zeit verging und ich blieb einfach auf dem Sofa liegen. Ich hatte mir abwechselnd die Augen aus dem Kopf geweint und apathisch an die Wand gestarrt.

Irgendwann erlöste mich ein traumloser und tiefer Schlaf. Mein Glück, alles andere hätte mein Verstand vermutlich nicht verkraftet. Die Sonne stand jetzt schon wieder tiefer am Himmel. Vermutlich hatte ich fast den ganzen Tag verschlafen. Ich fühlte mich immer noch matt und matschig. Meine Zunge klebte unangenehm am Gaumen und der bittere Geschmack im Mund erinnerte mich an eine eingelegte Salzgurke, die ich als Kind mal im Urlaub probiert hatte. Dieser Geschmack war so widerlich gewesen, dass er sich tief in mein Gedächtnis eingebrannt hatte.

Mühsam machte ich mich ins Bad und putzte mir ausgiebig die Zähne. Mein Spiegelbild war kaum wiederzuerkennen. Meine blonden Haare waren ungepflegt. Mein Gesicht war vom vielen Weinen aufgedunsen und meine Augen blickten mich stumpf an. Sie waren gequollen und stark gerötet. Meine Platzwunde hatte die Farbe gewechselt und schillerte nun in einem satten Blaugrün auf meiner Stirn. Mein Spiegelbild ließ keinen Zweifel daran, wie schlecht es mir ging. Entkräftet schleppte ich mich in die Küche. Ich musste dringend etwas essen. Ich musste. Mein Kühlschrank war dabei leider keine Hilfe und so saß ich ein paar Minuten später mit einer Schüssel Porridge auf meinem Schoß wieder auf meinem Sofa und schlang den warmen, mit Honig gesüßten Schleim hinunter. Das tat gut und mit jedem Löffel ging es mir etwas besser. Nur die pochenden Kopfschmerzen blieben.

Zumindest körperlich gestärkt, ging ich wieder ins Bad und stellte mich unter die Dusche. Ich verwandelte das Badezimmer in ein Dampfbad. Meine Haut war schrumpelig und aufgeweicht, aber ich fühlte mich dennoch viel besser als zuvor und sogar die Kopfschmerzen ebbten etwas ab. Das Engegefühl in der Brust blieb allerdings.

Es war bereits fast dunkel, als ich mit Leggings und Hoodie bekleidet das Wohnzimmer betrat.

Ein Blick auf mein Handy verriet mir, dass es bereits nach neun Uhr abends war und meine Mutter versucht hatte, mich zu erreichen. Die Nachricht auf der Mailbox informierte mich, dass sie bereits in zwei Tagen hier eintreffen würde und sich um fast alles hatte kümmern können. Sie klang müde, aber organisiert wie immer.

Ich fühlte mich etwas erleichtert, dass ich nichts weiter machen musste, als auf meine Mutter zu warten. Während ich begann, das

Wohnzimmer aufzuräumen, schweiften meine Gedanken zu meinem Traum zurück.

In all den Jahren, seit ich diese Art von Albtraum hatte, war ich nie auf den Gedanken gekommen, aktiv zu werden und zu versuchen, den Ablauf zu beeinflussen. Aber es war machbar gewesen.

Zugegeben, ich war trotzdem gestorben, hatte aber meinen Vater gesehen. War mein Vater nur durch die Verarbeitung meiner Gedanken da hineingeraten oder stand er dort womöglich jedes Mal? Warum? Was wollte der Traum mir damit mitteilen?

Über Juri dachte ich ebenfalls nach. Er war höflich und zurückhaltend gewesen und er hatte mich getröstet, ohne dabei aufdringlich zu wirken. Ein Schwiegermutterliebling, der auch noch gut aussah.

Leider war er absolut überzeugt gewesen von den Sachen, die er mir erzählt hatte. Definitiv war er nicht ganz richtig im Kopf. Was für wirre Dinge mit der Seele von irgend so einem Präsidenten? Und die wurde dann von einem zum anderen gegeben und war in meinem Bruder? So ein Quatsch!

Leicht schüttelte es mich, als ich begriff, dass er so lange mit mir allein gewesen war.

Andererseits hatte er sich gut um mich gekümmert und war sehr besorgt gewesen. Außerdem hatte ihn Toms Tod ehrlich mitgenommen.

Wohin war er wohl gerannt, als ich im Flur des Krankenhauses gelegen hatte? Ich hatte es nur am Rande mitbekommen, war mir aber sehr sicher, dass er nach der Nachricht zu den OP-Sälen gelaufen war.

Nun gut, ich konnte es ohnehin nicht mehr klären. Ich schnappte mir meinen Laptop, ging langsam Richtung Schlafzimmer und schaltete Netflix ein, um meinen Kopf auszuschalten.

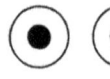

6.
JURI

Oh, Mist, das hatte ich mir anders vorgestellt. Noch Minuten, nachdem Lila mich hinausgeschmissen hatte, stand ich vor ihrer Tür. Ich hatte nochmals geklopft, aber sie hatte nicht reagiert. Hätte ich mir mit Gewalt Zutritt verschaffen sollen? Nein, damit hätte ich sie nur noch mehr verstört. Ich sollte ihr einfach etwas Ruhe gönnen und es später erneut versuchen.

Hoffentlich hatten wir noch ausreichend Zeit, denn ich war mir nicht sicher, ob mir jemand gefolgt war. Wahrscheinlich war ich einfach paranoid.

Ich verließ das Treppenhaus und schaute mich unauffällig auf der Straße um, konnte aber nichts Verdächtiges bemerken.

Schräg gegenüber von Lilas Mietshaus war ein kleines Café, das über einen kleinen Sitzbereich verfügte. Die Plätze, die einen Blick auf die Haustür erlaubten, waren gerade blöderweise besetzt und der Laden würde gleich bereits schließen. So bestellte ich mir einen Kaffee und zwei Croissants zum Mitnehmen, kaufte eine Zeitung und lungerte in der Nähe des Hauses herum, um die Wohnung im Blick zu haben. Es fühlte sich an, als sei die Zeit stehen geblieben. Mein Kaffee war ausgetrunken und die Zeitung durchgeblättert. Es waren genau zwei Personen aus dem Haus gekommen, die kurze Zeit später, voll beladen mit Lebensmitteln, wieder hineingegangen waren.

Es war jetzt schon ziemlich spät, ich würde mir einen Platz für die Nacht suchen müssen, ohne mich zu weit von Lilas Wohnung zu entfernen. Ich fand einen Platz ein paar Meter vom Café entfernt in einer Hofeinfahrt. Jetzt hockte ich zwischen zwei Altpapiertonnen und behielt das Haus im Blick.

Es wurde eine lange Nacht, in der ich immer wieder kurz einnickte und sofort wieder hochschrak. Ich hatte es meiner strengen Ausbildung zu verdanken, dass ich sehr lange ohne Schlaf auskam. Mein Rekord lag dabei bei dreiundfünfzig Stunden, bevor ich zu nichts mehr zu gebrauchen war. So weit durfte es hier nicht kommen.

Die ganze Nacht passierte nichts und ich war dankbar, als die Sonne wieder aufging und es nicht geregnet hatte. Lila wohnte im dritten Stock, hatte aber Vorhänge vor ihren Fenstern. Hier bestand, zumindest bei Tageslicht, keine Chance, auch nur im Ansatz etwas zu erkennen. Ich blieb noch ein paar weitere Stunden in meinem Unterschlupf und betrat dann etwas verknittert erneut das Café, um mir einen weiteren Kaffee zu kaufen und die Toilette zu benutzen.

Ich war so dämlich gewesen. Warum hatte ich sie so damit überfahren, dachte ich nun zum x-ten Mal. Wie könnte ich ihr das nur vernünftig erklären?

Ich musste dringend etwas essen, mein Magen hatte die Croissants längst verdaut und knurrte bereits seit einer ganzen Weile. Und mein Geld war nahezu verbraucht. Ich hatte einen schönen und vor allem sehr wertvollen Ring dafür beim Pfandleiher gelassen. Vielleicht bekam ich die Chance, ihn eines Tages wieder einzulösen. Niemals hatte ich damit gerechnet, so lange hierzubleiben.

Es war schon wieder fast Mittag und bei Lila hatte sich nichts gerührt.

Da ich die Straße jetzt genau kannte, wusste ich, dass ich die Wahl zwischen einer Gyrosbude, einem vietnamesischen Imbiss oder dem bereits besuchten Café hatte. Der griechische Imbissladen war sehr beliebt, aber ich befürchtete, dass das Essen wie ein Stein im Magen liegen würde. Außerdem gab es beim Vietnamesen die Möglichkeit, direkt am Fenster zu sitzen. So musste ich das Haus nicht aus den Augen lassen.

Ich trank meinen Tee und wartete auf die Bestellung. Er duftete nach Jasmin, was mich an Lila erinnerte. Und an das Gefühl, sie im Arm zu halten.

Mich hatten die letzten Tage mitgenommen, und ich fühlte mich erschöpft. Dabei hätte alles ganz einfach gewesen sein können. Wäre Tom noch am Leben gewesen, hätte ich ihn einfach mitnehmen können. Jetzt war alles unnötig verzögert und verkompliziert.

Hätte Marit mir nur viel früher von Varun erzählt. Aber natürlich hatte sie gewartet, bis es nicht mehr anders ging. Das war so typisch gewesen für meine Ziehmutter. Dabei wusste sie von Anfang an, dass Varun nach Nuretaja zurückgekehrt war. Um dort zu sterben. Und nun war Marit tot. Und alles, was ich wusste, war, dass Varun Miros Seele damals hierhin mitgenommen hatte und Tom der Seelenwanderer gewesen sein musste.

Ich ballte meine Hände kurz zu Fäusten und streckte sie dann wieder, um meine Anspannung abzubauen. Doch wo war Miros Seele jetzt? Sollte ich zu spät dort gewesen sein, wäre sie bereits unwiederbringlich verloren gegangen.

Dabei hätte ich sie nehmen können, ich hätte sie nehmen müssen! Es war sehr unwahrscheinlich, dass Miro von einem menschlichen Körper getragen wurde, aber es war die einzige Chance, die mir noch blieb.

Es bestand die Möglichkeit, dass Lila die Trägerin war. Gemerkt hatte ich nichts, aber sie war so voller Trauer gewesen, dass ich nicht zu ihr durchdringen konnte. Ich musste unbedingt noch einmal mit ihr sprechen und herausfinden, was Sache war. Vielleicht könnte ich sie überzeugen, dass sie mir ihr Mal zeigte, sofern sie überhaupt eines besaß.

Endlich kam meine Bestellung und ich schlang das Essen hinunter. Es schmeckte ohnehin fad wie alles hier. Unschlüssig, wie ich nun konkret vorgehen sollte, beobachtete ich kauend weiter Lilas Haus. Danach blieb ich einfach am Tisch sitzen, trank Tee und wartete. Langsam wurde es dunkler und ich konnte durch die Vorhänge am Fenster einen schwachen Lichtschimmer in ihrer Wohnung ausmachen. Gut, sie war also noch dort und hatte sich nicht ungesehen hinausgeschlichen.

Ich kramte mein letztes Geld aus meiner Jogginghose und meine Hände berührten die beiden getrockneten Beeren. Das waren die einzigen, die ich besaß, und mein einziger Rückfahrschein nach Hause. Marit hatte sie aufbewahrt und die ganzen Jahre nie für sich in Anspruch genommen. Obwohl sie Varun hätte folgen können, war sie geblieben und hatte sich um mich gekümmert.

Sie war eine großartige Frau und Mentorin gewesen. Ohne ihre Hilfe wäre ich nicht zurechtgekommen.

Ich blickte erneut aus dem Fenster des Restaurants und erstarrte. Irgendwas war faul da draußen. Adrenalin durchflutete mich und meine Anspannung stieg. Ohne die Haustür aus den Augen zu lassen, verließ ich das Restaurant und verschwand im Schatten der Hauswand.

Und da bemerkte ich an der Tür des Cafés einen Schemen, der sich zwar ruhig verhielt, mir aber sofort ins Auge sprang. Die Person hatte das Gesicht entweder geschwärzt oder trug eine Art Kapuze und

Mundbedeckung und beobachtete ebenfalls den Eingang des Mietshauses. Ganz klar, dass er, wie ich, für diese Arbeit ausgebildet war.

Ob es sich um nur eine Person handelte oder sich eine zweite womöglich bereits auf dem Weg zu Lila befand? Besorgt blickte ich kurz zur Wohnung hoch, doch auf dieser Entfernung war für mich nichts Auffälliges zu erkennen.

Ich ging meine Optionen durch und bewegte mich dann so lautlos und unauffällig entlang der dunklen Häuserwände, wie ich es jahrelang trainiert hatte. Währenddessen griff ich nach dem Messer an meiner rechten Hüfte und platzierte es so in meiner Hand, dass ich nach wie vor mit ihr zupacken konnte. Der Griff der Waffe verfügte deswegen über einen Ring für den Zeigefinger und über zwei halbe Ringe, die sich unter den Mittelfinger und über den Ringfinger legten. Den Daumen platzierte ich auf die stumpfe Seite der Klinge und hielt mich bereit, falls mich der Kundschafter doch wahrnehmen sollte.

Der blickte allerdings weiterhin konzentriert auf das Haus und bemerkte mich erst, als ich vor ihm stand und ihn mit einem gezielten Schlag ausknockte.

Schnell durchsuchte ich ihn, konnte allerdings bis auf eine Beere nichts finden. Sie war frisch und prall, nicht wie meine komplett alt und durchgetrocknet. Ich packte sie zu meinen beiden und fesselte ihn schnell mit seinem Gürtel. Sein Halstuch, das er sich über seinen Mund gezogen hatte, verwendete ich als Knebel. Mein Schlag war zwar heftig gewesen, sollte er aber wider Erwarten früher aufwachen, könnte er seinen Komplizen nicht warnen. Jetzt war ich überzeugt davon, dass er nur der Kundschafter war. Nicht einmal Waffen trug er bei sich. Unprofessionell. Wo war sein Sender?

Ich blickte mich suchend um und fand das kleine graue Gerät unter ihm begraben. Ich nahm es an mich und lief schnell und geduckt über die Straße zum Nachbarhaus von Lila. Mir war bei meiner Observation bereits aufgefallen, dass die Tür des Nachbargebäudes nur angelehnt war und durch die Durchsuchung von Lilas Wohnung wusste ich, dass sich beide Gebäude einen Hinterhof teilten. So konnte ich schnell über die Balkone zu ihrer Wohnung gelangen.

Ich hoffte nur, dass sein Komplize nicht bereits bei Lila angekommen war. Er hatte höchstwahrscheinlich diesen Weg gewählt und ich hatte nichts bemerkt. Wer war jetzt unprofessionell? Meine Kiefer-knochen knackten vor Anspannung, und das Adrenalin trieb mir die Schweißperlen auf die Stirn. Dieses Versagen war unentschuldbar und könnte Lilas Tod bedeuten! Ich hoffte, ich kam nicht zu spät.

Ich durchquerte das Treppenhaus und schon stand ich im Innen-hof. Ein Blick nach oben und ich konnte sofort Lilas Balkon aus-machen. Da war jemand am Geländer. Ich musste mich beeilen. Ich sprang auf das vorgelagerte Mäuerchen. Schon war ich auf dem ers-ten Balkon. Von dort trat ich auf die Brüstung und hangelte mich zum nächsthöheren. Ich befand mich nun genau unter Lilas Woh-nung. Hier brannte Licht. Erschrocken blickten mich die Augen eines älteren Pärchens an, die zusammen auf dem Sofa fernsahen. Ich klet-terte zum höherliegenden Balkon. Von dort auf die Brüstung. Jetzt befand ich mich direkt neben ihrer Wohnung. Unter mir konnte ich aber noch die aufgewühlten Stimmen hören. Schnell überwand ich den letzten Abgrund und landete vor Lilas Wohnzimmer. Das ein-zige Licht spendete hier eine kleine Stehleuchte, die neben dem ab-gewetzten Sessel stand, auf dem ich selbst noch vor ein paar Stunden gesessen und Lila angeschaut hatte.

Die Balkontür war nur angelehnt. Wie nachlässig von ihr. Vorsich-tig und leise drückte ich die Tür auf und lauschte. Im ersten Moment konnte ich nichts hören. Dann nahm ich gedämpfte Geräusche aus ihrem Schlafzimmer wahr. Es klang eher nach einem normalen Dia-log als nach einem Kampf. Also horchte ich weiter, konnte aber sonst nichts ausmachen. Ich schlich zum Schlafzimmer und schob behut-sam die Tür einen kleinen Spalt auf. Sofort erkannte ich Lilas Kopf, der auf ihrem Kissen ruhte. Vor ihr lag ein aufgeklappter Laptop, aus dem die Stimmen kamen.

Sie schlief tief und fest. Kurz blieb mein Blick auf ihr haften.

Aus reinem Instinkt heraus zögerte ich noch einen kurzen Augen-blick, bevor ich das Zimmer betrat. Das rettete mir das Leben.

Auf Kopfhöhe direkt vor mir schnellte ein spitzes und scharf ge-zacktes Messer in die Wand und blieb zitternd stecken. Ich duckte mich und eilte in dieser Haltung durch die Tür. Kaum hatte ich die maskierte Figur in der Ecke ausgemacht, zog ich den Ring des Mes-sers von meinem Finger und schleuderte es direkt auf den Angreifer.

Ich erwischte ihn am rechten Oberschenkel, sodass er stöhnend zu Boden ging und sein Bein hielt. Die Menge an Blut, die daraus spritzte, ließ vermuten, dass er ohne ärztliche Hilfe bald das Bewusstsein verlieren würde. So schnell gab er sich jedoch nicht geschlagen und es tauchte ein weiteres Messer in seiner linken Hand auf, mit dem er in dem Fall nicht auf mich, sondern auf Lila zielte.

Ich griff um mich und zückte ebenfalls den Dolch für meine linke Hand. Gleichzeitig stand ich auf. Mit einem Hechtsprung schirmte ich Lila mit meinem Rücken ab. Ich war schnell gewesen, aber nicht schnell genug.

Direkt unterhalb des linken Schulterblatts spürte ich einen scharfen Stich in meinem Rücken. Ich keuchte auf und schaute an mir herab. Ohne meinen Rücken als Schutzschild hätte die Waffe Lilas Hals durchbohrt. Mein Blick glitt etwas höher und ich sah in Lilas weit aufgerissene und angsterfüllte Augen.

Ich setzte mich auf und war bereit, den Eindringling sofort abzuwehren, was aber nicht notwendig war. Die Blutlache, die sich um sein Bein gebildet hatte, vergrößerte sich kaum noch, da es aus der Wunde nur noch langsam sickerte. Das, was von seinem Gesicht zu erkennen war, sah aschfahl aus. Er konnte sich nur noch mit Mühe wachhalten. Ich bewegte mich dennoch nur vorsichtig auf den Mann zu. Wer wusste, welche Waffen er noch versteckt hielt.

Ein schmaler gelber Spucke-Faden löste sich langsam aus seinem Mundwinkel. Als ich es bemerkte, stürzte ich auf den Angreifer zu, aber zu spät. Bevor ich ihn erreichen konnte, war er verschwunden.

Laut fluchend drehte ich mich zu Lila um, die immer noch starr und ängstlich in ihrem Bett lag. Er war mir entwischt. Ich presste meine Lippen zusammen und atmete tief ein, um die Beherrschung wiederzuerlangen.

»Wer war das? Und wo ist er hin?«, fragte sie mich mit zittriger Stimme.

»Definitiv Nuretajaner. Und wie es aussieht, waren sie hinter dir her!«

»Warum denn hinter mir? Es waren mehrere?« Panik war aus ihrer Stimme herauszuhören. Sie schlang ihre Arme eng um sich und blickte vorsichtig im Zimmer umher.

Da fiel mir ein, dass ich schleunigst den Späher in die Wohnung schaffen musste, vielleicht hatte er brauchbare Informationen.

»Ja, es gab zwei, von denen ich weiß. Eventuell wurden mehr geschickt. Auf jeden Fall wird der entkommene Spion Bescheid geben und damit dürften wir in Kürze mehr Besuch erwarten«, ging ich zunächst auf ihre zweite Frage ein, während ich mit langen Schritten zum Küchenfenster eilte.

»Juri, was wollen sie von mir?« Ihre Stimme klang dringend und noch ängstlicher.

Ich konnte niemanden mehr sehen. Möglich, dass er in einem Geheimfach noch eine Beere gehabt hatte. Ich hatte ihn zwar durchsucht, womöglich aber etwas übersehen. Er war verschwunden, solch ein Mist! Zu viele Fehler an einem Tag.

Ich drehte mich langsam zu Lila um, die mir in die Küche gefolgt war. Mein Blick streifte ihren Körper, der nur von einem kurzen Pyjama verhüllt wurde. Ich presste kurz meine Lippen zusammen und schluckte. Dann kam der Schmerz zurück. Pochend und dumpf.

Unterhalb meines linken Schulterblatts steckte noch immer die Klinge.

Ich blickte auf den Boden und spürte, wie die Wärme meine Wangen verfärbte. Dann wandte ich ihr meinen Rücken zu.

»Könntest du mir vielleicht erst die Klinge entfernen?« Ich hörte ihr erschrecktes Aufkeuchen.

7.
LILA

Ich durfte jetzt nicht endgültig die Nerven verlieren. Eigentlich war ich bereits vor dem Überfall kurz vorm Durchdrehen gewesen, erreichte nun aber noch ganz andere Sphären. Fast hätte ich hysterisch gelacht.

Juri war zurückgekehrt, hatte mein Leben gerettet und jetzt ein Messer im Rücken. Ich zog scharf die Luft ein und starrte die Waffe an. Sie war knapp unter seinem Schulterblatt eingedrungen. Nur noch der Schaft ragte heraus. Sein dunkles Shirt glänzte feucht um die Einstichstelle herum und klebte größtenteils an seinem Rücken. Für mich sah es nach ganz schön viel Blut aus und der typisch metallische Geruch stieg mir in die Nase.

»Juri, wir müssen damit zu einem Arzt! Ich kann das unmöglich verbinden. Ich bin mir sicher, dass die Wunde genäht werden muss. Wann war deine letzte Tetanusspritze?« Nervös und zittrig stellte ich ihm eine Frage nach der nächsten, ohne eine Antwort abzuwarten.

Er drehte mir sein Gesicht so weit zu, wie es ihm in dieser Position möglich war, und sah mich fragend an.

»Äh, Tetanusimpfung? Noch nie gehört.«

Ich hob abwehrend meine Hände.

»Ich kann das nicht.« Ich sprach immer schneller und meine Stimme rutschte panisch weiter hoch. Selbst in meinen Ohren klang das unangenehm.

Ich hörte Juri leise seufzen, wobei sich sein Rücken dabei hob und wieder senkte.

»Lila, du kannst das, ich kann zu keinem Arzt.«

Er drehte sich jetzt ganz zu mir um und sah mir beschwörend in die Augen. Ich stellte fest, dass seine Iriden einen dunkleren Grünton angenommen hatten und seine Pupillen leicht geweitet waren.

Mit sanfter Stimme fuhr er fort: »Ich denke, diese Wunde lässt sich wirklich gut verbinden. Es tut nicht mal besonders weh.«

Die Tatsache, dass er bei der Bewegung etwas weißer im Gesicht wurde, machte mir deutlich, dass seine Worte dazu dienten, mich zu beruhigen. Aber es funktionierte.

Er drehte sich abermals um und ich starrte wieder auf das Messer. Nun, etwas klarer und weniger panisch, sah ich mir die Einstichstelle genauer an. Ich war doch keine Ärztin und kannte mich mit Stichverletzungen absolut nicht aus. Ich kramte in meinem Gedächtnis. Was würde jeder normale Mensch an dieser Stelle tun? Na, zum Arzt gehen, Lila, dachte ich kurz und riss mich jedoch wieder zusammen.

»Ich hole kurz eine Schere, Verbandszeug und Desinfektionsmittel.« Während ich Richtung Badezimmer verschwand, rief ich Juri zu: »Geh mal ins Wohnzimmer, da ist etwas mehr Platz und ich habe besseres Licht.«

Dank meiner Mutter war ich für alle Haushaltsunfälle und Erkrankungen aller Art fast perfekt ausgestattet. Ich wusch und desinfizierte mir ausgiebig meine Hände, da dann doch ausgerechnet die Handschuhe fehlten. Die sollte ich beizeiten mal besorgen.

Kurz darauf kehrte ich mit einem Erste-Hilfe-Set, einer Schale warmen Wassers und einem Waschlappen zurück.

Juri hatte sich auf die Kante meines Sofas gesetzt und schaute aus dem Fenster. Draußen war es mittlerweile tiefste Nacht.

»Ich denke, ich habe alles gefunden, um dich zu versorgen.« Sorgsam legte ich alles neben ihm auf das Polster. »Ich schneide dein Shirt auf, damit ich einen besseren Blick auf die Wunde habe, in Ordnung?« Geschickt stellte ich mich nicht gerade an und zerteilte umständlich sein Oberteil, während Juri sehr geduldig bewegungslos sitzen blieb. Dann reinigte ich vorsichtig seinen Rücken.

Mir fiel auf, wie trainiert und definiert seine Muskeln waren. Diese spannten sich bei der Berührung mit dem Waschlappen an und eine Gänsehaut bildete sich auf seiner goldschimmernden Haut. Was für ein schöner Rücken. Na ja, bis auf die Stelle mit dem Messer. Bei genauerer Betrachtung fand ich viele alte Vernarbungen, meist kleinere, aber auch ein paar größere, auf seinem gesamten Rücken verteilt. Verwundert zog ich meine Augenbrauen nach oben. Woher konnte er so viele Narben davongetragen haben? Ein Unfall vielleicht?

Ich räusperte mich kurz und konzentrierte mich wieder auf meine Aufgabe. Die Wunde sah jetzt gar nicht so furchterregend aus, wie ich erwartet hatte, und blutete fast nicht mehr. Ich desinfizierte großflächig und zog dann einfach zügig das Messer aus der Wunde. Jetzt blutete sie doch.

Ein verkniffenes Stöhnen war Juris einzige Reaktion darauf. Mit meiner freien linken Hand strich ich ihm beruhigend über seinen Rücken. Ein feiner Schweißfilm überzog Juris Haut. Er versteckte die Schmerzen gut vor mir, sein Körper konnte die Wahrheit jedoch nicht verbergen.

Ich reinigte erneut und begutachtete die etwa zwei Zentimeter lange Schnittstelle. Die Wundränder waren sauber und nur leicht auseinandergeklafft. Während ich die kleine Tasche mit den Verbandsmaterialien durchsuchte, presste ich ein steriles Mulltuch fest auf die Wunde. Erleichtert seufzte ich auf.

»Ich habe hier Klammerpflaster, mit denen ich versuchen kann, die Wunde zu schließen. Ich denke, nähen wäre besser, aber dafür fehlt mir das Material und das Können.« Ich löste ein Pflaster und hielt es bereit, dann schluckte ich abermals. »Ich drücke jetzt die Schnittstelle zusammen. Vielleicht tut das jetzt ein wenig weh. Nur damit du Bescheid weißt«, informierte ich ihn. Dabei merkte ich, wie meine Hände bei dem Gedanken schwitzig wurden, ihm gleich Schmerzen zu verursachen.

Er nickte knapp und sein Körper spannte sich merklich an. Ich zog schnell das Mulltuch zurück und drückte, so gut es ging, die Wunde zu. Dann tupfte ich das Blut weg und versuchte zeitgleich, einen Strip zu platzieren. Das funktionierte erst beim dritten Anlauf, da immer wieder zu viel Blut austrat, der Strip nicht klebte und ich mit dem Nachtupfen nicht hinterherkam. Ich schwitzte jetzt überall vor Anspannung. Juris Rücken blieb regungslos und steif. Dann hielt das Pflaster. Ich atmete erleichtert aus und wiederholte das Prozedere so lange, bis alle Streifen die Wunde sorgfältig verschlossen hatten. Jetzt war ich zuversichtlich, dass alles hielt. Meine Mutter hätte es nicht besser machen können, dachte ich stolz und betrachtete meine Pflasterkünste.

Juri hatte sich bei jedem Strip weiter versteift, aber keinen Laut von sich gegeben. Nun war sein gesamter Rücken ebenfalls mit einem Schweißfilm bedeckt.

»Ich bin fertig«, sagte ich leise gegen seinen Rücken. Unbewusst streichelte meine linke Hand erneut sanft über seine Haut. »Ich verbinde jetzt nur noch schnell den Rücken, damit die Wunde nicht so schnell aufreißen kann.« Ich griff nach der Mullbinde neben der Verbandtasche und in dem Moment hielten Juris Hände meine fest. Er hatte sich erneut umgedreht und sah mich ernst an.

»Ich danke dir, Lila.« Seine Worte klangen aufrichtig. »Das werde ich dir nicht vergessen.« Mit einer geschmeidigen Bewegung stand er auf und drückte mich kurz und ungelenk an sich.

Verblüfft verharrte ich so. Sein Geruch von Orangenblüte, gepaart mit frischem Schweiß, zog mir in die Nase. Er gefiel mir sehr. Ich spürte, dass dieser Moment uns beiden für einen kurzen Moment guttat. Seine Wärme strahlte auf meinen Körper ab. Dann war der Moment vorbei und ich blieb dicht vor ihm stehen. Mein Mund wurde trocken.

»Setz dich bitte noch einmal hin. Ich muss deinen Rücken verbinden.« Meine Stimme war leise und klang seltsam kratzig in meinen Ohren. Ich räusperte mich. Sofort kam er meiner Bitte nach und setzte sich erneut an die Kante, sodass ich die Mullbinde einfacher um seinen Körper führen konnte.

Ich setzte hinten an und führte sie unter der Achsel des rechten Arms entlang. Als er seinen linken Arm hob, stockte ich und hielt die Luft an. Mein Gesicht verharrte neben seiner Brust und ich fuhr mit meiner linken Hand vorsichtig über die Konturen seiner Hautveränderungen entlang. Juri erschauderte und ausgehend von dieser Stelle unter seinem Arm breitete sich eine Gänsehaut auf seinem gesamten Oberkörper aus. Meine Finger ruhten auf einem von genau drei gleich großen, kugelrunden Muttermalen, die dort ein gleichschenkeliges Dreieck von etwa zehn Zentimetern Kantenlänge bildeten. Die Spitze zeigte nach oben. Diese Anordnung sah bereits ungewöhnlich aus, da die Muttermale fast schwarz, perfekt rund und wie tätowiert wirkten. Das Auffälligste stellte dabei ein ebenfalls kreisrunder, weißer Hof rund um das links unten liegende Muttermal dar. Diese Anordnung von Muttermalen kannte ich gut.

Das konnte doch kein Zufall sein! Was war hier los? Ich ließ gepresst die Luft entweichen und war mit einem Mal wieder mit Adrenalin geflutet. Keuchend presste ich hervor:

»Du hast da ein auffälliges Muttermal, ein Dreieck unter deinem linken Arm …«

Juri krümmte sich hin und her und versuchte, mich anzusehen. Seine Bewegung hatte etwas Zug auf die Wunde gebracht und er hielt sofort wieder still.

»Ja«, kam es nun leise und mit tiefer Stimme von ihm. »Kennst du noch andere, die ebenfalls diese Muttermale haben? Hast du auch ein Dreieck?«

Meine Hände zitterten und es fiel mir schwer, den Verband festzuhalten. Was hatte das zu bedeuten? Ich verschloss den Verband und verharrte hinter Juri, der noch auf eine Antwort wartete. Er drehte sich jetzt zu mir um und sein Blick bohrte sich in meinen. »Du kennst diese Anordnung, nicht wahr?«

Ich sah ihn nur geschockt an, unfähig, mich zu rühren. Das schien ihm als Bestätigung genug zu sein. Er fuhr fort, seine Stimme war leise, aber dabei so eindringlich, als würde er die Worte direkt in mein Gehirn verpflanzen. »Wir gehen nach Nuretaja!«

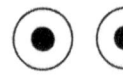

8.
JURI

Lilas Reaktion sagte mir alles. Ich war davon überzeugt, dass sie ebenfalls über ein Mal verfügte. Damit war sie in Gefahr.

»Wir müssen uns auf den Weg machen, Lila. Ich weiß nicht, ob und wie viele Leute nachkommen könnten, die dich lieber tot als lebendig sehen möchten«, erklärte ich ihr.

Ich versuchte, ihren Blick einzufangen, aber sie starrte weiterhin ins Leere. Hoffentlich wurde sie nicht wieder so apathisch wie im Krankenhaus.

»Ich werde dafür sorgen, dass dir niemand etwas antut.« Sie war blass. Ich war mir nicht sicher, ob meine Worte zu ihr durchgedrungen waren. »Bitte! Gib mir noch eine Chance, dir alles zu erklären. Aber zuerst müssen wir hier verschwinden.«

Keine Reaktion. Ich stand auf, ging in den Flur zur Garderobe und griff mir ihren bunt gemusterten Rucksack. Ihre Wohnung hatte ich bereits durchsucht und wusste, wo sich ihre Klamotten und Toilettenartikel befanden. Ich packte alles in den Rucksack und steckte zudem noch ihr Handy ein. Ich hatte mitbekommen, wie wertvoll es für die Menschen war. Wenngleich es bei uns keinen Nutzen hatte. Außerdem fand ich ein großes T-Shirt für mich, welches ich ungelenk anzog.

Gerne hätte ich Lila noch mehr Zeit gegeben. Zeit für ihre Trauer. Zeit, all die Informationen, die sie bislang erhalten hatte, zu verarbeiten. Zeit, die letzten Minuten zu verkraften. Aber die hatten wir nicht, es war zu riskant. Sie war zu wertvoll, um sie einer unnötigen Gefahr auszusetzen. Ich atmete tief ein und der Schmerz der Stichwunde flammte erneut auf. Ich biss fest auf meine Lippen. Obwohl die Umstände alles andere als ideal waren, spürte ich, wie ein kleiner Funke Hoffnung zu glimmen begann. Darauf, dass doch alles gut werden würde.

Ich ging zu Lila zurück, die sich noch immer nicht gerührt hatte.

Erst jetzt fielen mir ihre Augen auf. Sie waren halb geschlossen und die Augäpfel drehten unkontrolliert nach hinten.

Ich schaffte es gerade noch so, sie aufzufangen, bevor sie auf den Boden aufschlagen konnte.

9.
LILA

Ich öffnete träge meine Augen. Meine Sicht war verschwommen und rötlich. Das und der brennende Schmerz durch den Dolch, den ich umklammerte, waren Erklärung genug. Ich war in meinen Traum zurückgekehrt und war erstochen worden. Meine Finger verloren bereits langsam ihre Kraft und das Gefühl in den Fingerspitzen ließ nach. Mein Griff lockerte sich und ich strich sanft am Schaft der Klinge entlang. Meine Finger streiften dabei über zarte Unebenheiten, die angenehm weich an meiner Haut wirkten. Mein Zeigefinger spielte mit einer runden Wölbung. Ich fokussierte meine schwammige Sicht und erkannte große, rund geschliffene blaue Edelsteine, die am gesamten Griff stilvoll eingearbeitet waren. Das Blau war leuchtend und wunderschön. Mein Blick verlor sich und ich ließ den Kopf auf den Boden gleiten. Meine Kraft ging zu Ende. Die Dunkelheit rückte näher und schon ergriff die beruhigende Kälte des herannahenden Todes meinen Körper. Ich seufzte leise und starb.

»Lila …, Lila, versuche bitte, aufzuwachen. Komm schon!« Langsam verstand ich eine andere Stimme, die meinen Namen rief. Bevor ich meine Augen öffnen konnte, spürte ich einen Schlag, gefolgt von einem scharfen Stechen auf meiner linken Backe, das sich wie ein Blitz bis in mein Ohr zog. Ich riss meine Augen auf und blickte direkt in Juris sorgenvolles Gesicht. Seine Stirn war leicht gerunzelt und eine feine Falte war zwischen den Augenbrauen zu sehen. Seine Lippen pressten sich leicht zusammen, und ich konnte die angespannte Kiefermuskulatur deutlich erkennen. Kleine Schweißperlen rannen ihn an seinen Schläfen die Wangen hinunter und seine Stirn glänzte feucht. Seine nassen Haare im Nacken glänzten im Schein des Mondes.

Dann kam der Schmerz. Es war ein dumpfer, anhaltender Schmerz entlang meines Kiefers und meiner Wange und meine Backe brannte bis in den Nacken.

»Hast du mich geohrfeigt?« Mühsam sprach ich meine Frage aus. Mein Kopf lag schon wieder auf seinem Schoß und seine linke Hand strich sanft und geistesabwesend mein Haar.

Er bemerkte es und unterließ es wieder.

Ich versuchte, meinen Kopf aus Juris Schoß zu heben, doch die erneut auftretenden Kopfschmerzen überrollten mich. Das hatte nichts mit der Ohrfeige zu tun. Stöhnend legte ich ihn wieder ab, hielt meinen Kopf mit beiden Händen fest und drehte mich zur Seite.

»Lila, es tut mir leid! Ich wollte dich nur wecken und wusste mir nicht mehr anders zu helfen. Tut es sehr weh?«, fragte er mich ehrlich besorgt.

Weder in der Lage, meinen Kopf zu schütteln, noch zu sprechen, brummte ich nur undeutlich. Oh Mann, ich hielt die Schmerzen kaum aus. Ich merkte noch, wie Juri mich vorsichtig hochhob. Die Bewegung seiner gleichmäßigen, festen Schritte, zusammen mit dem schützenden Gefühl, sicher in seinen Armen zu liegen, entführten mich erneut in die Welt der Träume.

Ich träumte und dieses Mal war alles anders. Weder lag ich, noch hatte ich einen Dolch in meiner Brust. Ich stand Seite an Seite mit einem hochgewachsenen Mann in der hohen Halle. Wir waren in ein Gespräch vertieft, nein, ich hörte lediglich zu, während mein Gegenüber auf mich leise, aber bestimmt einredete. An seiner ganzen Art konnte ich erkennen, dass er mich von etwas überzeugen wollte.

Er war groß und er stand steif vor mir. Nur seine Hände gestikulierten fahrig zusammen mit seinen Worten. Die langen und filigranen Finger waren gepflegt, die Nägel sauber und gekürzt. Sorgfältig entfernte er eine Fluse von seinem Kragen.

Ich ließ meinen Blick entlang seines athletischen Körpers entlangleiten. Er war durchaus attraktiv, mit seinen dunklen Locken und dem breiten Mund, aber seine Stimme war schneidend und kalt. Und obwohl ich jedes Wort klar und deutlich hören konnte, verstand ich nichts davon. Als würde er eine andere Sprache benutzen. An seiner Hüfte sah ich eine Art Peitsche, die zusammengerollt an einer Lasche aus Leder befestigt war. Mein Atem stockte. Direkt neben der Peitsche steckte in einer ledernen Scheide ein Dolch. Der Dolch! Die Waffe, die mich in meinem anderen Traum immer umbrachte.

Ich hob meine Hände, um seinen Redefluss zu stoppen …

Sanftes Glucksen von Wasser und ein mehrstimmiges, rhythmisches Quaken weckten mich auf. Meine Schmerzen waren auf ein Minimum zurückgegangen und mein Kopf war erneut weich auf Juris Oberschenkel gebettet. Das wurde scheinbar zur Regel. Ich öffnete meine Augen, es war Nacht und nur der Mond erhellte die Umgebung.

»Geht es dir etwas besser?« Juri sah mich fragend an. Vorsichtig setzte ich mich auf, während er ruhig verharrte.

»Glaube schon«, murmelte ich leise und verwaschen.

Ich war gedanklich noch in meinem Traum gefangen. Nie zuvor hatte es dabei einen Perspektivwechsel gegeben. Und wieso hatte ich kein Wort verstanden? Wer war der Mann?

Ich schaute mich um. Ich kannte diese Stelle im Wald. Sie war gut fünf Kilometer von meiner Wohnung entfernt und lag tief im Wald am Stadtrand. Im Sommer war der See ein beliebter Treffpunkt, und ich hatte hier bereits mehr als nur einen schönen Badetag verbracht.

Hier, wo wir saßen, ging der Waldboden sanft in den See über, gesäumt von moosbewachsenen Steinen und Schilf, mit einer Decke aus Tannennadeln.

Die Szenerie war atemberaubend. Sogar jetzt mitten in der Nacht. Es roch erdig und ein wenig nach brackigem Wasser.

Juri wirkte zum ersten Mal, seit ich ihn kennengelernt hatte, etwas gelöster. Er saß im Schneidersitz entspannt neben mir, während sich bei mir Angst breitmachte. Wie war ich hierhergekommen? Juri hatte mich verschleppt und hierhin getragen? Ich drehte meinen Kopf zu ihm. Juri schaute aufs Wasser. Seine Atmung war ruhig und gleichmäßig, ich bekam vor lauter Anspannung kaum noch Luft und meine Atmung war flach und wurde hektischer.

Zittrig suchten meine Hände ihren Weg in die Tasche meines Hoodies und ich spürte das Messer, das ich aus Juris Rücken gezogen und vorsorglich eingesteckt hatte.

»Ich an deiner Stelle würde auch so reagieren.«

Ich blickte ihn erstaunt an.

»Ich habe mitbekommen, dass du es behalten hast. Aber eigentlich ist es nur vernünftig. Du kennst mich kaum. Ich habe dir einige, für dich nur schwer nachvollziehbare, Informationen gegeben. Zudem habe ich dich jetzt hierhin gebracht. Es ist nur verständlich, dass dir alles sehr creepy vorkommt ...«

»Juri, was machen wir hier?«, unterbrach ich ihn, für meine Verhältnisse sehr barsch. »Das nennt man Freiheitsberaubung! Das ist ein Verbrechen!« Ich sah mich erneut ungläubig um. »Bring mich jetzt nach Hause. Oder nein, weißt du was? Ich gehe jetzt einfach ohne dich, und wage es nicht, mir zu folgen!« Ich war im Begriff aufzustehen, als Juri meine Hand festhielt. Nicht brutal, aber so fest, dass mir klar war, dass ich nicht ohne Weiteres loskam, nicht ohne das Messer zu verwenden.

Jetzt bildete sich doch kalter Angstschweiß in meinem Nacken und entlang meines Rückens. Ich hielt den Griff meiner Waffe fester, bereit, zuzustechen. Zumindest hoffte ich es.

»Ich glaube, hier sind wir für einen Augenblick sicher. Ich möchte den Moment nutzen, um dir mehr zu erklären. Und ich bitte dich, mir zuzuhören.« Juris Blick war, seit ich ihn kennengelernt hatte, immer ernst gewesen. Jetzt mischte sich eine tiefgreifende Dringlichkeit in seine Worte. Seine leicht geweiteten Augen fokussierten mich mit einem Hauch von Anspannung.

»Unter einer Voraussetzung!« Diese Worte waren mir über die Lippen gekommen, bevor ich wusste, was ich tat. »Du redest jetzt Klartext mit mir! Ich will wissen, was das Ganze soll, was Tom und mein Vater damit zu tun haben und was es mit diesem Mal auf sich hat. Kein Gerede um den heißen Brei und keine unverständlichen Häppchen, ist das klar?« Ich keuchte, so schnell war der Satz aus mir herausgesprudelt.

Juri schwieg. Eine Augenbraue und ein Mundwinkel waren kaum merklich nach oben gezogen, was ihm ein halb amüsiertes Gesicht bescherte.

Er dachte darüber nach, war allem Anschein nach aber etwas belustigt über mein Auftreten. Dann nickte er kaum merklich!

Ich hatte mich durchgesetzt. Ein Hauch von Stolz breitete sich in mir aus, ein Gefühl, das ich fast vergessen hatte.

Juri ließ meine Hand los. Ich blieb neben ihm sitzen und schaute ihn kurz von der Seite an, bereit, ihm zuzuhören.

Juri atmete kurz tief ein, bevor er startete: »Ich wünschte, ich könnte dir alles in nur ein paar Sätzen erklären. Das wird nicht funktionieren. Aber ich nehme deine Forderung ernst, Lila …«, er massierte kurz seine Nasenwurzel, »aber das letzte Mal bin ich mit meinem Erklärungsansatz aus deiner Wohnung geworfen worden.«

Zum ersten Mal, seit ich Juri kannte, wirkte er nicht wie der souveräne Kämpfer, der immer wusste, was zu tun war. Er wirkte sogar ein wenig unsicher, während er auf den nächtlichen See hinausschaute.

Ich schaute ebenfalls auf das Wasser, es beruhigte mich, die kleinen Bewegungen an der Oberfläche zu beobachten, die durch den Wind und durch die Wasserbewohner verursacht wurden. Ich nahm einen kleinen Stein vom Boden zur Hand. Er fühlte sich glatt und kühl an.

»Dann versuche, es besser zu machen.« Ich schaute ihn abermals an, dann wieder zum Gewässer und ließ den Stein von einer in die andere Hand gleiten.

10.
JURI

Lilas Verhalten beeindruckte mich. Ich wollte es ihr aber nicht einfach nur erzählen. Ich wollte, dass sie mir glaubte. Vielleicht fasste sie Vertrauen, um den nächsten Schritt zu gehen und mir zu folgen.

»Ich … Ich muss dafür weiter ausholen.« Ich sah sie ernst an. »Wir Nuretajaner glauben fest daran, dass, wenn wir sterben, unsere Seelen zu den Urahnen aufsteigen und dort wieder im Kreise ihrer Familien vereint sind. Deswegen ist der Tod nichts, was uns abschreckt. Bei einigen von uns ist das jedoch anders. Nach dem Tod steigt die Seele nicht in den Himmel, sie verbleibt für einen Moment in der Nähe des Verstorbenen und kann von einem anderen Nuretajaner aufgenommen werden.« Ich streckte meine Beine aus, die nun fast bis ans Wasser reichten, und sah zu Lila. Sie rieb langsam am Stein und bemerkte dann meinen Blick. Ich konnte ihr ansehen, dass sie wenigstens versuchte, sich auf diese Geschichte einzulassen. Ihre Mundpartie war angespannt, ihre Stirn sanft gerunzelt und ihre Kopfhaltung war leicht geneigt. Allerdings zeigten mir ihre etwas zusammengezogenen Augenbrauen auch, dass sie gewisse Zweifel an meiner Erzählung hatte.

»Jeder kann also diese Seele aufnehmen und dann?«

Ich fuhr leise fort: »Wenn jemand eine Seele aufnehmen kann, nennen wir denjenigen Seelenträger. Sobald er eine Seele aufgenommen hat, ist er ab diesem Zeitpunkt verantwortlich dafür und soll gewährleisten, dass sie einen neuen dauerhaften Körper erhält. Dieser muss geboren werden, um dann ein Seelenwanderer zu werden. Es ist ein periodisch abwechselndes Muster. Es beginnt mit einem Wanderer, die Seele geht beim Tod auf einen Träger über und der Seelenträger erzeugt einen Wanderer und dann wieder einen Träger und so weiter. Immer weiter.« Ich schwieg und atmete tief ein und aus. »Und um deine Frage zu beantworten, nein, nicht jeder ist in der Lage, eine Seele temporär aufzunehmen oder dauerhaft zu beherbergen. Er benötigt dafür ein Zeichen der Seelenwanderer – und meins hast du bereits gesehen, als du meine Wunde versorgt hast.«

Ich lehnte mich leicht in Lilas Richtung, ohne dass ich zu aufdringlich wirken wollte. »Und ich gehe davon aus, Tom und du habt diese

Male ebenfalls. Varun, euer Vater, war Nuretajaner und ein Seelenträger. Und nicht nur das, er hat Tom die Seele Miros übertragen, die er nach Samsons Tod übernommen hatte.« Ich schwieg und betrachtete Lila eingehend.

Sie sah mich traurig an, meine Worte erinnerten sie erneut an ihren Verlust.

»Aber Tom ist tot.« Die Endgültigkeit klang in ihren Worten mit.

Ich deutete ein Kopfnicken an.

»Ja, das ist richtig, aber wenn ich recht habe, wird ein Teil von ihm in Miros Seele weiterleben. Und ich glaube …«, ich sah sie fest an, »… dass Miros Seele nach Toms Tod von dir aufgenommen wurde.« Ich atmete hörbar aus und Lila zog im selben Moment scharf die Luft ein.

»Moment, was denkst du? Ich habe Miros Seele, die vorher mit Toms Seele zusammen war, nach seinem Tod aufgenommen? Wie …? Und was erhoffst du dir von Miro?« Lila begann zu zittern.

Entgegen meiner antrainierten Zurückhaltung nahm ich ihre Hand und strich sanft über den Handrücken, um sie zu beruhigen.

»Das wird wahrscheinlich mehr oder minder ohne dein aktives Zutun passiert sein. Du als Seelenträgerin warst da und Miro war bereit, zu dir zu kommen – und ich war zu spät«, setzte ich leise hinterher. »Ich wünsche mir Frieden, Lila! Ich möchte, dass Miro unseren unrechtmäßigen Ephor stürzt und er wieder seinen Platz einnimmt. Firas hat die Macht ergriffen und nie wieder losgelassen. Ich wünsche mir, dass unser Leben wieder glücklich wird!« Meine Stimme klang so verzweifelt, wie ich mich fühlte.

Ich riss mich wieder zusammen. »Du wirst sehen, es wird alles gut!« Das klang selbst für mich wie die abgedroschenste Phrase des Jahrtausends und ich schüttelte direkt danach den Kopf. »Nein, das stimmt nicht, Lila. Um ehrlich zu sein, weiß ich nicht, ob alles gut wird. Aber wir müssen dich in Sicherheit bringen und dann schauen, wie wir weiter vorgehen können.« Eine einzelne Träne rann über Lilas Gesicht, das nun nicht nur traurig und unsicher wirkte, sondern auch noch schmerzverzerrt war.

11.
LILA

Mein Kopf pochte, als hätte ihn jemand als Trommel verwendet, und ich bekam kaum Luft. Mein Brustkorb verengte sich und ließ kaum noch meinen Atem zur Lunge durch. Die Schmerzen kamen so plötzlich. Mir fiel es schwer, die fantastische Geschichte von Juri zu verarbeiten.

Ich wünschte, ich könnte glauben, dass Toms Seele an einem anderen Ort glücklich weiterexistierte, oder die Seelen meiner Großeltern hoch oben wieder vereint ihre Zeit miteinander verbrachten, wo auch immer hoch oben war. Leider konnte ich das nicht. Wer starb, war weg und verschwunden. Ich war mir sicher, dasselbe galt für Tom. Er war weg, für immer.

Juri hatte meine Hand gegriffen und streichelte vorsichtig darüber. Seine Haut war warm und seine Berührung so sachte, als wäre ich aus Glas. Leise raunte er mir zu: »Versuche, tief ein- und auszuatmen und dich zu entspannen.«

Ich beugte mich etwas nach vorn und blickte zu Boden. Flach atmete ich durch den Mund ein und aus und versuchte, die Schmerzen zu ignorieren.

Juri blieb an meiner Seite und seltsamerweise taten mir seine Nähe und seine ruhige Art gut, auch wenn mir seine Worte Angst machten.

Konnte das alles stimmen? Papa, Tom und ich waren Seelenträger? Allein das Wort klang lächerlich. Andererseits hatte Juri recht mit der Annahme, dass wir alle drei diese Muttermalanordnung an derselben Stelle hatten. Aber schließlich wurden die Haarfarbe oder die Augenfarbe ebenso vererbt. Ich konnte mir jetzt mit diesen Informationen und in diesem Zustand kein abschließendes Urteil darüber bilden. Mir gelang ein tiefer Atemzug in den Bauch und das Gefühl der Enge nahm ein klein wenig ab. Die Kopfschmerzen blieben allerdings.

Wir schwiegen beide einen Moment, es war nicht unangenehm, eher eine gemeinsam verbrachte Stille, in der jeder seinen Gedanken nachhängen konnte, um sich zu sammeln. Wir saßen bestimmt bereits mehr als eine Stunde hier am Ufer. Meine Klamotten fühlten sich klamm an und es fröstelte mich. Dafür ließen zeitgleich die

Schmerzen ein wenig nach. Ich spürte eine aufkommende Unruhe bei Juri. Der Himmel wurde ein klein wenig heller und die Geräusche im Wald veränderten sich. Man konnte nun die ersten frühen Vögel hören, die den Tag begrüßten.

Juri griff vorsichtig in seine Hosentasche und hielt mir einen Moment später zwei verschrumpelte und eine frischere, dafür etwas angeditschte Beere entgegen.

»Danke, ich habe gar keinen Hunger«, sagte ich automatisch und winkte ab, aber seine Hand bewegte sich nicht weg.

»Du musst eine Beere essen, Lila. Sie ist der Fahrschein nach Nuretaja.«

»Du meinst, ich esse eine Beere und fliege damit nach Nuretaja?«, begann ich, wurde aber sofort unterbrochen.

»Du wirst nicht fliegen. Aber ja, ohne diese Beeren kommen wir nicht dahin. Sie werden bei uns als Planetenwanderer bezeichnet. Die frischen Früchte sind sicherer und schmecken besser. Es gibt Gerüchte, die besagen, dass manche bei getrockneten Beeren ihre Stimme oder ihr Gehör hier gelassen hätten, aber ich halte das für absoluten Blödsinn.«

»Spinnst du? Ich werde das nicht essen!«

»Erinnerst du dich an den Angreifer? Ist dir aufgefallen, dass ihm gelblicher Speichel aus dem Mund lief? Die starke Speichelproduktion ist eine häufige Reaktion, wenn man diese Beere isst. Offensichtlich hatte er das getan. Und dann ist er genau dahin verschwunden, wohin ich dich mitnehmen möchte.«

Stimmt, warum hatte ich da nicht weiter nachgehakt? Vermutlich hatte mich das Messer in Juris Rücken etwas abgelenkt.

Juri sah mich nur an und streckte sie mir weiterhin entgegen.

»Was ist mit meiner Mutter?« Plötzlich fiel mir ein, dass sie gar nicht Bescheid wusste und wahnsinnig würde vor Angst. »Ich kann nicht einfach weg, ich muss ihr sagen, dass ich weg bin!«

Juri nahm seinen Arm runter und deutete mit der Beere in der Hand nun auf meinen Rucksack.

»Schreib ihr, dass du rausmusstest oder bei einer Freundin bist oder so. Sage ihr, dass sie sich keine Sorgen machen muss und …« Juri stoppte im Satz. Sein Blick wurde weich und ging in die Ferne.

Ich wühlte bereits im Rucksack nach meinem Handy, als er weitersprach. »Sage ihr, dass du sie liebst.«

Ich stockte in meiner Bewegung und sah ihn an. Der traurige Ausdruck war nur für einen kurzen Moment sichtbar gewesen, bevor er wieder eine professionelle Mimik aufsetzte und mir die Beere erneut entgegenstreckte.

Ich hielt mich an seinen Vorschlag und schrieb meiner Mutter eine für mich untypische Nachricht mit dem Versprechen, dass ich bald bei ihr sein würde. Ich hoffte, dass ich sie damit nicht belog.

Zögerlich griff ich dann nach der Frucht und schaute wieder zu Juri. Juri hätte mir bereits so oft Schaden zufügen können, da würde er mich doch jetzt nicht vergiften, oder?

Ich seufzte. »Ich esse sie, wenn du sie zuerst isst!« Ich neigte meinen Kopf in Richtung seiner Beere, die längst nicht so gut aussah wie meine.

Juri schien nicht verwundert über meinen Vorschlag zu sein, sah mich nur noch kurz prüfend an und steckte sich seine Beere in den Mund. Gespannt schaute ich Juri zu, während er bedächtig auf seiner Beere herumkaute und ständig schluckte. Dann war er weg.

Mein Mund blieb mir offen stehen. Auch wenn ich das bei dem Einbrecher zuvor bereits mitbekommen hatte, war es nur schwer zu begreifen.

Unschlüssig blickte ich zu meiner Beere und wieder zu dem frei gewordenen Platz neben mir. Ich könnte einfach gehen, schoss es mir durch den Kopf. Andererseits, wann würde ich noch einmal die Gelegenheit bekommen, mich einfach in Luft aufzulösen?

Bevor ich mich in endlosen Grübeleien verstrickte, steckte ich sie mir schnell in den Mund und biss zu.

Alles zog sich zusammen. Es erinnerte an eine viel zu rohe, grüne Banane, widerlich! Ich kaute sorgfältig darauf herum.

Es sammelte sich unglaublich viel Speichel und ich musste permanent schlucken, als ob ich literweise Wasser in mich hineingekippt hätte. Dann begann ein leichtes Kribbeln. Es startete in den Zehenspitzen und wanderte höher, als ob eine Ameisenarmee sanft über meinen Körper wanderte. Gleichzeitig wurde mir warm, diese Art schöne Wärme, wie ein offenes Kaminfeuer an einem kalten

Winterabend. Es war eine unglaublich intensive Erfahrung, etwas unheimlich, aber zeitgleich schön.

Ich streckte meine Glieder und ich konnte nichts dagegen unternehmen, ein leichtes Lächeln überzog mein Gesicht.

Alles löste sich um mich herum auf und helles Licht durchflutete mich. Es war überall und ich verlor meine Umgebung und mich. Ich konnte keine Geräusche und Gerüche mehr wahrnehmen. Ich war im Nichts. Mir fehlte der Bodenkontakt und ich schwebte für den Bruchteil einer Sekunde im luftleeren Raum.

Im nächsten Augenblick war alles vorbei. Ich befand mich wieder am Ufer des Sees. Im ersten Moment schien es wie zuvor zu sein. Aber alles war anders.

Es war definitiv heller als noch vor ein paar Augenblicken. Und der Geruch um mich herum war intensiver. Der Untergrund, auf dem ich saß, verströmte einen warmen und erdigen Geruch, den ich sonst nur nach einem Regenschauer wahrnehmen konnte. Dieser Duft mischte sich mit einer leichten und süßlichen Nuance, die in der Luft waberte. Das Wasser vor mir roch nicht mehr brackig. Seerosen verströmten ihren Duft, der über das Wasser bis zu mir am Ufer schwebte. Ich schaute zu der Lichtquelle am heller werdenden Himmel und mein Mund blieb mir vor Erstaunen offen stehen. Ich sah klar und deutlich zwei Monde, die unterschiedlich groß nebeneinander am Firmament standen. Der eine erschien etwas dunkler als der größere, der hell das Licht reflektierte.

Die Geräusche waren intensiver und die Farben satter. Der See glitzerte einladend und die Vögel sangen um diese Uhrzeit so fröhlich und vielfältig, wie ich es noch nie zuvor gehört hatte.

Neben mir saß noch immer Juri und er hatte sich erwartungsvoll zu mir gedreht. Seine Haut war blass und dunkle Ringe waren unter seinen Augen deutlich erkennbar, aber ein Strahlen konnte ich ebenfalls in ihnen entdecken, was mir nie zuvor aufgefallen war. Seine Mundwinkel waren ein wenig nach oben gezogen und er wirkte auf mich gelöster als noch vor ein paar Sekunden. Er sah wirklich gut aus.

Unsere Blicke verfingen sich ineinander und hielten sich fest. Ein leichtes Räuspern drang an mein Ohr, ich sah zur Seite und bemerkte, dass wir nicht mehr allein waren.

12.
LILA

Ich drehte mich Richtung Wald und sah drei weitere Augenpaare, die mich ebenfalls überrascht und neugierig anblickten. Erschrocken sprang ich auf und wollte zurückweichen. Der Uferbereich war allerdings zu schmal und fiel steil ab.

Mit einem lauten Platschen landete ich im Wasser und ging vor Schreck erst einmal unter. Prustend tauchte ich wieder auf und blieb unschlüssig im See stehen. Das Wasser war kalt, weich und frisch und meine Kopfschmerzen klangen ab.

Juri, der während meines Bademanövers ebenfalls aufgestanden war, sah mich an und hob leicht eine Augenbraue.

»Oh nein, wir wollten dich sicher nicht erschrecken. Juri, es ist so schön, dass du wieder da bist. Und du bist nicht allein zurückgekehrt!« Die junge Frau schaute zu mir und wandte sich dann an Juri, bevor sie mich wieder etwas zu breit anlächelte. »Wir freuen uns ebenfalls sehr, dass du hier bist. Ach so, ich habe uns noch gar nicht vorgestellt. Also, der große Kerl hier neben mir ist Ade«, dabei zeigte sie auf einen wirklich riesigen und gut aussehenden jungen Mann mit kurzen tiefschwarzen, gekräuselten Haaren und ebenso dunkler Hautfarbe, der bei der Aussprache seines Namens eine Reihe ebenmäßiger weißer Zähne zeigte und freundlich nickte.

»Das ist Aya.« Eine ebenfalls große und anmutige Frau mit kurzen, braunen Locken, deren Pony bis fast zu ihren Augen reichte, nickte ebenfalls, aber nicht ganz so überschwänglich. »Und ich bin Anni«, schloss sie ihr fröhliches Geplapper.

Sie kam nun unschlüssig bis zum Seeeintritt in meine Richtung und wartete.

»Juri war auf der Suche nach dir und …« Sie wurde mitten in ihrem Satz leise, aber bestimmt von Juri unterbrochen.

»Anni, stopp!« Juri hob schnell seine Hand und zeigte dann auf mich. »Darf ich euch vorstellen, das ist Lila. Lila ist bislang nicht genau über alles informiert, dazu hatten wir noch keine Zeit. Bitte überfordere sie nicht.«

Langsam verstand Anni, hob ihr Kinn und schaute abwechselnd

zwischen Juri und mir hin und her.

»Anni, könntest du Lila bitte hineinbegleiten und ihr zeigen, wo sie das Badezimmer findet? Vielleicht kannst du ihr etwas Trockenes zum Anziehen heraussuchen?«

Er wand sich mir direkt zu. »Bitte, Lila, es tut mir leid, ich hätte dich darauf vorbereiten müssen, dass uns hier jemand erwartet. Komm aus dem Wasser raus, bevor du dich noch erkältest. Anni wird dir alles zeigen. Wenn es in Ordnung für dich ist, komme ich später zu dir und wir können weiterreden, versprochen! Einverstanden?« Er schaute mich fest an und wartete auf meine Antwort.

Nach kurzem Zögern watete ich bibbernd aus dem Wasser und wand mich zu Anni. »Okay.« Mehr vermochte ich nicht zu sagen.

Ich fühlte mich kraftlos und ausgelaugt. Die Ereignisse der letzten beiden Tage hatten mich völlig erschöpft. Alles brach genau in diesem Moment auf mich ein, und ich war hilflos – allein mit meiner Last, ohne jemanden, der mir beistehen konnte. Ich sackte noch etwas mehr zusammen, was nicht allein an meinen vollgesogenen Klamotten lag.

Auffordernd und viel zu fröhlich für diese Situation ergriff Anni meine nasse Hand und zog mich mit sich. »Es ist nicht weit, es wird dir gefallen, da bin ich mir sicher«, setzte sie an, verstummte jedoch sogleich wieder, als sie meinem Blick begegnete. »Ich weiß nicht, was Juri dir bereits erklären konnte, aber er handelt stets nach bestem Wissen und Gewissen. Lila, du wirst sehen, alles wird gut.«

Das hatte ich doch gerade schon einmal gehört. Sie strahlte mich wieder an. Sie schien zu glauben, was sie da sagte. Was wusste sie denn schon, dachte ich, nickte aber nur leicht und ließ mich von ihr mitziehen in Richtung der dichten Bäume.

Weit mussten wir nicht gehen. Der Trampelpfad durch den Wald war durch die einsetzende Helligkeit des neuen Tages gut erkennbar. Allerdings war es keine Morgenröte, die den neuen Tag ankündigte, sondern ein schönes, leichtes Violett, das die Umgebung in Farbe tauchte. Die Farben wirkten reiner, aber vor allem waren es die Gerüche, die mir auffielen. Ich kannte viele dieser Gerüche, aber sie waren alle klarer abgegrenzt voneinander und intensiver. Ich roch Waldmeister, als hielte man ihn mir direkt unter meine Nase. Und die ätherischen Düfte der Fichten krochen schwer vom Wald herüber. Ich kannte diese Stelle eigentlich und demnach wusste ich, dass hier nichts sein konnte, und doch standen wir jetzt vor einem wunderschönen Haus. Es war so gut getarnt, dass es fast mit dem Wald verschmolz. Ein vollständig begrüntes Dach ging in einem breiten Streifen an den Seiten bis zum Boden, sodass das Gebäude ein wenig wie ein künstlicher Hügel wirkte. In der Mitte des Hauses ergab sich dadurch eine eingefasste Terrasse, die mit Holzmöbeln und dicken Kissen unglaublich gemütlich und einladend wirkte. Durch die Fensteranordnung erkannte man, dass es über ein Erdgeschoss und ein Obergeschoss verfügte. Die farbliche Anordnung der Bepflanzung mit Zwergpflanzen wie wilde Kamille, aber auch Fetthenne und Mauerpfeffer, die vom Boden ausgehend bis zum Giebel reichten, verstärkte zusätzlich den Eindruck, dass dieses architektonische Meisterwerk eher gewachsen als gebaut war. Es war wahrhaftig beeindruckend und fügte sich perfekt in seine Umgebung ein.

Die Eingangstür befand sich am seitlichen Teil, die, wie sämtliche Fensterrahmen, aus schwarzem Holz angefertigt war. Wir betraten das Erdgeschoss und vor mir erstreckte sich ein großer Raum, viel größer als meine gesamte Wohnung. Der Boden bestand vollständig aus schönen Holzbohlen. Ich konnte am hinteren Ende die Küche mit einer großen Kochinsel und Hochstühlen davor erkennen, an die das Esszimmer mit einem riesigen Holztisch grenzte. Eine offene Garderobe mit ebenfalls offenen Schuhregalen, die nur partiell ordentlich belegt waren, war direkt am Eingang zu finden. Der größere Teil der Schuhe, vorwiegend Frauenschuhe, hatte es nicht ins Regal geschafft und lag auf einem wilden Haufen direkt davor. Auf der rechten Seite sah ich eine Holztreppe, die ins obere Geschoss führte. Direkt darunter befand sich der Abgang zum Keller.

Anni und ich zogen unsere Schuhe aus und sie ließ ihre achtlos auf den Haufen fallen, dabei sah sie mich an und bemerkte mit einem Lächeln: »Schuhe ausziehen heißt, den Alltag draußen lassen. Ich glaube, dieses Sprichwort stammt von euch. Ich bin sonst nicht pingelig, aber daran halte ich mich.« Meine waren hingegen so klatschnass, dass ich sie verkehrt herum ordentlich auf einem Fußabtreter platzierte und dann Anni folgte, die zielstrebig auf die Treppe für das erste Stockwerk zusteuerte.

Dabei durchquerten wir das Wohnzimmer, in dem zwei große Sofas in einem rechten Winkel zueinander gestellt waren und dadurch eine gemütliche Atmosphäre schafften. Ein Sofa grenzte dadurch den Essbereich ab und das andere Sofa die Treppen.

Oben führte sie mich in ein großzügiges Badezimmer mit einer Badewanne und einer separaten Dusche.

»Willst du lieber duschen oder soll ich dir ein Bad einlassen? Ich könnte noch ein paar Kräuter dazugeben, damit du dich etwas besser fühlst?«

»Danke«, erwiderte ich, leise und abgekämpft, »ich denke, eine Dusche wird mir reichen.« Von Beeren und anderen merkwürdigen Substanzen hatte ich vorerst die Schnauze voll, wer wusste schon, welche Wirkung die Kräuter hätten? Ich zögerte mit dem Auskleiden, was Anni richtig deutete.

»Super, ich suche dir ein paar passende Klamotten zusammen und lege sie dir vor das Badezimmer. Wenn du fertig bist, komm doch einfach runter, dann macht Ade dir etwas zu essen. Der ist von uns allen mit Abstand der beste Koch!« Sie strahlte mich kurz an, ihr Blick ungewöhnlich eindringlich, und verließ schnell das Bad.

Ich setzte mich auf den Badewannenrand, schloss meine Augen und nahm einen tiefen Atemzug. Was für ein Wahnsinn. Dann wurde ich mir jedoch wieder meiner nassen und vor allem kalten Klamotten bewusst. Ich musste schleunigst in die Dusche, wenn ich mir keine Erkältung zuziehen wollte.

Das Badezimmer war minimalistisch eingerichtet und mit matten, dunkelgrauen, sehr großen Fliesen verkleidet. Die beiden Waschbecken, Badewanne und Dusche sahen aus, als wären sie aus weißem Beton gegossen. Die gesamte Wand des Waschbeckens war verspiegelt und so konnte ich mich vollständig betrachten, während ich versuchte, meinen nassen Hoodie über den Kopf zu ziehen.

Ich ließ achtlos meine Leggings und meine Unterwäsche folgen und warf dann alles zusammen in eine Ecke neben der Tür. Ein Blick in den Spiegel zeigte mir ungeschönt, wie fertig ich aussah. Meine Haare klebten am Kopf, meine Haut war durch die Kälte gerötet und dadurch verstärkten sich noch die blauschwarzen Ringe unter meinen Augen. Außerdem schillerte die Beule mit der genähten Wunde in einem ungesunden Grünton. Meine Lippen hingegen schienen blutleer zu sein und es fiel mir schwer, meine gebückte Haltung aufzugeben.

Ich hob meinen Arm und stockte. Gänsehaut bildete sich überall gleichzeitig auf meinem Körper …

Ich hatte ebenfalls bereits seit meiner Geburt drei Muttermale. Sie sahen exakt so aus, wie Juris. Und Juri hatte vollkommen recht gehabt mit seiner Aussage. Mein Papa und Tom hatten ebenfalls diese Male. Und dennoch unterschieden sich alle in der Anordnung ihrer weißen, depigmentierten Kreise um die Muttermale drumherum. Bei Juri hatte ich erkennen können, dass er einen weißen Kreis um das Muttermal aufwies, das unten links zu seiner Brust hinzeigte. Mein Bruder und ich hingegen wiesen zwei Depigmentierungen auf. Einmal an der Stelle, an der auch Juri seine hatte. Die zweite war um das Muttermal zu sehen, das die obere Spitze des Dreiecks darstellte, während das zum Rücken zeigende Mal keinen weißen Rand hatte. Ich hatte diese Depigmentierungen bereits früher mal gegoogelt, konnte aber nur herausfinden, dass sie ungefährlich waren und meist eines Tages verschwinden würden. Das war bei mir nicht der Fall. Sogar das Gegenteil stimmte. Ich stockte und hielt die Luft an. Denn als ich meinen linken Arm hob, um meine Dreiecksformation besser sehen zu können, sah ich die Veränderung. Nun waren alle drei Nävi von einem hellen Rund eingefasst und traten dadurch noch deutlicher hervor. Was hatte das zu bedeuten? Eine Erinnerung stieg in mir hoch und jetzt stahlen sich Tränen in meine Augen. Unsere Mutter hatte uns einmal etwas über die Muttermale erzählt. Unser Papa, Varun, hatte, als die beiden sich kennengelernt hatten, ebenfalls weiße Kreise um die beiden unteren Muttermale gehabt. Nach der Geburt von Tom und mir verschwand ganz plötzlich der untere Kreis um das zum Rücken weisende Muttermal. Und Tom und ich hatten je zwei Kreise. Inzwischen hatte ich alle drei. Ich fuhr mit dem Finger darüber, doch nur eine kleine Erhebung war am Muttermal selbst zu fühlen. Ich musste mit Juri darüber sprechen. Vielleicht gab es doch eine einfache Erklärung. Ich versuchte, mich etwas zu beruhigen; es konnte auch schlicht Zufall sein. Doch so naiv war ich dann doch nicht.

Ich blieb eine gefühlte Ewigkeit unter dem großen und heißen Wasserstrahl. In der Ablage lag ein kleines seifenartiges Stück, welches unglaublich gut nach einer Blumenwiese roch. Damit wusch ich mich mehrfach und konnte gar nicht genug davon bekommen. Ich wollte einfach hierbleiben und Wasser auf meinen Kopf laufen lassen. Für immer.

Ein energisches Klopfen durchdrang meine Träumerei. Die fragende und etwas beunruhigte Stimme von Juri schallte ins Badezimmer.

»Lila, alles gut bei dir? Wir machen uns langsam Sorgen«.

Ich lehnte mich an die Wand und schloss erneut meine Augen. Was für eine Frage. Nein, nichts war gut, aber stattdessen brummte ich nur ein lang gezogenes »Hmhm!« in Richtung Tür.

»Ich warte unten auf dich. Ade hat dir bereits was gekocht. Komm einfach, wenn du fertig bist.«

Meine Hände und Füße waren schon lange vom vielen Wasser verschrumpelt und trotz allem blieb ich noch eine Weile unter der Dusche.

In ein großes und extrem flauschiges Handtuch gehüllt, lauschte ich an der Tür. Als ich sicher war, dass keiner dort auf mich lauerte, öffnete ich sie einen Spalt und schnappte mir die bereitgelegten Sachen. Anni hatte mir schlichte Unterwäsche, ein Top sowie eine Leggings und einen extragroßen Sweat-Pulli herausgesucht.

Das Material erinnerte von der Geschmeidigkeit an Seide, war aber viel wärmender und schmiegte sich unglaublich angenehm an meinen Körper. Ich wusste sofort, wem dieser Pullover eigentlich gehörte, roch er doch eindeutig nach zarter Orangenblüte und herbem Leder.

Tief sog ich Juris Duft ein und stoppte dann ertappt. Ich sollte Juri wirklich nicht so anziehend und wohlriechend finden. Weil ich keinen Föhn entdecken konnte, rubbelte ich meine Haare so lange, bis sie fast trocken waren und wild vom Kopf abstanden. Jetzt hatte ich nichts mehr im Bad zu tun und bemerkte selbst, dass ich versuchte, Zeit zu schinden. Ich hatte keine wirkliche Angst vor den Personen, die unten auf mich warteten, und doch wollte ich ein Aufeinandertreffen so lang wie möglich hinauszögern.

Nachdem ich meine eigenen, nassen Sachen noch ordentlich auf den Badewannenrand gelegt und die verwendeten Handtücher auf eine Handtuchstange aufgereiht hatte, gab es einfach keine weitere Ausrede mehr. Ich öffnete die Tür und ging zur Treppe, die mich zu Juri und den anderen brachte.

13.
JURI

Lila verbrachte bereits mehr als zwei Stunden im Badezimmer. Ade hatte uns Pfannkuchen mit seiner Spezialsoße gebacken. Meine waren schon lange verspeist und ich hatte Lilas dann vorerst mit einem Tuch abgedeckt, damit sie nicht zu trocken wurden.

Obwohl ich wusste, dass Anni und Ade am liebsten hiergeblieben wären, um mehr über Lila zu erfahren, hatte ich alle weggeschickt. Aya war weniger neugierig. Für sie war einzig unser Ziel und waren weniger die daran beteiligten Menschen interessant. Daher hatte sie meinem Vorschlag zu trainieren sofort zugestimmt und nicht, wie die anderen beiden, Argumente zum Bleiben gesucht.

Jetzt saß ich seit geraumer Zeit allein an der Küchentheke und wartete.

Endlich hörte ich leise Schritte zögerlich die Treppe herunterkommen. Ich drehte mich in ihre Richtung und schließlich stand Lila auf der letzten Stufe und blickte zu mir. Sie sah noch so viel zerbrechlicher aus mit dem Riesenpullover, der ihr weit bis über den Po ging. Mein Pullover, bemerkte ich. Ansonsten trug sie eine von Annis Leggings. Ihre Haare standen ihr merkwürdig vom Kopf ab, was definitiv niedlich aussah.

Ich hob kaum merklich einen Mundwinkel und winkte leicht mit der Hand, um sie in die Küche zu holen. Währenddessen glitt ich von meinem Barhocker, ging um die Kücheninsel herum und machte mich daran, die Pfannkuchen aufzuwärmen. Dabei ließ ich sie nicht aus den Augen.

Sie schien unentschlossen zu sein. Der rasche Blick zur Tür verriet mir, dass sie entweder gleich zu mir kam oder versuchen würde, durch die Haustür zu flüchten.

Ich spannte mich an, bereit, sie abzufangen, wenn nötig.

Sie entschied sich für die Küche und kam langsam in meine Richtung, um dann auf den Barhocker zu klettern.

»Magst du Pfannkuchen? Ade macht die besten, die ich je gegessen habe!« Ich lockerte meine Schultern etwas.

Sie deutete ein Nicken an und sofort stellte ich den üppig gefüllten Teller vor sie und Ades Spezialsoße daneben.

»Das sieht wirklich gut aus, danke.« Sie roch an der Soße und ließ sie dann über die Pfannkuchen laufen. Der Duft von Schokolade und gerösteten Pistazien breitete sich in der Küche aus, als die kalte Soße auf das warme Essen traf.

Ich beobachtete sie, während sie langsam einen Pfannkuchen nach dem anderen verspeiste und sich nur darauf konzentrierte. Gelegentlich schloss sie genussvoll die Augen und seufzte.

»Ich habe wirklich noch nie so etwas Leckeres gegessen. Dabei kenne ich wahrscheinlich alle Zutaten. Wie hat Ade das gemacht?« Fast andächtig übergoss sie ihr letztes Essen mit dem Rest der Soße. Jetzt hoben sich meine beiden Mundwinkel zu einem echten Lächeln.

»Das liegt an der Atmosphäre Nuretajas. Unser Sauerstoffgehalt ist im Vergleich zur Erde ein wenig höher. Dadurch riecht und schmeckt alles intensiver. In die eine oder andere Richtung …« Ich hob eine Augenbraue. »Außerdem ist Ade ein begnadeter Koch.«

Als Reaktion auf meine Worte lächelte Lila, und für einen kurzen Augenblick wirkte ihr Lächeln ehrlich und unbeschwert. Diesen Moment einfrieren zu können, das wäre schön gewesen. Doch irritiert von meinen eigenen sentimentalen Gedanken war ich selbst es, der den Augenblick zerstörte.

»Ich habe die anderen nach draußen geschickt, damit du ein wenig Ruhe hast und ich dir noch etwas mehr erzählen kann«, begann ich.

Behutsam legte sie Messer und Gabel beiseite, schluckte den letzten Bissen runter und sah mich an.

»Ja, ich denke, das wäre gut.«

Ich fuhr fort: »Ich koche uns jetzt einen Tee und dann machen wir es uns auf der Terrasse gemütlich. Ich werde dir alles erzählen, was ich weiß, und dann planen wir die nächsten Schritte.« Ich setzte Wasser auf und suchte diverse Kräuter aus Annis Vorräten zusammen.

Anni hatte mir, nachdem sie sich um Lila gekümmert hatte, meine Wunde erneut gesäubert und behandelt. Mein Körper fühlte sich geschwächt an, ich benötigte dringend eine Mütze Schlaf. Aber erst nach unserem Gespräch.

Nachdem ich den Tee aufgegossen hatte, stellte ich ihn zusammen mit Honig, Tassen und ein paar von Ades unglaublich guten Nussecken auf ein Tablett und ging zur Terrasse. Lila folgte mir schweigend und machte es sich auf den gemütlichen Kissen der Gartencouch bequem. Obwohl es jetzt bereits warm war und die Sonne auf uns schien, wickelte sie eine flauschige Decke um sich und sah mich erwartungsvoll an.

Ich verteilte den Tee, gab etwas Honig hinzu und stellte eine Tasse zusammen mit dem Gebäckstück vor Lila auf den Tisch. Meinen Teebecher umklammernd, setzte ich mich direkt neben sie auf das Sofa. Auch wenn ihre Decke eine Barriere darstellte, wollte ich so wenig Platz wie möglich zwischen uns haben.

Mein Ziel war, ihr Sicherheit zu vermitteln, gleichzeitig musste ich bereit sein, sie festzuhalten, falls sie versuchen sollte zu fliehen. Dass sie keine Chance zur Flucht gehabt hätte, wenngleich sie zehn Meter von mir weg sitzen würde, war mir natürlich klar. Ich wollte neben ihr sitzen, weil ich es mochte, gestand ich mir ein.

Lila verzog das Gesicht, fasste sich mit beiden Zeigefingern an die Schläfen und begann mit festem Druck kreisförmig zu reiben.

»Kopfschmerzen?«, fragte ich sie besorgt. Das war kein gutes Zeichen. Sollte ich recht haben, würden diese Schmerzen wahrscheinlich schon bald in einer schnelleren und heftigeren Frequenz auftreten und Lila langsam in den Wahnsinn treiben.

»Ja, es ist echt unglaublich. Gelegentlich hat jeder mal Migräne, aber so häufig hatte ich es nie und vor allem nicht so heftig«, teilte Lila mit leiser Stimme mit. Sie schloss ihre Augen und lehnte sich zurück. »Trotzdem, fang mal an.«

Ich nahm einen großen Schluck Tee, der herb und, dank des Honigs, auch süß schmeckte, und sah sie an. Obwohl sie Schmerzen hatte, strahlte ihr Gesicht eine verletzliche Schönheit aus. Ihre Haare umrahmten etwas wirr ihr zierliches Gesicht und einzelne Strähnen wurden sanft vom Wind umhergewirbelt. Ob es so weich war, wie es aussah?

Reiß dich zusammen, schalt ich mich, ich musste mein Ziel, nein, unser Ziel im Blick behalten.

Ich räusperte mich kurz.

»Kannst du dich erinnern, wann die Schmerzen begannen? Waren sie immer gleich? Wurde versucht, etwas dagegen zu unternehmen?«

Ihre Miene blieb schmerzverzerrt, ohne weitere Regung.

»Ja, ja und ja«, murmelte sie leise. »Sie begannen kurz vor meinem vierzehnten Geburtstag, genau genommen, als ich meine Periode bekam. Das wurde von den Ärzten mitunter als Auslöser angesehen. Mein Hormonhaushalt wäre durcheinander und das würde sich mit der Zeit einpendeln. Mir wurde die Pille verschrieben, damit sich alles bessert. Zuerst dachte ich, das würde helfen. Damit lag ich aber falsch. Eigentlich half und hilft bis heute nichts. Aber wie ich schon gesagt habe, so stark und häufig waren sie nie. Das ist erst seit kurzer Zeit so.«

Seit Toms Tod, dachte ich, ohne Lila diesen Gedanken mitzuteilen. Ich sollte dieses Thema vorerst nicht ansprechen. Ich war mittlerweile überzeugt davon, dass Miros Seele bei Lila war.

»Ich werde Anni fragen, ob sie dir eine Kräutermischung zusammenstellen kann, damit die Beschwerden nicht so stark sind und vielleicht nicht so häufig auftreten. Wenn sich jemand damit auskennt, dann sie.« Mehr konnte ich im Moment nicht tun.

Ich rückte ein wenig näher zu ihr und ihr Duft stieg mir in die Nase.

»Ich bin froh, dass du mit mir mitgekommen bist.«

Lila hob eine Augenbraue, hielt die Augen aber weiterhin geschlossen.

Ich wertete das als gutes Zeichen und fuhr fort.

»Nuretaja ist in vielerlei Hinsicht mit eurer Erde vergleichbar. Du kannst ihn als Zwillingsplanet betrachten. Wie du wahrscheinlich bereits an der Umgebung gemerkt hast, ähneln sie sich teilweise geografisch. Wir bauen, wie ihr, Gemüse und Obst an und halten Tiere für die verschiedensten Verwendungszwecke. Allerdings haben wir bei der Energiegewinnung direkt auf die naturgegebenen Ressourcen zurückgegriffen, primär auf Wind und Wasser. Und das bemerkst du unter anderem durch die Reinheit der Luft.« Während ich sprach, öffnete Lila langsam ihre Augen und blickte mich an.

»Wir haben nachhaltiger mit unserem Planeten gehaushaltet und spüren nicht, im Gegensatz zu euch, die Folgen der Klimaerwärmung. Außerdem hast du bereits die wesentlichen Unterschiede gesehen. Zum einen haben wir zwei Monde, nicht wie ihr, nur einen. Dadurch sind unsere Gezeiten an den Meeren intensiver. Ebbe und

Flut sind viel stärker als bei euch. Und wir haben eine minimal andere Umlaufbahn und Achsneigung. Dadurch haben wir etwas andere Übergangszeiten bei den Jahreszeiten. Frühling und Herbst dauern viel länger als der Sommer und der Winter, die beide extremer als bei euch auf der Erde sind.« Ich nahm einen Schluck Tee.

»Aber jetzt habt ihr Sommer, wie wir?«, fragte Lila zaghaft, aber neugierig.

»Noch ist Frühling, der Sommer wird erst in etwa zwei Monaten, im Juli und August, erwartet. Dann folgen die vier Herbstmonate mit vermehrtem Regen und im Anschluss der wirklich bitterkalte Winter, der aber ebenfalls nur zwei Monate andauert.«

Ihr Gesicht gab nichts preis. Glaubte sie mir bislang oder hielt sie mich für verrückt?

»Dann haben wir, wie du bereits erfahren hast, einen anderen Sauerstoffgehalt in der Atmosphäre. Die liegt um zwei Prozent höher als bei euch, also bei dreiundzwanzig Prozent. Das führt zu stärkeren chemischen Reaktionen in der Luft. Du riechst intensiver und schmeckst deutlicher. Deswegen schmecken dir die Pfannkuchen zum Beispiel so gut. Oder bestimmt die Nussecke.«

Erneut grinste ich leicht und griff nach einem Gebäckstück. »Und natürlich ist ein großer wesentlicher Unterschied zu euch, dass es Nuretajaner gibt, die Seelenwanderer und Seelenträger sind.«

Lila hörte aufmerksam zu und neigte ihren Kopf leicht zur Seite.

»Was sind das für Seelen, die weiterwandern oder ›getragen‹ werden? Wenn Tom wirklich solch eine Seele in sich drin hatte, habe ich ihn dann überhaupt gekannt oder nur diese Seele?« Zweifelnd und etwas unsicher blickte sie zuerst mich an, dann ließ sie den Blick in Richtung Wald schweifen.

»Niemand weiß genau, was diese Seelen zu etwas Besonderem macht.« Ich seufzte leise, denn ich fand es ebenso unbefriedigend, dass wir nach so langer Zeit nicht hatten herausfinden können, was genau eine Seele befähigte, zu wandern. »Aber wir glauben, dass es an ihrem Streben nach übergreifendem Frieden und Glück für alle liegt. Weil sie selbstlos sind. Wegen ihrer Weisheit und Güte. Sie verfolgten ein höheres Ziel, sodass ihr eigenes kurzes Leben einfach nicht ausreichte und ihre Seelen daher weiterziehen mussten.« Ich drehte mich ein wenig zu ihr. Sie hatte immer noch Schmerzen, aber dieser Anfall klang langsam etwas ab. Ihre Haltung entspannte sich ein wenig und ihre Atmung war nicht mehr ganz so gepresst und flach.

»Um zu deiner zweiten Frage zu kommen, möchte ich vorher noch einmal kurz auf die Seelenwanderer und Seelenträger eingehen.

Die Seele wird vom Seelenträger auf den Embryo übertragen. Dabei ist die Seele des Wanderers aber weder die alleinige noch die dominante Seele des Körpers. Das Neugeborene behält seine eigene Seele. Das galt auch für Toms Seele.« Ich betrachtete Lilas Reaktion, die erleichtert ausatmete. »Die beiden Seelen verschmelzen etwa zum Zeitpunkt der Pubertät. Dann können sie Wissen und Erfahrungen mit der Stammseele teilen. Das dient zum Schutz der Seele des Babys, damit diese sich festigen kann. Die Seelenwanderer werden von klein an darauf vorbereitet, sich auf die Seele einzulassen und mit dieser zu verschmelzen. Die Seelen verweben sich friedlich und fruchtbar miteinander, ohne den Charakter der ursprünglichen Seele zu schädigen oder zu verändern.« Ich stoppte meinen Monolog ein weiteres Mal. Lilas Augen hatten sich im Laufe meiner Erklärung vor Unglaube geweitet, aber sie war sonst ganz ruhig, was ich als gutes Zeichen wertete.

Ich sprach weiter: »Die Seele wächst, wird weiser und kann aus der Erinnerung und dem Wissen des Seelenwanderers schöpfen. Dadurch wird die Seele des Seelenwanderers mit jedem Leben vielfältiger, reicher an Erfahrungen, Wissen und Persönlichkeiten.«

Unbewusst rückte ich ein Stückchen näher zu ihr. »Ich bin mir sicher, dass Tom ein Seelenwanderer war. Aber er wurde nie darauf vorbereitet. Du musst in der Lage sein, dich mit der Seele zu verbinden, eins mit ihr zu werden. Eigentlich ist dazu eine intensive Ausbildungszeit notwendig. Die Seelen der Wanderer sind uralt und vollgeladen mit Erinnerungen, Emotionen und Wissen. Es gibt niemanden, der in der Lage ist, sich vollkommen auf eine Seele einzulassen, musst du wissen. Wenn du mit der Seele verschmilzt, übernimmst du große Teile, beschränkst dich aber in der Regel auf spezifische Fähigkeiten und Erinnerungen. Und selbst dafür musst du bereit sein.« Ich atmete hörbar aus und blickte sie, in Erinnerung an meine Ausbildung, leicht lächelnd an. »Ich habe Stunden, nein, Tage damit verbracht zu meditieren. Ich war bestimmt der unbegabteste Schüler seit Jahrzehnten. Sich nach innen zu öffnen, seinen Geist zu entspannen und innere Klarheit zu erlangen. Es gibt wirklich einfachere Aufgaben für Jugendliche.«

Ungläubig schaute Lila mich an und glitt an meinem Körper entlang, was mich etwas verunsicherte, mir aber auch gefiel. Ihre Stirn war gerunzelt, bei der eine kleine Falte in der Mitte entstand.

»Du hattest Probleme, dich zu beherrschen und ruhig zu bleiben? Gerader kann eine Sitzhaltung nicht sein und ich habe kaum jemanden gesehen, der noch kontrollierter reagiert hat als du!«

Nun war ich in der Tat verunsichert, war das ein Kompliment? Oder war ich zu steif?

Unschlüssig trank ich einen kleinen Schluck und stellte meine Tasse weg.

»Danke?« Ich ließ es nur halb wie eine Frage klingen. »Das hat mich sehr viel Zeit gekostet. Ziel bei der Meditation ist, dass du dich der Seele öffnen kannst, ihr genug Platz einräumen kannst. Je mehr Platz, desto besser kann die Verschmelzung erfolgen und mehr kann von dir genutzt werden. Als Seelenträger ist dies ebenso wichtig, obwohl eine Verschmelzung wie bei den Wanderern nicht klassisch stattfindet. Es gibt partielle Berührungen und Zugriffe. Ohne einen Platz für die Seele geht gar nichts. Im Gegenteil, es kann dir schaden. Die Seelenlast könnte dich umbringen.« Bei diesen Worten sah ich Lila fest an. »Es gibt nicht genug Platz im Körper, die Auswirkungen darauf sind vielfältig! Schmerzen, geistige Umnachtung, Ohnmachtsanfälle und komatöse Zustände. Alles ist möglich …«

»Moment«, unterbrach mich Lila aufgeregt. »Glaubst du, meine Schmerzen kommen von einer Seelenlast? Könnte ich sterben?« Lilas Mund blieb vor Schreck leicht geöffnet und ihre Pupillen waren etwas geweitet.

Ich hob beschwichtigend meine Hände.

»Es besteht die Möglichkeit, ja. Es wäre eine Erklärung für deine Schmerzen. Wir sollten in jedem Fall mit Meditation beginnen, nur für den Fall, dass dies der Grund ist. Vielleicht hilft es dir? Wenn du einverstanden bist, starten wir damit gleich morgen früh!« Mein Blick wurde erwartungsvoll und ich zog fragend eine Augenbraue nach oben. Lila überlegte und bestätigte mir ihre Entscheidung, indem sie zustimmend ihren Kopf neigte.

»Ich habe nichts zu verlieren, oder?«

Nur dein Leben, dachte ich kurz, sagte aber nichts.

Lila fragte dann zögerlich: »Und Tom, wäre er nicht daran zugrunde gegangen?«

Ich lehnte mich langsam zurück. Darüber hatte ich auch nachgedacht. Ich legte meinen Kopf etwas schief und sah sie an.

»Ich habe Tom kurz kennengelernt und er war außergewöhnlich. Offen, zugewandt und einnehmend. Ich glaube, dass er es irgendwie geschafft hatte, sich zu einem gewissen Teil mit Miros Seele zu verbinden. Das wäre gleichzeitig die Erklärung, warum er nichts über Nuretaja wusste und nicht versucht hatte, andere Nuretajaner auf der Erde zu finden. Und dann zu uns zu kommen.«

Lila hatte mir ihr Gesicht während meiner Sätze über ihren Bruder wieder zugewandt.

Sie zeigte ein stolzes und gleichzeitig trauriges Lächeln und flüsterte leise: »Ja, so war er! Und ich werde ihn für den Rest meines Lebens vermissen.« Dann blickte sie mich wieder ernst an. »Du wolltest, dass Miro wieder Herrscher wird. Und du denkst, dass Tom seine Seele hatte. Was wäre denn passiert, wenn Tom nicht hätte mitgehen wollen?«

Lila stellte eine berechtigte Frage und sah mich neugierig an. Die Frage hatte ich mir bereits vor meiner Reise zur Erde gestellt und gleich beantwortet. Ich spannte meine Kiefermuskeln an und antwortete leise: »Die Antwort darauf wird dir nicht gefallen, Lila.« Sie zog scharf die Luft ein.

Ich sprach nicht weiter. In Lilas Augen konnte ich erkennen, dass dies nicht notwendig war. Ich atmete gepresst aus. Ein Nein hätte ich nicht akzeptieren können.

Lila musste mich für herzlos halten. Aber sie wusste nichts vom Leid meines Volkes. Ich öffnete meinen Mund, um ihr eine Erklärung für mein Verhalten zu liefern, als sie wortlos in sich zusammensackte.

14.
LILA

Hier lag ich wieder und starb. Alles schien wie immer, meine Hände am Dolch, das Blut, das meinen Körper verließ, und der rasende Schmerz, der das Denken fast unmöglich machte. Aber ich war bereit. Sofort richtete sich mein Blick zum Spiegel und ich konnte an der rückwärtigen Wand meinen Vater stehen sehen. Er hatte mich im Gegenzug bisher nicht entdeckt. Varun beobachtete konzentriert etwas in der Halle. Ich wollte seinen Namen rufen, aber mein Körper brachte nur einen unverständlichen Laut heraus. Varun zuckte zusammen und ich ebenso, was äußerst schmerzvoll war. Abgesehen davon, dass ich nicht in der Lage war, richtige Worte zu formulieren, klang meine Stimme in meinen Ohren ganz anders, als ich sie kannte. Sie war dunkler und volltöniger, als ich es gewohnt war. Vielleicht waren meine Sinneswahrnehmungen etwas getrübt von dem Dolch in der Brust. Mein Vater sah mich an und wie beim letzten Traum waren seine Augen vor Schreck geweitet. Er verließ seinen Platz in der Ecke und eilte auf mich zu. Ich wollte ihm so viel sagen, ihn anschreien und fragen: Warum war er nicht bei uns geblieben. Warum hatte er uns einfach im Stich gelassen? Warum hatte er mir nichts über die Seelen erzählt? Warum war er nicht ehrlich gewesen? Doch ich bekam keinen Ton raus.

Behutsam bettete er meinen Kopf in seinen Schoß und sah mich traurig an. Meine Hände umklammerten immer noch den Dolch. Seine rechte Hand legte sich darauf. Er umschlang sie beide mit seiner und begutachtete den Dolch eingehender. Ob er die Klinge kannte, die in mir steckte?

Eine Wärme durchströmte mich, die unglaublich wohltuend war und mich glücklich machte. Ich fühlte mich gut und meine Schmerzen verklangen fast vollständig.

»Es tut mir leid, viel kann ich nicht für dich tun. Der Blutverlust ist einfach zu groß. Ich wünschte, ich wäre bereits früher hier gewesen.«

Ja, nicht zu sterben wäre mal ein interessantes Ende meines Traums gewesen. Aber würde ich dann überhaupt aufwachen können? Ich schweifte mit meinen Gedanken ab. Warum konnte ich nicht einfach zu ihm sprechen? Ich starrte meinen Vater an und hoffte, dass er weiterredete. Seine Stimme hatte auf mich schon immer beruhigend und tröstlich gewirkt. Ich konnte mich nicht mehr gut daran erinnern, aber meine Mutter hatte mir erzählt, dass Tom und ich bei seinen Liedern immer sofort eingeschlafen waren.

Sein Gesicht sah fast genauso aus wie auf dem Foto, das ich in meiner Wohnung stehen hatte. Tiefe Lachfalten, die bei jeder Mimik an seinen Augen erschienen, seine bereits angegrauten Haare, obwohl er noch keine vierzig war, als er uns verlassen hatte. Er wirkte auf mich etwas jünger als in meiner Erinnerung. Wir waren glücklich gewesen. Dennoch hatte Papa immer einen etwas besorgten Eindruck gemacht und er hatte nie vollkommen unbeschwert gewirkt. Ich krampfte und merkte, dass es langsam dem Ende entgegenging.

»Bleib ruhig liegen«, raunte mir Varun sanft zu. Dabei sah er abwechselnd besorgt zu mir und in die Halle. »Alles wird gut«, versuchte er mich zu beruhigen.

Natürlich wusste ich es besser, ich kannte den Traum ja zur Genüge. Ich öffnete meinen Mund, aber erneut war ich nicht in der Lage, Wörter von mir zu geben.

»Ich verspreche dir, dass ich den Täter zur Rechenschaft ziehen werde. Ich versuche, ihn aufzuhalten. Ich weiß, dass er vorhat, Samson etwas anzutun!«

Mir war nicht klar, warum, aber sofort schoss mir ein Wort durch den Kopf und ich wusste, dass ich es ihm mitteilen musste.

Es widerstrebte mir und dennoch zog ich ganz langsam meine rechte Hand aus der Umklammerung meines Vaters. Mit einem Finger tippte ich in die Blutlache neben mir. Meine Fingerkuppe nahm nur schwach die warme Flüssigkeit wahr. Schwere Müdigkeit überzog meinen Körper und meine Hände wurden taub. Ich musste mich beeilen. Ich bewegte meinen Finger langsam über den Boden und malte Buchstaben auf den Boden.

Varun erkannte meine Absicht und sah sich meinen Schreibversuch genauer an. Ich glitt mit dem letzten Buchstaben in die Schwärze und mich erfreute der Gedanke, dass ich nun endlich etwas hatte unternehmen können. Ich konnte etwas weitergeben, für das ich gestorben war. In der Hoffnung, dass Varun die richtige Entscheidung würde treffen können.

»Seelenbefreier« war das Letzte, was ich dachte.

»Lila, bitte wach auf! Lila!«

Sanft wurde ich geschüttelt und abgetastet. Nur langsam fand ich meinen Weg zurück ins Bewusstsein. Mein Kopf fühlte sich an, als wollte er gleich explodieren.

Ich schlug vorsichtig meine Augen auf und verlor mich im Grün von Juris Iriden. Er war mir so nah und sah sehr besorgt aus. Unwillkürlich hob ich meine Hand, um über seine Wange zu streicheln, die gleichzeitig weich und kratzig aussah durch die Bartstoppeln. Doch

ich stoppte mitten in der Bewegung. Er hätte meinen Bruder umgebracht, um an Miros Seele zu kommen.

Ich seufzte leise.

Juri hatte seinen Kopf meiner Hand entgegengeneigt, doch sogleich versteifte er sich, richtete sich wieder auf und wurde ernst.

»Es tut mir leid. Du musst mich für ein Monster halten. Glaube mir
bitte, dass ich Toms Tod nur im äußersten Notfall in Betracht gezogen
hätte. Ich habe ihn ja selbst erlebt und mochte ihn auf Anhieb. Ich
war mir sicher, dass er mitgekommen wäre.« Seine Worte klangen
aufrichtig. Aber dennoch, er hätte Toms Tod akzeptiert. Da musste
ich meine nächsten Schritte eigentlich nicht länger überdenken. Juri
hatte schließlich noch eine Beere, die jederzeit mein Freifahrtschein
nach Hause sein könnte.

Ich massierte meine Schläfen und versuchte, die Schmerzen weg-
zustreichen.

So viele irrwitzige Informationen, deren Wahrheitsgehalt ich nicht
überprüfen konnte. Seelenwanderer, mit denen man sich einen Körper teilte? Diese Vorstellung war dermaßen abstrus. Selbst wenn Juri
von einer friedlichen Koexistenz sprach, kamen bei mir eher Gedanken an eine fremdgesteuerte Marionette und Gehirnwäsche auf. Und
für Miros Seele wäre Juri bereit zu morden.

Und was war das mit meinem Traum, was sollte das mit dem Seelenbefreier?

Meine Schläfen pochten tief und kraftvoll. Die Schmerzen waren
kaum auszuhalten und ich versuchte, tiefer in die Kissen abzutau-
chen, auf die mich Juri gebettet haben musste, als ich ohnmächtig
geworden war.

Hätte ich nicht spüren müssen, das Tom Miros Seele beherbergte?
Hatte Tom es überhaupt gewusst? Eine Träne rann mir die Wange
hinunter. Wie gerne hätte ich jetzt Tom an meiner Seite gehabt.

Und es reichte nicht, dass mein Leben aus den Fugen geraten war.
Meine Träume wurden ebenfalls immer wilder und vor allem häufiger. Und ich konnte aktiv in meinen Traum eingreifen. Das war
unglaublich! Aber ich wollte das alles nicht. Es sollte aufhören. Die
Schmerzen, das Sterben, alles.

»Hier …« Ich schrak auf, als Juri einen kleinen Ast aus seiner

Hosentasche zog und ihn mir reichte. Das Aussehen erinnerte an einen Birkenbaum in Miniaturformat. »Ich wollte dich nicht erschrecken. Aber ich denke, das hilft dir gegen deine Schmerzen. Der Geschmack erinnert etwas an Süßwurzel. Wenn du Lakritz magst, wird es dir schmecken.«

Der Geruch von Süßholz lag in der Luft und ohne groß darüber nachzudenken, nahm ich den Zweig und kaute darauf herum. Ich liebte Lakritz und bemerkte sofort, dass der Saft einen betäubenden Effekt in meinem Mund hatte. Dieses Gefühl dehnte sich schrittweise über meinen gesamten Kopf aus.

Juri hatte recht, der Schmerz ließ nach. Meine Kontrolle allerdings auch etwas.

Ich fühlte mich, als wäre ich in eine weiche Decke aus Watte eingesponnen und mein Verstand leicht wie ein Ballon, der in der Luft hing.

Ich lutschte an meinem Holz, bereit, weitere irre Geschichten zu hören. Bei dem Gedanken stahl sich ein breites Grinsen auf mein Gesicht. Mittlerweile fühlte es sich an wie ein Alkoholrausch. Die Art, die vor einem Kater kommt.

Lauter werdende Stimmen, motzig klingende Stimmen, drangen aus dem Wald zu uns herüber. Kurz darauf konnte ich eine zeternde Anni erkennen, die auf die Terrassentür zustürmte. Dicht darauf folgte ein zerknirscht aussehender Ade, der versuchte, sie zu beruhigen.

»Es tut mir wirklich leid! Ich wollte dich und deinen Einsatz weder stoppen noch verbieten. Ich …« Unwirsch wurde Ade von der viel kleineren Anni unterbrochen.

»Dazu hast du gar kein Recht, du großer, ungehobelter Klotz! Du bist weder mein Mann noch bist du für mich oder mein Kind verantwortlich. Wann und ob ich kämpfe, ist immer noch mein Ding!«

Mir war Anni gerade wie ein absoluter Sonnenschein erschienen, nun erlebte ich sie von einer anderen Seite. Neugierig sah ich beiden bei ihrer Diskussion zu und kaute weiter auf meinem Zweig herum.

Dann traf mich ihr Blick, sie sah von mir zum Zweig und blieb an meinem Wundermittel hängen. Ich lächelte sie breit an. Dann wandte sie sich zu Juri um. »Hältst du es für eine gute Idee, ihr einfach einen Baklatwazweig in die Hand zu drücken? Hast du ihre Augen gesehen? Wie lange kaut sie schon darauf herum?«

Währenddessen kam sie auf mich zu, nahm mir meinen Zweig weg und warf ihn zu Juri. Der fing ihn auf und blickte beschämt zu Boden. Seine Gesichtsfarbe wurde etwas weißer. Meine Reaktionen waren zu langsam, um mich zu wehren. Ich fühlte mich trotzdem gut; unbeschwert und schmerzfrei.

»Anni, Lila hatte eine Schmerzattacke …«

Anni rollte mit ihren Augen.

»Das kann sein, aber sie ist gerade ganz schön zugedröhnt. Wir wissen nicht, wie sie darauf reagieren würde.« Sie wandte sich zu mir. »Melde dich, wenn du dich komisch fühlst, okay?« Sie drehte sich erneut zu Ade um, der sich im Hintergrund aufgehalten hatte. »Aber mit dir bin ich noch nicht fertig. Ich erwarte eine Entschuldigung und einen großen Schokoladenkuchen mit extra viel Glasur und außerdem …« Den letzten Teil des Satzes konnte ich nicht mehr hören, da Anni bereits das Haus betreten hatte.

Ade sah abermals kurz zu uns, bevor er Anni folgte. Er sah noch etwas schuldbewusst aus, aber um seine Augen hatten sich bereits leichte Lachfältchen gebildet.

Benommen sah ich zu Juri, der nun ebenfalls etwas bedauernd aussah. »Was hat er wohl gesagt, dass sie so sauer wurde?«, fragte ich Juri und bemerkte, dass meine Aussprache sehr undeutlich war. »Und warum …«

»Moment, Lila. Bitte eins nach dem anderen, einverstanden?«

Stimmt, eigentlich waren wir mit dem wichtigsten Thema noch gar nicht durch. Ich hatte Konzentrationsprobleme. Ob das wegen der fiesen Kopfschmerzen oder wegen meines jetzigen Zustands war, konnte ich nicht sagen.

Juri war zwischenzeitlich aufgestanden, legte den Ast auf den kleinen Terrassentisch und schloss die Tür zum Haus. Danach setzte er sich wieder zu mir und sah mich betreten an.

»Anni hat recht, ich hätte dir den Baklatwazweig nicht geben sollen. Wie du vielleicht gemerkt hast, sind nicht nur deine Schmerzen verschwunden, sondern deine Sorgen und Ängste ebenfalls. Überhaupt alles Belastende …«

»Aber es wirkt total gut«, lallte ich und wollte bereits erneut nach dem Stöckchen greifen, doch Juri zog mich schnell wieder auf meinen Platz. Meine Reaktionsfähigkeit als langsam zu bezeichnen, könnte man als die Untertreibung des Jahrhunderts ansehen und ich war nicht imstande, daran etwas zu ändern.

Aber hier fühlte ich mich wohl. Ich kuschelte mich an Juri, der sich neben mir verkrampfte.

»Die beiden haben eigentlich fast immer beim Training dieselbe Diskussion. Ade findet, dass sich Anni unter ihren Umständen etwas zurücknehmen sollte, was sie aber gar nicht einsieht …«

Es ratterte in meinem Kopf, aber die Watte war zu dicht.

»Weil Anni schwanger ist.«

Stimmt, das hatte Anni gerade gesagt. Ich grinste Juri über beide Ohren an.

Juri sprach weiter, ohne zurückzulächeln. »Anni ist erst im fünften Monat. Äußerlich ist sie noch kaum erkennbar und wenn sie es uns nicht erzählt hätte, wüsste keiner was von der Schwangerschaft. Na ja, bis auf Ade vielleicht. Aber er ist nicht der Vater«, fügte Juri am Ende leise hinzu.

»Wo ist der Vater?«

»Tot.« Leise fuhr er fort: »Ihr Freund hieß Taiko und war so etwas wie ein Landwirt. Er, nein, eigentlich sein ganzes Dorf, war auf den Anbau und die Zucht von den Beeren, die uns das Reisen zur Erde ermöglichen, spezialisiert. Wir nennen diese Bäume Huahele, was übersetzt so etwas wie Reisebegleitung bedeutet. Du kennst sie, wir haben sie bereits verwendet. Kurz nach dem Tod Miros ging ein Pflanzenschädling um, der fast die gesamten Baumbestände vernichtet hatte. Seitdem war kein Reisen mehr möglich. Erst vor ein paar Jahren gelang es den Leuten in Taikos Ort, resistente Pflanzen zu züchten. Diese Bäume fangen aber erst nach drei bis fünf Jahren an, Früchte zu tragen. Vor vier Monaten war es endlich so weit. Dieser Durchbruch hätte dem Ephor Firas natürlich sofort mitgeteilt werden müssen. Dies geschah nicht, aber seine Spione bekamen Wind davon. Firas Rache war vernichtend. Sämtliche Pflanzen wurden beschlagnahmt oder zerstört.

Taiko setzte sich zur Wehr, aber die Soldaten waren brutal und in der Überzahl. Er erlag nur wenig später seinen Verletzungen.

Das gesamte Dorf wurde dem Erdboden gleichgemacht und die

Bewohner entweder getötet, misshandelt oder verschleppt. Seit diesem Tag gibt es keine Planetenwandererbäume mehr, die der Öffentlichkeit zur Verfügung stehen. Lediglich Auserwählte des neuen Herrschers haben Zugang.«

Kurz verharrte Juri reglos in Gedanken, bevor er seine Geschichte weitererzählte.

»Jedenfalls kam ich kurze Zeit später dort an, unter anderem auf der Suche nach Beeren. Die Nuretajaner, die ich antraf, befanden sich in einem erbärmlichen Zustand. Ihre Existenz war zerstört worden und sie hatten selbst nicht nur körperliche Schäden davongetragen. Viele hatten tiefe seelische Wunden, die ihnen noch viel mehr zusetzten. Angehörige waren schwer verletzt worden oder gestorben. Und keiner weiß bis heute, wohin die anderen entführt wurden. Fast jede Familie hat jemanden verloren.

Mir war bereits von Anfang an klar, dass Firas kein guter Ephor sein würde, aber dass er so brutal und gleichgültig mit seinem Volk umgeht, das wurde mir da erst klar.« Juris Stimmfarbe hatte sich beim letzten Satz verändert und klang nun düster und bedrohlich.

Er räusperte sich kurz und fuhr mit leiser und tiefer Stimme fort:

»Anni hatte nur noch Taiko und nach seinem Tod nichts mehr zu verlieren. Sie war die Einzige, die sich nicht hatte unterkriegen lassen. Sie war ebenfalls verletzt worden. Ein paar Rippen waren geprellt und sie hatte etliche blaue Flecken. Sie wollte nicht dortbleiben, sondern mit mir kommen, und sinnt seitdem nach Rache.

Dass sie schwanger ist, weiß sie erst seit knapp zwei Monaten. Ade und Anni fühlten sich sofort zueinander hingezogen. Das ist vielleicht für Außenstehende nicht nachvollziehbar, aber allein deren Sache und sie tun sich gut. Ich werde das nicht verurteilen.«

Was für eine traurige Geschichte und trotzdem gab es Hoffnung auf eine neue Liebe. Anni ist tough. »Und Ade? Wie hat er den Weg hierhin gefunden? Und Aya? Und sind Anni und Ade jetzt fest ein Paar? Trotzdem schnell, wenn auch großartig. Und was ist mit dir? Wer ...«

»Lila«, bremste mich Juri nun etwas belustigt, wobei er seine Mundwinkel leicht nach oben zog.

»Ich unterbreche dich nur ungern, aber lass uns noch einmal zum Wesentlichen kommen. Oder benötigst du eine Pause? Vielleicht solltest du dich einen Augenblick hinlegen, ich kann dich zu deinem Zimmer bringen und wir reden später weiter, wenn die Wirkung der Rinde nachgelassen hat?«

Immer noch fühlte sich mein Kopf schwammig an und es fiel mir schwer, fokussiert zu bleiben. Dennoch genoss ich diesen Zustand, keine Schmerzen, Schuld oder Trauer zu fühlen.

»Du hast recht, ich habe gerade ein klitzekleines Problem dabei, mich zu konzentrieren.« Ich lächelte ihn an, und währenddessen spürte ich, wie die Droge ihre volle Wirkung entfaltete. Hitze durchströmte meinen Körper, Schweiß brach aus jeder Pore, und Juri wirkte unwiderstehlich für mich. Ich schmiegte mich an ihn, er roch so gut. Alles hier roch so gut. Juri verkrampfte, das bekam ich aber nur am Rande mit. Außerdem war es mir egal.

Er rückte nun ein Stückchen von mir ab.

Das störte mich nicht. Meine Stimmung blieb, meine Kopfschmerzen waren nach wie vor verschwunden und selbst Gedanken an Tom oder meinen Papa wühlten mich nicht auf. Ich robbte wieder ein wenig näher zu ihm.

Er sah eindeutig heiß aus. Ob er wohl gut küssen konnte?

Während ich an seinem Mund hängen blieb, presste er seine sinnlichen Lippen zu einem schmalen Streifen zusammen.

»Okay, das reicht jetzt«, quetschte er leise hervor. »Aya!«, rief er laut in Richtung Wald. »Aya, bitte komm mal schnell, ich benötige hier deine Hilfe. Wirklich schnell!«

Mit meinem lahmen Gedankengang kam ich nicht mehr hinterher, warum Hilfe?

Ich versuchte, meine Hand unter sein Shirt zu schieben. Unglaublich, wie weich seine Haut und wie hart seine Muskeln waren.

Wohlig seufzend befand ich mich mit ihm jetzt auf Augenhöhe und fixierte abwechselnd seinen Mund und seine Augen.

Mein Verhalten ließ ihn nicht kalt, das war eindeutig. Seine Pupillen waren geweitet und er fixierte für einen kurzen Moment ebenso meinen Mund.

Gerade, als ich die kurze Distanz zwischen uns überwinden wollte, wurde ich von seinen Armen fixiert. Meine Hände konnten sich dadurch keinen Millimeter mehr rühren.

Erneut versuchte ich, meinen Kopf zu seinem zu strecken, als zwei Dinge gleichzeitig geschahen. Zum einen wurde ich von Juri durchgeschüttelt und zeitgleich wurde mir von hinten ein großer Schwall Wasser über meinen Kopf geschüttet. Eiskaltes Wasser, das intensiv nach dem See roch, in dem ich erst vor so kurzer Zeit unfreiwillig gebadet hatte.

Ich schrie auf und hockte jetzt wie ein begossener Pudel neben Juri auf dem Sofa, der ebenfalls einen ordentlichen Schwung abbekommen hatte.

»Sorry! Aber du sahst so aus, als ob dir eine Abkühlung guttäte.« Triefend drehte ich mich zu Aya um, die grinsend in einer Leggings und bauchfreiem Top, vollkommen verschwitzt vor mir stand. Lässig hielt sie den Eimer in der Hand, mit dessen Inhalt sie mich gerade durchnässt hatte. Sie sah zu Juri, dann zu dem Zweig auf dem Tisch und dann zu mir. Sie starrte mir in meine Augen und ein Mundwinkel zog sich leicht nach oben. Dann blickte sie wieder zu Juri, der mich immer noch in seinem Klammergriff hielt. »Juri, du bist so ein Volldepp!«

»Lila hatte Schmerzen und …«, murmelte dieser nur.

»Und ein normales Schmerzmittel hätte es da nicht getan?«, fuhr sie ihm ins Wort.

Schuldbewusst senkte Juri seinen Blick zu Boden. »Ich weiß, aber den Zweig hatte ich noch in meiner Tasche, wegen meiner Verletzung. Ich hatte lediglich vergessen, ihn ihr wieder rechtzeitig abzunehmen.«

Ich starrte baff zwischen beiden hin und her, unfähig, mich zu rühren.

Das Wasser zeigte allerdings seine Wirkung. Die Hitze zwischen meinen Beinen und das Verlangen waren komplett vergangen. Mir wurde schlagartig klar, dass ich Juri ohne jegliche Hemmung angebaggert hatte, und zwar aufs Massivste.

Generell war es in Ordnung, den ersten Schritt zu machen, aber das hier war einfach nur übergriffig gewesen. War das das Werk dieses Baklava, Baklatwa, wie auch immer das hieß?

»Ja gut«, murmelte ich leise. Ich blickte auf Juris Hände. »Ich würde dann mal etwas Neues anziehen gehen.« Es war mir unglaublich unangenehm. Ich war nicht in der Lage, einen der beiden anzuschauen.

Sofort ließ er mich los und zeitgleich standen wir auf. Das war wieder keine gute Idee. Dadurch, dass wir so nah beieinandersaßen, knallten prompt beim Aufstehen unsere Köpfe aneinander. Aya lachte kurz auf. Für sie war es vielleicht komisch, mir war es nur unglaublich unangenehm und jetzt auch noch schmerzhaft.

Wir beide zuckten stöhnend zurück. Wie peinlich konnte das hier noch werden? Juri blickte ebenfalls zu Boden und ging, wie ich, Richtung Treppe. Er ließ mir den Vortritt und ich flüchtete mich sofort ins Bad, während Juri nach links in sein Zimmer abbog und sofort die Tür schloss.

Wo war das nächste Loch, in das ich kriechen konnte? Ich ließ die nassen Klamotten achtlos zu Boden fallen und stellte mich bibbernd in die Dusche. Hier würde ich vorerst nicht wieder herauskommen.

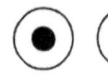

15.
LILA

Leises Klopfen drang langsam in mein Bewusstsein. Mit geschlossenen Augen ließ ich das Wasser auf meinen Kopf prasseln. Dann hörte ich Annis besorgte Stimme.

»Lila? Alles klar? Ich habe dir noch mal Klamotten mitgebracht. Aya hat mir Bescheid gegeben. Sei nicht sauer auf sie, okay? Du kennst doch das Sprichwort mit dem weichen Kern.«

Ich drehte das Wasser aus und schnappte mir erneut ein flauschiges Handtuch. Darin eingewickelt, öffnete ich ihr die Tür.

»Um ehrlich zu sein, ging es mir schon mal besser. Aber danke für die Anziehsachen.« Ich griff nach einem ähnlichen Ensemble wie zuvor.

Ich schloss die Tür und zog mich rasch an. Das Sweatshirt roch eindeutig nicht nach Juri. Es war auch viel kleiner. Der Pulli war vermutlich von Anni. Da sie etwa einen halben Kopf kleiner war als ich, stellte ich fest, dass er mir nur bis knapp unter den Bauchnabel reichte. Als ich die Tür wieder öffnete, stand Anni noch immer davor.

»Ich besorge dir gleich etwas Größeres. Ich habe außerdem die Klamotten aus deinem Rucksack gewaschen und aufgehängt. Den Rest habe ich gereinigt, hier«, teilte Anni mir mit und überreichte mir sogleich meinen Rucksack, in den Juri in aller Hast sinnige und unsinnige Badezimmerartikel eingepackt hatte.

Ich lächelte dankbar, nahm alles entgegen und stellte es schnell auf eine freie Fläche im Badezimmer ab. Gemeinsam stiegen wir erneut die Treppen nach unten. Wir waren allein.

Die Dusche hatte geholfen, mein Bewusstsein zu klären, und glücklicherweise waren die Kopfschmerzen bislang nicht zurückgekehrt.

Die Situation war trotzdem mehr als merkwürdig gewesen. Mir war mein Verhalten unglaublich peinlich.

Anni schaute mich lange mit schwer zu deutendem Ausdruck an. Dann ging sie zur Küche und reichte mir kurze Zeit später eine Tasse mit dampfendem Inhalt, an dem ich kritisch schnupperte.

»Keine Sorge, das ist nur Kaffee.« Sie blickte kurz erneut zu mir und dann auf den Boden. »Juri hat dir von Taiko erzählt, oder?« Schon wieder stahl sich ein Ausdruck in Annis Augen, den ich nicht zuordnen konnte. »Deine Meinung über mich muss jetzt ganz schön übel sein. Glaub mir, ich hatte Taiko sehr gerne. Wir gehörten zusammen und hatten uns unser Leben nur gemeinsam vorstellen können. Sein Tod hat so viel zerstört … Juri und Ade haben mich gerettet.«

Versonnen streichelte sie ihren Bauch. Erst jetzt bemerkte ich die sanfte Wölbung, nun da ich wusste, dass sie ein Kind erwartete.

»Uns gerettet. Juri hat erlaubt, dass ich mit ihm komme. Er hat sich um mich gekümmert. Und dann kam Ade.«

Sie schaute in Richtung See und fuhr dann fort: »Ich denke, es war Schicksal. Auch wenn er mich manchmal echt nervt!« Ihre Stimme hatte einen strengen Ton bekommen und ihre Augenbrauen waren wütend zusammengezogen.

Sie hatte sich eine Tasse Tee mitgebracht, ging damit zielstrebig zu der großen Couch und ließ sich in die Polster sinken.

Ich folgte ihr und stellte die Tasse auf dem Couchtisch ab. Obwohl ich Kaffee eigentlich sehr mochte, war mir die Lust darauf vergangen. Außerdem stellte ich fest, dass die wohltuende, schmerzstillende Wirkung des Drogenstöckchens abgeebbt war und sich meine Kopfschmerzen unnachgiebig zurückmeldeten. Es wurde tatsächlich seit Toms Tod immer schlimmer.

»Du hast Schmerzen, oder?« Anni sah mich mit zusammengekniffenen Augen an.

Ich löste meine Hände hastig von meinen Schläfen und verschränkte sie im Schoß. Jeder musste mich für solch ein Weichei halten.

»Danke, geht schon. Ich benötige zumindest gerade nichts dagegen«. Ohne zu geschwächt auszusehen, lehnte ich mich ganz langsam an das flauschige Kissen in meinem Rücken. Mit stärkerer Stimme fuhr ich fort: »Juri konnte gerade nicht mit seinen Ausführungen fortfahren.«

Bei den Gedanken daran wurde mir kurz erneut ganz warm und ich räusperte mich schnell. »Er ist bei dem Teil der Geschichte stehengeblieben, bei dem mein Vater meinem Bruder Tom die Seele Miros übergeben haben soll.« Ich pausierte, mehr konnte ich ohnehin nicht dazu sagen. Es laut auszusprechen, hatte mir allerdings ebenso wenig geholfen, diese Aussagen zu verstehen. Mein Bruder wäre also eine Art König hier gewesen.

»Eigentlich hatte ich gehofft, Juri würde dir alles erklären. Er kennt sich damit viel besser aus als ich.« Sie seufzte schwer und fuhr dann langsam und mit Bedacht fort: »Ja, Juri hatte nie daran geglaubt, dass Miro fortgegangen war. Er hatte lange keine Idee, wo er sich aufhalten könnte. Fakt ist jedoch, dass er sich mit den letzten Beeren auf den Weg gemacht hat und mit dir zurückgekehrt ist.«

»Juri hat mir bereits einige Informationen über Miro gegeben. Er ist euer Ephor, also euer Präsident gewesen, richtig?« Ich wollte ihr nicht mitteilen, dass Tom die Seele von Miro gehabt haben soll, das fühlte sich für mich nicht richtig an.

Überhaupt war ich weiterhin nicht sicher, ob ich diesem ganzen Seelenwandern wirklich Glauben schenken sollte. Ich hatte hier bislang niemanden gesehen, der eine Zusatzseele getragen hatte oder gar mit einer verschmolzen war. Annis Worte lösten mich aus meinen Gedanken und brachten mich zurück in die Gegenwart.

»Miro war viel mehr als nur unser Anführer, er hat unser Volk zusammengehalten und hat den Frieden in unserem Land und in unseren Herzen gefestigt. Durch ihn waren wir frei und glücklich!« Annis Augen strahlten bei ihren Worten und ihr Blick schweifte versonnen in die Ferne. Kurz räusperte sie sich. »Nun ja, so wurde es mir zumindest berichtet.«

Sie sah mich wieder an und Trauer und Verbitterung verhärteten ihre Züge. »Ich habe Nuretaja so leider nie kennengelernt. Ich bin unter Firas Herrschaft aufgewachsen. Er ist der Bruder des damaligen Seelenträgers Samson und war früher sein Berater. Nach der Ermordung Samsons durch Varun übernahm …«

»Moment«, meine Stimme hörte sich selbst in meinen Ohren unnatürlich schrill an, »Varun soll Samson, also euren Präsidenten, ermordet haben? Du glaubst, dass Varun für den Tod verantwortlich ist und damit für euren Verlust an Miro?«

Mit aufgerissenen Augen starrte ich Anni an. Mein Vater ein Mörder? Niemals. Mein Vater hatte als Pfleger zusammen mit meiner Mutter im Krankenhaus gearbeitet und war von allen geliebt worden. Er hätte nie jemandem wehtun können.

Anni schaute mich mit zusammengekniffenen Augen an.

»Ich dachte, Juri hätte dich über die Seelenwanderer aufgeklärt?

Miro war unser erster Präsident, der Ephor und ein Seelenwanderer, der zu dem Zeitpunkt mit Samsons Seele verschmolzen war. Dann hat Varun Samson ermordet und damit Miros Seele …«

»Das kann nicht stimmen!« Aufgebracht erhob ich mich von der Couch.

Viel zu schnell, wie mir mein Kopf unmissverständlich zu verstehen gab. Ich atmete flach, weil sich jetzt auch mein Brustkorb zusammenzog, und drückte fest mit beiden Händen an meine Schläfen. Das half nicht. Dieses wahnsinnige Pochen war nicht zu ertragen. Ich ging in die Hocke und presste meine Augen zusammen. Ich spürte, dass Anni mich anstarrte, traute mich aber nicht, meine Augen jetzt schon zu öffnen.

»Was ist los? Habe ich was Falsches gesagt? Jeder in Nuretaja kennt die Geschichte. Varun war …« Dann hörte ich eine tiefe und eindringliche Stimme etwas außer Atem von der Treppe rufen:

»Was ist hier los?«

16.
JURI

Seit ich Lila kannte, lief nichts mehr nach Plan. Nicht nur, dass Tom tot war und ich Miros Seele nicht übernehmen konnte, was an sich schon ein Problem war. Nein, jetzt hatte Lila sie geerbt und war absolut nicht in der Lage, damit umzugehen. Zu allem Überfluss musste ich ihr dann noch eine Überdosis Baklatwarinde verabreichen. Sie musste mich ja für komplett unfähig halten.

Bei der Erinnerung an ihre Annäherungsversuche wurde mir erneut ganz warm. Es hatte sich so gut angefühlt und ihr Blick, der eindeutig zeigte, was sie wollte, hatte mich erregt. Ich schloss kurz die Augen. Mist, selbst die Erinnerung daran erregte mich immer noch. Ich sollte mich besser im Griff haben.

Nachdem Lila erneut unter die Dusche gegangen war, hatte ich es ihr gleichgetan. Meine nassen Klamotten und meine Haare hatten dringend eine kalte Dusche nötig, aber vor allem benötigte ich selbst eine Abkühlung. Doch die reichte kaum aus. Der Druck kam zurück. Es lag an der aphrodisierenden Wirkung des Baklatwa, weshalb sie mich begehrt hatte, sonst nichts.

Ich trat fest gegen den Boxsack, der neben dem Fenster meines Zimmers hing, und dann schlug ich in einer schnellen Abfolge rechts und links auf ihn ein.

Eine Stunde später duschte ich erneut. Nachdem ich in frische, bequeme Kleidung geschlüpft war – ein schwarzes T-Shirt und eine abgetragene Jogginghose –, fühlte ich mich deutlich besser. Ich würde noch einmal mit Lila sprechen. Wir mussten einen Weg finden, wie sie mit Miro in Kontakt treten konnte. Meines Wissens war es nicht möglich, die Seele von einem Träger an einen anderen Träger zu übergeben. Und bislang war dies auch nie nötig gewesen.

Ich klopfte sachte an ihre Tür und wollte gerade eintreten, als ich Lilas ungläubige und empörte Stimme von unten hörte. So schnell ich konnte, rannte ich ins Erdgeschoss.

»Was ist hier los?«, keuchte ich.

Lila und Anni starrten mich verwundert an. Ich konnte es ihnen nicht verdenken, ich hatte offenbar überreagiert. Anni stand mit großen Augen fragend neben Lila, die vornübergebeugt ihren Kopf mit beiden Händen umfasste und ebenfalls mit hochgezogenen Augenbrauen zu mir blickte.

Anni fuhr an mich gewandt fort: »Ich erzählte Lila gerade von dem Mord an Samson. Ich dachte eigentlich, dass sie bereits Bescheid weiß?« Ich räusperte mich kurz.

»Dazu sind wir bislang nicht gekommen, aber deswegen bin ich hier.« Meine Stimme war viel zu dunkel und zu rau.

Lila hatte sich nun langsam aufgerichtet, warum trug sie bauchfrei? Und warum konnte ich meinen Blick nicht von dem schmalen Streifen Haut lösen? Ich schloss meine Augen und fuhr mir mit der Hand durch die Haare.

»Vielleicht könntest du dich mit Ade und Aya um das Abendessen kümmern, während ich ungestört mit Lila rede?« Ich drehte mich zu Lila. »Sofern das für dich in Ordnung ist?«

Lila neigte zustimmend ihren Kopf.

»Kein Problem, Ade wird sich freuen. Für Aya werden wir schon etwas Sinnvolles finden, sollte ich sie sehen. Sie drischt seit heute Nachmittag auf die Übungspuppe ein. Seit ihr wieder da seid, ist sie noch verbissener als vorher.« Anni machte eine wegwerfende Handbewegung und ging Richtung Treppe davon.

Ich reichte Lila meine Hand.

»Ich zeige dir meinen Lieblingsplatz. Da sollten wir vorerst ungestört sein.« Lila schaute mich an, wich dann aber sofort wieder meinem Blick aus und sah zu meiner Hand. Vermutlich war ihr die Situation vom Nachmittag etwas unangenehm. Dann gab sie sich einen Ruck.

Mein Lieblingsplatz war eigentlich nichts weiter als eine kleine Dachterrasse, die sich halb versteckt über der Garage befand. Ähnlich wie das Haus, fügte sich die Garage harmonisch in die Umgebung ein und war von Weitem kaum zu erkennen. Ich hatte einen Teil der Dachbegrünung entfernt und stattdessen Holzdielen ausgelegt. Die Terrasse war von allen Seiten mit wildem Efeu zugewuchert, während eine schillernde Bougainvillea vom Boden hochgerankt war und ihren unwiderstehlichen Duft verströmte. Es gab hier lediglich ein großes Outdoor-Sofa mit bunt gemusterten Kissen, einen Tisch aus dunklem Holz und Sportutensilien.

Lila setzte sich auf die Längsseite des Sofas und legte sich ein großes Kissen auf den Schoß. Langsam bettete sie ihren Kopf nach hinten an die Lehne und holte tief Luft.

»Ich möchte mich entschuldigen. Es war nicht meine Absicht, dass du das mit deinem Vater auf diese Weise erfährst.«

Lila richtete sich auf und ich erkannte, dass ihre Schmerzen wieder größer waren.

»Das kann nicht stimmen. Mein Papa war eine der friedfertigsten Personen, die es gab.« Ihr Blick war so eindringlich, dass ich es sofort glaubte. Ich hob mein Kinn, um ihr beizupflichten.

»Es gibt viele, die nicht daran glauben, dass Varun der Mörder von Samson ist. Aber bislang konnte keiner Beweise finden, die ihn entlasten, und Varun war und blieb verschwunden. Mit der Zeit wurde daraus für die meisten die Wahrheit und er als Mörder abgestempelt. Ich hätte dir früher davon erzählen müssen.«

Ich setzte mich neben sie und jetzt ließ sie sich langsam auf der gesamten Länge des Sofas in die Kissen gleiten. Wie ein Kokon wickelte sie sich dabei die Decke, die neben ihr gelegen hatte, fester um den Körper.

Ihr Kopf berührte jetzt sacht meinen Oberschenkel und sie sah in den Himmel, in dem sich jetzt deutlich die beiden Monde und die nuretajanischen Nebel in einem wunderschönen Blaurosa zeigten.

Lila seufzte leise und schaute dann zu mir hoch.

»Was ist mit dir? Glaubst du, dass Varun Samson ermordet hat?«

»Nein, auf keinen Fall!« Ich musste nicht eine Sekunde darüber nachdenken. Ich war davon überzeugt, dass Varun unschuldig gewesen war. »Aber ich bin mir sicher, dass er mehr wusste und deswegen Miros Seele in Sicherheit gebracht hat.« Ich merkte, dass Lila erleichtert ausatmete. Kurz herrschte Stille zwischen uns.

Schließlich rührte sie sich und ihr Blick streifte meinen erneut.

»Was gibt es noch über dich zu wissen? Du bist also ebenfalls ein Seelenträger, wenn ich das richtig verstanden habe? Was noch?« Gespannt hielt sie jetzt meinen Blick fest.

Ich räusperte mich kurz und begann: »Ich wurde vor siebenundzwanzig Jahren geboren, etwa ein Jahr bevor Miro verschwand oder, wie du erfahren hast, Samson ermordet wurde.« Ich atmete langsam aus und ein. Noch nie hatte ich mein Leben zusammenfassen müssen. Viel gab es eigentlich nicht zu erzählen, zumindest nicht viel Schönes. »Ich hatte dir schon erzählt, dass Firas ein enger Berater von Samson war. Gleichzeitig ist er Samsons Bruder ... Was du bisher nicht weißt, ist, dass Firas ebenfalls mein Vater ist.«

Lilas Augen weiteten sich erstaunt.

»Glaube mir, wenn es einen gibt, der seine Machenschaften stoppen möchte, dann bin ich das.« Ich hob leicht meine Hände. »Samson war der ältere Bruder und bekam dementsprechend die Seele Miros bereits als Fötus, das Geburtsrecht des Älteren. Firas hingegen ging dabei leer aus. Und ich glaube, das hat er nicht gut verkraftet, da er schon immer der Ehrgeizigere der beiden Brüder war und grundsätzlich mehr Interesse an Macht gezeigt hatte als Samson. Firas Frau, meine Mutter, hieß Salal. Firas liebte meine Mutter abgöttisch. Sie starb kurz nach meiner Geburt.« Ich hatte die Sätze monoton heruntergerattert, doch jetzt musste ich hart schlucken. »Firas gab mir die Schuld dafür, einem Säugling. Er gab mir immer das Gefühl, dass es sie ohne mich noch gegeben hätte.« Meine Stimme erstarb.

Nie hatte ich das vorher jemandem gesagt. Ich hatte während meiner Geschichte auf meine Hände geblickt. Als ich den Kopf hob, spürte ich ihren Blick, der voller Mitgefühl war. Ich entspannte mich etwas.

Ich fuhr fort: »Mein Vater ertrank in Trauer und Verbitterung. Er konnte und wollte nichts mit mir zu tun haben. Marit, meine Amme, kümmerte sich um mich und zog mich groß. Varun, dein Vater und ein enger Freund von Marit, nahm sich ebenfalls meiner an. Er war ein begnadeter Heiler. Ohne die beiden wäre ich verloren gewesen.« Ich nahm einen tiefen Atemzug, bevor ich leise weitersprach. »Nach meinem ersten Lebensjahr wurde Samson ermordet, Miro verschwand und mein Vater nahm sich die Herrschaft. Firas beschuldigte Varun und Lekika der Ermordung Samsons, die beide ebenfalls zu der Zeit verschwanden.«

»Wie konnte Varun sich deiner dann annehmen? Du warst ein Jahr alt ... Und wer ist Lekika?«, schob Lila diese Fragen hinterher.

»Du hast recht. Varun war ebenso verschwunden, aber er hatte bereits kurz nach meiner Geburt alles in die Wege geleitet, dass ich die Ausbildung erhalte, die ich für meine Aufgabe benötigen würde.«

Lila neigte fragend ihren Kopf, doch ich erklärte sofort: »Ich habe dir von den Seelenwanderern und den Trägern erzählt. Nicht jeder Nuretajaner ist dazu in der Lage. Die Auserwählten sind gezeichnet. Lekika ist unsere Seelenseherin. Sie ist selbst zudem eine Wanderin und hat die Gabe, den Trägerinnen und Trägern die passende Seele zuzuordnen, damit sie so harmonisch wie möglich koexistieren können. Lekika ordnete mir Miros Seele zu. Als Varun davon erfuhr, sorgte er dafür, dass ich auf die Übernahme der Seele vorbereitet werde. Varun selbst war ein potenzieller Träger, aber noch ohne Seele.«

Ich hielt kurz inne. Lila hatte ihren Kopf wieder neben meinem Oberschenkel abgelegt und sah konzentriert in den Himmel.

»Nach Samsons Tod herrschte kurzzeitig das pure Chaos. Miros Seele war nicht aufzufinden und Lekika und Varun waren auch weg. Mein Vater als rechte Hand Samsons übernahm die Herrschaft und gab sie nie wieder her. Unsere Demokratie wurde durch eine Autokratie ersetzt.«

Ich schwieg eine Weile. »Seit diesem Tag hat sich sehr viel in Nuretaja geändert und ausschließlich zum Schlechten. Mein Vater verstärkte die Armee drastisch. Jeder musste bis zu seinem siebzehnten Lebensjahr eine militärische Ausbildung von drei Jahren antreten. Für mich galt das nicht. Da er mich nicht um sich haben wollte, entschied er, mich früher in die Akademie zu geben. Ich wurde bereits mit acht in die Militärschule geschickt und musste bleiben, bis ich zwanzig Jahre alt war.« Den verbitterten Unterton konnte ich bei meiner Ausführung nicht vollständig unterdrücken.

»An den Wochenenden durfte ich bei Marit wohnen. Mein Vater sah ich nur zu öffentlichen Feierlichkeiten. Ich wurde gedrillt und auf meine zukünftige Rolle vorbereitet. Nach der Gehirnwäsche in der Akademie war das Ziel meines Vaters klar: Die Familie muss an der Macht bleiben.«

Ich dachte zurück an diese Zeit mit den ständigen Demütigungen und Übungen, Schlafmangel und Kämpfen. Ich wäre beinahe daran zerbrochen oder, was noch viel schlimmer gewesen wäre, so geworden wie mein Vater. Marit hatte mich davor bewahrt und mich bestärkt, dagegen anzukämpfen.

Ich griff nach meinem Glas und trank einen großen Schluck.

»Mein Vater hatte natürlich auch von der Seelenzuordnung Lekikas gehört. Im Gegensatz zu Varun und Marit lag ihm nichts an meiner Vorbereitung dafür. Vor allem nach Miros Verschwinden und dem Tod von Samson. Für ihn war klar, dass ich Miros Seele nie würde übernehmen können. Marit hat trotz allem für meinen Unterricht gesorgt, gegen den Beschluss von Firas.«

Ich stockte, schaute zu Lila und murmelte: »Und jetzt ist es ohnehin hinfällig. Firas hatte recht. Ich werde Miros Seele nicht übernehmen können – weil du sie hast.«

Ihr Blick klärte sich und traf mich.

»Das tut mir leid!« Sie klang ehrlich, obwohl mir nicht genau klar war, worauf sie ihre Aussage bezog und ob sie mir nun glaubte.

»Das klingt nach einer sehr traurigen Kindheit«, fuhr sie fort und ihr Blick war voller Mitgefühl. »Ich kann mir vorstellen, dass Marit für dich wie deine Mutter war. Aber wo ist sie denn eigentlich?«

»Tot.« Ich riss mich zusammen, ignorierte die bestürzt zusammengekniffenen Augen von Lila und fuhr fort: »Wie ich sagte, musste ich bereits mit acht Jahren die Militärschule besuchen. Marit ging mit mir, da ich noch sehr jung war. Ich war dort ziemlich isoliert und bekam nur das mit, was mir Marit an den Wochenenden erzählte. Ich hatte viele Jahre keine Freunde und ohnehin waren allesamt viel älter als ich. In den ersten Jahren bekam ich Einzelunterricht. Trotzdem habe ich den Wandel Nuretajas durch die Diktatur von Firas erlebt. Unser Volk wurde zunehmend reglementiert. Es wurde genau überwacht und kontrolliert, wer in welcher Weise agierte. Spitzel wurden gezielt eingesetzt, um potenzielle Feinde Firas frühzeitig zu erkennen. Sie wurden diskreditiert, weggesperrt oder eliminiert. Dadurch wurde die Gesellschaft immer misstrauischer und ängstlicher.

Viele wollten fliehen, was jedoch durch das zufällige Auftreten des Pflanzenschädlings verhindert wurde. Dieser Pilz befällt ausschließlich die Huahelebäume. Da nur diese Bäume die Beeren für die Planetenwanderung produzieren, sind bis jetzt die meisten hier gefangen.«

Ich atmete langsam aus und trank noch einen Schluck. Meine Kehle war durch das ungewohnt viele Reden förmlich ausgetrocknet … Ich konnte mich nicht erinnern, einmal in meinem Leben so viel am Stück gesprochen zu haben.

»In der Akademie nahmen die Anfeindungen zu und wurden mit der Zeit immer schlimmer. Als Kind dachte ich zunächst, das würde alles aus Neid geschehen. Ich war der Sohn des mächtigsten und gefürchtetsten Mannes im Land. Aber ich hatte glücklicherweise ein paar Privilegien und durfte am Wochenende raus zu Marit. Alle anderen mussten auf dem Gelände bleiben. Außerdem hatte ich ein eigenes Zimmer. Zumindest, bis ich siebzehn Jahre alt wurde. Ab diesem Zeitpunkt galten fast die gleichen Regeln für mich wie für meine Altersgenossen. Bis auf die Wochenenden gab es keine weiteren Ausnahmen mehr.«

Ich schluckte schwer bei der Erinnerung. Ich hatte sehr viele Prügel einstecken müssen. Bis ich gelernt hatte, mich zu wehren.

»Die Jugendlichen veränderten sich mit der Zeit. Am Anfang strahlten sie Zuversicht und Lebensfreude aus, doch nach drei Jahren verließen gedrillte, oft gebrochene junge Menschen die Schule. Viele blieben als Soldaten, einige wurden Spione. Mit den Jahren wurden die Jugendlichen verhärmter und unglücklicher. Der Zusammenhalt schwand, und der eigene Vorteil wurde wichtiger.«

Ich stockte; das mitzuerleben, war schwerer gewesen als der ständige Drill, das dauernde Anschreien und die Schläge. »Ich schwor mir, nie so zu werden und Marit half mir dabei, meine Sichtweisen zu bewahren. Natürlich musste zu der Zeit alles im Geheimen stattfinden, da ich mich nicht öffentlich gegen meinen Vater auflehnen durfte. Zumindest so lange, bis ich mit zwanzig die Schule verlassen durfte.«

17.
LILA

Und ich dachte, mein Leben wäre verkorkst! Ich hatte das Bedürfnis, Juri zu trösten. Meinen Impuls, ihn zu umarmen, unterdrückte ich.

Jetzt kam das Pochen an meinen Schläfen langsam wieder zurück. Ich fühlte mich schwach und meine Beine begannen zu kribbeln. Juri entging die subtile Anspannung in meinen Bewegungen ebenfalls nicht. Sein Blick verriet mir, dass er den Schmerz aus meinem Gesichtsausdruck lesen konnte. Höchste Zeit, mein Pokerface zu verbessern.

»Was mir weiterhin nicht ganz klar ist: Warum hätte mein Vater überhaupt Samson umbringen sollen?«

»Um ehrlich zu sein, weiß keiner so genau, was an diesem Tag vorgefallen ist. Fakt ist allerdings, dass seit diesem Tag sowohl Varun als auch Lekika wie vom Erdboden verschluckt waren. Zumindest dachte ich das zunächst.« Er zögerte und sein Blick verlief sich im Leeren. »Marit erzählte mir jedoch kurz vor ihrem Tod, dass Varun zurückgekehrt sei. Er wollte auf Nuretaja seine letzte Reise antreten … obwohl er euch sehr geliebt hat. Viel mehr weiß ich nicht darüber, tut mir leid.«

Juris Augen glänzten und eine Träne löste sich im Augenwinkel. Achtlos wischte er sie sich von der Wange und räusperte sich.

Es war egal, ob er wegen Marit oder der allgemeinen Situation trauerte. Er hatte entschieden zu viele Verluste in seinem jungen Leben erlitten. Da hatten wir was gemeinsam.

»Jedenfalls habe ich von Marit erfahren, dass Varun die Seele Miros mit sich genommen hatte, bevor er zu euch auf die Erde kam. Und als er wieder zurückkam, war Miro nicht mehr bei ihm.« Er schaute mich erwartungsvoll an.

Mein Kopf dröhnte und mir wurde langsam wieder schlecht. Ich musste dringend zu einem Arzt.

»Und du dachtest, mein Bruder …«

»Ich bin mir sehr sicher! Wie ich dir bereits gesagt hatte, ich bin davon überzeugt, dass Miros Seele mit ihm zumindest partiell verwoben war. Nur hatte sie seinen Körper bereits verlassen, als ich bei ihm im Krankenhaus ankam. Außerdem habe ich seine Male gesehen.

Es war nur ein weißer Hof um das Mal zu sehen, das ihn als Seelenträger markiert.« Ich schaute ihn einen Moment an, dann zögerte er kurz und zog sich kurzerhand sein Hemd aus.

»Was soll das jetzt werden?« Irritiert blickte ich ihn an. Meine Stimme klang dumpf.

Juris Miene spannte sich an. »Du hast meine Dreiecksanordnung bereits gesehen. Ich zeige sie dir erneut, um zu verdeutlichen, was ich meine.« Während seiner Worte hob er seinen linken Arm und drehte seinen Oberkörper nach rechts, sodass ich ihn von der Seite betrachten konnte.

Wie schon in meinem Wohnzimmer, das mir wie eine Ewigkeit vorkam, sah ich die drei Muttermale unter seinem Rippenbogen. Perfekte Symmetrie und absolut wunderschön bildeten sie ein gleichschenkeliges Dreieck. Das Muttermal nahe seinem Bauch hatte einen scharf abgegrenzten hellen Ring.

Ich kam einen Schritt näher zu Juri und fuhr den Kreis seiner Depigmentierung nach. Er ließ mich keinen Augenblick aus den Augen.

»Was du bei mir siehst, zeichnet mich als Seelenträger aus. Das bedeutet, ich bin befähigt, die Seele eines Wanderers aufzunehmen, als Seelenwanderer oder Träger. Dafür steht dieser helle Kreis.« Er deutete auf seine Depigmentierung. Dann zeigte er auf das andere untere Mal. »Hätte ich eine Seele, gäbe es um dieses Mal ebenfalls einen hellen Kreis. Dann wären es die beiden unteren Male, die beide von einer Depigmentierung umrandet wären. Ich bin ein Seelenträger, allerdings ohne Seele. Wäre ich bei Tom rechtzeitig da gewesen, hätte ich jetzt einen weiteren Kreis um mein anderes Mal an der unteren Ecke. Ich hätte eine Seele in mir aufgenommen und damit wäre ich meiner Bestimmung nachgekommen.«

Schließlich zeigte er auf das oberste Mal. »Und das hier markiert die Seelenwanderer. Dann wären das untere linke und das obere Mal weiß umrandet.« Er sah mich eindringlich an. »Ihr habt sie alle, oder? Du hast sie, Varun und Tom hatten sie ebenfalls!« Es war eine Feststellung, keine Frage, die er mir stellte.

Nur langsam konnte ich meinen Blick von seinem Oberkörper lösen, bevor ich ihn ansah.

»Nein, gesehen habe ich sie bei ihm nie. Aber ich weiß von meiner

Mutter, dass er ebenfalls ein Dreieck an Muttermalen an dieser Stelle hatte. Sie fand es immer sehr witzig, dass Tom und ich ebenfalls diese Anordnung genau an dieser Stelle vererbt bekommen hatten.« Gedankenverloren strich ich nun über die Stelle, an der meine Anordnung lag.

Juri starrte ebenfalls auf meinen Oberkörper.

»Darf ich es sehen?«, fragte er leise.

Ich hörte seiner Stimme die Anspannung und Aufregung an, die er versuchte zu unterdrücken.

Ein plötzlicher Schmerz ließ mich zusammenzucken. Ich fiel aufs Sofa und krümmte meinen Oberkörper, während ich meinen Kopf fest mit meinen Händen zusammenpresste.

»Juri, ich brauche Kopfschmerztabletten«, keuchte ich mühsam. Wenn das nicht bald aufhörte, würde ich verrückt werden.

Ich hörte schnelle Schritte, die sich entfernten, und kurze Zeit später ergriff Juri meine Hand und drückte mir ein Stück Rinde in die Hand.

»Nein, nicht schon wieder«, presste ich mühsam hervor. »Ich habe mich beim letzten Mal genügend blamiert.« Ich wollte es ihm zurückgeben, aber er presste es erneut fest in meine Hand.

»Nein, Lila, wenn ich recht habe mit meiner Vermutung, werden dir normale Schmerzmittel nicht helfen können.« Ungläubig sah ich zu ihm auf. Die Enge in meiner Brust nahm zu und ich atmete flach durch den Mund.

Juri hielt es mir weiterhin hin und er sprach ruhig, obwohl seine Augenbrauen angespannt nach oben gezogen waren. »Keine Sorge, Lila, ich lasse nicht zu, dass dir etwas unangenehm sein muss. Es war meine Schuld und es wird nicht wieder vorkommen. Dieses Stück ist bereits getrocknet, ich habe es letzte Nacht speziell für dich präpariert. Jetzt wird es längst nicht so stark wirken. Trotz allem solltest du erst mal nur ein klein wenig nehmen, einverstanden? Es wird dir gegen die Schmerzen helfen, da bin ich mir sicher!«, fügte er nach einer kurzen Pause hinzu.

»Warum keine Tabletten?« Zu frisch war meine Erinnerung an das letzte Mal, als dass ich ihm dabei blind vertraute.

Bei meinen Worten seufzte Juri leise auf.

»Lila, wenn ich recht habe und du wirklich gänzlich unvorbereitet eine Seele aufgenommen hast, könnte es sein, dass du wegen dieser

Seelenlast erkrankst. Dein Körper ist nicht bereit und schafft keinen Platz für die Seele. Die Baklatwarinde schläfert die Seelenwanderer ein wenig ein und ihre Raumforderung lässt dadurch nach. Tabletten sind dazu nicht fähig.«

Meine Schmerzen waren zu groß, um noch länger zu warten. Ich riss ein Stückchen der Rinde ab und kaute bedächtig darauf herum. Der Lakritzgeschmack war nur sehr sanft und es dauerte dieses Mal wesentlich länger, bis ich meinen Kopf wieder heben konnte und der Schmerz ein klein wenig abebbte. Sofort spuckte ich die Rinde aus und hielt sie unbeholfen in meiner Hand fest.

»Lass es trocknen. Bei Bedarf kannst du es dann wiederverwenden«, klärte Juri mich auf und hielt mir einen kleinen wachsartigen Beutel hin, in das ich kurzerhand das angekaute Stück einpackte und in der Tasche meiner Hose verschwinden ließ.

»Danke.« Ich fühlte mich besser, aber bislang nicht wattig oder euphorisch wie beim letzten Mal. Was ein Glück!

»Geht's wieder?« Juri blickte besorgt auf mich herab. Sein Hemd hatte er wieder angezogen und man konnte ihm deutlich ansehen, dass ihn meine Schmerzen beunruhigten.

Ich deutete ein Nicken an, um ein weiteres Aufflammen zu vermeiden, und legte mich vorsichtig auf die Kissen zurück.

Er brach ab und sah mich direkt an.

»Ich denke, du hast, ohne darauf vorbereitet gewesen zu sein, die Seele Miros aufgenommen und solltest nun ebenfalls zwei weiße Kreise vorweisen können. Wäre es in Ordnung, dass du sie mir nun zeigst?«

Ich setzte mich langsam auf. Eine Erinnerung manifestierte sich in meinem Kopf. Erst jetzt ergab sie einen Sinn, nach so langer Zeit.

»Meine Mutter hatte Tom und mich immer als kleine Räuber bezeichnet.«

Irritiert sah Juri mich an.

Ein kurzes Lächeln schlich sich auf meine Lippen.

»Wir waren so unglücklich, als unser Papa verschwunden war. Ich glaube, Mama wollte uns etwas aufmuntern. Sie meinte, dass wir immer einen Teil von unserem Vater bei uns tragen würden, weil wir beide etwas Kleines von ihm gestohlen hätten.«

Während ich Juri meine wiedergefundene alte Erinnerung schilderte, stand ich vorsichtig auf und zog den ohnehin viel zu kurzen Pulli hoch. Ich drehte mich zur Seite drehte und redete weiter: »Jeder von uns hatte seit der Geburt jeweils Depigmentierungen um zwei der drei Male. Beide unteren Male waren umrandet. Und laut Mama verlor unser Vater am Tag unserer Geburt zwei seiner drei hellen Kreise.«

Juri starrte mich an und zog scharf die Luft ein. »Er hatte drei Kreise?«

Ich hob meinen Kopf, Juri hatte seine reservierte Miene abgelegt und sah fassungslos aus. Sein Mund war leicht geöffnet und seine Hand nur wenige Zentimeter von meinen Malen entfernt, als traute er sich nicht, sie anzufassen.

Er starrte auf meine Seite. Ich blickte ebenfalls kurz an mir runter.

Kurz zögerte ich, sprach dann aber doch weiter.

»Und jetzt habe ich meinem Bruder zudem noch sein Mal gestohlen.«

»Das kann es gar nicht geben, Lila!« Seine Stimme klang kratzig und ungläubig, als er meine drei Male mit den drei weißen Kreisen betrachtete.

18.
JURI

Ich konnte es nicht fassen. Ungläubig starrte ich auf das Mal an Lilas Seite. »Darf ich?« Meine Stimme vibrierte vor Anspannung und ich bewegte meine Finger noch ein Stückchen näher an Lilas Haut.

Sie nickte leicht und vorsichtig fuhr ich die Form an ihrer Seite nach, die aus den drei perfekten dunklen Muttermalen mit drei ebenso perfekten weißen Umrandungen bestand. Ihre Haut war warm und meine Berührung verursachte bei ihr eine Gänsehaut, die sich von den Malen ausgehend auf ihrem Oberkörper verteilte. Fasziniert strich ich noch einmal sanft über ihren Rippenbogen. Gerne wäre meine Hand weitergewandert, der Spur der Gänsehaut gefolgt.

Schnell räusperte ich mich und trat einen Schritt zurück.

»Juri? Alles in Ordnung mit dir?« Lilas Stimme holte mich zurück.

»Äh, ja.« Meine Antwort kam verzögert und meine Stimme klang rau und längst nicht so selbstsicher wie sonst.

Warum dachte ich selbst in diesem Moment, der so unfassbar war und so unmöglich war, nur daran, wie es sein könnte, sie einfach nur zu berühren? Ich schluckte.

»Du sagst, Varun hatte ebenfalls drei weiße Ringe?« Das würde bedeuten, dass Varun nicht nur Miros Seele bei sich hatte. Hatte er Lekika ebenfalls mitgenommen? Bedeutete das, dass Lila nun beide Seelen in sich trug? Und dass Lila mit keiner der beiden Seelen verbunden war?

Panik stieg in mir auf. Wie konnte das sein? Niemand war imstande, drei Seelen zu beherbergen. Die Seelenlast würde einen innerhalb kürzester Zeit umbringen, würde Lila umbringen. Und doch ergab jetzt alles Sinn. Sie hatte diese Träume schon so lange. Ihre Kopfschmerzen waren bereits vor Toms Tod aufgetreten. Jetzt, nach der zusätzlichen Last der weiteren Seele, kamen ihre Anfälle nur häufiger.

Nervös fuhr ich mir durch die Haare und ging ein paar Schritte. Ich musste mich bewegen. Was konnte ich tun? Warum hatte ich nie über die Möglichkeit nachgedacht, dass Varun beide Seelen mitgenommen hatte?

Ich wechselte die Richtung. Natürlich hatte ich nicht daran gedacht, weil es eigentlich nicht möglich war.

»Bitte, es reicht! Erklär mir endlich, was los ist!« Lilas Stimme riss mich aus meinen Gedanken. Sie war mir gefolgt und versperrte mir den Weg. Ihr Oberteil hatte sie wieder angezogen.

Ich ergriff ihre Hände und sah sie fest an.

»Hör mir zu, Lila. Dass du Male hast, zeigt, dass du eine Seelenträgerin bist.« Ihre Augen zeigten keine Regung. »Nur deine Depigmentierungen ... Das dürfte so nicht möglich sein. Du hast nach Toms Tod nicht nur Miros Seele aufgenommen. Du hattest höchstwahrscheinlich bereits vorher eine Seele. Das kann eigentlich nur Lekikas gewesen sein.«

Ich drückte Lilas Hände fester zusammen und zog sie näher an mich. »Dein Körper beherbergt gerade drei Seelen. Eigentlich müsstest du längst tot sein.« Meine Stimme wurde während meiner Erklärung immer eindringlicher.

Niemand überlebte mit drei Seelen, ohne dass die eigene Seele einging. Zwei Seelen in einem Körper, die nicht zumindest partiell verbunden waren, wurden bereits als kritisch eingestuft.

Ich zog sie zum Sofa zurück und drückte sie sanft in die Kissen. Sie ließ es einfach geschehen. Ich merkte erneut meine aufsteigende Unruhe. Wir mussten schnell handeln.

Lila hockte noch immer apathisch auf dem Kissen und rührte sich nicht.

Ich durfte und wollte sie nicht verlieren. Es war anders als mit Marit, die für mich wie die Mutter gewesen war, die ich selbst nie gehabt hatte.

Lila löste in mir Gefühle aus, die ich bislang nicht gekannt hatte. Alle erwarteten von mir die Stärke des unerschrockenen Anführers, der die Gerechtigkeit zurück nach Nuretaja bringen würde. Bei Lila war es anders. Ohne genau zu wissen, was. Ich wollte für Lila mehr sein als für die anderen.

Ich straffte meine Schultern, strich mir die Haare aus der Stirn und setzte mich neben sie.

»Aber hey, du lebst ja noch!« Ich wollte locker klingen, merkte im selben Augenblick, dass es scheiße klang. »Lila, ich verspreche, dass ich einen Weg finden werde. Du wirst leben, glaube mir!«

Außerdem durfte ich das oberste Ziel, die Rettung Miros Seele, nicht aus den Augen verlieren.

19.
LILA

Juris Aussage verstörte mich. Er tigerte auf und ab und war ganz anders als am Anfang unserer gemeinsamen Zeit.

In Anbetracht von nur zwei, wenn auch intensiven Tagen, war das natürlich verhältnismäßig kurz.

Ich konnte mich nicht rühren, nicht aktiv bewegen. Als hätte jemand meinen Schalter umgelegt. Außerdem stellte sich mir die Frage, was mein Leben überhaupt noch lebenswert machte? Mein Bruder, den Menschen, den ich in meinem Leben am meisten geliebt hatte, war tot. Sonst gab es niemanden mehr. Für mich klang es gar nicht so Furcht einflößend, ebenfalls zu gehen.

Juri hatte mich auf das Sofa zurückgeschoben und fuhr sich nervös durchs Haar. Mitten in der Bewegung stoppte er und legte seine Hände wieder bewusst ruhig auf seine Beine. Ich konnte sehen, dass es ihn erschütterte, dass ich höchstwahrscheinlich sterben musste. Aber mir war nicht ganz klar, wieso. Er konnte doch froh sein, dass ich noch lebte. Damit war auch seine ach so geliebte Seele noch putzmunter – sofern es sie wirklich gab.

Nein, es waren doch sogar zwei, mit Lekika, der Seelenseherin. Das hatte sie wohl nicht vorhergesehen, dachte ich zynisch. Und Miro. Ob damit auch ein Teil meines Bruders bei mir war? Warum konnte ich das nicht fühlen? Warum waren die anderen Seelenträger in der Lage, eine Seele zu beherbergen und sogar zu verweben?

Wenn es stimmte und mein Bruder so ein zufriedener und glücklicher Mensch gewesen war, weil er Miros Seele in sich gehabt hatte, warum war ich es dann nicht?

Warum war ich nicht mit Lekikas Seele verbunden? Warum war ich nicht glücklich und erfolgreich?

Und warum musste ausgerechnet ich jetzt deswegen sterben? Ich überdachte meine Gedanken über mein vorzeitiges Ableben noch einmal, nein, ich wollte nicht sterben. Ich wollte leben, jede Menge davon.

Meine Stimmung schwang um in Verwirrung. Tom hätte mir helfen können – nein, helfen müssen! Er hatte mich gekannt und meine Dreiecksanordnung mehr als nur einmal gesehen.

Miros Seele hätte ihm doch bestimmt diese Information weitergegeben, oder etwa nicht? Lag das an dieser nur geringen Verschmelzung, von der Juri erzählt hatte? Tom hatte vielleicht nicht alle Informationen gehabt und genau diese hatten ihm gefehlt.

Schwach vernahm ich Juris Worte, die so ernst klangen, dass ich in die Gegenwart zurückfand.

»Lila, ich verspreche, dass ich einen Weg finden werde. Du wirst leben, glaube mir!«

Seine Augen strahlten dabei in so einem wunderschönen Moosgrün, dass ich mich darin verlor.

Seine Hände hatten meine umschlungen und vermittelten mir das Gefühl absoluter Zuversicht und Sicherheit, dass ich erleichtert aufatmete. Ich hatte keine Ahnung, ob es ihm bewusst war, aber diese Geste gab mir ungemein viel! Heute würde niemand sterben, schwor ich mir.

Ich befreite mich von seinen Händen und umarmte ihn fest.

»Danke«, raunte ich an seine Brust.

Lange verharrten wir in dieser Position, als könnten wir einander Halt bieten. Schließlich löste ich meinen Kopf von seiner Brust. Wie gut er roch. Ich hielt ihn weiter in meiner Umarmung. Mein Blick fand seinen. Die Sorgen, die wie ein Schatten seine Augen verdunkelten, wichen einer anderen Emotion. Sein Mund wurde ernst, während er etwas schwer ausatmete. Mir wurde warm und in meiner Mitte begann es zu pochen.

Irrsinnig, ich begehrte den Mann, der meinen Bruder unter Umständen umgebracht hätte. Mein Körper tat es definitiv und ich musste mir eingestehen, auch der Rest von mir wollte ihn. Eine ironische Stimme in mir meldete sich, ich sollte alles in vollen Zügen genießen, solange ich konnte. Abhauen könnte ich danach noch.

Unsere Gesichter kamen sich langsam immer näher.

Mein Puls ging schneller, aber meine Kopfschmerzen wurden davon nicht verstärkt. Ich wanderte von seinen Augen zu seinem Mund, dessen volle Lippen leicht geöffnet waren.

Sein Atem streifte meine Wange und Gänsehaut breitete sich in Lichtgeschwindigkeit über meinen Körper aus.

Ich biss mir auf meine Unterlippe und spürte, wie sich meine Mitte anspannte. Ich schaute hoch und sah in Juris Augen, deren Pupillen vor Erregung geweitet waren. Mehr brauchte ich nicht.

Meine Lippen fanden seine und die anfängliche Zartheit wich schnell einer wachsenden Leidenschaft. Seine Zunge erforschte fordernd meinen Mund, eroberte mich und brachte mich damit allein bereits zum Beben.

Ich krallte meine Finger in seinen Rücken, bog mich durch und streckte mich ihm entgegen.

Er löste keuchend seinen Mund von meinem und wanderte an meinem Hals Richtung Schlüsselbein, wobei seine Zunge leckend und saugend zu meiner Brust wanderte.

Ich stöhnte leise in sein Ohr, als er sich wieder meinem Kopf näherte, und biss sachte in sein Ohrläppchen.

Er umfasste meine Brüste und umkreiste mit den Daumen meine Nippel, die sich ihm vor lauter Lust bereits hart entgegenreckten.

»Du bist unglaublich.« Seine Worte, die er mir in mein Ohr flüsterte, waren so rau und dunkel, dass meine Lust schon fast schmerzhaft war.

Ich keuchte auf und küsste ihn erneut. Während eine Hand weiter eine Brust streichelte, wanderte seine rechte Hand zielstrebig zu meinem Hosenbund, fuhr sachte über die Haut und schob sich dann langsam darunter. Zärtlich bewegten sich seine Finger auf meine Mitte und mit jeder Berührung wuchs mein Verlangen.

Erneut presste ich mich an ihn und konnte deutlich seine Erregung an meinem Bauch spüren. Ich wollte mehr, ich brauchte mehr. Und in diesem Moment war ich im Vollbesitz meiner geistigen Kräfte, keine komischen Baumdrogen oder Alkohol umnebelten mein Gehirn. Meine Schmerzen und die Enge in der Brust spielten im Moment ebenso wenig eine Rolle. Nur mein Verlangen und seine Leidenschaft. Ich wollte spüren, dass ich lebte, dass ich lebendig war. Und das alles wollte ich mit Juri fühlen.

Mein Stöhnen wurde lauter. Seine Hand war am Ziel angekommen und Juri begann, meine Mitte zu erforschen. Gleichzeitig wurde sein Keuchen tiefer und er presste sich nun ebenfalls an mich.

Ich stellte mich auf meine Zehenspitzen und zog seinen Kopf auf meine Höhe.

»Ich will dich, jetzt!«, raunte ich ihm leise ins Ohr und schob ihn zum Sofa. »Ich will dich spüren, Juri.«

Er reagierte sofort und bereits einen kurzen Augenblick später stand er vollkommen nackt vor mir. Seine Augen blitzten unter seinen dichten Wimpern hervor und er sah mich an. Intensiv und erwartungsvoll.

Mein Mund wurde bei Juris Anblick ganz trocken. Nie hätte ich gedacht, dass ein Mann so schön, so perfekt sein könnte.

Ich zog mich ebenfalls aus, dabei hatte ich leider weder Juris Eleganz noch seine Schnelligkeit. Ich blieb zunächst mit dem Kopf im Pullover von Anni hängen, weil er viel zu klein war. Anschließend musste ich auf einem Bein hüpfend versuchen, mein zweites Hosenbein auszuziehen und mich meiner Unterwäsche zu entledigen. Mit vor Anstrengung gerötetem Kopf stand ich jetzt ebenfalls nackt vor ihm.

Durch mein fulminantes Schauspiel lag jetzt, statt seines ernsten Ausdrucks, ein breites Lächeln auf seinem Gesicht. Ich musste ebenfalls grinsen und überwand langsam den letzten Raum zwischen uns.

Juri setzte sich langsam auf das Sofa und musterte mich von oben bis unten. Dabei wich sein Lächeln und wurde durch Verlangen ersetzt. Seine Lippen waren leicht geöffnet und seine Augenbrauen zogen sich gespannt nach unten, während er mich mit beiden Armen in einer fast schon unverschämten Leichtigkeit auf seinen Schoß setzte.

Unsere Blicke verschmolzen ineinander und für einen kurzen Moment verharrten wir im Stillstand. Wie auf ein unsichtbares Startsignal gab es kein Zurück mehr, unsere Begierde übernahm. Wir küssten uns innig und der Kuss wurde immer intensiver. Meine Hände durchwühlten sein kurzes Haar und ich spürte seine Erregung direkt unter mir.

»Oh Seelen, wie sehr ich dich will.« Juris Worte kamen leise, tief und gepresst. Mir ging es ebenso.

Ich hatte in meinem Leben bereits einige Männer gehabt, für längere Beziehungen hatte es jedoch nie gereicht. Doch nie, nicht mal nur im Ansatz, hatte ich so eine ungebremste Leidenschaft gespürt. Es war schon fast erschreckend, aber gleichzeitig so unglaublich gut.

Ich umfasste seinen Schaft, was Juri laut aufstöhnen ließ, und glitt langsam hoch und wieder runter, wobei ich den Druck leicht verstärkte. Unsere Blicke trafen sich erneut und es war noch so viel mehr zwischen uns.

Ich stemmte mich leicht hoch und nahm ihn, ohne meinen Blick von ihm zu lösen, langsam in mich auf.

Mir entfuhr ein undefinierbarer Laut, der allenfalls ein dunkles Grunzen sein konnte.

»Alles in Ordnung, mir geht's gut«, beruhigte ich Juri schnell, der etwas unsicher wirkte.

Sex hatte ich schon immer genossen, komischerweise fiel es mir dabei nie schwer, mich fallen zu lassen.

Juri hob einen Mundwinkel, neigte seinen Kopf dann und zog mich zu einem Kuss zu sich, während ich mich langsam und tief auf ihm bewegte.

Er umfasste meine Hüften und dirigierte mit mir zusammen den Takt. Ich spürte ihn so intensiv in mir, dass ich nicht mehr anders konnte, als meine Augen zu schließen und nur noch dem Rhythmus zu folgen. Juris Stöhnen kam tief und dunkel aus seinem Brustkorb und verwob sich mit meinem in einem immer größeren Rausch. Es gab nur unsere Körper und unsere Verbundenheit.

Ich merkte, wie sich bei mir die Spannung in der Mitte aufbaute, und erhöhte das Tempo. Juris Stöhnen wurde tiefer und seine Stöße wurden kraftvoller. Ich konnte nicht mehr denken, mich nur noch den Bewegungen hingeben, die uns dem Höhepunkt näherbrachten.

Ich lehnte mich etwas nach hinten und stützte mich mit meinen Händen auf seinen Knien ab, um ihn noch tiefer in mir zu spüren. Juri umschlang mich dabei mit einem Arm und streichelte mit der anderen Hand sanft über meine Brustwarzen.

Ein Schauer durchfuhr mich. In mir steigerte sich der Druck, meine Muskeln spannten sich an und ich genoss jeden noch verbleibenden Augenblick. Juris Finger waren erneut zu meinem Schoß gewandert und ein lautes Stöhnen entrann meiner Kehle, als er meine Klitoris streichelte. Er verstärkte den Druck und gleichzeitig wurden seine Bewegungen fordernder, härter und schneller.

Ich schrie auf, einmal, zweimal, und dann entlud sich meine Lust in einem unglaublich intensiven Orgasmus, der mich erstarren ließ. Mein Inneres krampfte sich wieder und wieder zusammen und begleitete so Juris letzte Stöße zu seinem Höhepunkt. Ein langes tiefes Keuchen entkam seiner Kehle, während er mich an sich presste.

Verschwitzt und unfähig, uns zu rühren, verharrten wir eng umschlungen, die Herzschläge des anderen in einem wilden Stakkato am Körper spürend.

Langsam strich Juri meinen Rücken hoch und runter. Endlich konnte ich meine Augen wieder öffnen und blickte direkt in Juris, der mich intensiv musterte.

Sein Blick war entspannt, aber ernst. Ich hingegen fühlte mich frei und überschäumend vor Energie.

Ich umfasste seinen Nacken und spielte mit seinen verschwitzten Haaren, die sich leicht am Hinterkopf lockten.

Er nahm mein Gesicht in seine Hände und zog mich zu einem tiefen und innigen Kuss zu sich.

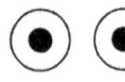

20.
LILA

Es war bereits früher Morgen. Beide Monde wurden immer wieder teilweise von kleinen Wolken verdeckt, die, anders als auf der Erde, einen leichten Grünschimmer aufwiesen. Am Horizont tauchte bereits das sanfte Licht der Sonne auf, das mir half, mich besser zurechtzufinden. Mein Magen knurrte leise, als ich mich sanft von Juri löste, der mich wie einen wertvollen Schatz festhielt.

Wir hatten uns noch zwei weitere Male geliebt.

War das erste Mal noch ungestüm und zügellos, wurde es langsamer, bedachter, fast schon behutsam und dadurch zu einer so intensiven Erfahrung, wie ich sie zuvor nie erlebt hatte. Als hätten wir alle Zeit der Welt.

Außerdem hatten wir das Abendessen ausfallen lassen.

Ich setzte mich auf. Um mich herum war absolute Stille, die nur gelegentlich vom leichten Rauschen des Windes unterbrochen wurde, der durch die Bäume wehte.

Ich suchte möglichst leise meine Klamotten zusammen und zog mich an. Juri lag noch immer auf einer Decke neben dem Sofa. Sein Gesicht war mir zugewandt. Kurz blieb mein Blick an ihm hängen. Sein Gesicht war so perfekt.

Ich hatte ihn von Anfang an attraktiv gefunden, aber das hier war anders. Ich sah ihn zum ersten Mal vollkommen entspannt. Er strahlte so viel Zuversicht aus. Seine Mundwinkel waren einen Hauch nach oben gezogen. Er wirkte … glücklich.

Ich fühlte mich hin- und hergerissen.

Nach einem letzten Blick auf Juri drehte ich mich Richtung Treppe.

»Bitte nicht.« Juris Stimme, obwohl leise, durchschnitt die Stille wie ein scharfes Messer. »Geh nicht, Lila.«

Wie angewurzelt hielt ich mitten in der Bewegung inne. Dann drehte ich mich wieder zu ihm um. Juri sah mich offen an. Er hatte sich in einen Schneidersitz aufgesetzt und seine Hände mit nach oben zeigenden Handflächen entspannt auf seine Knie abgelegt. Die Decke war ihm in den Schoß gerutscht. Seine Augenbrauen waren etwas zusammengezogen und verstärkten dadurch seine Worte.

»Ich …«, begann ich, brach aber ab. Ich wusste nicht, was ich ihm sagen sollte, da ich mein Verhalten selbst nicht ganz verstand. Ich wollte hier weg, aber ich wollte ebenso bei Juri bleiben. Es war mehr als nur körperliche Anziehung. Dennoch konnte ich nicht vergessen, dass er zu allem bereit gewesen wäre, um Miros Seele zurückzuholen. So blieb ich einfach stehen und sah ihn an.

Juri stand langsam auf, wobei er die Decke gänzlich verlor, und stellte sich vor mich. Er verstellte mir jedoch nicht den Weg zur Treppe.

»Ich habe es dir angesehen. Als ich dir gesagt habe, dass dir meine Antwort nicht gefallen würde, konnte ich sehen, dass du dich entschieden hast, zu gehen, Lila.« Juri sprach leise und sanft, ohne Vorwurf in seiner dunklen Stimme. Und sein Blick war voller Mitgefühl.

Mein Unterkiefer zitterte leicht und meine Augen füllten sich mit Tränen. Mal wieder.

»Ich …« Ich versuchte erneut, etwas zu sagen, aber brachte dann nur einen Schluchzer hervor.

Mit einem Schritt überwand Juri die letzte Distanz und nahm mich in seine Arme.

»Ich verstehe dich. Und es tut mir leid.« Er lehnte sich aus der Umarmung zurück, um mich ansehen zu können. »Bitte glaube mir, Lila! Ich hätte zuerst alles andere versucht, bevor ich zum Äußersten bereit gewesen wäre.«

Juris Augenbrauen waren tief zusammengezogen und eine steile Falte war auf seiner Stirn zu sehen. Sein Mund war geöffnet, als wollte er sprechen, suchte aber noch nach den richtigen Worten. »Lila, ich möchte nicht, dass du gehst. Nicht nur wegen der Seelen. Ich will, dass du hierbleibst!« Die Bitte klang ernst und hoffnungsvoll. Als ob ich eine Wahl hätte. Meine Schultern zuckten und eine Träne rann meine Wange hinab. Juri hob seine Hand und strich sie mir fort. »Bitte, gib mir die eine Chance. Lass mich dir helfen.« Er sah mich sanft und konzentriert an. Es war ein tiefer, bittender Blick. »Wenn du dann noch immer gehen möchtest, werde ich dich persönlich nach Hause bringen, Lila. Das verspreche ich dir!«

Ich erwiderte seinen Blick. »Habe ich denn überhaupt eine Wahl?«

Nun war seine Miene voller Verzweiflung und sein Kiefer so angespannt, dass seine Kieferknochen scharf hervortraten.

»Wir müssen zum Seelentor, Lila. Ich hoffe, dass die Seelenwanderer in der Lage sind, dir zu helfen. Du musst es schaffen, dich zu verbinden. Oder sie müssen dir helfen, die Seelen abzugeben, obwohl ich nicht wüsste, wie das gehen soll!« Juris Stimme war ernst. »Andernfalls …« Nun war es Juri, der nicht weitersprechen konnte. Er musste es auch nicht. Es war klar. Sollte ich einfach gehen, würde ich sterben. Würde ich mit ihm zum Seelentor gehen und es nicht schaffen, diese Seelen loszuwerden, würde ich sterben. Ein bitteres Lächeln stahl sich auf mein Gesicht. Falls das alles überhaupt stimmte. Doch ich musste mir eingestehen, dass ich längst nicht mehr daran zweifelte.

Also sah ich entschlossen zu ihm hoch.

»Dann lass uns keine Zeit verlieren.«

Dann war alles unglaublich schnell gegangen.

Nach unserem Gespräch hatte Juri mich auf mein Zimmer geschickt, damit ich meine Sachen zusammensuchen konnte. Unterdessen hatte er seine Freunde in der Küche zusammengerufen, um einen Plan auszuarbeiten.

Ich hatte nicht alles mitbekommen, aber es stand fest, dass nur Aya mit uns kommen sollte, damit Anni sich nicht auf die für sie beschwerliche und vielleicht auch gefährliche Reise machen musste. Ade blieb zu ihrem Schutz ebenfalls im Haus am See zurück.

Juri hatte den anderen von meiner Seelenübernahme berichtet. Aya, Anni und Ade wussten jetzt zumindest darüber Bescheid, dass ich nach Toms Tod Miros Seele in mir aufgenommen hatte. Und dass ich deswegen gewissermaßen jederzeit tot umfallen könnte. Weil ich nicht auf die Aufnahme einer Seele vorbereitet gewesen war und auch keinen Kontakt aufnehmen konnte. Juri erzählte ihnen jedoch nichts von seiner Vermutung mit Lekikas Seele, wahrscheinlich, um die Geschichte nicht unnötig zu verkomplizieren.

Der Abschied von Anni und Ade war vermutlich deswegen auch sehr merkwürdig ausgefallen. Während Ade mich feste an sich drückte und mir mein Carepaket und einen kleinen Schlafsack überreichte, hatte sich Anni sehr zurückgehalten und mich eindringlich begutachtet. Nach kurzem Zögern hatte sie mir einen Beutel mit Teeblättern überreicht, den ich jeden Abend trinken sollte, damit sich meine Anfälle nicht zeigten.

Wir waren tatsächlich zu Fuß unterwegs. Eigentlich unglaublich, wenn man bedachte, dass sich Nuretaja technisch auf einem hohen Niveau befand. Nur daran lag auch die Krux, hatte mir Juri dann erläutert.

Sämtliche Fahrzeuge, egal ob in der Luft, an Land oder auf dem Wasser, wurden immer und zu jeder Zeit getrackt. Das hieße, das Firas zu jeder beschissenen Zeit hätte herausfinden können, wo sich Juri befand.

Wir hatten Juris Haus waldwärts in die Richtung, von der wir bei mir zu Hause gekommen waren, verlassen. Und ab da waren wir durchgehend durch einen, gefühlt nicht enden wollenden, Wald gewandert. Unberührt und leuchtend. Dachte ich anfangs noch, der Wald sei wie bei uns, wurde ich überzeugend eines Besseren belehrt. Dicht und urwüchsig, mit Bäumen, die hoch in den Himmel ragten, als ob sie die Sterne berühren wollten, erstreckte sich der Laubwald über eine schier grenzenlose Fläche. Ich ging an Stämmen vorbei, deren seltsame Rinde silbrig-grün erschien und in der Dunkelheit schwach schimmerte, fast so, als würden sie das Licht des Mondes speichern. Tagsüber bildeten die Baumkronen ein dichtes Blätterdach, durch das nur vereinzelt Sonnenstrahlen drangen und das dadurch ein sehr angenehmes Klima erzeugte.

Eigentlich waren es perfekte Wanderbedingungen und ich ärgerte mich, dass ich scheinbar die Einzige war, deren Muskeln schmerzten und die schwitzte und immer mal wieder Pipipausen benötigte.

Im Wald war der Boden weich, bedeckt von einem Teppich aus Moos und verrottenden Blättern, die unsere Schritte dämpften. Kleine Blumen mit leuchtenden Orange- und Blautönen wuchsen an den Stellen, an denen das Sonnenlicht den Boden erreichte. Andere Pflanzen mit unscheinbaren Blütenblättern, die man am Tage fast übersah, schienen im Dunkeln zu leuchten, als hätten sie ein eigenes kleines Licht. Unsere erste Nacht hatten wir in der Nähe dieser rankenden Pflanze verbracht. Sie verströmte nachts einen schweren, süßen Duft, der durch den Wald waberte und wunderschöne blauviolett gestreifte Motten anzog, die so groß wie meine Hand waren.

Der Tee, den mir Anni mitgegeben hatte, schmeckte einfach nur widerlich. Anni in allen Ehren, aber da waren mir meine Träume fast lieber. Ich beschloss kurz entschlossen, die Portionsgröße drastisch zu reduzieren.

Juris Blick lag auf mir und begleitete mich in meinen traumlosen Schlaf.

Die Luft war frisch und voll von unterschiedlichen Gerüchen, die sich im Verlauf des Tages abwechselten. Morgens war sie erfüllt von einem tiefen, erdigen Geruch, der an feuchten Humus, Laub und Regen erinnerte. Mittags wurde dieser Duft von Waldmeister und einem fruchtigen Geruch abgelöst, den ich nicht zuordnen konnte, der aber an Ananas und die Schwere von Myrthe erinnerte.

Es war still, aber nicht vollkommen lautlos. Während sich Juri und Aya, wie wäre es auch anders zu erwarten gewesen, scheinbar lautlos bewegen konnten, scheuchte ich mit meinen Schritten die verschiedensten Waldbewohner auf. Ich sah bunte Vögel, die in die Baumkronen flüchteten, Eichhörnchen und beeindruckend große, sehr rote Füchse, die keckernd das Weite suchten.

Sechs Tage waren wir mittlerweile unterwegs. Da wir uns tagsüber von den größeren Straßen fernhielten, bewegten wir uns sehr langsam. Die mitunter mürrisch aussehende Aya hielt sich mir gegenüber immer etwas zurück, behielt mich aber stets im Blick, als ob sie nicht wüsste, ob mir zu trauen war.

Juri blieb eigentlich dauernd an meiner Seite. In unbeobachteten Momenten schenkte er mir sein wunderschönes Lächeln, streichelte sanft meinen Arm oder strich mir ein paar Haarsträhnen hinter die Ohren. Und auch ich fühlte mich zu ihm hingezogen und platzierte meinen Schlafsack so nah wie möglich an seinem, ohne dass es für Aya komisch aussehen würde.

Sechs Tage, in denen ich viel über Nuretaja, Muskelkater und Blasenpflaster erfuhr. Juri gab mir für meine Fersen je ein Patch, das meine geschundenen Füße über Nacht zwar nicht heilte, aber den Schmerz nahm und die Blase auf ein erträgliches Maß abschwellen ließ. Es roch nach Pfefferminze und hielt bombenfest. Ich liebte sie.

Und Nuretaja auch.

Heute hatten wir das Waldgebiet verlassen und waren einen großen Hügel, der fast schon als Berg durchging, hochgewandert. Nun konnten wir in der einen Richtung die beeindruckenden Bäume sehen, während auf der anderen Seite eine Geröllebene begann.

An diesem Abend saßen wir zum sechsten Mal in einem kleinen Kreis zu dritt, jeder auf seinem kleinen Schlafsack. Ich war, wie jeden Abend, so fertig, dass ich eigentlich nur vor mich hinstarrte und mich wenig bis gar nicht an der Unterhaltung beteiligte. Aya war mir gegenüber recht verschlossen, bei Juri hingegen gewitzt und schlagfertig.

Juri hatte, wie die Tage zuvor, den Schlafplatz genau ausgekundschaftet. Er hatte sich für eine Ecke mit einem Felsvorsprung entschieden, die nur zu zwei Seiten geöffnet war und daher eine Fluchtmöglichkeit bei eingeschränkter Angreifbarkeit bot und ebenso ein bisschen Komfort, da sie etwas windgeschützt war.

Währenddessen hatten Aya und ich die Vorräte durchforstet und für den Abend etwas vorbereitet. Heute gab es trockene Cracker, Rosinen und für jeden einen leckeren Proteinriegel in einer kompostierbaren Verpackung. Sehnsüchtig dachte ich an Ades Pfannkuchen zurück.

Juri hatte bereits erwähnt, dass es nur noch drei Tagesmärsche wären, bis wir das Seelentor erreichen würden. Allerdings sah er in der morgigen Etappe die größten Unwägbarkeiten bezüglich unserer Sicherheit. Wir würden eine lange Strecke über unwegsame Steine laufen müssen, die hellgrau, fast kalkig weiß waren und wir dadurch weithin sichtbar sein würden.

Ich war viel zu müde, um mir über den morgigen Tag Gedanken zu machen. Ich hatte aufgehört, den Kräutertee von Anni zu trinken. Selbst, als ich die Dosis reduziert hatte, vertrug ich ihn nicht. Das Engegefühl verstärkte sich, die Ohnmachtsanfälle blieben trotzdem aus.

Ich hatte seit unserem Aufbruch keine Träume mehr gehabt und keinerlei andere Ausfallerscheinungen, bis auf die Kopfschmerzen und das Engegefühl in der Brust.

Mein Vater hatte schließlich auch zwei Seelen getragen und damit noch gute vier, fünf Jahre Leben können. Ob ich diese guten Überlebensgene von ihm vererbt bekommen hatte?

Bei meinem Glück bezweifelte ich das. Juri hatte mich dann noch ein wenig mehr in die todbringende Realität zurückgeholt. Er war der festen Überzeugung, dass mein Vater schließlich die richtige Ausbildung dafür erhalten hatte und somit in der glücklichen Lage gewesen war, sich seinen Seelen anzunähern. Trotzdem war er gestorben.

Pech für mich, würde ich mal sagen.

Ich war so in meine Gedanken vertieft, dass Juris Stimme nur langsam zu mir durchdrang.

»Lila, hörst du überhaupt noch zu?« Juri hatte einen Mundwinkel leicht nach oben gezogen. Trotzdem sah ich eine leichte Sorge in seinem Blick, mit der er mich jetzt immer ansah. Und nicht nur das, er sah mich mit einem Glänzen in den Augen an, das mir immer ein sanftes Kribbeln im Bauch bescherte. Ich lächelte ihn an und hob mein Kinn, damit er fortfuhr.

»Gut, wie gesagt, wurde mir bereits während meiner Zeit in der Akademie klar, dass wir etwas ändern müssen. Viele von uns müssen leiden und das, obwohl Nuretaja alles zu bieten hat und wir in der Lage sein sollten, den Lebensstandard für alle zu heben. Aber den meisten Mächtigen geht es um Machterhalt und Machtausbau. Oft auf den Schultern derer, die ohnehin schon zu wenig haben. Und es wird schlimmer, Nuretajaner sterben, ganze Siedlungen werden dem Erdboden gleichgemacht, wie Annis Dorf. Diejenigen, die sich wehren, werden mundtot gemacht oder sogar getötet. Das muss aufhören. Ich setze alles darauf, dass Miro das Blatt wenden kann. Er hat die Weisheit und die Güte, die Firas fehlen. Miro hatte immer nur das Wohl unserer Bevölkerung im Sinn.« Juris Stimme hörte man die Hoffnung an, die er in Miro setzte. Er glaubte und vertraute darauf, dass, wenn wir es schaffen sollten, Zugang zu Miro zu finden, wir in der Lage sein würden, Firas zu stürzen.

Aya nickte während seines leidenschaftlichen Monologs bekräftigend.

»Ich glaube ja, dass Miro unglaublich war, aber er allein wird doch nicht ausreichen, um Firas und sein totalitäres System zu vernichten?« Diese Sache spukte mir schon lange im Kopf, wie konnte er nur so naiv sein zu glauben, dass eine Person alles ändern konnte?

»Wieso denkst du das? Zu Beginn ist es immer die eine Person, die den Unterschied macht!« Juri starrte mich ungläubig an. Sein Oberkörper war gerade aufgerichtet und er fuhr überzeugt fort: »Diese eine Person, die das Blatt wendet, die das Rad ins Rollen bringt. Eine Person, die die Lawine des Widerstands lostritt …«

Nun konnte ich mir ein Grinsen nicht mehr verkneifen. Wobei ich ihm im Kern natürlich zustimmte.

»Okay, okay, ich habe deinen Punkt durchaus verstanden.« Mein Grinsen erfror unter Juris Miene.

»Ich wüsste jetzt nicht, was daran so komisch ist. Du kennst unsere Geschichte nicht und du kennst Miro nicht. Er war der beste Anführer, den Nuretaja je erlebt hat. Firas hingegen zerstört nur! Er tötet, Lila, und er wird nicht damit aufhören. Sein Antrieb ist Macht und noch mehr Macht. Ihm ist ›sein Volk‹ vollkommen gleichgültig. Er muss aufgehalten werden!« Bei diesen Worten sprang er auf und entfernte sich von unserem Schlafsackkreis.

Na super, jetzt hatte ich ihn verärgert.

Neben mir räusperte sich Aya leise. »Nimm es ihm nicht übel, er brennt für sein Land und verachtet seinen Vater abgrundtief.« Sie hielt kurz inne, als sei sie sich nicht sicher, ob sie mir mehr erzählen sollte. Durfte sie vielleicht nicht mehr erzählen? Offenbar entschied sie sich dann doch, mir zumindest in diesem Punkt zu vertrauen. »Und ich stimme Juri in allen Punkten zu, Miro war wirklich großartig. Und wenn er wieder da wäre, könnte das zum Sturz von Firas führen. Er wurde von den Nuretajanern verehrt und geliebt, alle würden ihm folgen und viele von ihnen bis in den Tod.« Ihre Stimme wurde leiser bei den Worten und erstarb dann. Sie hatte ebenfalls Verluste zu betrauern, das war offensichtlich. Ich schaute verwundert zu Aya, was hatte ich getan, um ihre freundliche Seite abzubekommen?

Nach einem kurzen Moment des Schweigens ergriff sie erneut das Wort und ihr eindringlicher Blick lag nun auf mir. »Viele von uns riskieren alles, um das Leben auf Nuretaja wieder lebenswert zu machen. Weil sie Juri glauben und weil sie ebenso darauf hoffen, dass Miro uns und unser Land wieder frei sein lässt. Und wenn mich nicht alles täuscht, hat Juri ebenso dein Leben gerettet und seines dafür in Gefahr gebracht, richtig? Vielleicht solltest du ihm einfach etwas mehr zutrauen. Nur weil du nicht alles weißt, heißt das nicht, dass er nicht an alles gedacht hat.«

Autsch, das hat gesessen. Ich konnte ihrem Blick nicht standhalten und schaute etwas beschämt zum Saum meines Schlafsacks.

Na klar, mussten sich meine Kopfschmerzen jetzt auch wieder verstärken. Ich unterdrückte den Impuls, meine Schläfen zu massieren. Aya sollte nicht glauben, dass ich Schmerzen vortäuschte, nur um der Situation zu entfliehen.

Ich versuchte, mich zu konzentrieren, und sprach leise, aber mit fester Stimme: »Es tut mir leid.« Okay, das war ein Anfang. Mehr fiel mir nicht ein und es schien Aya zu reichen.

»Entschuldigung angenommen. Bei dir ging es doch recht drunter und drüber in letzter Zeit. Allerdings ist kein Mitleid von mir zu erwarten. Du bist kein Einzelfall, jeder von uns hat Verluste hinnehmen müssen.«

Danke, ich hatte es verstanden. Ich lächelte freundlich und schaute dann in die Dunkelheit. Aber wenigstens redete sie jetzt mit mir und nicht nur mit Juri, das wertete ich einfach als Anfang einer wunderbaren Freundschaft.

»Und natürlich ist es doch ganz klar, dass wir nicht allein sind!«

Kurz war ich irritiert, wovon sie jetzt sprach. Sie musste mir meine Verwirrung angesehen haben, denn nun sprach sie sehr langsam weiter und betonte dabei jedes einzelne Wort, als sei ich ganz besonders begriffsstutzig. »Na ja, wir sind nicht nur vier Irre, die es sich zur Aufgabe gemacht haben, einen machtgeilen Tyrannen vom Thron zu schubsen. Natürlich sind wir mehr und unsere Zahl wächst weiter, je länger die Schreckensherrschaft Firas andauert! Wir können nur schlecht damit hausieren gehen. Also sehe es Juri nach, dass er es dir nicht sofort erzählt hat, und chill.« Sie setzte sich entspannt zurück.

Echt jetzt?

»Ach sorry, dass ich nicht sofort bei allem, was ihr tut, ja und amen schreie und davon ausgehe, dass eure Pläne perfekt durchdacht sind. Den Eindruck hatte ich bislang nämlich wirklich nicht. Weder, als Juri bei mir auftauchte, noch als wir Hals über Kopf aus seinem Haus aufgebrochen sind. Ich habe da eher den Eindruck, dass ihr alle keinen echten Plan habt. Ihr habt nur das Ziel verfolgt, Miro wieder hierhin zu bringen. Der kann für euch dann das Denken übernehmen und alles richten. Ihr habt doch keine Ahnung, wie man einen Tyrannen stürzt!«

Aya sah mich an und stand auf. Egal, wie cool sie wirken mochte, alles prallte nicht an ihr ab.

Da stand Juri plötzlich mit erhobenen Armen dazwischen und sah uns beide an.

»Bitte, jetzt reicht es aber, wenn ihr noch lauter schreit, können wir direkt zu Firas marschieren.« Juri erhob seine Stimme nur minimal, aber sie wurde angespannter und schneidend. Sein Brustkorb hob und senkte sich vernehmlich, bevor er ruhiger fortfuhr: »Ich gebe euch beiden in gewisser Weise recht! Lila, du solltest uns wirklich etwas mehr zutrauen. Natürlich haben wir Verbündete und sind weit mehr als nur unsere kleine Gruppe in meinem Haus.«

Kurz stockte er und seufzte. »Allerdings muss ich zugeben, dass ich mir die Beschaffung von Miros Seele ein wenig anders vorgestellt hatte, und es war nicht geplant gewesen, dass wir so schnell aufbrechen müssen. Das alles ist gerade keine wohlüberlegte und geplante Aktion, aber damit müssen wir nun mal jetzt klarkommen. Ich würde also vorschlagen, wir setzen uns jetzt alle wieder hin und besprechen die Situation.« Er sah zuerst mich, dann Aya an und senkte langsam seine Arme ab, als befürchtete er, wir könnten doch noch aufeinander losgehen.

Mein Kopf pochte und mein Herz hämmerte in meiner Brust. Ich hatte überreagiert. Ich setzte mich mit meinem Schlafsack wieder auf den nackten Boden. Juri hatte sich zwischen uns niedergelassen.

Ich massierte mir jetzt doch meine Schläfen, ignorierte allerdings Juris Blick, dem meine Geste natürlich mal wieder nicht verborgen geblieben war. Ich brauchte sein Mitleid jetzt nicht.

»Wollt ihr mich dann jetzt mal aufklären, wie der Plan aussieht? Ich bin jetzt seit fast einer Woche hier, erfahre aber immer nur das Nötigste, wenn überhaupt. Wie wollt ihr es schaffen, Firas zu stürzen? Und wie bekomme ich die Seelen wieder aus mir raus?« Letztere Frage beschäftigte mich seit dem Aufbruch von Juris Haus. So irre es klang, ich gewöhnte mich an den Gedanken, dass ich wirklich fremde Seelen beherbergte. Das wäre zumindest eine, wenn auch sehr abstruse, Erklärung für meinen Gesundheitszustand. Und dass dieser sich verschlechterte, war offensichtlich. Ich wusste nicht, ob ich die Kraft hatte, dagegen zu kämpfen, ob ich am Ende überhaupt noch kämpfen wollen würde.

Ich sah zu Juri, der mich eingehend musterte, als versuchte er, meine Gedanken zu lesen.

»Was ist, wenn ich es nicht schaffe und sterbe, bevor ich die Seelen abgeben konnte?«

Juri griff nach meinen Händen. Seine waren stark und warm und seine Wärme übertrug sich auf meinen Körper. Fast hatte ich den Eindruck, dass mit dieser Wärme ein Stück seiner Stärke in mich hineinfloss.

»Du wirst nicht sterben, hörst du?« Die Intensität seines Blickes ließ mich in der Bewegung erstarren. Gänsehaut breitete sich über meinen Rücken aus und ich musste schwer schlucken. Es war unglaublich, wie viel ich für ihn in der kurzen Zeit bereits empfand, und sofort zog sich in mir alles zusammen.

Ich schaffte es, den Blick zu lösen, und nahm einen tiefen Atemzug, da ich offenbar die Luft angehalten hatte. Wenn ich also nicht wegen der überschüssigen Seelen in meinem Körper sterben würde, wäre es möglich, dass ich ersticken würde. Einfach, weil ich bei Juris Anblick vergaß, zu atmen. Großartig.

Juri hatte seinen Blick nicht von mir genommen, nahm aber ebenfalls einmal tief Luft. Als seien wir beide gerade nach einem Tauchgang ohne Sauerstoffflaschen wieder an die Oberfläche gekommen. Ob er auch an unsere Nacht zurückgedacht hatte?

Ein lauter Rülpser ließ uns beide zu Aya herumfahren. Diese lächelte erst mich, dann Juri an.

»Ich dachte, jeder darf mal etwas Schönes mit seiner Atmung anstellen. Ihr haltet sie an und ich lasse sie raus. Aber gut, schmachtet euch halt weiter an. Ich werde jetzt schlafen. Laut Juri wird morgen ja ein anstrengender Tag. Gute Nacht.« Lässig drehte sie sich um und legte sich mit dem Rücken zu uns zurück auf ihren Schlafsack.

Bevor Juri weitersprach, räusperte er sich einmal kurz.

»Ich weiß allerdings leider nicht, wie wir mit deinen Seelen vorgehen können.« Er seufzte einmal schwer. »Ich habe das Phänomen noch nie gesehen, geschweige denn gewusst, dass dies überhaupt möglich ist. Eine Seele ja. Die jeweiligen Wege dafür habe ich dir schon mitgeteilt. Aber die Wanderer vom Seelentor wissen vielleicht mehr. Deswegen müssen wir dahin. Abgesehen davon, dass du besser geschützt werden musst, können uns die Wanderer vor Ort vielleicht helfen und dich retten.« Hoffnung lag in seinen Worten.

Er blickte kurz zu Aya. Sie lag noch immer mit dem Rücken zu uns auf dem Boden. Sie schlief oder aber tat zumindest so und hatte offenbar keine Lust, sich an dem Gespräch zu beteiligen.

Nach einem kurzen Blick zu ihr streichelte ich ihm über seine schwielige Handinnenfläche und über sein Handgelenk seinen Unterarm entlang.

Sein Blick wurde dunkler und seine Stimme ebenso, er blieb aber beim Thema.

»Im Falle des Todes eines Trägers oder Wanderers wird seine Seele freigesetzt und kann in einem kurzen Zeitfenster von einem Träger aufgenommen werden. Aber ich werde das bei dir verhindern, okay?

Lila, du wirst nicht sterben!« Er drückte mich fest an sich. Er drückte so fest, dass mir die gerade gewonnene Luft wieder aus meinen Lungen gepresst wurde. Ich konnte seinen starken Herzschlag deutlich an meiner Brust spüren.

Er ging schnell, wild und kraftvoll. Ich schloss meine Augen und hob langsam meine Arme, um ihn ebenfalls zu umarmen. Sein intensiver, sinnlicher Duft und seine Berührung elektrisierten mich, ein Kribbeln breitete sich in meinem Körper aus und mein Herz hämmerte nun ebenfalls schneller in meinem Brustkorb. Ich musste ihn ein wenig von mir schieben, um etwas Luft zu bekommen.

Unsere Köpfe waren nur wenige Zentimeter voneinander entfernt. In seinem Blick spiegelten sich so viele Gefühle, die ebenso in mir um die Wette eiferten. Eines davon dominierte jetzt jedoch klar: Verlangen.

Seine Nasenflügel bebten und unwillkürlich glitt mein Blick zu seinem Mund, dessen schöne Lippen leicht geöffnet waren. Als ich seine Augen wiederfand, konnte ich dasselbe Feuer sehen, dass meinen Körper bereits ergriffen hatte. Ich wollte ihn küssen, mit jeder Faser meines Körpers wollte ich ihm näher sein.

Er kam mir entgegen, als ich meinen Kopf ein wenig nach vorn neigte, und wir trafen uns genau in der Mitte. Seine Lippen fühlten sich fest und gleichzeitig unglaublich samtig an. Ich strich mit meiner Zunge an seiner Unterlippe entlang und entlockte ihm ein kurzes tiefes Aufseufzen.

Er gewährte meiner Zunge Zugang und unsere Zungenspitzen neckten sich. Meine Mitte zog sich zusammen und ich merkte, wie meine Erregung mit jeder Sekunde wuchs.

Ich intensivierte den Kuss und Juri presste mich näher an sich heran. Seine Hände, die mich gerade noch so fest an seinen Körper gedrückt hatten, wanderten nun meinen Rücken herunter und drückten fordernd meine Pobacken. Ich konnte deutlich Juris Erregung spüren, was mich nur noch mehr glühen ließ. Juri hob mich hoch und ich schlang meine Beine um seinen Körper.

Ohne unseren Kuss zu unterbrechen, ließ er sich in einer gleitenden Bewegung auf den Boden sinken. Juri platzierte mich direkt auf seinem Schoß, was mir dieses Mal ein keuchendes Stöhnen entlockte. Eine Hand verweilte an meiner Pobacke, die er mit festen, kreisenden

Bewegungen massierte, während seine zweite Hand zu meiner Brust wanderte und nacheinander sanft über meine Brustwarzen fuhr. Dabei war seine Berührung so federleicht, dass ich mich ihm unbewusst weiter entgegenstreckte.

Ich begann, meine Hüfte langsam auf seiner Erektion zu kreisen. Die Reibung ließ mich aufkeuchen und Juri stöhnte ebenfalls und drückte mich fester an sich, was meine Erregung noch mehr steigerte. Ich war mehr als bereit für ihn und dass, obwohl wir noch immer vollständig bekleidet waren.

Ich wusste, dass es Juri ähnlich wie mir ging. Meine Hand wanderte seinen Rücken entlang, um unter sein Oberteil zu gelangen, und dann wieder sanft in Schlangenlinien nach oben zu fahren.

Deutlich konnte ich die Unebenheiten des Narbengewebes wahrnehmen, die wie ein seidener Webteppich seinen Rücken durchzogen. Die Narben waren glatt und lagen tiefer als die unbeschädigten Hautpartien, die momentan von einer Gänsehaut überzogen waren. Ein tiefes Knurren entrann sich Juris Kehle und sein Körper versteifte sich vollständig.

Er unterbrach den Kuss und entfernte tief Atem holend sein Gesicht so weit von meinem, dass ich ihn ansehen konnte. Ich musste blinzeln und nahm nun ebenfalls das Räuspern gegenüber von uns wahr.

»Zugegeben eine heiße Show, aber nehmt euch doch bitte das nächste Mal ein Zimmer, okay?« Ich hatte Aya ganz vergessen und eigentlich war mir ja klar gewesen, dass sie noch nicht so schnell schlafen konnte.

Eigentlich sollte es mir unangenehm oder sogar peinlich sein. Aber die letzten Tage hatten mich etwas abstumpfen lassen. Wenn man mir nicht würde helfen können, würde ich sterben, so einfach war das.

Doch Juri schien gar nicht wegen Aya erstarrt zu sein. Er sah kurz in ihre Richtung und legte den Zeigefinger auf seinen Mund. In einer fließenden Bewegung setzte er mich im Anschluss auf den Boden und stellte sich in eine gespannte Ausgangsposition, aus der er einen Angreifer jederzeit würde parieren können. Hoffte ich zumindest.

Langsam drehte er sich um die eigene Achse und scannte die unmittelbare Umgebung, seine kleinen Messer bereits in seinen Händen.

Trotz der akuten Gefahrensituation konnte ich nicht anders, als ihn kurz anzustarren. Wie kraftvoll und gefährlich Juri aussah und dabei so schön. Da es bereits später Abend war, konnte ich nur schemenhafte Konturen um mich herum wahrnehmen und rein gar nichts sehen.

Aya, ebenfalls eine unerschrockene Kämpferin, war nach der mahnenden Geste Juris fast lautlos aufgesprungen und hatte ihre Waffen gezückt. Ich konnte dabei nicht genau erkennen, was es war. In ihrer rechten Hand hielt sie eine Art Peitsche, die leicht im Licht der zwei Monde schimmerte, und wie es schien, ging eine Art Energie von ihr aus. In ihrer linken Hand befand sich nun ebenfalls ein Fingerdolch, wie Juri welche hatte. Ich hatte ja bereits mitbekommen, dass diese Waffen zwar klein, aber doch extrem scharf und tödlich sein konnten. Juri hatte mir vor der Abreise ebenfalls zwei davon gegeben, wovon ich eines an meiner linken unteren Hüfte und das für die rechte Hand am inneren Fußgelenk trug.

Aya versuchte inzwischen, mir abends ein paar Wurf-, Abwehr- und Angriffstechniken beizubringen, die ich immer nur wenig bis gar nicht umsetzen konnte. Mein Zustand ließ es kaum zu, nach unserem Fußmarsch noch besonders aktiv zu sein. Der heutige Abend stellte dabei wohl eine Ausnahme dar, ich fühlte mich auf jeden Fall viel energiegeladener als sonst. Mir wurde beim Gedanken an vorhin wieder ganz warm, das änderte sich jedoch rasant, als mein Blick zu Juri wanderte, der seine Position ein wenig verlagert hatte. Konzentriert kniff er die Augen zusammen und starrte in den bewaldeten Teil des Geländes links von mir.

Jetzt hörte ich ebenfalls ein raschelndes Geräusch. Dann sah ich sie.

Meine Sinne waren zum Zerreißen gespannt. Unruhig blickte ich in den Wald, von dem ich die Geräusche vernommen hatte. Vom Muster sprach alles dafür, dass es nur eine Person war, aber ganz genau konnte ich das nicht bestimmen. Meine beiden Messer hielt ich parat und ich war bereit, sie einzusetzen. Ich würde alles dafür tun, damit Lila das Seelentor erreichen konnte. Damit sie die Chance bekam, zu überleben. Sie und Miro.

Kurz streifte mein Blick Lila, bevor sich mein Fokus wieder auf das Waldstück richtete. Sie war so viel stärker, als sie selbst es glaubte. Seit ihrer Geburt lebte sie bereits mit einer weiteren Seele zusammen, ohne Verschmelzung. Ich mochte mir gar nicht vorstellen, welch eine Last das für sie sein musste. Und nun hatte sie durch Toms Tod eine weitere Seele in sich aufgenommen und bis hierhin überlebt.

Es gab, meines Wissens, keine Berichte darüber, aber eigentlich war es unmöglich, mit drei Seelen einen Körper zu bewohnen. Sie war einfach unglaublich. Und was da zwischen uns passiert war, war es ebenfalls.

Nie zuvor hatte ich diese Art von Gefühlen zugelassen. Doch bei Lila konnte ich nicht widerstehen.

Ich verlagerte meine Position und konzentrierte mich erneut auf den Wald. Wenn ich so weitermachte, starb sie auf jeden Fall. Dann vernahm ich es erneut, ein leises Knacken. Ich straffte meine Schultern und sah rüber zu Aya, die sich ebenfalls in Kampfposition gebracht hatte.

»Schirme sie ab«, wisperte ich Aya eindringlich zu, die meiner Anweisung sofort nachkam.

Jetzt war Lila fast vollständig durch Ayas Körper verdeckt. Mir blieb nur noch die Flucht nach vorn, da ich die beiden hier nicht allein lassen wollte. Doch bevor ich in den Wald rufen konnte, erkannte ich bereits die Person, die sich mühsam und langsam in unsere Richtung bewegte.

Sofort rannte ich los und verstaute auf dem Weg meine Klingen. Anni sah mich an und ein abgekämpftes Lächeln erschien auf ihrem dreckigen Gesicht, bevor sie sich langsam auf den Boden gleiten ließ.

Ihre Handgelenke wiesen bläuliche Quetschungen auf und ich konnte sehen, dass ihre Handrücken voller kleiner Wunden waren. Ihre Lippe war am unteren linken Rand aufgeplatzt, aber schon wieder am Abheilen und ihr sonst so ebenmäßiges Gesicht sah erschöpft und übermüdet aus. Sie hatte nur einen kleinen Rucksack bei sich. Ihre Klamotten waren dreckig und am Saum gerissen und ihre Schuhe wiesen Löcher auf. Sie wirkte ausgezehrt, und war offenbar komplett am Ende ihrer Kräfte.

Ich ging in die Hocke und strich über ihr stumpfes und wirres Haar. Aus den Augenwinkeln sah ich, dass Aya und Lila ebenfalls zu uns eilten.

»Anni, was ist passiert? Was machst du hier und wo ist Ade?« Ich stellte die Fragen lauter und harscher, als ich wollte. Verdammte Militärausbildung, der Drillton setzte sich bei mir oft in angespannten Situationen durch. Ich schaute mich schnell um und konnte weit und breit niemand anderen entdecken. Aber diesbezüglich war ich heute offensichtlich nicht in Topform.

Wir mussten sie nach oben zu dem Felsvorsprung schaffen, und zwar so schnell wie möglich. Aya dachte wohl dasselbe, da sie bereits ihre Peitsche zurück an die Hüfte und ihr Messer an ihren Gürtel gesteckt hatte. Annis Arm um ihre Schulter positioniert, blickte sie auffordernd zu mir rüber. Ich übernahm die andere Seite und gemeinsam trugen wir sie den Weg zurück.

Aya schnaufte heftig, als wir Anni schließlich sehr vorsichtig auf meinen Schlafsack ablegten. Sie seufzte tief und schloss erleichtert ihre Augen. Langsam fingen ihre Schultern an zu beben und ließen ihren kleinen Babybauch dazu im Takt auf und ab hüpfen. Sie schluchzte leise und wir gaben ihr die Zeit, die sie benötigte, bis sie uns erzählen konnte, was vorgefallen war. Aber es fiel mir verdammt schwer.

»Ich dachte, ich schaffe es nicht mehr, euch einzuholen«, brachte sie schließlich zwischen zwei tiefen Atemzügen keuchend hervor. Ich hatte ihr mein Taschentuch gegeben, das sie bereits komplett durchnässt hatte, weshalb sie nun ihre Nase am Ärmel ihres Shirts abputzte, während sie nervös mit ihren Händen mein Taschentuch durchknetete. Mein Blick blieb an ihren Händen hängen. Und bei ihrem Anblick wurde ich stutzig.

Ich blickte kurz in die Runde, Lila stand mit verschränkten Armen direkt neben Aya und betrachtete Anni voller Mitgefühl. Während Aya direkt neben Anni kauerte und ihr beruhigend den Rücken entlangstrich. Ich hatte Anni meine Wasserflasche gereicht, die sie mit gierigen Zügen leerte. Sie war dehydriert. Ich wurde immer angespannter, schaute abwechselnd zu Anni und in Richtung des Waldes, um herannahende Gefahr so früh wie möglich zu erspähen.

Glücklicherweise waren die Monde heute beide fast vollständig zu sehen und das Gelände wurde in einen sanften silbrig-grünen Schein getaucht. Trotz aller Umstände wurde mir wieder bewusst, wie wunderschön unser Land war. Der Hang bis zum Wald war mit langem Gras bewachsen, das sich sanft im Wind wiegte. Der mineralische Geruch der Geria-Steinwüste, die wir morgen würden durchqueren müssen, kitzelte mit dem feinen weißen Staub in meiner Nase. Ich würde alles geben, hier wieder in Freiheit zu leben. Annis Stimme holte mich zurück in die Gegenwart.

»Kurz nachdem ihr weggegangen wart, wurden wir überfallen. Es ist alles zerstört.« Ein erneuter Heulkrampf schüttelte sie durch. Aya drückte sie und versuchte, sie zu trösten. Anni blickte mich mit großen Augen an. »Alles, Juri! Dein Haus, unser Zuhause … alles wurde zerstört und in Brand gesetzt. Ade hat versucht, dazwischenzugehen. Er …« Erneut schluchzte Anni laut auf. »Ade hat gekämpft bis zum Schluss. Er hatte einfach keine Chance.«

»Wie viele waren es?« Sofort beschämte mich diese Frage. Mein Freund hatte sein Leben verloren und ich wollte wissen, gegen wie viele er zu kämpfen hatte? Aber zum Trauern war jetzt keine Zeit. Ich strich mir erneut mit den Fingern durchs Haar, hielt aber mitten in der Bewegung inne. Diese nervöse Angewohnheit hatte ich mir eigentlich längst abgewöhnt, aber manchmal passierte es trotzdem. Um mich zu sammeln, begann ich stattdessen, ruhig und gleichmäßig auf- und abzugehen.

»Ich weiß es nicht so genau. Ich hatte sie gehört und mich versteckt. Ich war oben im Schlafzimmer, weil ich mich kurz hingelegt hatte. Sie müssen Ade unten aufgelauert haben und versuchten, ihn zu überwältigen. Und ich war zu feige.« Sie sprach den letzten Satz leise und schaute verschämt zu Boden.

»Ach komm, Anni, du bist schwanger verdammt noch mal, da geht man nicht mal einfach so in einem Kampf dazwischen.« Ayas Stimme klang aufgebracht. Natürlich sollte man als Schwangere nicht kämpfen müssen, generell sollte man nicht kämpfen müssen.

»Und dann?«, fragte ich vorsichtig, wobei ich ihr Gesicht genau studierte. Ich wurde das Gefühl einfach nicht los, dass hier etwas nicht stimmte.

»Ich hörte Ades Schreie. Sie sind mit der Peitsche auf ihn losgegangen. Als ich mich getraut hatte, aus dem Fenster zu blicken, sah ich fünf Soldaten mit ihm am See. Zwei von ihnen hielten ihn mit dem gesamten Körpergewicht unter Wasser. Er hatte keine Chance.« Ihre letzten Worte klangen gequält.

Ihr Anblick brach mir das Herz.

»Wie ein Angsthase blieb ich im Zimmer und kurze Zeit später hörte ich das Knistern von Feuer und roch Rauch. Dann griff ich mir nur schnell meinen Rucksack und bin aus dem Fenster geklettert, hinter dem Haus vom Dach gesprungen und direkt in den Wald gelaufen.«

Ich hörte Annis Ausführung zu, und blieb abrupt stehen, musterte Annis Gesicht eingehender.

»Und den Weg hattest du dir vorab gemerkt und bist uns sofort gefolgt?« Mein Ton war schärfer, als im ersten Moment gewollt.

Annis Körper versteifte sich kaum merklich. Dann sah sie mich mit großen Augen an, während Aya empört schnaubte.

»Entspann dich mal, Juri. Sie war schließlich bei der Besprechung dabei gewesen!« Das stimmte.

Ich stemmte meine Hände in die Hüften und blickte Anni direkt ins Gesicht.

»Du lügst! Was verschweigst du uns?«

»Juri, es reicht jetzt«, schoss Aya los, während Lila mich verwundert anstarrte.

Anni musterte mich mit halb geschlossenen Lidern und seufzte leise. Mühsam erhob sie sich schließlich von meinem Schlafsack und griff nach ihrem Rucksack, den sie fest an ihren Bauch presste. Sie sah zu Boden, als wüsste sie nicht, wen sie anschauen sollte. Dann hob sie ihren Blick wieder und sah mir fest in die Augen.

»Die ganzen Jahre und nie ist jemandem etwas aufgefallen. Was hat mich verraten? Meine Verletzungen?« Ihr Blick sah resigniert aus, aber an ihrer Körpersprache konnte ich erkennen, dass sie noch nicht aufgegeben hatte.

»Deine aufgeplatzten Fingerknöchel und die Verletzung an deiner Lippe können eigentlich nur von Schlägen herrühren, die du ausgeteilt und eingesteckt hast.«

Ich sah, wie sich Lila neben Aya drängte, um einen Blick auf Annis Wunden zu werfen. Während Lilas Augen vor Unglauben immer runder wurden, verengten sich Ayas hingegen zu zornigen Schlitzen.

Bevor sie etwas Unüberlegtes tat, fuhr ich schnell fort: »Aber letztlich haben dich deine Schuhe verraten.«

Anni lachte kurz und trocken auf.

»Meine Schuhe?«

»Wenn eine pingelig war, die Schuhe unten auszuziehen und nicht mit nach oben zu nehmen, dann warst du das!«

Sie erkannte ihren Fehler und ein freudloses Lächeln verzerrte ihren Mund.

»Wärst du also wirklich hinten aus dem Haus gelaufen, wärst du jetzt barfuß. Und hätte es bereits gebrannt, als du geflohen warst, wären deine Schuhe zu einem großen Klumpen zusammengeschmolzen.« Ich machte eine kurze Pause und holte tief Luft für meine nächsten Worte. »Wo ist Ade? Was hast du mit ihm gemacht?« Aya und Lila starrten Anni an.

»Er hätte leben können.« Anni blickte kurz zur Seite, straffte dann aber ihre Schultern und sah mir kalt ins Gesicht. »Er hat sich für den Tod entschieden. Ein wenig schade finde ich das schon.«

Ich konnte sehen, dass Lila der Mund offen stehen blieb vor Entsetzen. Wahrhaftig hätte ich nicht gedacht, dass Firas so niederträchtig sein könnte.

»Warum sollte ich dir glauben, Anni? Du bist eine Lügnerin und eine Gefolgin Firas! Willst du mir tatsächlich erzählen, du hättest Ade umgebracht?« Anni drehte sich zu Aya, die sie fassungslos anstarrte.

Kurz lachte Anni erneut auf.

»Wie naiv ihr seid, alle miteinander! Angefangen bei eurem tollen Anführer!«

Ihr Blick ging abschätzend in meine Richtung. »Das Spiel ist doch eigentlich ganz einfach. Fressen oder gefressen werden. Das habe ich schon sehr früh gelernt und bislang wurde ich nicht gefressen.« Anni sah uns nacheinander an, dann blieb ihr Blick wieder bei mir hängen. »Ich sollte dich im Auge behalten.« Dabei zeigte sie mit erhobenem Zeigefinger auf mich. »Deine fixe Idee, Miro zu finden und ihn wieder an die Macht zu bringen, ist Firas natürlich zu Ohren gekommen. Also habe ich dafür gesorgt, dass du mich bei dir aufnimmst und …«

Aya fuhr aufgebracht dazwischen: »Du hast das Dorf zerstört und Taiko? Deine Geschichte war also komplett frei erfunden?« Ayas Gesicht war rot vor Zorn. Ich konnte mit so viel Niedertracht nicht gut umgehen.

Anni fuhr fort, dabei verzerrte ein verschlagenes Lächeln ihr schönes Gesicht. »Na ja, ich habe mich nah an der Wahrheit bewegt. Ich allein kann kein Dorf zerstören und so viele Leute auf einmal umbringen. Soldaten spielten dabei schon die tragende Rolle. Und ich war dabei, da klar war, dass du dorthin unterwegs warst.«

»Und die Dorfbewohner und Taiko? War dir ihr Leben so egal?« Lila stellte diese Frage. Sie hatte sich nun direkt neben Aya positioniert und war mir damit nähergekommen. Jetzt glich ihr Gesicht einer Maske. Anni drehte sich direkt zu Lila um und starrte sie an. Meine Anspannung stieg und ich verharrte in meiner kampfbereiten Position, bereit, jederzeit einzugreifen.

»Nein, sie waren mir sogar alles andere als egal, Lila. Ihr könnt das natürlich nicht wissen, aber ich stamme aus diesem Dorf. Damals, als der Pilz die Planetenwandererbäume befiel, reisten mehrere obere Befehlshaber und Gelehrte zu uns ins Dorf, um die Schäden zu begutachten. Ich war noch ein Kleinkind.« Annis Blick fiel auf mich. »Dein Vater war unter ihnen. Firas forderte ein Pfand, damit sich die Bewohner wirklich Mühe geben würden, gegen den Schädling aktiv zu werden. Meine Familie war die einzige im Dorf, die zu diesem Zeitpunkt kleine Kinder hatte. Sie boten mich an und verschonten meinen großen Bruder Taiko.« Sie stockte kurz und ihr Blick ging ins Leere. »Mein Vater war leider bereits zuvor verstorben, aber meine Mutter und Taiko übernahm ich persönlich! Sie sollten für die Zeit zahlen, die ich als Kind in der Obhut von Firas und seinen Leuten hatte verbringen müssen. Für all die Jahre, die sie in Frieden leben durften und ich nicht! Sie hatten es verdient. Sie alle!« Anni sprach mit so viel Abscheu in ihrer Stimme.

Und obwohl sie böse war und ihr Handeln unentschuldbar, hatte ein kleiner Teil von mir Mitleid mit ihr.

»Ich habe dir geglaubt. Wie konnte mir das nur passieren?« Ich sprach den letzten Satz noch leiser und eigentlich nur zu mir, dennoch hörte ihn jeder.

»Warum hast du mich dann nicht einfach getötet? Dann wäre die Suche schnell vorbei gewesen und du wärest frei gewesen.«

Mein Puls raste und ich atmete tief durch, um dem Drang zu widerstehen, sie durchzuschütteln.

Sie sah mich funkelnd an.

»Ja, wenn ich hätte entscheiden dürfen, wärst du bereits tot. Aber frei? Niemals.« Die Stille nach dieser Aussage hätte man fast anfassen können, so prasent war sie. »Mein Auftrag war klar. Beobachten und auskundschaften, bis du mit Miro wiederkommst.«

Sie sah mich abschätzend an. »Leider ist Lila wohl zu schwach und das, obwohl ich versucht habe, Miro einschlafen zu lassen, bis ich neue Instruktionen erhalten hatte.«

Moment, der Tee?

»Was hast du ihr gegeben, Anni?« Mein Puls ging jetzt so schnell, als hätte ich gerade einen langen Sprint hingelegt.

Lila beruhigte mich jedoch, indem sie sanft meinen Arm festhielt.

»Alles gut, mir geht es gut, Juri.« Sie sah zu Anni. »Sorry, dein Tee hat so scheußlich geschmeckt, den kann niemand trinken.«

Die Erleichterung durchfuhr mich wie ein Blitz.

Anni verzog keine Miene. Sie blickte mich erneut an und fuhr fort: »Nur etwas, damit Miro schön im Land der Träume bleibt und keinen Kontakt aufbauen kann. Wie ich bereits sagte, Lila ist ohnehin nicht fähig. Sie hat nicht das Zeug zu einem Seelenträger. Sie wird nicht unsere Retterin werden!« Die letzten Worte spie sie aus.

Ich konnte Lila ansehen, dass diese Worte sie schwer trafen.

»Warum erzählst du uns das eigentlich alles?«, fragte Aya in diesem Moment aufgebracht, aber bei mir waren die Würfel endlich gefallen.

»Du schindest Zeit, richtig? Wer ist auf dem Weg? Wann kommen sie?«

Ein lautes Lachen hallte über den Felsvorsprung.

»Sehr bald! Kaum wart ihr weg, erhielt ich meine neue Order. Ihr werdet gefangen genommen. Alle bis auf …« Und mit diesen Worten sprang sie auf Lila zu, ein kleines Messer gezückt, das ich vorher nicht bemerkt hatte. Es war vermutlich am Rücken des Rucksacks befestigt gewesen.

Ihre Bewegung war nicht besonders schnell, aber das Überraschungsmoment war auf ihrer Seite. Ich konnte nicht anders und drehte mich zu Lila um, um sie mit meinem Körper abzuschirmen. Miro musste leben, sie musste leben.

Undeutlich hörte ich einen wütenden Schrei, der entweder von Anni oder Aya stammen konnte, wenn auch aus vollständig unterschiedlichen Beweggründen.

Ich hatte Lila mit beiden Armen umschlungen, während ich den scharfen Schmerz an meiner rechten Niere spürte. Annis Messer hatte mich erwischt. Ich hörte sie kurz fluchen, bis ein lautes elektrisches Zischen ertönte. Dann war alles ruhig.

Ich versuchte, mich aufzurichten, was mir mit den Schmerzen nur sehr mühsam gelang. Lila, die gerade noch benommen auf dem Boden lag, bemühte sich, sich aufzustemmen.

Aya stand über Anni, ihre Peitsche langsam wieder zusammenrollend.

»Da hatte sie wohl neue Instruktionen mit Tötungserlaubnis erhalten, wie mir scheint.« Sie sah zornig aus, traktierte die am Boden liegende Anni aber nicht weiter.

»Du bist verletzt.« Lila hatte das Blut bemerkt, das mir unaufhörlich aus der Wunde strömte. Bei dieser Art von Verletzung war es wahrscheinlich, dass sich weitaus mehr Blut in meinem Bauchraum sammeln würde.

Ich kam hier jedenfalls nicht weg.

»Ihr müsst weiter. Aya, du kennst den Weg, bring Lila und Miro dorthin, schnell. Sie dürfen euch nicht bekommen!« Ich versuchte, meine Stimme so klar und stark wie möglich klingen zu lassen, was mir leider nicht gelang. Ich merkte bereits jetzt, dass ich bald das Bewusstsein verlieren würde. Bis dahin musste ich dafür sorgen, dass die zwei von hier verschwanden.

»Nein, Juri, ich lasse dich hier nicht allein. Was, wenn gar keiner kommt und du keine Hilfe bekommst? Was ist, wenn du dann stirbst? Ich will und ich kann dich nicht noch verlieren, Juri!« Lilas Stimme klang so verzweifelt, so traurig.

Sie hockte neben meinem Oberkörper und hielt meinen Kopf in ihren Händen.

Wie gerne hätte ich ihr gesagt, dass alles gut werden und ich die Sache hier überleben würde. Ich hätte ihr so gerne all meine unglaublichen Gefühle für sie mitgeteilt, die sie in mir in dieser viel zu kurzen gemeinsamen Zeit entfacht hatte. Aber dafür konnte ich keine Energie verschwenden und ich wollte sie nicht anlügen. Ich ging nicht davon aus, dass ich das hier überleben würde.

Also richtete ich meine nächsten Worte an Aya.

»Aya, komm zur Vernunft! Bring sie hier weg, schnell!« Diese Kraftanstrengung gab mir den Rest.

Ich sank erschöpft zurück in Lilas Hände, die mir nun mit ihrem Kopf näherkam und so sanft, wie nur sie es vermochte, einen zarten Kuss auf meine Lippen gab. Ich seufzte leise.

Es war in Ordnung für mich zu sterben. Ich spürte in jeder Faser meines Körpers, dass Lila ebenso empfand wie ich, aber Lila würde leben. Aya und Lila könnten es schaffen. Ich spürte Tränen auf mein Gesicht tropfen, die aus Lilas Augen stammten. Das war das Letzte, was ich mitbekam.

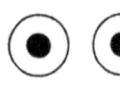

23.
LILA

»Du wirst es schaffen, hörst du! Wir lassen dich nicht hier liegen.«
Tränen rannen mein Gesicht runter. Ich konnte ihn hier doch nicht
einfach sterben lassen. Ich durfte einfach nicht schon wieder jemanden verlieren. Nicht Juri!

Er, der es in kürzester Zeit geschafft hatte, diese Gefühle in mir
zu entfachen.

»Sie kommen, Lila, wir müssen los, sonst haben wir keine Chance.«
Mit diesen Worten riss Aya mich von Juri weg und zerrte mich auf
meine Beine. »Soll Juri jetzt für nichts sterben? Sein Auftrag war klar.
Schnapp deinen Rucksack und dann geht es los, sofort.« Ihr Ton war
militärisch streng.

Mein Blick wurde von vereinzelten Lichtern im Wald abgelenkt,
die sich schlangenförmig näherten. Sie würden bald hier eintreffen.

Ayas Blick glitt ebenfalls zum Wald und ihre Stimme wurde noch
eindringlicher. »Ich kann mindestens fünf Scheinwerferpaare erkennen. Fünf Militärfahrzeuge! In jedem sitzen wahrscheinlich vier bis
fünf kampfbereite Soldaten. Das schaffen wir nicht!« Sie schaute sich
noch einmal um und ging schnell zu Juri in die Hocke.

Seine Augen waren bereits geschlossen und sein Atem ging nur
noch sehr flach. Die Blutlache unter ihm vergrößerte sich kaum
noch. Ich wusste nicht, ob das ein gutes oder schlechtes Zeichen war,
befürchtete aber Letzteres.

Schon wieder schossen mir Tränen in die Augen. Er hatte mein
Leben retten wollen und seines dafür gegeben. Schon wieder verlor
ich jemanden, dessen Leben so viel mehr gewesen war als meines.
Warum war ich nicht einfach tot?

Ich stand nur da und starrte auf ihn runter.

Aya legte vorsichtig ihre Hände an Juris Wangen und hockte nun
so tief, dass ihre Stirn seine berührte. Sie schloss die Augen und verweilte einen ganz kurzen Augenblick. Ein kurzer Moment der Eifer-
sucht ergriff mich.

»Ich verspreche dir, sie zum Seelentor zu bringen und mit meinem
Leben zu schützen, wenn es notwendig ist.«

Sie löste ihre Stirn von seiner und sah ihn noch einmal ernst und ehrfürchtig an. »Es war mir eine Ehre, dich gekannt zu haben, Juri!« Sofort stand sie auf und fasste mich am Arm. »Lass uns aufbrechen, sonst haben wir keine Chance!«

»Du willst ihn einfach liegen lassen?« Fassungslos sah ich Aya an. »Ich werde nicht ohne ihn gehen. Das kannst du vergessen. Eher sterbe ich! Niemals! Ich bleibe ...«

Die Ohrfeige, die Aya mir verpasste, hatte ich nicht kommen sehen und haute mich fast um. Und sie ließ mich verstummen.

Aya sah mich zornig an.

»Kapierst du es nicht? Schau mal rüber zum Wald. Gleich sind wir alle tot. Reicht es nicht, dass Juri dich hatte retten wollen? Er ist für dich gestorben! Respektiere seinen letzten Wunsch und versuche, am Leben zu bleiben. Vielleicht, aber nur vielleicht, hat sein Tod dann einen Sinn ergeben. Lass nicht zu, dass er umsonst gestorben ist! Das bist du ihm schuldig.« Sie schaute zu Juri und danach zum Wald, wo die Scheinwerfer jetzt beängstigend nah zu sehen waren.

Ich kniete mich zu Juri hinunter und strich ihm vorsichtig über seine Wange. Dann küsste ich ihn ein letztes Mal, sanft berührten meine Lippen seine und ich schloss die Augen.

Seine Lippen fühlten sich steif an und seine Haut war ganz weiß. Ich hatte ihn verloren. Ich hatte alles verloren.

Meine Tage waren ohnehin bereits gezählt, und ob ich nun heute oder morgen sterben würde, machte nun keinen Unterschied mehr.

Erneut wurde ich hochgerissen und grob Richtung Geröllebene geschubst. Aya stand hinter mir wie eine Furie und ihre Stimme war ganz leise vor Wut.

»Ich habe Juri gerade versprochen, dich zum Seelentor zu bringen, und das werde ich jetzt tun. Noch nie habe ich ein Versprechen gebrochen und ich fange heute ganz sicher nicht damit an, verstanden?« Mit diesen Worten schubste sie mich erneut weiter und weiter vom Felsvorsprung und unseren Verfolgern weg.

Sie hörte nicht auf damit, obwohl ich merkte, wie sehr sie es anstrengte und mich ebenso.

»Ich kann das den ganzen verdammten Weg so weitermachen, wenn ich muss«, keuchte sie abgehackt.

Beim nächsten Schubsen sprang ich zur Seite. »Okay, ich habe es begriffen. Lass das!« Kurz funkelten wir uns an. Sie hatte recht, Juri hatte das nicht verdient. Ich sollte wenigstens versuchen, am Leben zu bleiben. Ich atmete tief durch. Mit erhobenem Kinn nickte ich Aya zu, dann rannten wir so lautlos wie möglich los.

Unterwegs griff Aya in ihren Rucksack und reichte mir ein großes, hellgraues Tuch. Während wir weiterliefen, zog ich es über meinen Kopf, um meine Haare zu verbergen. Sie bedeckte ihre Haare ebenfalls mit einem zweiten Tuch. Juri und Aya hatten das bereits bei ihrer Besprechung geplant, da klar gewesen war, welcher Weg genommen werden sollte.

Aya dirigierte mich in die Richtung eines größeren Steinblocks, der in der Ferne zu erkennen war.

Ich wusste nicht, wie lange wir gelaufen waren, aber der Morgen kündigte sich bereits langsam an. Meine Kräfte schwanden rapide. Aya spürte es ebenfalls. Während unseres Marsches erfasste mich immer wieder ein unkontrollierbares Beben, während mir Tränen über mein staubverschmiertes Gesicht liefen. Meine Augen waren zugeschwollen und gereizt.

Wir hatten den großen Felsen fast erreicht und ich hoffte, dass wir dort eine Pause machen könnten.

Als hätte Aya meine Gedanken erraten, machte sie mir gleich einen Strich durch die Rechnung.

»Es grenzt an ein Wunder, dass sie uns bislang nicht erwischt haben, und damit das so bleibt, müssen wir den Abstand so groß wie nur möglich halten.« Mit zusammengekniffenen Augen ließ sie ihren Blick über die Steinlandschaft schweifen. »Mit ihren Fahrzeugen kommen sie nicht über das Geröll, aber ein paar Soldaten sind uns sicher zu Fuß gefolgt. Und die könnten uns definitiv noch erreichen.« Sie reichte mir einen Schluck Wasser und ein kleines Ästchen. »Nicht zu viel darauf herumkauen, aber dadurch wirst du die Erschöpfung nicht mehr so stark wahrnehmen.«

Ich winkte ab und holte meinen Beutel heraus, den mir Juri gegeben hatte. Ich brach ein Stückchen ab und kaute auf dem Baklatwa herum. Die dämpfende Wirkung trat wie gewünscht bereits kurze Zeit später ein und ich kaute so lange weiter, bis sich das leicht wattige Gefühl einstellte, das alles viel leichter machte. Meine Müdigkeit nahm dadurch leider nicht ab, aber meine Muskelschmerzen verringerten sich auf ein erträgliches Maß. Außerdem dämpfte die Droge meine Trauer ein wenig und die Abstände meiner Heulkrämpfe vergrößerten sich.

»Wir müssen davon ausgehen, dass Firas nun informiert ist, wohin wir unterwegs sind. Ich kann mir vorstellen, dass wir bereits am anderen Ende der Geria-Wüste erwartet werden. Spätestens aber am Seelentor, doch darüber machen wir uns später Gedanken. Vorerst müssen wir hier unseren Weg abändern.«

Daran hatte ich gar nicht gedacht. Aya hatte bestimmt recht. Dank Anni war es sehr wahrscheinlich, dass ein Empfangskomitee für uns bereitstehen würde.

»Was hast du also vor?«, fragte ich sie, als sie weiter schwieg.

»Wir verlassen die Route vorher und nehmen einen Umweg in Kauf. Wir müssen uns dringend etwas ausruhen und essen.« Nach einem kurzen Seitenblick auf mich fuhr sie leise fort: »Ich kenne jemanden, der hier in der Nähe wohnt. Ich bin mir sicher, dass sie uns hilft.« Aya sah konzentriert in die Ferne.

»Ist okay für mich!«, antwortete ich etwas dumpf.

Aya sah mich an und verdrehte ihre Augen. »Genug Baklatwa, Lila, sonst machst du dich noch an mich ran!« Mit schnellen Schritten ging Aya weiter, während ich die Rinde ausspuckte.

Ich hatte gar nicht realisiert, dass ich schon wieder zu lange darauf herumgekaut hatte. Ich war high.

Wir verließen den Gesteinsbrocken und liefen weiter. Die Landschaft um uns herum wirkte unheimlich. Die Monde ließen die Steine in verschiedenen Silbernuancen erleuchten und außerhalb dieses Areals herrschte Finsternis.

Mein Puls raste und trotz der Leichtigkeit der Droge merkte ich die Belastung deutlich. Außerdem bekam ich durch die gebückte Haltung beim Laufen Seitenstechen. Aya neben mir schien es ähnlich zu gehen, sie keuchte, war aber nicht bereit, ihr Tempo zu drosseln.

Ich hob kurz meinen Arm. »Ich kann nicht mehr, Aya. Ich brauche eine kurze Pause.« Meine Worte klangen abgehackt, da ich nach Luft schnappen musste. Mein Seitenstechen war nicht mehr auszuhalten, genau wie das Tempo. Ich ging langsam weiter im Kreis, während

Aya die Hände auf ihren Knien abstützte und mich schief von der Seite betrachtete. Mein Mund war so unglaublich trocken.

»An deiner Kondition müssen wir definitiv noch arbeiten«, meinte sie japsend. »Aber okay, ganz kurz was trinken und dann weiter«, wobei sie allerdings keine Anstalten machte, zu ihrer Wasserflasche zu greifen. Ich hob meine Arme über meinen Kopf, um mehr Luft zu bekommen, und ging weiter im Kreis.

»Arme runter.« Ayas Hinweis kam zu spät.

Etwas zischte in meine Richtung und traf mich am linken Unterarm. Es schmerzte und ich keuchte auf. Mein Ärmel war an der Stelle aufgerissen und verfärbte sich zügig rot. Es brannte wie die Hölle. Aya hatte sich nach der Attacke auf den Boden geschmissen und robbte sich mit einer unglaublichen Geschwindigkeit in meine Richtung.

»Alles in Ordnung? Kannst du dich bewegen?«, raunte sie mir leise zu.

Ich hob zustimmend mein Kinn.

Sie blickte sich rasch zu allen Seiten um und machte eine kurze Bewegung mit ihrer Hand.

»Da drüben!« Sie deutete auf eine kleine Felsformation. »Komm!«, sagte sie und zerrte mich hinter sich her.

Ich versuchte, ihr zu folgen, schaffte es aber nicht, mich ebenfalls so flach am Boden fortzubewegen. Kurz über meinem Rücken schnellte erneut etwas entlang, traf mich aber nicht.

Aya zog mich das letzte Stück schnell hinter den Steinbrocken und spähte dann vorsichtig eng an den Stein gepresst in die Richtung, aus der das Geräusch gekommen war. Unterdessen kramte sie im Rucksack und warf mir ein hellgraues Mulltuch zu.

»Schnell! Verbinden! Sie haben Messer und Karbatschen und …« Erneut sausten mehrere summende Bänder am grauen Steinbrocken vorbei und Aya zog ihren Kopf zurück. »Mist verdammter! Ich konnte zwei Personen erkennen. Sie holen uns ein! Alles klar mit deinem Arm?«

Während sie Ausschau gehalten hatte, versuchte ich, meinen Arm zu verbinden, was mir, Mama sei Dank, ziemlich gut gelang. Die Wunde war tief, hatte aber nichts Wesentliches verletzt und aufgrund des Baklatwa waren die Schmerzen auf einem aushaltbaren Niveau. Ich hatte mich in die Ecke gehockt und sah zu Aya hoch, die erneut die Gegend absuchte.

»Juri hatte dir ein paar Messer gegeben, richtig?« Eine Antwort wartete sie nicht ab. »Ich werde versuchen, sie abzulenken und zu überrumpeln, du versuchst am besten, so unsichtbar wie möglich zu bleiben, hörst du? Kein Mucks und keine Bewegung!« Sie nahm ihre Wasserflasche und gab ein paar Schlucke auf den Boden. Sofort vermischte sie die entstandene Pfütze mit dem hellen Staub zu einem grauen Schlamm, den sie sich ins Gesicht schmierte und anschließend ihre anderen sichtbaren Körperstellen damit einrieb. »Mach es genauso. Tarn dich, so gut es geht!«.

Der Schlamm war weich und angenehm kühl auf der Haut, und ich verteilte ihn großzügig überall, einschließlich der Mullbinde, die bereits etwas rötlich eingefärbt war.

Aya holte ihre Peitsche hervor und sofort bemerkte ich ein leises elektronisches Summen, das von ihr ausging.

»Das ist eine Karbatsche?«

Aya sah mich verständnislos an. »Ja klar, meinst du, nur die haben so was?«

Mit dem Messer in der anderen Hand ging sie wieder auf den Boden und spähte erneut kurz um die Ecke, um dann davonzurobben.

»Bleib hier, verstanden?« Und weg war sie.

Adrenalin schoss durch meinen Körper und alle Gliedmaßen waren zum Zerreißen gespannt. Leider verlor genau jetzt die Droge langsam ihre Wirkung. Es machten sich nicht nur meine allgegenwärtigen Kopfschmerzen, sondern zusätzlich noch die Schmerzen meiner Wunde bemerkbar. War ja klar. Aber ich traute mich nicht, erneut das Stöckchen zu Hilfe zu nehmen.

Also griff ich nun meinerseits nach den beiden Dolchen und krabbelte unbeholfen zur Ecke des Steins, um etwas mehr von der Umgebung sehen zu können. Tatsächlich konnte ich in ein paar Metern Aya ausmachen, die hinter einem Stein kauerte. Dann erkannte ich ebenfalls die Bewegung eines Soldaten ganz in ihrer Nähe.

Er bewegte sich sehr vorsichtig in ihre Richtung, wusste aber nicht genau, wo sie sich befand, da seine Augen suchend hin- und herglitten. In seiner linken Hand hielt er eine Peitsche, wie Aya eine hatte, und in seiner Rechten trug er einen runden Schild mit dem

Durchmesser einer großen Wassermelone. Er kam langsam auf den Stein zu, hinter dem Aya sich versteckt hielt. In dem Moment, als er ihn passierte, griff Aya an.

Sie war so flink, dass mir der Mund offen stehen blieb. Aya sprang an seinem Rücken hoch, hielt sich an dessen Schultern fest und ließ dann ihre linke Hand blitzschnell seine Kehle entlangfahren.

Er kippte um wie ein nasser Sack. Aya landete hingegen behände auf ihren Füßen, wobei ein bisschen Blut von dem kleinen Messer tropfte. Gerade als sie sich in meine Richtung drehen wollte, sah ich den anderen Verfolger, der seine Peitsche bereits ausgeholt hatte und die Schnur in Ayas Richtung schleuderte.

Als ich sie warnen wollte, legte sich eine große, schwielige Hand von hinten auf meinen Mund und erstickte meine Laute. Der Angreifer zog mich von meinem Beobachtungsposten weg in den Schatten des Felsbrockens und drückte unterdessen weiterhin meinen Mund und meine Nase zu. Ich bekam keine Luft mehr und ließ aus Reflex beide Dolche fallen.

Der Mann presste mich fest gegen seine Brust. Er fühlte sich groß und breit an und war um ein Vielfaches stärker als ich.

Mit beiden Händen versuchte ich vergebens, seine Pranke von meinem Gesicht zu schieben. Nichts rührte sich.

Stattdessen schob er seinen anderen Arm nun gegen meine beiden und drückte sie mit einer erstaunlichen Leichtigkeit nach unten. Damit war ich kampfunfähig und gefangen in seinem Klammergriff.

Mir ging langsam die Luft aus und meine Kräfte ließen nach. Ich wand mich wie ein Wurm, aber es hatte keinen Zweck.

An meinem Rücken hörte ich ein leises ekelhaftes Lachen.

»Na, meine Kleine, versuchs ruhig. Ich mag es, wenn Frauen sich wehren.« Er beugte seinen Kopf noch etwas runter zu mir und mir schlug sein widerlicher Mundgeruch nach Zwiebeln entgegen. Ich musste würgen. »Eigentlich soll ich dich unversehrt abliefern«, ich stemmte mich bei seinen Worten gegen seinen Arm, »aber Unfälle passieren immer mal, wenn man so zerbrechlich ist, oder?« Er drückte meinen Körper fest an sich.

Meine Hilflosigkeit machte ihn an. »Ich könnte dich am Leben lassen und Firas ausliefern, wenn du mir noch etwas entgegenkommst.

Ein bisschen Spaß, nur wir beide?« Er presste seinen Unterleib an meinen Hintern.

In mir zog sich vor Abscheu und Angst alles zusammen.

»Schließlich habe ich mir deinetwegen die ganze Nacht um die Ohren geschlagen. Das wäre eine Belohnung nach meinem Geschmack.« Seine freie Hand griff grob an meine Brust und drückte brutal zu, dass mir ein Schmerzenslaut entfuhr.

Panik überkam mich. Das durfte nicht passieren. Erneut versuchte ich, mich zu winden, aber es hatte keinen Zweck, er war zu stark. Ich würde es nicht schaffen. Er würde mich vergewaltigen und entweder dabei umbringen oder Firas ausliefern.

So durfte es nicht enden. Ich schloss meine Augen. Für einen ganz kurzen Augenblick.

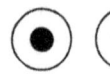

24.
LILA

Nein, ich durfte nicht sterben! So viele Personen waren bereits für mich gestorben, damit ich leben konnte, damit Miro leben konnte. Tom hatte mich gerettet und damit sein Leben gegeben. Ade ist gestorben, weil er mir geholfen hat, und Juri ist tot, um Miro und mich zu retten. Ayas Worte hatten mich wachgerüttelt. Ich war es Juri und allen anderen schuldig. Nicht aufgeben, ich durfte nicht zulassen, dass alle umsonst für mich alles gegeben hatten.

Ich riss meine Augen auf. Es ging nicht um mich allein. Sie alle starben für die Rettung Nuretajas. Sie gaben ihr Leben, um Firas zu stürzen, um mich zu retten.

Ich konnte die Person sein, die die Wende bringt. Ich wollte leben, um es zu Ende zu bringen. Zumindest würde ich es versuchen. Die Gedanken keimten in mir auf und wurden größer und stärker und überfluteten mich. Vielleicht war das meine Lebensaufgabe, mein Schicksal, dass ich erfüllen musste.

Kaum hatte mein Gehirn diese Überlegung zu Ende gedacht, verlor ich mein Bewusstsein.

Der Klammergriff verschwand, der Soldat war weg. Ich war wieder frei. Um mich herum herrschte absolute Ruhe und reine Schwärze. Es roch nach Jasmin und Sommer. Trotz der Dunkelheit konnte ich fast die Sonnenstrahlen auf meiner Haut spüren. Ich fühlte mich so lebendig wie schon lange nicht mehr.

»Endlich lernen wir uns kennen. Ich freue mich, dass du nun bereit bist, dich für mich zu öffnen.« Die Stimme war warm und umgab mich wie eine Liebkosung. Und sie war nicht männlich.

»Lekika?«, fragte ich zaghaft.

»Meinen Namen kennst du also, immerhin bist du nicht vollkommen ahnungslos.«

Ich konnte ganz klar eine Spur Spott in ihrem Ton feststellen, aber es klang auch nach ein wenig Freude. War ich gestorben? Hatte mein Körper all das nicht mehr verkraftet? Tod, Seelen, Flucht, eine neue Welt und der Soldat? Oder hatte er mich bereits getötet?

Wenn so der Tod war, dann war es okay für mich.

»Nein, wo denkst du hin, Lila.« Die Stimme klang belustigt. »Das hier findet alles in deinem Körper statt. Und nun, nachdem du mich zumindest jetzt für diesen Moment hören kannst und ich dir ein Stückchen meiner Seele offenbaren kann, sollten wir uns sputen.«

Kaum waren die Worte ausgesprochen, wirbelte ein Luftstrom um mich, der so rein und lebendig war, dass mein ganzes Sein kribbelte, auf eine aufweckende und belebende Art. Als wäre ich in einem sanften Gewässer mit prickelnden kleinen Kohlensäurebläschen, die sich an meine Haut schmiegten und sie leicht kitzelten.

Der Luftstrom wurde schneller und schneller und drehte immer enger um mich. Dann erfasste er mich, trug mich hoch in die Schwärze und ging dann schließlich komplett durch mich durch. Das Gefühl dabei war kaum zu beschreiben, es erinnerte ein wenig an ein Hochgefühl nach einer großen Anstrengung, wenn der Körper voller Dopamin durchflutet war.

Als könnte ich alles schaffen, wenn ich es nur wollte. Waren es meine eigenen Gefühle oder Lekikas, die mich durchdrangen?

Es war, als würden Glück, Freude, Wissen und Erfahrung in flüssiger Form durch mich hindurchströmen. Sie füllten mich aus und ich fühlte mich vollkommen. Und schon war es wieder vorbei.

Ich war wieder allein und war es doch nicht. Die Stimme war weg, aber ich spürte, dass sie mir etwas hinterlassen hatte. Mein Bewusstsein hatte sich erweitert und ich hatte mich dabei nicht verloren.

Jetzt wusste ich, was zu tun war.

25.
LILA

Lange konnte ich nicht weg gewesen sein. Ich hing immer noch im Arm meines Angreifers, der jedoch die Hand von meinem Gesicht genommen hatte. Vielleicht war die Angst vor Firas doch groß genug gewesen, dass er mich nicht einfach hatte ersticken lassen wollen. Oder aber, er mochte wehrhafte Frauen bei einer Vergewaltigung lieber als tote.

Er zerrte mich noch ein Stückchen weiter in den Schatten, während ich versuchte, mich besonders schwer zu machen, um ein klein wenig mehr Zeit zu gewinnen. Gleich durfte nichts schiefgehen.

Der Soldat schnaufte und blieb stehen. Vermutlich fand er diesen Platz geeignet und wollte mich gerade ablegen.

In dem Moment, als meine Füße den Boden berührten, war ich nicht mehr Herr meines Körpers, nur noch Zuschauer in der ersten Reihe. Ich war hautnah dabei, wie mein Körper sich mit viel Kraft mit beiden Beinen vom Boden abstieß und damit den Mann überrumpelte, sodass er seinen Griff etwas lockerte. Während des Sprungs drehte er sich in der Luft und landete mit einem eleganten Feldaufschwung auf seiner Schulter. Für einen kurzen Moment war der Soldat irritiert, und die Oberschenkel meines Körpers drückten sich fest an seinem Hals zusammen. Die Hände legten sich an seinen Kopf und dann drehte mein Körper sich mit der Hüfte weit nach links und nahm Schwung. Schnell rotierte er danach nach rechts, während die Hände den Kopf des Gardisten in die entgegengesetzte Richtung drehten. Mein Körper brach ihm in einer fließenden Bewegung das Genick.

Ich keuchte. Er sackte leblos zusammen und mein Körper sprang schnell zur Seite, damit er nicht unter ihm begraben wurde. Dann war alles beim Alten und ich wieder Herrscher über mich selbst.

Erst danach wurde ich mir der Tragweite bewusst. Ich, mein Körper, hatte jemanden umgebracht! Natürlich war ich froh, dass ich lebte, aber hätte es nicht vielleicht gereicht, ihn bewusstlos zu schlagen? Ich hockte mich hin und begann zu zittern. Was hatte ich getan, wer hatte das getan? Wozu war ich fähig?

»Lila«, hörte ich Aya nach mir rufen. Aya! Wo war sie? Sie hatte es mit mindestens zwei weiteren Verfolgern zu tun gehabt. Waren womöglich noch mehr unterwegs?

Wie auf Knopfdruck, weil mein Körper funktionieren musste, sprang ich auf und sah mich um.

Es war fernab des Schattens mittlerweile sehr grell auf der Geröllebene und ich kniff die Augen zusammen, um in dem flimmernden Licht etwas sehen zu können. Ich konnte erneut den ersten Angreifer erspähen, um dessen Leichnam sich eine beeindruckend große Blutlache befand. Fliegen umschwärmten bereits den toten Soldaten. Und mir wurde schlecht.

Würgend wand ich mich ab und erspähte Aya, die ein paar Meter weiter vorn lag. Ich sprang über die Felsen und losen Steinchen und war innerhalb weniger Sekunden bei ihr.

Sie lag eingeklemmt unter einem großen, breitschultrigen Soldaten, der sich nie wieder selbstständig bewegen würde. Um seinen Hals war mehrfach eine Peitschenschnur gewickelt. Aya hatte den Griff in der einen und das Peitschenende in der anderen Hand und ließ nicht los. Das Gesicht des Toten war rot-violett angelaufen und seine Zunge angeschwollen und hing wie ein Fremdkörper aus seinem geöffneten Mund.

»Er ist tot, du kannst aufhören«, flüsterte ich.

Mit einem lauten Keuchen, das zwischen Verzweiflung und Erleichterung lag, ließ sie ihre Hände an den Seiten herunterfallen und sackte zusammen.

Der Körper erdrückte sie fast. Ich hievte ihn mit Ayas Hilfe von ihr runter. Sie setzte sich auf und sah mich prüfend an.

»Danke«, sprach sie nun ebenso leise. »Alles in Ordnung mit dir?«

Ihr die unverständlichen und wahnsinnigen Details der letzten kurzen Augenblicke zu erläutern, erschien mir unter den momentanen Gegebenheiten nicht besonders günstig, und deswegen nickte ich nur kurz.

»Dann lass uns schnell weiter, bevor noch mehr kommen.« Sie rappelte sich hoch und schlich mit mir erneut zum Felsvorsprung, um unsere Rucksäcke zu holen. Erstaunt blickte sie auf den Toten und dann erneut zu mir. »Warst du das?«

Ich vermied den Blick auf den Soldaten. Mir drehte sich schon beim Gedanken daran wieder der Magen um, und deshalb hob ich nur mein Kinn und ging zurück in die Sonne.

»Verwendet ihr eigentlich nie Pistolen oder Gewehre?«, fragte ich.

»Bislang hat niemand geschossen. Auf der Erde sind Schusswaffen recht beliebt, um jemanden umzubringen.«

Aya musterte mich. »Ändert das was? Bist du darin besonders gut?« Sie wartete auf meine Antwort.

Ich schüttelte nur den Kopf.

Aya hob etwas amüsiert eine Augenbraue und fuhr dann fort: »Hätte ich jetzt auch nicht erwartet. Und es hätte dir hier nichts genützt. Der Sauerstoffgehalt ist höher als bei euch, und mit explodierenden Funken muss man vorsichtig sein. Schusswaffen wurden bereits mal hierhin ›importiert‹. Sie waren für den Anwender gefährlicher als für den Gegner und wurden schnell wieder abgeschafft. Nuretajaner sind besonders im Nahkampf gefährlich.« Stolz war herauszuhören und ich glaubte ihr sofort.

Die nächsten Stunden verbrachten wir schweigend und stiegen dumpf über hellgraue und dunkelgraue, weiße und weniger weiße Steine in den unterschiedlichsten Größen. Ich war aufgewühlt und mein Arm schmerzte ziemlich. Deswegen hatte ich noch einmal zum Ästchen gegriffen. Aya tolerierte es ohne einen Kommentar. Trotz aufputschender Mittel näherte ich mich meiner körperlichen Leistungsgrenze. Ein Blick auf Aya ließ Ähnliches vermuten.

Die Sonne stand bereits seit geraumer Zeit hoch am Himmel, und die Wärme des Tages wurde immer unbarmherziger. Uns beiden strömte der Schweiß, gepaart mit dem eingetrockneten Matsch, das Gesicht hinunter und die Wasserflaschen waren bereits seit langer Zeit leer. Wir nahmen beide unsere Tücher nicht ab. Mit unseren dunklen Klamotten und Ayas dunklen Haaren würden wir auf Meilen ein gutes Ziel abgeben.

»Da hinten«, Aya zeigte auf eine Steinansammlung, die für mich hier wie jede Dritte aussah, »ab dort müssen wir uns nach Westen orientieren und können dann schon bald raus aus dieser verdammten Steinwüste.« Sie ging langsam, aber zielstrebig weiter, ich stolperte hinterher.

Nachdem wir die Geröllebene verlassen hatten, veränderte sich die Landschaft abrupt. Der karge Boden wurde durch satte Erde abgelöst. Die vereinzelten Gräser wichen sattem Grün und hohen Bäumen. Dann führte Aya uns wieder in einen Wald. Vogelgezwitscher und das Summen der Insekten begleiteten uns. Ein kleiner Weg erschien vor uns.

Aya ging davon aus, dass uns durch den plötzlichen Richtungswechsel vorerst keine Gefahr drohen würde, und wir blieben auf dem Pfad. Außerdem war uns beiden klar, dass wir bald etwas zu trinken brauchen würden. Aya beschränkte ihre Konversation auf ein absolutes Minimum. »Wir sind gleich da, wir schaffen das«, war ihr Leitsatz.

Man glaubte etwas, wenn man es oft genug sagte. Ob sie sich selbst damit beruhigen wollte oder mich, war mir egal.

Ich war fertig, müde und durstig und hoffte inständig, dass wir bald das Ziel erreichten.

Der Weg mündete in eine Graslandschaft und dort folgten wir ihm weiter durch ein Tal, um dann einen kleinen Trampelpfad hoch in die Berge zu nehmen. Wir hatten unsere Tücher abgenommen und versucht, den restlichen verkrusteten Schlamm, der noch in unseren Gesichtern klebte und unangenehm juckte, abzukratzen. Links und rechts wuchsen Kräuter, die einen wilden Mix aus verschiedenen Gerüchen verströmten. Es stimmte, der Sauerstoffgehalt der Luft ließ die Düfte intensiver zur Geltung kommen.

Ich konnte Thymian und Rosmarin riechen, so intensiv, als würde jemand direkt vor mir an den Gewürzen reiben. Mehrere kleine Lavendelsträucher strahlten in ihrem wunderschönen Violett und auch ihr Duft wehte zu uns herüber. Weiter hinten am Hang sah ich prachtvolle Hortensienbüsche, deren dicke Blumendolden im Wind hin und her wiegten. Dieser Ort wirkte unglaublich friedlich und idyllisch.

26.
LILA

Ich war kurz vor der Kapitulation, als Aya ihren Arm ausstreckte. Sie zeigte auf eine kleine Hütte weiter oben am Hang, deren Fenster die Mittagssonne reflektierten.

»Wir haben es tatsächlich geschafft, Lila.« Sie drehte sich zu mir. »Darf ich vorstellen? Das ist das Haus meiner Oma!« Die Freude war deutlich in ihrer kratzigen Stimme herauszuhören und ihre Schritte wurden unbewusst schneller.

Ich versuchte, Schritt zu halten, und erreichte kurz hinter ihr die Haustür einer wirklich alten Hütte, an der die Spuren der Zeit zwar sichtbar, aber dekorativ übertüncht worden waren.

Aya schlug den altmodischen Türklopfer aus Messing, der einen Löwenkopf darstellte, dreimal kräftig gegen das mit Messing beschlagene Holz der Tür. Das kannte ich noch aus einer längst vergangenen Zeit meiner Kindheit.

Eine unglaublich kleine, alte Frau mit raspelkurzen grauen Haaren und einer ziemlich großen Hakennase öffnete nur kurze Zeit später. Ihr Blick war klar und hellte sich sofort auf, als sie Aya erkannte.

Aya wurde sofort in eine beeindruckend starke Umarmung geschlossen und ins Haus geleitet.

Danach sah sie mich an und ihre Züge wurden ein wenig wachsamer, wenn auch nicht feindselig.

»Und mit wem habe ich hier noch das Vergnügen?«

Aya stellte mich vor. »Das ist Lila. Sie …«

»… kann bestimmt für sich allein sprechen, richtig?« Ihr Blick glitt kurz zu Aya, dann wieder zu mir zurück. »Sie ist doch schon erwachsen.«

Auffordernd wartete sie auf meine Erklärung.

»Hallo, guten Tag, ich bin Lila.« Durfte ich ihr erzählen, woher ich kam? Stand sie auf der Seite der Rebellen? Ich ärgerte mich, dass Aya nicht erzählt hatte, wohin sie mich bringen würde. Und vor allem ärgerte ich mich, dass ich nicht gefragt hatte.

»Ja, das sagte Aya bereits.« Ein leichtes Lächeln umspielte ihren runzeligen Mund.

»Ja, ich bin mit Aya unterwegs. Wir wollen gerne zur Gemeinschaft des Seelentors.« Unsicher spähte ich über die Schulter der Alten und versuchte, Ayas Mimik zu erkennen, was mir in dem Kontrast von draußen zu drinnen nicht möglich war.

Das Lächeln wurde zu einem breiten, schelmischen Grinsen.

»Alles gut, komm rein. Ayas Freunde sind meine Freunde. Ich bin Belgia.«

Perplex trat ich ein und wurde ebenfalls in eine kurze, aber herzliche Umarmung gezogen. Ein warmes Gefühl der Geborgenheit überkam mich.

Ich folgte Aya in eine kleine und urgemütliche Küche. Ein alter Ofen stand mittig im Raum, der gerade nicht befeuert wurde. Ein kleiner Holztisch mit sechs passenden Stühlen stand direkt daneben. Auf jedem Sitz lagen unterschiedliche Farben und Formen an Sitzkissen. Die Küchenregale waren rechts und links entlang der Wand aufgereiht und rahmten damit den Durchgang zum Wohnzimmer ein, das vollgestellt, aber ebenso gemütlich wirkte.

»Setzt euch, ihr seht erschöpft aus! Hier.«

Sie reichte Aya und mir ein großes Glas Wasser und stellte eine große gefüllte Karaffe griffbereit auf den Tisch. Völlig ausgedurstet tranken wir beide mehrere große Gläser in einem Zug leer. Belgia beobachtete uns voller Mitgefühl.

»Aya.« Sie wandte sich zu ihr um. »Was ist mit Juri und den anderen? Kommen sie noch?«

Niedergeschlagen sah ich zu Boden. Ich konnte und wollte nicht darüber sprechen.

»Oma, ich erzähle dir später alles, in Ordnung? Lila und ich hatten eine anstrengende Reise und wir würden uns gerne erst mal etwas frisch machen und ausruhen.« Ayas Stimme, die sonst eher hart wirkte, klang warm und voller Liebe.

Sie ging zu der kleinen, alten Frau und drückte sie erneut fest an sich. Ich konnte nur gerührt den beiden zuschauen.

Aya führte mich durch das Wohnzimmer zu einer kleinen, schmalen Holzleiter, die in ein kleines und einfach gezimmertes oberes Geschoss führte. Es gab drei winzige Schlafzimmer, die mit jeweils einem Bett und einer kleinen Kleidertruhe ausgestattet waren.

Sie reichte mir ein altmodisches Nachthemd mit großen, gelben Blüten und zuckte mit den Schultern.

»Draußen im Innenhof ist das Badezimmer und da können wir unsere Klamotten waschen. So lange kannst du das tragen. Und hier«, damit deutete sie auf die Kammer links von ihrer, »kannst du schlafen.«

Wie in Trance folgte ich Aya erneut nach unten. Ich ging auf die Toilette und danach ins Bad. Aya gab ich meine drecktriefenden Klamotten, die sie mit ihren eigenen zusammen in eine Art Waschmaschine schmiss. Ich putzte mir ausgiebig die Zähne und schleppte mich müde zur Dusche. Nie hatte sich warmes Wasser entspannter auf meiner Haut angefühlt. Anschließend legte ich einen neuen Verband um meine Wunde an. Soweit ich erkennen konnte, hatte sie sich nicht entzündet. Die Wundränder waren leicht gerötet, klafften aber nicht auseinander, und die austretende Wundflüssigkeit war weder eitrig noch roch sie komisch.

Mit dem Nachthemd bekleidet ging ich barfuß zurück zu meinem Zimmer und ließ mich ins Bett fallen. Mein Körper kam zur Ruhe und mein Geist war ebenfalls erschöpft, doch ein Gedanke ließ mich nicht los. Alle Zweifel waren jetzt verschwunden: Juri hatte recht. Ich trug tatsächlich eine zweite Seele in mir – Lekikas Seele. Mir war es zwar bisher nicht gelungen, eine dauerhafte Verbindung zu ihr aufzubauen, aber ich hatte in der Geria-Geröllwüste einen ersten Eindruck davon bekommen, was auf mich zukommen könnte. Noch immer schüttelte mich die schiere Unglaublichkeit dieser Erkenntnis. Ich wälzte mich lange hin und her, bevor ich endlich in einen tiefen, traumlosen Schlaf fiel.

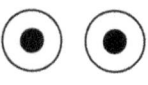

Ich schlief bis zum darauffolgenden Morgen, fast einen halben Tag und die ganze Nacht hindurch. Ohne Träume und ohne eine Stimme, die mit mir sprach.

Mein knurrender Bauch weckte mich.

Vorsichtig setzte ich mich auf und horchte in mich hinein. Ich versuchte, etwas wahrzunehmen, aber da war nichts. Keine Stimme, keine Superkraft. Hatte ich mir das vielleicht eingebildet oder einfach nur unverschämtes Glück gehabt? Unmöglich. Ich musste mit jemandem darüber reden. Wieder vermisste ich Juri und ein dicker Kloß bildete sich in meinem Hals, während sich mein Herz schmerzhaft zusammenzog.

Ich stand mühsam auf und streckte meine Gliedmaßen. Es gab keine Stelle meines Körpers, die nicht in irgendeiner Form wehtat. Angefangen vom Kopf, der pochte, bis zu meinen Füßen, die durch den tagelangen Marsch geschunden waren.

Als Erstes benötigte ich dringend eine Stärkung. Noch immer mit dem hässlichen Nachthemd bekleidet, ging ich die Treppe zur Küche runter. Von Belgia und Aya war nichts zu sehen, aber auf dem Küchentisch stand ein Korb mit kleinen Brötchen. Daneben fand ich Käse, Marmelade und eine Schüssel mit Butter. Sogar Tee stand bereit. Ich griff nach einem Brötchen, brach es auseinander und stippte es in eine rosarote Marmelade, die nach Rosen und Feigen schmeckte. Himmlisch.

Vier Brötchen später passte nicht mehr nur ein Krümel in meinen Magen. Ich hatte das Essen förmlich in mich hineingepresst. Ich verließ die Küche Richtung Innenhof und dort saßen die beiden.

Die Sonne schien jetzt schon angenehm mild. Mein Handy hatte bereits am zweiten Tag in Nuretaja den Geist aufgegeben und ich hatte nirgends eine Uhr finden können. Ich schätzte, dass es bereits vormittags sein musste.

Rechts neben dem Badehäuschen befand sich ein schöner alter Holztisch, an dessen Kopfteil Belgia in einem gemütlichen Sessel auf einem Berg Kissen thronte. Neben sich, ebenfalls in einem Sessel aus Korbgeflecht, saß Aya. Beide lächelten mir freundlich zu und Belgia deutete auf einen dritten Sessel zu ihrer Rechten.

»Komm, setz dich zu uns! Wir haben Kaffee hier.«

Barfuß ging ich über den gepflasterten Innenhof zu ihnen und saß einen kurzen Augenblick später, mit einer Kaffeetasse in der Hand, ebenfalls am Tisch. Vor mir lag ein Schokoladenkeks, den ich nicht hatte ablehnen können.

Aya hatte ihre Oma, wie es schien, bereits auf den neuesten Stand gebracht. Denn als sie mich ansah, war ihre Stirn noch gerunzelter als ohnehin schon und tiefe Sorgenfalten hatten sich um ihren Mund gebildet.

»Ihr habt Glück gehabt, dass ihr es hierhin geschafft habt! Meine Kleine.« Dabei streichelte sie mit ihren, von vieler Arbeit gezeichneten, Fingern über Ayas Hand und ihr Blick war für einen Moment weich und voller Liebe. »Es hätte ganz anders ausgehen können!«

»Ja, du hast recht, aber die Verluste waren dennoch viel zu groß!« Aya sprach langsam und ernst. Ihre Trauer legte sich dabei wie eine schwere Decke über uns. Sie blickte von mir zu ihrer Oma und fuhr eindringlich fort: »Er ist für sie gestorben!« Es war eine Feststellung, und sie entsprach der Wahrheit. Dennoch fühlte es sich für mich wie eine Anklage an und ich verspürte sogleich das Bedürfnis, mich zu rechtfertigen.

»Moment, ich habe ihn nicht gebeten, mich zu retten. Außerdem ging es ihm dabei vor allem um Miro und erst in zweiter Instanz um mich.« Ich wusste, dass Miros Rettung immer Juris Priorität Nummer eins gewesen war. Aber natürlich war mir auch klar, dass ich Juri etwas bedeutet hatte. Und er mir. Meine Wangen wurden heiß. Meine Augen waren tränennass, und als eine Träne über meine Wange lief, wischte ich sie achtlos mit dem Ärmel meines Nachthemds fort.

»Ob du es glaubst oder nicht: Ich kannte Juri kaum, aber mir hat die kurze Zeit gereicht, um zu merken, dass er mir nicht egal ist. Ich habe ihn ebenfalls verloren! Und ich möchte, dass die Person, die dafür die Verantwortung trägt, zur Rechenschaft gezogen wird.« Ich holte energisch Luft. »Ich habe keine Ahnung von eurer Welt oder von euren Problemen und wie man die lösen kann. Ich weiß nicht, ob ich die richtige Person bin und wie ich euch helfen kann. Aber mir ist da draußen in der Steinhölle eins klar geworden. Ich werde nicht aufgeben! Juri und Tom sind gestorben, damit ich leben kann. Das darf nicht umsonst gewesen sein!«

Ich sah abwechselnd Belgia und Aya an, die mich erstaunt musterte. »Wer bist du und wo hast du die alte Lila gelassen?«

Ich ignorierte ihren Kommentar und fuhr unbeirrt fort: »Ich weiß nicht, ob ich es schaffen werde, dass ihr wieder in Frieden leben könnt, aber ich verspreche, dass ich alles versuchen werde. Jeder von euch ist bereit, sein Leben für mich zu opfern …«, ich schluckte kurz, »und Juri hat es bereits. Außer meinem Leben habe ich nichts mehr zu verlieren.«

Eindringlich blickte ich Aya an, die mich immer noch anstarrte. »Aber dafür brauche ich dich, Aya! Ich schaffe das nicht allein. Wir müssen zum Seelentor! Juri meinte, die Seelenwanderer dort können mir weiterhelfen und ich weiß nicht, wie viel Zeit mir noch bleibt.« Mehr hatte ich nicht zu sagen.

Aber mir war klar, ohne Aya hatte ich definitiv keine Chance. Ich kannte mich hier nicht aus. Ich kannte meine Feinde nicht. Meine Verbündeten leider ebenso wenig.

Aya sagte kein Wort, aber ihre Gesichtszüge hatten sich ein wenig geglättet, während sich auf Belgias Lippen ein leichtes Lächeln abzeichnete.

»Etwas Schlaf und Essen wirken manchmal echte Wunder. Aya hat mir gar nicht erzählt, dass du so überzeugend sein kannst.« Sie reichte mir ein kleines, feines Stofftaschentuch für mein tränenverschmiertes Gesicht. »Am Kinn ist noch etwas Marmelade. Die Rosenmarmelade mit Feige ist auch meine Lieblingskonfitüre«, sagte sie und zwinkerte freundlich.

Ich wischte mir die Tränen und das klebrige Zeug aus meinem Gesicht und reichte es ihr zurück, was sie kopfschüttelnd ablehnte. Dann räusperte ich mich. »Wo sind denn meine Klamotten? Dann würde ich mich kurz umziehen.«

»Ich habe sie dir ins Bad gelegt. Wenn du fertig bist, treffen wir uns hier wieder und besprechen uns.« Ayas Tonfall klang ebenfalls entschlossen.

So würden wir also beide weiterziehen. Ich war erleichtert, nicht allein zu sein, trotz Juris Tod.

Ich stand auf und ging ins Bad. So schnell wie möglich machte ich mich fertig und ging umgezogen zum Tisch zurück, wo Aya auf mich wartete und eine Karte studierte.

»Wo ist Belgia?« Ich hatte die kleine, alte Frau sofort ins Herz geschlossen. Sie erinnerte mich ein wenig an meine Oma, direkt, ehrlich und anpackend.

»Ich habe sie fortgeschickt. Je weniger sie weiß, desto besser für sie.«
Ich sah sie fragend an. »Meinst du nicht, das sollte sie allein entscheiden?«

»Belgia ist jetzt dreiundachtzig und die einzige Person, die mir von meiner Familie geblieben ist. Ich möchte, dass sie noch lange lebt. Obwohl sie die mutigste Frau ist, die ich kenne, werde ich ihr Leben nicht vorsätzlich gefährden.« Sie machte eine Pause und schaute mich mit nach vorn gerecktem Kinn entschlossen an. »Meine Oma hat früher zusammen mit meinen Eltern versucht, gegen Firas vorzugehen. Seine Macht einzuschränken und eine rechtmäßige Wahl durchzusetzen. Sie gehörte zu den Ersten, die erkannten, dass Firas nicht das Wohl des Volkes, sondern nur sein eigenes wichtig war.« Ihr Blick verlor sich in der Ferne. »Wusstest du, dass Ephor so etwas wie Beschützer bedeutet? Der oberste Ephor ist zusammen mit seinen Ratsmitgliedern für die Überwachung und Durchsetzung der Gesetze verantwortlich. Der Ephorenrat bestand ursprünglich aus fünf Mitgliedern, von denen vier jährlich gewählt wurden, während der oberste Ephor bis zum Tod blieb. Die vier niederen Ephoren hatten das Recht, die Handlungen des obersten zu überwachen und gegebenenfalls zur Verantwortung zu ziehen. Allen fünfen obliegt die militärische Leitung. Die richterlichen Aufgaben und die Gesetzgebung wie auch die Verwaltung unterstanden ihnen ebenso. Firas hatte nach Samsons Tod schnell gehandelt und schon nach kürzester Zeit gab es nur noch einen Ephoren, Firas selbst.«

Aya sah mich wieder an, ihr Blick war von den Verlusten gezeichnet, die sie hatte erleben müssen.

»Meine Eltern sind aufgeflogen und mussten bereits vor Jahren fliehen. Weg von hier ins Exil. Sie leben bei dir auf der Erde an einem mir unbekannten Ort, hoffe ich zumindest. Meiner Oma gelang es, unentdeckt zu bleiben. Sie durfte jedoch unter keinen Umständen negativ auffallen und kümmerte sich dann fortan nur noch um meinen Bruder und mich.«

Aya trank einen Schluck und fuhr fort: »Ich habe Juri während meiner Militärausbildung kennengelernt. Zu der Zeit waren Veretis, mein Bruder, und ich überzeugt, mit der militärischen Ausbildung das nötige Rüstzeug in die Hand zu bekommen, um unserem Land zu dienen.

Um das Richtige zu tun! Und um die zu bekämpfen, die Firas stürzen wollten. Wir waren so naiv. Veretis und ich wurden in der Zeit mehrfach mit unseren jeweiligen Truppen zu Einsätzen abkommandiert. Wir plünderten Bauern und Dörfer, wir verschleppten Nuretajaner, weil uns gesagt wurde, sie wären Verräter, verdammte Scheiße.«

Nun sah Aya wieder zu mir und ihr Blick war so voller Verzweiflung und Schmerz. »Mein Bruder kam von einem Einsatz nicht zurück. Meiner Oma und mir wurde mitgeteilt, dass er von einem Rebellen aus dem Dorf, das sie räumen sollten, umgebracht wurde.«

Sie richtete sich auf. »Ich habe mir vor seiner Einäscherung heimlich seine Leiche angeschaut und es stimmte, er wurde tatsächlich ermordet, aber mit einer Karbatsche!«

Sie sprang auf und warf mir ihre Peitsche hin. »Und damit war klar, dass es jemand aus den eigenen Reihen, aus der Militärschule, gewesen sein musste. Einer seiner Kameraden hatte ihn umgebracht!«

Ich zog meine Brauen zusammen, schaute sie verunsichert an. »Warum? Das habe ich jetzt nicht ganz verstanden …«

Bevor ich weitersprechen konnte, entrollte sie ihre Peitsche und hielt mir das Endstück hin. Zögerlich ergriff ich die Waffe und es passierte nichts.

»Versuch, sie zu schnellen, aber lass in jedem Fall den Knopf in Ruhe.«

Ich schaute mir den Knauf genauer an und entdeckte am oberen Ende, rechts neben der Stelle, wo der Daumen zu liegen kam, einen kleinen Schalter, den man nach rechts bewegen konnte.

Ich stellte mich mit der Karbatsche neben den Tisch und versuchte die Bewegung nachzuahmen, die ich bereits mehrfach bei Aya beobachtet hatte. Während meiner Ausholbewegung nach hinten versteifte sich das Material und blieb zusammengerollt. Erstaunt sah ich die Peitsche an, die sich sogleich wieder löste und schlaff in meiner Hand hing.

»Du wirst meine Karbatsche nicht benutzen können, das kann nur der Besitzer mit der richtigen biometrischen Erkennung. Sie bleibt nutzlos für dich, könnte für dich sogar tödlich sein. Hättest du den Schalter betätigt, wäre der gesamte Strom, der zu dem Zeitpunkt in der Peitsche gespeichert war, in dich hineingefahren. Und diese Peitschen sind wirklich nicht häufig in der Bevölkerung, selbst im Militär muss man sie sich verdienen. Verdammt noch mal, kein Dorfbewohner hat eine Karbatsche. Bei den Rebellen gibt es nur die, die dem Militär den Rücken zugekehrt haben, mich zum Beispiel.«

Ich blickte sprachlos auf die Peitsche und gab sie ihr vorsichtig zurück.

»Veretis wurde von einem Soldaten umgebracht, da war ich mir sicher. Ich habe mich zu den Gefangenen geschlichen und konnte ein paar befragen, bevor sie weitertransportiert wurden.«

Sie nahm einen großen Schluck Kaffee und rollte langsam ihre Karbatsche ein. »Der Dorfvorstand hat den Angriff der Soldaten nicht überlebt, aber ein Zeuge hatte gesehen, dass Veretis sich scheinbar geweigert hatte, das Kind des Aufwieglers zu töten. Lila, er sollte ein Kind töten! Deswegen wurde er umgebracht. Und das Kind ebenso.«

Eine dicke Träne kullerte Aya langsam über ihre gerötete Wange. Sie zog hörbar die Nase hoch und sah mich direkt an. »Das hat mir die Augen geöffnet. Ich begann, meine Befehle zu hinterfragen und mehr über den Tellerrand hinauszuschauen. Erst zu diesem Zeitpunkt bekam ich mit, dass so manches schieflief, unter anderem im Umgang mit bestimmten Militärschülern. Nicht jeder litt gleich viel, weißt du? Juri musste besonders viel einstecken, aber er meisterte es. Er wurde auf mich aufmerksam, da ich jetzt immer häufiger Strafen ableisten musste. Das hat uns zueinander geführt. Ich werde ihm dafür immer dankbar sein.

Wir haben zusammen die Schule irgendwie überlebt. Anschließend habe ich mich meiner Oma anvertraut und sie sich dann später mir, als sie sicher sein konnte, dass ich nicht als Spitzel tätig war. Verdammt, wie krank muss ein System sein, dass man der eigenen Familie nicht vertrauen kann.« Aya pausierte und sah mich an.

Sie öffnete sich mir, was ich als riesengroßes Kompliment wertete.

Ich blickte sie fest an und nickte. »Der Verlust deines Bruders tut mir sehr leid, Aya. Und deine Eltern? Weißt du etwas über sie?«

»Durch den Verlust der Beeren ist es uns kaum noch möglich, auf die Erde zu reisen. Leider konnte ich sie deswegen bislang nicht suchen, aber ich glaube fest daran, dass sie noch leben. Wenn wir hier erfolgreich sind, werde ich sie suchen gehen. Ich möchte, dass sie erfahren, dass ich schließlich doch noch auf der richtigen Seite gekämpft habe!«

Ich bewunderte Aya für ihre Entschlossenheit. Sie war in der Tat eine Kämpferin. Während ich immer nur Kopfschmerzen hatte und umkippte.

Wobei sich meine Kopfschmerzen nun schon länger nicht mehr gezeigt hatten. Ob das an der Stimme in meinem Kopf lag? Ich musste zum Seelentor, schon allein, damit ich nicht plötzlich tot umfiel.

»Darf ich dich etwas fragen? Was weißt du über Seelenwanderer und die Gemeinschaft vom Seelentor?« Ich lehnte mich gespannt nach vorn und griff jetzt doch nach dem Schokoladenkeks.

»Da fragst du echt die Falsche. Diese Gemeinschaft bleibt sehr gerne unter ihresgleichen. Außerdem machen die immer ein Riesengeheimnis um ihre Wanderung, welche Seele wie zu wem und wann und so. Da kann ich dir leider überhaupt nicht weiterhelfen. Da ist Juri, war Juri der geeignete Ansprechpartner.«

Wir schwiegen beide. Ich schluckte den letzten Bissen meines Kekses herunter, der jetzt trocken und fade auf meiner Zunge lag.

Dann fragte ich zögerlich: »Aber können wir ihnen vertrauen? Und was ist, wenn sie mir nicht helfen können?«

Aya beugte sich indessen ihrerseits nach vorn »Wo ist denn jetzt die entschlossene, kämpferische Lila hin? Die hat mir besser gefallen! Außerdem wäre sie jetzt definitiv nützlich.« Aya grinste leicht. »Wir müssen davon ausgehen, dass wir siegen, weil eine Niederlage nicht nur uns betrifft, sondern ganz Nuretaja die Hoffnung nimmt. Und zum ersten Teil deiner Frage: Grundlegend würde ich niemandem trauen. Aber der Gemeinschaft des Seelentors kann aus zwei Gründen vertraut werden. Zwei der vier Ephoren wurden von den Seelenträgern gestellt und es ist in ihrem eigenen Interesse, dass die alte Ordnung wiederhergestellt wird. Mehr noch, Firas möchte die Gemeinschaft komplett vernichten. Er möchte keine Wanderer um sich und in seinem Land ...« Ich beugte mich vor und unterbrach Aya.

»Warum nicht?«

Aya schnaubte leise und hielt meinen Blick. »Wenn jemand in allem so überlegen ist, wirkt das für einen Tyrannen wie Firas schnell bedrohlich. Selbst ein winziger Zweifel an seiner Macht reicht, um ihn in

Panik zu versetzen. Und Firas lässt nie zu, dass ihm jemand gefährlich werden könnte – seine Verlustangst ist fast schon Besessenheit.«

Sie hielt kurz inne, die Brauen leicht zusammengezogen, bevor sie fortfuhr: »Er weiß, dass seine Macht auf wackeligen Beinen steht, also versucht er, jede potenzielle Bedrohung vorsorglich aus dem Weg zu räumen.«

Das erschien mir tatsächlich eine überzeugende Begründung, den Seelenwanderern Vertrauen zu schenken.

»Warum sperrt er sie dann nicht einfach ein?«, fragte ich mit Stirnrunzeln, woraufhin Aya leicht den Kopf neigte und ein Schatten auf ihrem Gesicht lag.

»Firas kann sie nicht einfach einsperren. Zum einen weil er fürchtet, dass ihre Isolation Unruhe in seiner Bevölkerung schüren würde. Die Seelenwanderer gelten im Volk als Hüter uralter Weisheit, und jede zu offensichtliche Gewaltanwendung gegen sie würde seinen Ruf beschädigen und Misstrauen gegenüber seiner Herrschaft säen. Und zum anderen wegen ihrer Neutralität. Niemand wird von den Seelenwanderern bevorzugt und jeder wird vorurteilsfrei behandelt. Alle, die in Frieden kommen und den Frieden innerhalb der Mauern wahren, sind willkommen. Dasselbe gilt für die Wanderer selbst. Solange sie sich neutral verhalten, darf kein Herrscher sich an ihnen vergreifen. Nur diejenigen, die sich offen auflehnen, sind vogelfrei.« Sie schwieg, ich seufzte.

»Wie Juri.«

Aya antwortete leise: »Ja, wie Juri.« Ein kleiner Ruck ging durch ihren Körper, bevor sie wieder mit fester Stimme fortfuhr: »Aber alle, die in Frieden kommen und respektieren, sind willkommen. Das gilt ebenso für uns!« Sie atmete tief durch. »Juri war im Laufe seines Lebens sehr oft dort. Bevor wir aufbrachen, hatte er mir eine Person genannt, an die wir uns wenden können.«

Sie lehnte sich nach vorn und blickte Richtung Küche. »Rugal können wir uneingeschränkt vertrauen.«

Kaum hatte sie seinen Namen genannt, rührte sich etwas in meinem Inneren. Wie eine schwache Erinnerung. Sollte mir der Name etwas sagen?

Ich räusperte mich kurz und fragte dann: »Wie kommen wir dahin? Du sagtest, dass wir nicht den direkten Weg genommen haben, richtig? Und kann uns denn nicht vielleicht einer der vielen Rebellen unterstützen? Ich meine, schließlich sind wir der Kern der Rebellion, oder nicht? Und wir haben ziemlichen Zeitdruck.« Nach kurzem Zögern biss ich endlich doch noch in den Keks und sah zu Aya rüber.

Obwohl ich seit meinem Kampf keine Kopfschmerzattacken mehr gehabt hatte, fühlte ich mich nicht sicher in meiner Haut. Vielleicht war genau das ein schlechtes Zeichen? Vielleicht hatte mein Körper den Kampf bereits aufgegeben?

Aya sah mich schräg an und zog fragend eine Augenbraue nach oben. Ihr war ebenso klar, dass wir nicht ewig hier am Tisch sitzen konnten.

»Sag mal, Juri und du, habt ihr euch eigentlich ausschließlich nonverbal ausgetauscht?«

Ja, das fragte ich mich auch langsam, äußerte mich aber nicht weiter. Offenbar erwartete sie auch keine Antwort, denn sie breitete erneut die Karte aus, die sie bei meiner Ankunft bereits studiert hatte, und zeigte auf den Ausläufer eines Bergkamms.

»Wir befinden uns ziemlich genau hier.« Sie fuhr mit dem Finger in südöstliche Richtung und deutete nun auf ein großes Waldgebiet, an dessen südlichem Ende eine Stadt zu erkennen war. »Hier in diesem Waldstück war Juris Unterkunft und hier sind wir.« Ihr Finger zog eine Linie nach Norden.

Ich folgte ihrer Linie und erkannte die Geröllwüste, die mit Geria-Wüste betitelt war und einen weißen Fleck auf der Karte darstellte. Wir befanden uns in westlicher Richtung davon. Ihr Finger wanderte weiter nach oben, an einer weiteren Stadt vorbei zu einer Art Gebirgskette, an deren Fuß ein See eingezeichnet war.

»Auf dem Nordgipfel des Siah Goo lebt die Gemeinschaft des Seelentors. Das hier wäre der kürzeste Weg gewesen. Da wir uns aber hier auf der Höhe der Geria-Wüste befinden«, sie deutete auf den weißen Fleck und rutschte dann mit ihrem Zeigefinger wieder ein kleines Stück südwestlich, »müssen wir uns jetzt wieder nordöstlich orientieren. Der direkte Weg würde durch die Steinwüste gehen, kostet aber viel Energie und ich denke, sie würden uns höchstwahrscheinlich am Ende von Geria erwarten.«

Ich betrachtete die Karte. Natürlich hatte ich in der Schule Geografie gehabt und Karten lesen lernen müssen, aber ich vertraute grundsätzlich auf die elektronischen Routenplaner. Digitale Unterstützung schien hier allerdings keine Rolle zu spielen.

»Glaubst du nicht, es ist egal, wie wir zum Seelentor kommen? Wenn sie unser Ziel kennen, werden sie uns doch davor abpassen, oder nicht?« Ich hatte mir ebenfalls meine Gedanken gemacht und gehofft, dass Aya eine Lösung bereithielt.

Sie sah mich geknickt an. »Du hast recht. Leider habe ich ebenfalls noch keine Ahnung, wie wir da hereinkommen sollen.«

»Ehrlich, echt jetzt?« Ich war geplättet. Wir scheiterten gleich zu Beginn, weil wir das Gebäude nicht betreten konnten, ohne dass uns Soldaten von Firas abfangen würden?

Ein Geräusch aus der Küche ließ uns herumfahren. Belgia trat in den Innenhof und sah uns verschmitzt an.

»Da kann ich euch vielleicht helfen.«

»Oma!« Aya war aufgesprungen und sah sie überrascht und alarmiert an. »Nein, du wirst da gar nichts machen, hörst du? Schon schlimm genug, dass ich dich hier mit hereinziehen musste.« Belgia setzte sich gelassen auf den Sessel, auf dem sie zuvor schon gesessen hatte, nahm sich nun auch einen Keks und sah uns abwechselnd an, wobei ihr Blick an Aya hängen blieb.

»Mein liebes Kind. Ich bin alt genug, zu entscheiden, wo ich mich heraushalte oder ob ich mich einmische. Wenn ich es richtig verstanden habe, solltet ihr keine Zeit verplempern, also hört mir zu. Ihr müsst zum Driama-See.« Sie warf einen Blick auf mich und deutete danach auf das Gewässer vor dem Siah Goo auf der Karte. »Der soll über einen Tunneleingang verfügen, der bis hoch zum Gebäude führt. Ursprünglich zur Evakuierung gebaut, müsste er andersherum genauso gut funktionieren. Und dann seid ihr schon drin.« Sie lehnte sich zufrieden zurück.

»Ich will natürlich nicht unhöflich sein, aber ›soll‹ klingt jetzt wirklich nicht so sicher für mich.« Aya hatte ihre Augenbrauen ebenfalls fragend zusammengeschoben.

Doch Belgia wischte unseren Einwand fort. »Nun, Mädchen, es ist schon ziemlich lange her, aber ich habe es bei einem Gespräch belauscht.« Sie seufzte leise. »Das war noch zu Zeiten Miros, als ich noch viel jünger war …« Ihre Lachfalten blitzen auf. »Und den Pub geleitet habe, drüben in Trevum.

Zwei Wanderer überlegten halb im Scherz, wie man Damenbesuch unbemerkt ein- und wieder ausschleusen könnte. Und dabei erwähnten sie einen fast vergessenen Evakuierungsweg.«

»Ernsthaft, sie ließen ihre Liebschaften über den See im Tauchgang hinein- und hinausschwimmen?« Ich hielt diese Vorstellung für absolut unglaubwürdig.

Da fing Belgia an zu glucksen.

»Nein. Sie verwarfen diese Möglichkeit sogleich wieder. Die Damen wurden in der Regel sogar offiziell einbestellt. Köchinnen, Ärztinnen, Gärtnerinnen, erweitere die Liste beliebig. Damals hielten sich die meisten an die Vorgaben, man drückte gelegentlich aber auch mal ein Auge zu. Man wollte den Damen also nicht zumuten, über das Wasser zu kommen.«

Aya und ich blickten uns an, ja, das wäre vielleicht eine Möglichkeit. Allerdings blieben noch ein paar Fragen offen.

»Weißt du, warum sie den See nicht ernsthaft in Erwägung gezogen hatten?«, fragte ich.

»Das hatte sogar mehrere Gründe, meine Liebe.« Sie biss in ihren Keks und fuhr kauend fort: »Zuallererst kann man nicht davon ausgehen, dass jeder schwimmen und tauchen kann. Zweitens kann es gefährlich sein, da sich die Schleuse auf etwa vier Metern Tiefe befinden soll, und das führt mich zu meinem letzten Punkt. Da dieser Zugang eher Legende statt Tatsache ist, weiß keiner zu hundert Prozent, ob die Schleuse da ist, und falls sie da ist, ob sie dann überhaupt noch funktioniert.« Sie schluckte den Rest ihres Gebäcks runter und sah uns gespannt an.

Aya war aufgestanden und ging in langen Schritten im Innenhof hin und her. Dann blieb sie stehen und blickte in unsere Richtung.

»Und wenn wir einfach versuchen, bis zum Eingang zu kommen? Sobald wir die Schwelle übertreten, sind wir sicher, oder nicht?«

Belgia schaute sie mit einer hochgezogenen Augenbraue an, offenbar reichte das Aya als Antwort.

»Ich meine ja nur«, sagte sie und zog weiter ihre Bahn im Hof.

»Ich finde die Idee nicht schön, aber in Ermangelung von Alternativen sollten wir es ernsthaft in Erwägung ziehen. Belgia, was meinst du, kennen viele diesen Geheimgang?«

»Ich kann dir nicht mehr berichten, als ich bereits habe, aber während meiner Zeit in Trevum hatte nie wieder jemand davon erzählt, und bei uns waren immer viele Seelenwanderer zu Gast«.

Ich schaute zu Aya. »Hast du noch Bedenken jeglicher Art?«

Aya stoppte, hob theatralisch ihre Arme und rief: »Ja, jede Menge, aber das ändert nichts. Lass es uns versuchen.«

Ich seufzte erleichtert, einen Teil des Problems waren wir erfolgreich angegangen.

»Ich hätte noch eine weitere Frage: Warum sollten die Seelenwanderer überhaupt Frauen einschleusen wollen, es gibt doch auch Seelenwanderinnen, oder? Und das ist doch kein katholisches Kloster, ich meine, das sind doch freie Frauen und Männer, die diesbezüglich eigene Entscheidungen treffen können?«

Nun sahen mich beide an, wobei auf Ayas Zügen ein breites Grinsen erschien. Ihr Gesicht erschien dadurch weicher und viel jünger. Sie setzte sich wieder und nahm ihren Kaffeebecher zu Hand.

»Nee, kein Kloster. Juri hat es vielleicht vergessen zu erwähnen, aber den Seelenwanderern, die noch keine Seele tragen, wird nahegelegt, zölibatär zu leben.«

Mein Mund klappte auf. »Bitte was? Dann, äh, dann gilt, galt das auch für …?« Ich konnte den Gedanken nicht zu Ende bringen.

»Diese Vorgabe gilt für alle Seelenwanderer, unabhängig, ob sie in der Gemeinschaft des Seelentors leben oder nicht«, fuhr Belgia mit hochgezogenen Augenbrauen ungerührt fort. Eine etwas unangenehme Pause entstand, bevor Aya das Wort ergriff und mich dabei ernst ansah und meine unausgesprochene Frage beantwortete: »Ja, Juri hatte sich bislang daran gehalten, soweit ich weiß.«

Mir wurde heiß.

»Oh«, war das Einzige, was ich zu dieser Konversation beisteuern konnte. Juri hatte mir davon gar nichts gesagt. Seine Unerfahrenheit hätte ich doch bemerken müssen. Hatte er deswegen kurz gezögert und mich danach so intensiv gemustert? In Erinnerung daran wurde mir noch heißer und Röte schoss in meine Wangen.

»Wenn ihr mich fragt, ist das eine absolut überholte Regel, deren Sinnhaftigkeit nicht belegbar ist und die eindeutig abgeschafft gehört!« Aya richtete sich bei diesen Worten auf. »Oma, verbessere mich, wenn ich falschliege, aber das Zölibat gab es nicht mit dem Beginn der Seelenwanderer.«

Belgia pflichtete Aya bei, bevor sie fortfuhr: »Allerdings hat es sich schnell etabliert. Sexuelle Enthaltsamkeit soll die Reinheit der Seele erhalten und damit eine mögliche Verschmelzung erleichtern. Das ist das offizielle Statement dazu. Körperliche Verschmelzung stört die seelische Verschmelzung.« Den letzten Satz unterstrich Aya mit einer ironischen Gänsefüßchen-Geste.

Ungläubig schaute ich Aya an. Konnte ich mich deswegen nicht mit Lekika verbinden? Hatte ich von vorneherein keine Chance gehabt? Ein Schauer zog mir eiskalt den Rücken runter.

Belgia schnaubte kurz und unterbrach meine Gedanken.

»Alles Blödsinn, wenn ihr mich fragt. Die Verschmelzungen, die stattfanden, haben immer funktioniert. Aber es gibt noch eine inoffizielle Theorie dazu, die ich für viel wahrscheinlicher halte. Es wurde eingeführt, weil sich zu viele Nuretajaner an den Hals der Seelenwanderer geworfen haben. Jeder wollte gerne Teil dieser besonderen Gemeinschaft werden. Und mit etwas Glück einen Seelenwanderer erzeugen. Zumindest früher …«

Aya grinste ihre Oma an, während mir nicht nach Lachen zumute war.

»Und an welche Version glaubte Juri?« Ich hatte die Frage laut ausgesprochen und fühlte mich dabei sehr unwohl. Wenn die offizielle Version stimmte, hätte ich ihm damit vielleicht die Seelenverschmelzung zerstört. Wobei das jetzt ohnehin zu spät war. Ich schüttelte mich kurz und räusperte mich laut, während ich in den Himmel schaute, um meine Tränen wegzuzwinkern. Dann straffte ich meine Schultern und ignorierte die Röte in meinem Gesicht.

Aya ergriff wieder das Wort. »Wir haben uns einmal darüber unterhalten. Für Juri ist es in erster Linie einfach eine Regel gewesen, an die er sich gehalten hat. Auf der Militärakademie hat er gelernt, Regeln nicht zu hinterfragen. Marit hingegen hat ihm beigebracht, alles infrage zu stellen. Du erkennst die Zwickmühle?« Kurz lächelte Aya, dann kniff sie konzentriert ihre Augen zusammen, als würde so die Erinnerung an das Gespräch zurückkehren. »Er meinte, dass es nicht schaden würde, darauf zu verzichten, zumal er bislang nicht die Richtige gefunden hatte.« Dabei zwinkerte sie mir verschwörerisch zu, wurde aber gleich danach wieder ernst. »Ich für meinen Teil freue mich sogar für ihn, dass er es wenigstens noch erlebt hat, bevor er …« Sie sprach nicht weiter, musste sie auch gar nicht.

Wir schwiegen alle für einen Augenblick, den ich dazu nutzte, an Juri zu denken.

Dann streckte ich meinen Rücken durch, räusperte mich und wechselte das Thema.

»Und, gehen wir jetzt weiter zu Fuß? Ich dränge ungern, aber ich wäre lieber heute als morgen da.« Meine Stimme klang brüchig, aber hielt.

»Geht mir auch so«, meinte Aya und mit einem Seitenblick auf Belgia ergänzte sie: »Wir sollten hier nicht zu lange bleiben, wenn uns jemand bemerkt, dann …«

»… dann bekommt er es erst einmal mit mir zu tun.« Belgias Stimme klang entschlossen.

»Genau aus diesem Grund möchte ich hier weg!« Mit diesen Worten ergriff Aya die Karte, faltete sie sorgfältig zusammen und steckte sie in ihren Rucksack, der, wie ich gerade erst bemerkte, gepackt neben dem Tisch bereitstand.

»Ich wäre übrigens startklar.« Mit diesen Worten stand sie auf und ging in Richtung Küche.

Ich erhob mich ebenfalls und ging ihr hinterher. »Okay, dann packe ich auch jetzt und wir können dann los.«

Belgia ging zu den Küchenregalen. »Und ich mache euch noch ein Carepaket fertig.«

Da ich nicht wusste, wann wir das nächste Mal die Gelegenheit dazu bekamen, rannte ich danach noch schnell ins Badehäuschen, um eine anständige Toilette zu benutzen, und putzte mir gründlich die Zähne.

Jetzt ging es weiter. Ganz kurz schloss ich die Augen, um in mich hineinzuhorchen. Ich konnte nichts spüren.

Ich spritzte mir etwas Wasser ins Gesicht und betrachtete für einen Moment mein Spiegelbild. Meine Haare waren etwas stumpf und hingen runter, und unter meinen Augen waren trotz des langen

Schlafs dunkelblaue Schatten, die mir etwas Geisterhaftes verliehen. Der blaue Fleck auf meiner Stirn war nahezu verschwunden, nur eine rosa Narbe war noch zu sehen. Ich hatte schon bessere Spiegelbilder von mir gesehen. Aber wer machte sich jetzt schon Gedanken über Oberflächlichkeiten. Ich sah mir tief in die Augen, konnte ich da etwas erkennen?

Ich gabs auf. Antworten würde ich erst im Seelentor erhalten. Ich schulterte meinen Rucksack, der immer noch von weißem Staub aus der Geria-Wüste bedeckt war, überprüfte den richtigen Sitz der beiden Dolche und ging zu Aya und Belgia in die Küche.

Belgia gab ihrer Enkelin gerade einen Schlüssel und eine genaue Anleitung

»Nicht zu viel Gas geben und immer auf den Wasserstand achten, da ist er pingelig. Außerdem nicht zu schnell fahren, Aya. Ihr solltet nicht auffallen, in Ordnung?«

Fragend schaute ich Aya an. »Juri hatte darauf bestanden, die Straßen zu meiden«.

Aya sah mich an. »Ja, ich weiß, aber wir werden jetzt aus einer anderen Richtung kommen und haben bereits viel Zeit verloren. Wir sollten es riskieren. Außerdem«, sie hielt grinsend den Schlüssel hoch, »ist das Baby hier was Besonderes.«

»Das ist wahr«, teilte mir Belgia voller Stolz mit. »Dieses Fahrzeug wurde in Eigenregie gebaut und kann nicht getrackt werden. Und du wirst nicht erraten, wer an dem Bau maßgeblich beteiligt war!« Sie schaute zu mir. »Varun, dein Vater. Er hat als Jugendlicher oft die Erde bereist und war unglaublich angetan von euren Autos. Also versuchte er, so viel wie möglich davon in Erfahrung zu bringen. Und mein Mann war so begeistert von der Idee, ein Auto nachzubauen, dass er sich mit Varun zusammengetan hat. Es hat sehr lange gedauert und mich viele Nerven gekostet.«

Ungläubig starrte ich Ayas Oma an. »Woher kanntet ihr denn meinen Papa?« Meine Stimme klang etwas leicht gepresst und brüchig.

»Wir waren vor meinem Umzug Nachbarn. Wir haben häufiger auf Varun aufgepasst und ihn von ganzem Herzen gemocht. Wir waren doch damals selbst noch recht jung. Erst nachdem mein Mann verstorben war, bin ich hier aufs Dorf gezogen. Und Varun war zu der

Zeit bereits ein erwachsener Mann und hoch angesehen, bis … Ich habe das mit dem Mord übrigens nie geglaubt!« Belgia verstummte.

Ich sah sie dankbar an. Ich konnte es nicht fassen! Welch unglaubliche Neuigkeiten. Mein Papa hatte ein Auto gebaut? Und jetzt wusste ich, wessen Geschichten er zum Einschlafen erzählt hatte. Er hatte aus seiner Erinnerung geschöpft. Ich lächelte leicht, als ich daran dachte.

Belgia räusperte sich kurz. »Und das Auto hätte ich im Übrigen gerne wieder!« Das ging eindeutig an Aya.

Ich umarmte Belgia fest, dankte ihr für alles und folgte dann Aya nach draußen, wo sie mich zum Ende der Straße führte. Hier reihten sich viele Parkmöglichkeiten aneinander, manche glichen einer Garage, andere waren eher Carports. Wir hielten vor einem Bretterverschlag, der aus ungleich langen und breiten Hölzern gezimmert war.

Er erinnerte mich an das Werk eines Kindes und ich wunderte mich, dass es hielt und sogar mit einem Schloss versehen war.

Aya, die meinen Blick richtig deutete, grinste nur schief. »Vertue dich da mal nicht. Alles Tarnung!«, sagte sie und öffnete das Vorhängeschloss. Dahinter verbarg sich ein großer Pickup, der zwar alt, aber robust wirkte. »Dieses Auto ist wahrhaftig ein fahrendes Wunderwerk. Und darüber hinaus leise wie eine Katze. Steig ein, ich fahre.« Was für eine Überraschung.

Ich kletterte auf den Beifahrersitz und ließ mich in den gemütlichen Sitz sinken.

»Das hätten wir von vornherein so machen sollen. Warum gibt es nicht mehr Autos ohne Tracker?«

Aya sah mich, während sie den Motor startete, mit einem schiefen Blick an. »Wenn es so einfach wäre, gäbe es mehr, und ja, ich hätte ein fahrendes Fortbewegungsmittel ebenfalls bevorzugt. Aber so einfach ist es nicht. Es gibt nicht den einen Tracker in unseren Fahrzeugen. Das gesamte Auto ist der Detektor! Wie du hier sehen kannst, handelt es sich um elektrisch angetriebene Fahrzeuge. Ich werde dich nicht mit den Details langweilen. Kann ich auch gar nicht. Aber unsere Autos nutzen die ultraviolette Strahlung zur Energiegewinnung und speichern überschüssige Energie sehr effizient. Die gesamte Legierung ist eine höchst stabile organische Schicht, die die UV-Strahlung absorbiert und gleichzeitig einen individuellen Finger-

abdruck hinterlässt, der sich leicht orten lässt. So oder so ähnlich.«
Ich starrte Aya ungläubig an.

»Das klingt gar nicht so ahnungslos!« Ich hatte ihre Erklärung gehört, aber nicht verstanden. Aya lächelte leicht und nahm meine Aussage als Kompliment an.

»Danke. Jedenfalls wurde bei unserem fahrbaren Untersatz diese Legierung ebenfalls als Antrieb verwendet, aber so raffiniert modifiziert, dass sich der Abdruck immer wieder ändert. Er bleibt nicht stabil und kann daher nicht stabil verfolgt werden. Und wenn das Auto steht und der Motor abgestellt wird, passiert gar nichts mehr. Es ist unsichtbar für unsere Feinde.« Jetzt grinste Aya breit. »Der Rest ist von euch. Die Optik und ein paar Sachen hier drinnen. Es gibt ein Kassettendeck mit genau einer Kassette, Omas großer Stolz, sie liebt Queen. Ich kann sie nicht mehr hören. Und ein Zigarettenanzünder, obwohl ich nicht genau weiß, was eine Zigarette ist.« Während Aya mir die irdischen Details dieses Wagens vorstellte, streiften ihre Finger sachte über die genannten Objekte. »Und der funktioniert.« Und sie drückte energisch den Knopf für den Anzünder nach unten.

Leise bewegten wir uns auf der Straße entlang, als ein Klacken ertönte. Der Anzünder sprang zurück und Aya präsentierte mir stolz das glühende Ende. Ich nickte freundlich. Mein Vater schien in der Tat eine große Schwäche für die alten Autos auf der Erde gehabt zu haben. Es gab manuelle Kurbeln für die Fenster und Aya saß auf einer Massagematte aus Holzkugeln, die vermutlich in den Achtzigerjahren mal voll in Mode gewesen waren.

Bereits kurze Zeit später fuhren wir auf einer Art Landstraße dem Gebirge entgegen.

Dieses Mal lag es nördlich von uns.

Das Auto war unglaublich komfortabel und geräumig. Vorne gab es neben dem Fahrer zwei weitere Sitze. Ich hatte mich nach außen ans Fenster gesetzt. Wegen des Staubs und Drecks konnte man kaum durch die Fenster hinausblicken und ebenso wenig hinein. In der Mitte lag die ausgebreitete Karte, und ich sah, dass Aya den geplanten Weg mit einem roten Stift markiert hatte. Laut Plan würden wir westlich an der Geria-Wüste vorbeifahren und weiter in nördlicher Richtung, bis wir das Okahari-Gebirge passiert hatten. Wobei das nicht ganz korrekt war. Wir passierten lediglich den südlichen Ausläufer dieses Gebirges, einen winzigen Babyausläufer, um genau zu sein. Denn das Okahari-Gebirge schien mir mit nichts vergleichbar, was ich von zu Hause kannte. Es war riesig und erstreckte sich im Norden auf einen großen Teil der Landkarte. Es war in verschiedenen Grüntönen unterteilt und schien mal höhere und mal weniger hohe Gebirgsketten aufzuweisen. Hier sollte man sich nicht verlaufen.

Das Seelentor würden wir von der nördlichen Seite aus betreten, müssten aber einen ziemlichen Umweg in Kauf nehmen, da wir entlang des Ausläufers fahren mussten. Es gab keine Straße direkt durch das Gebirge dorthin. Der Driama-See lag südöstlich am Seelentor.

Ich atmete tief durch und blickte hinaus. Bald endlich wäre es so weit. Vielleicht würde ich es doch noch schaffen und überleben.

28.
LILA

Wir erreichten den südlichsten Teil des Gebirgsausläufers und fuhren an einer endlos erscheinenden Baumreihe entlang. Bislang waren wir keinem einzigen Fahrzeug begegnet. Das kaum merkliche Summen des Motors wirkte auf mich einschläfernd.

Eichen und Buchen waren die häufigsten Bäume, die ich zuordnen konnte. Sträucher und Farne waren weiter hinten, innerhalb dieses beeindruckenden Waldabschnittes, zu sehen, und an dicken Steinen klebte Moos in den unterschiedlichsten Farbnuancen.

Ich kurbelte das Fenster ein wenig runter und der Fahrtwind trug den typischen Waldgeruch in das Auto, erdig und etwas feucht. Es roch wunderbar und mir fiel erneut auf, dass der Geruch viel intensiver war als bei uns. Die Strahlen der langsam untergehenden Sonne sprenkelten kleine Bereiche in helleres Licht und die Farben changierten zwischen sanften Violett-, satten Grün- und typischen Brauntönen. Alles wirkte unwirklich, als sei der Wald lebendig und in ständiger Bewegung.

Ein friedliches Gefühl überkam mich, wie ich es schon lange nicht mehr gespürt hatte. Ich schlief ein.

Ich stand in der Kammer und sah in Richtung Tür, die in den prunkvollen, großen Saal führte.

Moment, wieso stand ich denn? Die Tür war verschlossen. Weder hatte ich Schmerzen, die wie Feuer brannten und meinen Körper durchdrangen, noch empfand ich die Müdigkeit meines baldigen Todes. Ich war einfach nur ich selbst. In der glänzenden Oberfläche einer großen Vase spiegelte sich mein eigenes Abbild wider. Ich sah so aus, wie ich mich gerade fühlte – ziemlich verwirrt. Ich trug die frisch gewaschenen Klamotten, die ich nach dem Frühstück bei Belgia wieder angezogen hatte.

Diese neue Art des Träumens machte mich nervös. Es fühlte sich alles so real an. Ich stand auf den Fliesen und drehte mich einmal um meine eigene Achse. Weder konnte ich meinen Vater bei dem Wandteppich erblicken noch eine erdolchte Person auf dem Boden. Ich ging zu der Récamiere, um einen Blick dahinter zu werfen, aber hier war niemand und Blut konnte ich auch nicht sehen.

Ich hörte leise Schritte, die sich rasch näherten, und schlich zu dem verzierten Teppich an der rückwärtigen Wand. Ohne zu viele Bewegungen an dem Wandteppich zu erzeugen, versuchte ich, mich dahinter zu verbergen. Ich war, bis auf meine Fußspitzen, versteckt und hoffte, dass die schlechte Ausleuchtung der Kammer dafür sorgen würde, dass niemand mich sehen konnte.

Eine Frau betrat bereits Sekunden später den Raum durch die verborgene Tür und steuerte auf den Schreibtisch zu. Es fiel mir schwer, in dem kurzen Moment, in dem ich ihr Gesicht hatte sehen können, ihr Alter einzustufen. Sie war definitiv nicht so alt wie meine eigene Mutter, aber ganz eindeutig älter als ich. Vielleicht um die vierzig herum. Ihre Nase war groß und hatte eine leicht gekrümmte Form, die wahrscheinlich bei vielen anderen Personen als zu groß und zu krumm gewirkt hätte. Bei ihr wirkte sie perfekt, wie sie war. Ihr Mund war ebenfalls groß und ihre vollen Lippen waren fest zusammengepresst. Am auffälligsten aber waren ihre Augen, die in einem goldenen Ton schimmerten.

Ihre Bewegungen waren anmutig und wirkten fast schwerelos. Die Sandalen, die sie trug, verursachten nur leise Klackgeräusche. Ihren Rücken hielt sie gerade, wodurch sie sehr stolz wirkte. Ihre Haut strahlte in der Farbe ihrer Augen und ihr dichtes schwarzes Haar, welches in sanften Wellen an ihren Hüften endete, schwang bei jeder Bewegung sanft mit.

Von meiner Position konnte ich jetzt nur noch ihren Rücken beobachten. Aber ich konnte erkennen, dass sie etwas an ihre Nase führte und in dieser Haltung eine kurze Zeit verharrte.

Sie sagte etwas, das ich nicht verstehen konnte, aber ihr Tonfall machte deutlich, dass sie fluchte. Ihr Arm sank erneut und ich konnte Geschirr klappern hören.

Ich hörte ein leises Quietschen und die Frau drehte sich zur verzierten Tür um. Ihr Gesicht wirkte nun noch angespannter und die Tür öffnete sich langsam.

Ein hochgewachsener Mann betrat jetzt den Raum, den ich bereits kannte. Ich war mit ihm das letzte Mal in der großen Halle zusammen gewesen. Er hatte dabei unaufhörlich auf mich eingeredet und seine Stimme klang sehr bedrohlich, obwohl ich ihn nicht verstanden hatte.

Sein Blick glitt zu der Frau und kurz erschien ein falsches Lächeln auf seinem schönen Gesicht, welches aber sogleich wieder zu einer entschlossenen und grimmigen Maske erstarrte. Seine grünen Augen waren stechend und kalt.

Er ging mit großen Schritten auf die Frau zu und redete dabei schnell und leise auf sie ein.

Ich konnte ihn hören, aber nicht verstehen.

Gänsehaut überzog meinen Körper und ich konnte mich nicht rühren. Die Worte der Frau hingegen konnte ich deutlich verstehen und mein Puls beschleunigte sich. »Ja, ich habe es gerade entdeckt. Wir müssen ihn warnen. Das kann nur bedeuten, dass sein Leben in Gefahr ist. Ich werde herausfinden, wer den Trank hergestellt hat und wer …« Weiter kam sie nicht.

Sie hatte sich während ihrer Worte erneut umgedreht und wieder den Gegenstand vom Schreibtisch aufgehoben. Es war eine große Tasse, das konnte ich nun erkennen, als sie sich wieder dem Mann zuwandte.

Die Art, wie sie sie hielt, zeigte mir, dass die Tasse gefüllt sein musste, und gerade, als sie sie ihm hinstrecken wollte, steckte der Dolch in ihrer Seite.

Ich erschrak und keuchte leise auf. Dieser Dolch hatte mich bereits unzählige Male in meinen Träumen umgebracht.

Der Mann reagierte glücklicherweise gar nicht auf meinen Ausruf, sondern betrachtete nur interessiert das Gesicht der Frau, die in ihrer Bewegung eingefroren war. Langsam erschien ein freudloses Lächeln in seinem Gesicht. Er entwand ihr mit einer gelassenen Bewegung die Tasse und stellte ihn an ihr vorbei wieder auf den Schreibtisch. Dann murmelte er etwas in ihr Ohr, was ich nicht verstand, hob sie mühelos hoch und legte sie hinter der Récamiere auf dem Boden ab.

Ich konnte die beiden von meiner jetzigen Position kaum sehen, traute mich aber nicht, mich zu bewegen. Die Frau lag nun dort, wo ich sonst immer lag und starb. Die Wunde war an derselben Stelle wie bei mir sonst.

Ich schnappte laut nach Luft. Jetzt hob der Mörder den Kopf und langsam drehte er ihn in meine Richtung. Mein Herz raste und meine Kehle war wie zugeschnürt. Gleich würde ich umkippen.

Der Mann erhob sich langsam und machte einen Schritt in meine Richtung, als ihn ein Geräusch aus der großen Halle ablenkte. Hastig blickte er erneut in meine Richtung und überlegte es sich dann anders. Er nahm die Tasse vom Schreibtisch und verließ mit schnellen, langen Schritten die Kammer in Richtung Halle, wobei er die Tür einen Spalt weit aufließ.

Ich versuchte zu horchen, konnte aber nur meinen eigenen donnernden Herzschlag hören. Kalter Schweiß lief mir den Rücken runter und meine Hände zitterten unkontrolliert. Ich musste etwas unternehmen.

Bevor ich es mir anders überlegen konnte, verließ ich mein Versteck und ging schnell zu der Frau, die sich nicht mehr rührte.

Ihre Augen erblickten mich sofort und … sie lächelte? Sie lächelte mich liebevoll an und hob langsam ihre blutverschmierte Hand, um mich zu ihr herunterzuwinken.

Schnell kniete ich mich zu ihr herab.

»Wie schön, dich zu sehen, Lila.« Das Reden bereitete ihr sichtliche Mühe.

»Selbst unter diesen Umständen.« Sie sprach so leise, dass ich mein Ohr nah an ihren Mund bringen musste, um sie zu verstehen.

Rasch erhob ich mich ein wenig, um einen besseren Überblick über ihre Verletzung zu erhalten. Ich sah das viele Blut, ihre Brust, die sich bloß noch leicht hob und senkte, und ich sah in ihr blasses, aber dennoch schönes Gesicht.

Sie starb und es dauerte, wie ich aus meinen unzähligen Träumen wusste, nicht mehr lange.

»Komm mich besuchen, sobald du kannst.« Ihre Stimme war kaum mehr zu verstehen. »Ich bin ein Teil von dir.«

Ein Geräusch am Wandteppich schreckte mich auf. Mein Vater, wie hatte ich ihn nur vergessen können.

»Varun.« So leise ich konnte, raunte ich den Namen in seine Richtung.

Die Sekunden verstrichen, aber nichts rührte sich in seinem Versteck. Als sich nach einem weiteren Versuch nichts tat, flüsterte die sterbende Frau ebenfalls seinen Namen.

Sofort kam er herübergeeilt und beugte sich über sie, wobei er mich fast gerammt hätte. Er würdigte mich keines Blickes.

Stattdessen legte er vorsichtig ihren Kopf in seinen Schoß, ergriff ihre rechte Hand, die den Dolch festhielt, und streichelte mit seinem Daumen über ihren Handrücken, während er die Mordwaffe in Augenschein nahm.

Sein Blick streifte meinen, als er wieder zum Gesicht der Frau schaute, ohne dass er nur eine Sekunde bei mir verweilt hätte. Als sei ich Luft für ihn.

»Es tut mir leid, viel kann ich nicht für dich tun. Der Blutverlust ist einfach zu groß. Ich wünschte, ich wäre bereits früher hier gewesen.« Sanft kamen ihm die Worte über die Lippen. Darin lag eine fast vergessene Wärme. So hatte er damals immer mit mir gesprochen, wenn ich mir beim Spielen das Knie aufgeschürft hatte. Er hatte mich dann immer auf den großen Stuhl in der Küche gesetzt und mit liebevollen Worten getröstet, während er die Wunde versorgte. Ich vermisste ihn noch immer.

»Bleib ruhig liegen, alles wird gut«, murmelte Varun zu der Frau. Dabei sah er abwechselnd besorgt zu ihr und in die Halle. »Ich verspreche dir, dass ich den Täter zur Rechenschaft ziehen werde. Ich muss ihn aufhalten. Ich weiß, dass er vorhat, Samson etwas anzutun!« Das kannte ich bereits alles, schließlich war ich zuvor die Frau im Traum gewesen.

Nun begann sie, mit ihrem eigenen Blut auf den Boden zu schreiben, und ich konnte erkennen, wie mit jedem einzelnen Buchstaben etwas mehr Leben ihren Körper verließ. Schließlich sackte ihr Kopf auf Varuns Schoß mit dem letzten Buchstaben ohne jegliche Körperspannung zur Seite.

Sie war tot.

Auf dem Boden neben ihr konnte ich in roten und krakeligen Buchstaben »Seelenbefreier« lesen. Der letzte Buchstabe war nur noch als verschmierter Strich zu erkennen. Ich hatte mir gar keine Gedanken mehr dazu machen können, aber es schien wichtig zu sein, denn Varun keuchte erschrocken auf, als er mit großen Augen die letzte Botschaft der Toten las.

Ich fühlte mich mit einem Mal sehr müde und es fiel mir schwer, den Bewegungen Varuns zu folgen.

Er schloss behutsam die Augen der Frau und legte anschließend den Kopf vorsichtig auf dem Boden ab. Dann beugte er sich über sie und küsste ihre Stirn.

»Möge deine Seele weiterleben, solange du möchtest, um uns allen Frieden, Wohlstand und Freude zu bringen, Lekika.« Dann legte er seine Stirn an ihre und schloss für einen Moment die Augen.

Eine absolute Ruhe überkam mich beim Anblick dieser Szene. Es war ein so intimer Moment, voller Zuneigung, Hingabe und Zuversicht.

Ich schloss meine Augen.

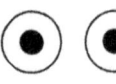

29.
LILA

»Autsch!« Ich war mit voller Wucht gegen die Mittelsäule des Autos gekracht, als Aya eine scharfe Kurve nahm. Gerade war alles noch so friedlich gewesen, nun konnte ich bereits eine dicker werdende Beule an meiner rechten Schläfe spüren und meine pochenden Kopfschmerzen meldeten sich erneut.

»Sorry.« Aya warf mir einen kurzen Seitenblick zu, um dann schnell wieder zur Straße zu sehen. Wobei das Wort Straße eigentlich nicht stimmte, es war wohl eher eine Art Hubbelpiste. Schon wieder machte das Auto einen Hopser, als wir ein Schlagloch mitnahmen.

Um uns herum war es so dunkel, dass ich noch nicht mal erkennen konnte, ob wir nicht einfach nur querfeldein fuhren. Wie um Himmels willen konnte Aya überhaupt was sehen?

»Verdammt, schon wieder!« Aya fluchte und drosselte das Tempo auf Schrittgeschwindigkeit, als es erneut in eine Vertiefung knallte. »Endlich bist du wach, ich dachte schon, du wärst ins Koma gefallen.«

Obwohl ihr Tonfall amüsiert klingen sollte, konnte ich den leicht angespannten Ton dahinter deutlich wahrnehmen. Sie hatte tatsächlich befürchtet, ich würde nicht mehr aufwachen. Mir wurde etwas schwummrig bei dem Gedanken.

Ich sah zum Himmel. Beide Monde waren hinter dichten Wolken verborgen und nur gelegentlich durchbrach ein silbrig-grüner Schimmer die Dunkelheit, durchzogen von zarten, petrolblauen Nebelschwaden.

Vor uns lag ein Trampelpfad, der mal genauso breit, mal enger als unser Fahrzeug war.

»Wir sind gleich schon am See. Ich suche nur noch nach einem geeigneten Versteck für das Auto... Aber ehrlich Lila, du hast eine Ewigkeit geschlafen!« Nun konnte ich Aya ihre Sorge deutlich ansehen. »Ich dachte wirklich ... egal.« Sie straffte ihre Schultern und ihr Blick wurde undurchdringlich. »Wir gehen das letzte Stück zu Fuß.«

Ich nickte kurz. Meine Gedanken hingen noch meinem Traum nach. Ich hatte gerade Lekika kennengelernt. Eigentlich bereits zum zweiten Mal. Aber jetzt hatte ich zu ihrer Stimme auch ein Gesicht. Lekika, deren Seele ich in mir trug und deren Tod ich bisher in meinen Träumen immer am eigenen Leib erfuhr. Und zum ersten Mal war nicht ich es gewesen, die starb. Mehr noch, ich war Zeuge ihrer Ermordung geworden! Sie wollte jemanden warnen und wurde deswegen erdolcht. Und sie hatte mir noch gesagt, dass wir uns treffen sollten. Wo und wie sollte das denn funktionieren? Und wer war der Mann gewesen? Ich hatte ihn ja bereits in einem anderen Traum kennengelernt. Komisch, da hatte ich ihn auch schon nicht verstehen können, während ich bei Lekika gar keine Probleme gehabt hatte. Und meinen Vater hatte ich ebenfalls verstehen können.

»Lila.« Ich sah zu Aya rüber, die mich mit zusammengekniffenen Augen musterte. »Schläfst du jetzt schon mit offenen Augen? Ist wirklich alles in Ordnung mit dir?«

Ich neigte zustimmend meinen Kopf und deutete ein kurzes und falsches Lächeln an.

Aya hatte zwischenzeitlich bereits das Auto geparkt und als wir ausstiegen, empfing mich die frische, kühle Nachtluft.

Es war still hier. Nur unsere leider nicht so lautlosen Schritte und das gelegentliche Rufen von Waldkäuzen waren zu hören.

Wir hatten das Auto zwischen zwei alte und sehr dicht belaubte Rotbuchen abgestellt und mit einer dunklen Plane abgedeckt. Bereits aus kurzer Distanz war es kaum zu erkennen, zumindest bei Nacht. Laut Karte mussten wir jetzt querfeldein direkt durch einen kleinen Teil des Gebirges in Richtung See marschieren. Da wir erneut auf Beleuchtung verzichteten, setzten sich unsere Geräusche vorwiegend aus Fehltritten in Pfützen oder dem Stolpern über übersehene Äste zusammen. Ich war eindeutig ungeschickter als Aya.

Ich keuchte auf, als ich ein kleines Erdloch übersah und fast umgeknickt wäre. Hoffentlich kamen wir heil an.

Meine Augen gewöhnten sich allmählich an die Dunkelheit und mir gelang es, die größeren Büsche, Bäume und herumliegendes Geäst zu erahnen.

Das Licht der Monde schaffte es wegen der Bewölkung und der üppigen Belaubung leider nur recht selten, bis zum Boden vorzudringen. Das machte uns noch langsamer, als wir ohnehin schon zu Fuß waren. Es roch frisch und angenehm erdig, durchsetzt mit einer süßlichen Note, die ich nicht zuordnen konnte. Ich hatte das Bedürfnis, Aya von meinem Traum zu erzählen, und so berichtete ich ihr von meinem immer wiederkehrenden Tod im Schlaf. Wir hatten seit Betreten des Waldes geschwiegen und meine Stimme erschien mir unnatürlich laut, obwohl ich fast flüsterte.

Als ich geendet hatte, blieb ich kurz stehen und wandte mich zu Aya um.

»Weißt du, ob es normal ist, solche Träume zu haben? Oder hast du eine Ahnung, was ein Seelenbefreier sein könnte?« Ich konnte ihren Blick in der Dunkelheit nicht deuten. Als sie bei mir ankam, sah sie mich mit einem ahnungslosen Blick an und drückte mir in einer freundschaftlichen Geste meine Schulter. Dann gingen wir langsam weiter.

»Ich stelle mir das ziemlich übel vor, ständig zu sterben. Vor allem wegen der Schmerzen. Vor dem Tod habe ich keine Angst.« Sie wich geschickt einer Pfütze aus, die durch die Laubblätter fast nicht zu sehen gewesen war. Für Aya war sie nur fast, für mich einfach nicht sichtbar gewesen, da ich hineinlief und nun mein kompletter linker Fuß triefnass war.

Ich stöhnte leicht und verdrehte meine Augen. Aya fuhr amüsiert fort: »Aber leider kann ich dir nicht so richtig helfen mit deinem Traum. Da ich keine Seelenwanderin bin, kenne ich nur sehr wenige Traditionen, habe ich ja bereits gesagt. Also falls das etwas mit der Verschmelzung zu tun hat. Aber der Seelenbefreier ist meines Wissens so ein Gebräu, dass die Wanderer zu sich nehmen, wenn sie nicht erneut einen Körper bewohnen möchten. Das heißt, wenn sie tot sind, sind sie tot.« Sie machte eine kurze Pause und hob ihre Hand mit erhobenem Zeigefinger. »Aber so, wie du den Mann mit den grünen Augen beschreibst, handelt es sich ziemlich sicher um Firas!« Ihre Augen wurden groß vor Erstaunen, als sie begriff. »Sollte dein Traum also nicht nur einfach ein wirrer Gedankenmix sein, hieße das, dass Firas Lekika umgebracht hat und seinen eigenen Bruder ermordet hat … Dann hat dein Vater gar nicht Samson umgebracht, sondern Firas und …« Sie blieb wie angewurzelt stehen und starrte mich an. »Varun hat nicht nur Miros Seele mitgenommen, sondern zusätzlich Lekikas Seele!« Ich verarbeitete ihre Zusammenfassung ebenfalls. Sie hatte alles einwandfrei auf den Punkt gebracht. Mein Atem stockte ebenfalls. Na klar, so musste es gewesen sein.

Ayas nächste Worte waren so leise, dass ich näher zu ihr trat. Sie klang fassungslos. »Lila, sag mir die Wahrheit! Du trägst nicht nur die Seele von Miro in dir, sondern …« Als sie nicht weitersprach, fuhr ich leise und ernst fort:

»Ja, ich habe noch die Seele von Lekika irgendwo in mir drin. Und ich bin nicht in der Lage, zu einem der beiden Kontakt aufzubauen, geschweige denn zu verschmelzen.« Die Verzweiflung war mir anzuhören. Ich schluckte sie so gut es ging wieder runter und meine nächsten Worte klangen stärker als erwartet. »Deswegen sind wir ja unterwegs zum Seelentor. Juri hat mir erzählt, dass die Seelenlast in mir über kurz oder lang tödlich endet. Es ist mir wichtig, wenigstens Miro dann in guten Händen zu wissen. Und wer weiß …« Ich lächelte schief. »Vielleicht schaffe ich es ja zu überleben.«

Aya drückte mich kurz und fest an sich.

»Das ist die Einstellung, die ich von dir hören will, Lila. Krass!« Dann drehte sie sich um und ging weiter.

Ich folgte ihr nach einem kurzen Moment.

Da wir uns so langsam fortbewegten, hätte ich keine Abschätzung geben können, wie weit wir bereits gelaufen waren, bis Aya sich halb zu mir umdrehte.

»Wir müssten jeden Moment ankommen, ab jetzt kein Wort mehr.«

Nun nahm ich das Wasser ebenfalls wahr. Die Luft fühlte sich kälter und klammer an und ich spürte einen leichten Windhauch, der von der freien Fläche des Sees stammen musste. Ich hörte leises, sanftes Plätschern des Wassers am Ufer und nach zwei weiteren Schritten konnte ich den silbernen Glanz der Mondspiegelungen deutlich durch die letzten Baumreihen sehen.

Wir waren kurz davor, wirklich das Seelentor zu erreichen. Zumindest hatten wir es bis zum See geschafft.

Ein Seufzer der Erleichterung entwich mir und jetzt konnte ich im helleren Schein der Nacht in Ayas Gesicht ebenfalls eine kleine Entspannung feststellen. Dennoch mussten wir aufmerksam bleiben.

Aya war scheinbar derselben Meinung, denn sofort legte sie ihren linken Zeigefinger warnend vor den Mund, während sie mit ihrem rechten Arm nach links vorn deutete. »Wir müssen uns entlang des Ufers orientieren, bis wir die ersten Felsen des Okahari-Gebirges erreichen.«

Belgia hatte uns auf der Karte noch den vermuteten Eingang im See markiert. Wir würden den Weg, wenn alles gut ging, noch vor Sonnenaufgang erreichen können. Wir hielten uns eine Baumreihe vom Ufer entfernt und gingen weiter.

Meine Kopfschmerzen, die bei unserer Wanderung nachgelassen hatten, kehrten unerwartet heftig zurück. Plötzliche Übelkeit stieg in mir hoch und ich musste mich an einem Baum abstützen, bis die Schwärze vor meinen Augen langsam wieder abklang.

Aya war sofort bei mir und ich spürte ihre zaghafte Berührung an meinem gebeugten Rücken. Meine Augen tränten vor Schmerz und der Anstrengung, mich nicht zu übergeben. Flach atmend versuchte ich, meinen Puls wieder unter Kontrolle zu bringen.

Mit zitternden Beinen ging ich auf die Knie und stützte meinen hämmernden Kopf in meine Hände. Ich hörte das Blut in meinen Adern rauschen und jeder Schlag meines Herzens schien die Schmerzen anzufeuern. Ich machte mich noch kleiner, als könnte ich so vor dem Leid flüchten, und gab jetzt doch ein wimmerndes Geräusch von mir.

»Was ist los, rede mit mir! Was kann ich tun?« Nur undeutlich nahm ich nach ein paar Sekunden, die mir wie eine Ewigkeit erschien, Ayas Stimme wahr.

Ich atmete tief ein und öffnete schließlich meine Augen einen Spaltbreit. Ganz langsam wurde das Bild vor meinen Augen wieder klarer. Ich sah unter mir den Waldboden mit seinen unterschiedlichen Brauntönen. Ich hockte direkt neben einer Buche, deren glatter Stamm mir gerade Halt geboten hatte.

Und an meiner anderen Seite starrte mich Aya mit weit aufgerissenen Augen an. »Lila, du machst mir Angst!«

Die Übelkeit verging so schnell, wie sie gekommen war, aber mein Kopf dröhnte weiterhin, dass es mir äußerst schwerfiel, mich aufzurichten. Der Versuch, Aya ein aufmunterndes Lächeln zu schenken, misslang völlig. Die Furcht kroch in meine Glieder. Lange würde ich es nicht mehr aushalten, ohne daran zu zerbrechen.

Ich versuchte mich erneut an einem Lächeln. Leise seufzend lehnte ich mich wieder an den Stamm und gab den Versuch endgültig auf. »Keine Ahnung. Ich brauche Hilfe, denke ich.« Ich hob beide Hände zu meinen Schläfen und massierte sie vorsichtig. »Und zwar so schnell wie möglich.«

Ich drückte mich vom Baumstamm ab und machte einen vorsichtigen Schritt. Mein Gleichgewichtssinn gehorchte mir und die Übelkeit meldete sich ebenso wenig zurück. Schnell suchte ich in meiner Hosentasche nach dem Säckchen mit dem Baklatwastöckchen und steckte ihn mir mit einem leisen triumphierenden Geräusch in den Mund.

Aya beäugte mich dabei skeptisch.

»Auch wenn dir das hilft, übertreib es damit nicht.«

Sie hatte recht, vermutlich hatte die Verwendung einen Haken, aber für den akuten Fall war es besser als alles, was ich kannte.

Schon ebbte der Schmerz zu einem aushaltbaren Dröhnen ab. Sofort verstaute ich das Ästchen sorgfältig und folgte Aya, die sich bereits wieder parallel zum Ufer bewegte. Langsam hatte ich den Dreh raus.

Nervosität löste meine Angst ab. Ich fühlte mich hibbelig und aufgekratzt, trotz der wattierenden Wirkung der Baumdroge. Wir waren kurz vor dem Ziel. Würde man uns, würde man mir helfen können? Und könnte dann womöglich ich den Bewohnern dieses Landes helfen? Nun, ich vielleicht nicht direkt, aber eine der Seelen?

Immer noch fand ich die Vorstellung, dass mein Körper mir nicht allein gehörte, unheimlich, aber ich akzeptierte es. Für Juri wäre es eine Ehre gewesen und er war dafür gestorben, dass ich eine Chance bekam, die Seelen zu retten. Ich vermisste ihn.

Vorsichtig wanderten wir zwischen den Bäumen entlang, den See immer im Blick. Durch die Reflexion der Monde konnte ich meine Umgebung klar und deutlich in den unterschiedlichsten Grün- und Blautönen wahrnehmen. Das Gebirge mit dem Seelentor am nördlichen Ende war schräg gegenüber von uns ebenfalls zu erkennen. Wir hatten uns vom Südwesten angenähert und mussten dementsprechend auch noch ein Stück entlang der Gebirgskette wandern.

Laut Belgia sollte ziemlich am Anfang des ersten Berges ein versteckter Eingang in den Berg existieren. Damit kämen wir schneller zum eigentlichen Zugang im See. Falls wir ihn nicht fanden, wären wir gezwungen, den Weg außerhalb zu nehmen. Das wäre dann länger und definitiv gefährlicher.

Das Gebirgsgestein ähnelte von der hellgrauen Felsenfarbe den Dolomiten. Das bedeutete, wir wären ähnlich sichtbar wie in der Geria-Wüste.

Hatte Belgia uns ein paar Tipps zum Unterwassereingang geben können, beim Eingang in den Berg hatte sie passen müssen. Sie war auch hier nicht sicher, ob dieser Zugang überhaupt existierte.

Wir mussten es darauf ankommen lassen. Ich straffte meine Schultern, verdrängte meine Schmerzen so gut es ging und schloss zu Aya auf.

»Schaffen wir es vor dem Morgengrauen, wenn wir das Tempo halten?« Ich versuchte, trotz der Frage, zuversichtlich zu klingen.

Aya drehte sich in meine Richtung und verzog einen Mundwinkel. Sie spielte mit. »Klar, sieht gut aus.« Nach einer kurzen Pause fuhr sie jetzt doch ernster fort. »Wir schaffen es für Juri, wir schaffen es für Ade, für dich, für mich und für die ganzen Nuretajaner, die bereits ihr Leben lassen mussten!« Ihre Stimme klang hart und überzeugend.

Sie hatte recht, ein Versagen kam nicht infrage.

Ich umarmte sie aus einem Impuls heraus und murmelte ein leises »Danke« in ihre Locken. Zuerst steif wie ein Brett erwiderte sie nach kurzem Zögern die Geste und wir verblieben für einen kleinen Augenblick in diesem Moment der Innigkeit.

Danach wandten wir uns wortlos wieder dem ersten Berg von Goo zu und wanderten weiter.

Dreimal pausierten wir auf unserem Weg, da wir verdächtige Geräusche hörten, die sich aber glücklicherweise jedes Mal als falscher Alarm entpuppten. Einmal hatten wir versehentlich wieder so einen extrem großen und feuerroten Fuchs aufgeschreckt und zweimal Kaninchen, die seltsam gestreift aussahen und schnell davonhoppelten.

Jedes Mal waren wir starr vor Angst und versuchten danach, noch leiser zu sein, aber das Tempo anzuziehen. Wir schafften es.

Der Morgen graute, als wir den Bergausläufer von Okahari erreichten. Mehr und mehr Waldbewohner begrüßten uns mit ihrem morgendlichen Pfeifen und Trällern. Unter anderen Umständen hätte ich die Umgebung hier sehr genossen und bestaunt. Der Wald mit den alten und beeindruckenden Bäumen, der unglaubliche Geruch nach einem sauberen See, gepaart mit der herben Erde und den leichten Blütennuancen der Uferpflanzen. Die Vögel, die ich manchmal erspähte, hätten eine Bewunderung ebenfalls verdient. Ich sah große, reiherähnliche Wasservögel mit langen, geschwungenen Zierfedern in schillernden Regenbogenfarben. Sie zogen nah am Ufer vorbei, um weiter hinten im Schilf nach Futter zu suchen. Doch es gab keine anderen Umstände.

Nun wollte ich einfach heil ankommen.

»Wo könnte denn hier ein Eingang sein?«, wisperte ich in Ayas Richtung.

Sie drehte sich halb zu mir um und hob nur sachte ihre Schultern und zog ihre Augenbrauen zusammen. »Was weiß ich? Der verdammte Eingang könnte hier überall und nirgends sein.« Sichtlich genervt ließ sie ihren Blick entlang des Bergausläufers schweifen.

Mir war leider nicht klar, wonach ich überhaupt Ausschau halten sollte. Eine Art Höhleneingang oder ein Erdloch, welches uns in einen Tunnel führen würde?

Das Gewässer des Driama-Sees erreichte den unteren Rand des Berges, an dem wir jetzt absolut ratlos standen und die Felsformation anstarrten. Als könnte allein unser Blick eine Öffnung erzwingen.

»Wir müssen näher ran«, wisperte ich in Ayas Richtung und schlich mich aus dem sicheren Wald heraus, um näher an den Berg zu kommen. Ich blickte mich in alle Richtungen um, konnte aber niemanden entdecken. So wagte ich mich direkt an die Gesteinsformation, um mit meinen Händen nach möglichen Ritzen oder Schaltern zu tasten.

Aya folgte mir nach kurzem Zögern und tat es mir gleich. Wir drückten, schlugen und klopften uns entlang des Berges, ohne Erfolg.

Schließlich hockte ich mich an den Berg direkt am Ufer. Es gab hier keinen Eingang, wir mussten anders vorgehen.

Das Graugrün des neuen Tages wurde von der Farbenpracht der aufsteigenden Sonne in einem fast schon kitschigem Orange und Pink abgelöst. Es breitete sich über dem See aus und ließ das ruhige Gewässer erstrahlen.

Nur schwer konnte ich meinen Blick lösen und zu Aya sehen, die ebenfalls gebannt dem Lichtspiel zuschaute.

»Und jetzt?«, fragte ich sie, während ich aufstand und meinen Rücken durchstreckte.

Aya hatte sich wieder dem Stein zugewandt und strich prüfend über die poröse Oberfläche.

»Verdammt, hier ist nichts«, seufzte sie und schaute erneut zum See. Die Sonne hatte ihr Farbenspiel beendet und der See lag nun in einem satten Grünblau vor uns.

Als ich ihrem Blick folgte, wurde meine Sicht durch eine leichte Wasserbewegung abgelenkt. Luftbläschen traten an die Oberfläche, danach war der See wieder spiegelglatt. Ich ging rasch zur Uferkante, um einen besseren Blick auf den Bereich zu bekommen.

»Aya, schau mal, ist das Wasser dort etwas dunkler?« Ich zeigte zu dem Bereich, der sich kaum vom übrigen Gewässer unterschied. »Ich habe dort gerade was gesehen.«

War es möglich, dass wir ununterbrochen falsch gesucht hatten? Vielleicht gab es keinen Eingang im Gestein, sondern zwei Seeeingänge? Meine Hände schwitzten und mich beschlich eine nervöse Unruhe, die mich auf meinen Füßen auf und ab wippen ließ.

»Da ist es eindeutig tiefer als in der direkten Umgebung. Aya«, ich sprang zu ihr, packte ihre Hände und zog sie zum Ufer, »das könnte der Unterwassereingang sein.« Aufgeregt blickte ich Aya mit einem breiten Grinsen an.

Sie kniff ihre Augen angestrengt zusammen und versuchte, zu erkennen, was ich inzwischen ganz deutlich sehen konnte.

Da war etwas. Selbst wenn Aya es nicht sehen konnte, ich war mir sicher. Ich legte meinen Rucksack ab, zog mich bis zur Unterwäsche aus, kletterte zum Ufer und ließ mich ins Wasser gleiten. Schnell tauchte ich unter und schwamm mit gleichmäßigen Zügen zu der dunkleren Stelle. Das Wasser war weich und kühl, aber nicht eisig. Ich vernahm Ayas Stimme, die mir bis zum Ufer gefolgt war, nur als dumpfe Laute. Ihrer Tonlage war ihr Missfallen über meine Aktion deutlich anzuhören. Ich nahm tief Luft und tauchte.

Das Wasser des Sees war klar und am Grund tummelten sich unzählige kleine und größere Fische. Aufgeschreckt durch meine Schwimmbewegungen verschwanden sie hastig in den Wasserpflanzen und Gräsern, die in den unterschiedlichsten Farben und Formen am Boden wuchsen und immer mal wieder kleine Luftbläschen nach oben entließen.

Ich konnte bereits die Öffnung erkennen, die nur ein paar Meter vom Ufer entfernt war. Mit drei weiteren Zügen war ich am Eingang des Schlundes, der senkrecht hinabführte. Die Sicht hinab wurde durch das dunkle Gestein und die Schwebstoffe stark beeinträchtigt und ließen für mich keine Rückschlüsse zu, wohin diese Unterwasserhöhle führen mochte. Das Wasser am Eingang zu der Öffnung war kälter als die Umgebung und sofort breitete sich Gänsehaut am ganzen Körper aus. Ich stieß mich vom Boden ab und schwamm zurück an die Oberfläche.

Als ich das Ufer wieder erreichte, erwartete mich bereits eine aufgebrachte Aya.

»Verdammt, bist du wahnsinnig, einfach so reinzuspringen? Dank dir bekomme ich vorzeitige Falten und graue Haare.« Aya versuchte, ihre Worte aufgebracht zu flüstern, was ihr komplett misslang. Sie hatte ihre Augenbrauen nach unten zusammengezogen und ihre Augen waren nur noch als kleine Schlitze zu erkennen.

»Wenn du so schaust, definitiv!«, japste ich, nachdem ich mühsam am Ufer wieder die Steine erklommen hatte.

In Ermangelung eines Handtuchs griff ich mir meinen Hoodie und rieb mich trocken.

»Da unten ist etwas, Aya. Eine Art Höhle.« Ich quetschte meine Klamotten zu meinen anderen Habseligkeiten in den Rucksack und nahm den Drybag aus der Seitentasche, den uns Belgia dankenswerterweise ebenfalls überlassen hatte. »Ich bin mir sicher, dass uns dieser Weg zum Seelentor bringen wird! Belgia hat uns von dem Zugang im See erzählt, die Richtung, in die der Schlund zeigt, stimmt ebenfalls. Lass es uns riskieren.«

Es musste einfach der richtige Weg sein!

Ayas Blick blieb misstrauisch, während sie abwechselnd zu mir und zum Wasser schaute. Bevor sie etwas sagen konnte, knackte es hinter uns.

30.
AYA

Vier Soldaten tauchten zwischen den Bäumen auf, bewaffnet mit Karbatschen und Schwertern. Firas Männer hatten uns gefunden und sie kamen schnell näher. Ich reagierte instinktiv.

»Bleibt stehen!«, rief einer von ihnen, doch seine Worte waren bedeutungslos. Ich lief ihnen bereits entgegen. Das Messer in meiner Hand hatte ich bereits geschleudert, bevor sein Befehl verklungen war. Er drehte sich ein einziges Mal in der Luft, bevor die Klinge in der Brust des Soldaten verschwand. Dieser Befehl würde der letzte seines Lebens gewesen sein. Ein sauberer Treffer. Nur noch drei.

Der nächste Gegner war bereits auf mich zugekommen, seine Peitsche ließ er gekonnt in meine Richtung schnellen. Nur knapp entkam ich der summenden Schnur. Ich spürte den Luftzug seiner Waffe, als sie knapp an meinem Kopf vorbeizischte. Ich ließ die Peitsche in meiner Hand knallen, jeder Muskel in meinem Körper war angespannt.

Doch sie waren zu viele.

Grob wurde ich an meiner Schulter herumgerissen. Ich drehte mich, wollte meine Arme heben, doch zu spät. Der Knauf der Peitsche traf meinen Magen. Ich war unfähig zu atmen, so groß waren die Schmerzen. Der Boden kam mir entgegen, und ich landete hart, unfähig, mich sofort zu bewegen. Alles drehte sich, während der Schmerz in Wellen durch meinen Körper jagte.

Ein Schatten bewegte sich über mir. Ich zwang meine Augen auf und sah die Klinge eines Dolches, die sich meiner Kehle näherte. Ich versuchte, in meinem eingeschränkten Blickfeld meine Waffe wiederzufinden, doch vergebens. Um mich herum gab es nur den kahlen Boden. Musste ich etwa hier sterben? Umgebracht von einem Handlanger Firas? Das durfte nicht mein Ende sein.

Eine Bewegung am Rande meines Sichtfeldes ließ mich aufblicken. Lila. Sie hielt etwas in ihrer Hand, einen Stein. Wenngleich sie nicht kampferfahren war, hatte sie mich bereits in der Wüste überrascht. Vielleicht gab es noch Hoffnung.

Sie zielte, der Stein flog und er traf. Der Aufprall war laut, und ein weiterer Soldat sackte zusammen.

Der Druck an meiner Kehle ließ einen Augenblick nach, der Mann war für den Moment abgelenkt, sein Fehler, meine Chance. Meine Finger krallten sich in den Boden und ich schleuderte ihm die Erde direkt ins Gesicht. Er fluchte, wich zurück und rieb sich die Augen.

Sofort zwang ich mich hoch, ignorierte meine Schmerzen und rammte mein Knie in seine Weichteile. Er stöhnte auf und ging zu Boden. Ich entwand ihm sein Messer und zögerte an seiner Kehle keine Sekunde.

Schnell richtete ich mich erneut auf und blickte zu Lila und stockte. Sie war gestürzt und lag unbeholfen auf dem Rücken. Sie war unbewaffnet.

Breitbeinig über ihr stand der vierte Soldat. Er genoss die Hilflosigkeit und ließ sich Zeit in seinen Bewegungen. Er befestigte seine Karbatsche an der Gürtellasche und zog anschließend sein Schwert. Die Morgensonne reflektierte schimmernd das Metall und stach in meine Augen, als er die Klinge anhob. Um zuzuschlagen.

Ich rannte los und umklammerte dabei fest den Griff des Messers in meiner Hand. Dann schrie ich laut, so laut ich konnte, und schleuderte das Messer.

Der Mann drehte sich genau in dem Moment zu mir um, als das Messer ihn erreichte. Sein Blick wurde umgehend leer. Ich war wirklich verdammt gut.

Ein Knacken ließ mich herumfahren. Der letzte Überlebende hatte sich aus dem Staub gemacht.

»So ein Mist«, murmelte ich, während Lila sich langsam aufrappelte.

»Danke«, flüsterte Lila, ihre Stimme rau.

Ich sah sie schief lächelnd an. »Jederzeit.«

Dann wurde sie ernst. »Er wird Bescheid sagen. Firas weiß dann, dass wir hier sind.«

»Ja, wir sollten uns beeilen.« Lila blickte zum See. Sie war wirklich davon überzeugt, dass sich dort einer der Geheimzugänge befand.

Ich folgte ihrem Blick, mir wurde mulmig zumute. Ich hasste schwimmen und tauchen konnte ich noch schlechter.

»Es hilft alles nichts. Lass es uns hinter uns bringen.«

Lila hielt mir wortlos den Drybag meiner Oma hin und ich begann, mich auszuziehen.

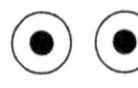

31.
LILA

Aya stopfte ihre Klamotten ebenfalls in die Tasche, die ich ihr hinhielt. Mein Rucksack folgte und ich verschloss den Drybag.

Sie hielt am Ufer ihren Fuß vorsichtig ins Wasser und erschauerte kurz.

Ich musste lächeln. »Na, zu kalt?«

Den Mund zu einem kleinen Strich verzogen, sah mich Aya missmutig an.

»Nein«, sie zögerte kurz, »aber ich kann nicht besonders gut schwimmen. Es gab nie die Notwendigkeit, dass ich es hätte lernen müssen. Meine Talente liegen einfach woanders.« Fast schon trotzig reckte sie mir jetzt ihr Kinn entgegen.

»Aber warum hast du nichts gesagt? Es war doch ziemlich wahrscheinlich, dass wir einen Eingang im Wasser suchen würden.«

»Und das hätte genau was geändert? Hättest du mir dann einen Schwimmring mitgebracht? Ich sage es dir halt jetzt. Lass starten, ich glaube, bei dir ist gerade die Zeit der limitierende Faktor.« Mit diesen Worten ließ sie sich langsam ins Wasser gleiten und vollführte ein paar unsichere Schwimmbewegungen, die eher an einen Hund erinnerten.

Aber sie hielt sich immerhin über Wasser. Ich schulterte die wasserfeste Tasche und folgte ihr.

Gemeinsam schwammen wir bis zu der Stelle, an der ich den Eingang zum Geheimgang vermutete. Mein Körper war angespannt vor Erwartung und ich merkte, dass mein Puls anstieg und meine Atmung schneller wurde.

Ich musste mich beruhigen, damit ich für den Tauchgang tief genug Luft nehmen konnte.

»Kannst du denn tauchen?« Ich zwang mich, langsam ein- und auszuatmen, und sah in Ayas angestrengtes Gesicht.

»Keine Sorge, untergehen ist mein Spezialgebiet.«

Ich schenkte ihr ein schiefes Lächeln.

»Okay. Versuche bitte, ganz entspannt ein paar Mal tief ein- und auszuatmen, wobei dein Ausatmen etwa doppelt so lange dauern sollte wie dein Einatmen, verstanden?«

Aya hob ihr Kinn zur Bestätigung und bemühte sich. Ich schwamm zu ihr und stütze sie, damit ihre Bewegungen langsamer und kontrollierter werden konnten.

Wir sahen uns unverwandt an, während ich mit ihr die Atemübungen durchging. Es half, ich merkte, wie sie sich nach wenigen Sekunden etwas entspannen konnte.

»Okay, jetzt tauche mal unter, um ein Gefühl dafür zu bekommen.« Aya war nicht gerade ein Naturtalent, aber es gab sicher schlechtere Anfängerinnen. Sie tauchte einmal kurz und zweimal erstaunlich lange unter, bevor sie wieder an der Wasseroberfläche auftauchte, sich an den Drybag klammerte und nach Luft japste. Ich ließ sie nach dem dritten Versuch lange zu Atem kommen. Ihre Armbewegungen schienen mir bereits etwas entspannter und ihre Atmung war langsam und tief.

Ich nickte. »Auf drei geht's los, einverstanden? Versuche, deine Bewegungen ruhig zu halten und dicht hinter mir zu bleiben. Der Boden ist geschätzt nur zwei oder drei Meter unter uns, dann beginnt die Höhle. Da wird die Sicht definitiv schlechter. Aber wir werden das schaffen!« Wir mussten es einfach!

Langsam zählte ich hoch und bei drei nahm ich noch mal tief Luft und tauchte ab. Ich spürte die Tasche am Rücken, ignorierte aber den Widerstand und schwamm mit großen Zügen zum Schlund, Aya im Schlepptau.

Ich stieg weiter ab und schaute mich um. Hier gab es kaum noch Bepflanzung, nur nackte, spröde Felsen. Durch die Dunkelheit unter mir konnte ich nur schwer sagen, wie tief dieser Abgrund war, aber er schien ewig weit zu führen.

Das konnte unmöglich der richtige Weg sein. Ich war mir so sicher gewesen. Eine leise Unsicherheit schlich sich langsam in meine Gedanken und schon wieder bemerkte ich, dass mein Herzschlag schneller wurde.

Aya schloss zu mir auf, sie schien meine Unruhe nicht zu bemerken und sah nur fragend zu mir.

Ich hatte noch hinreichend Luft und würde jetzt nicht aufgeben, also tauchte ich noch etwas tiefer und tastete mich nun kreisförmig an der Wand entlang, um eine mögliche Abzweigung nicht zu verpassen.

185

Das Gestein war kalt und rau und ich kam nur sehr langsam voran. Ich erfühlte eine Vertiefung, die in den Stein hineinreichte. Endlich! Ohne zu zögern, zog ich mich am Stein hinab und tauchte in den Gang, der sich jetzt waagerecht fortsetzte.

Ich drehte mich kurz um und konnte Ayas Schatten hinter mir ausmachen. Mit langsamen Bewegungen zog ich mich weiter voran, teils am Stein entlangtastend und teils schwimmend. Ich spürte meine Lunge und begann, die Luft ohne Eile in kleinen Bläschen auszuatmen.

Aya würde sicher vor mir Luft benötigen. Wir mussten zum Ende kommen, aber vor mir war nichts zu erkennen.

Konnten wir noch umkehren? Was, wenn dieser Weg gar nicht zum Ziel führte, sondern einfach ein totes Ende hätte? Panik stieg in mir auf. Ich hätte Aya auf dem Gewissen. Nuretaja, Ade und Juri.

Schwere legte sich über mich und die letzte Luft entwich meiner Lunge. Fünf Züge könnte ich noch machen, vielleicht drei mehr mit etwas Glück. Ich durfte nicht aufgeben. Hier musste es einfach einen Zugang zum Seelentor geben. Ich drehte meinen Kopf kurz nach hinten in Ayas Richtung. Sie war direkt hinter mir und noch in Bewegung, das war gut. Ich nahm meine letzten Reserven zusammen und schwamm so schnell, wie es die Umgebung zuließ.

Ich schaffte sogar zwölf Züge. Meine Lunge brannte und lechzte nach Luft. Ob Aya noch hinter mir war, wusste ich nicht, und ich hatte keine Kraft mehr, mich umzudrehen. Ich kämpfte nur noch gegen den Drang an, Luft zu holen.

Dann zog mich die Tasche ein wenig höher. Nur langsam erschloss sich mir die Bedeutung dieses Auftriebs. Ich wurde vom Drybag nach oben befördert, das bedeutete, es ging hinauf. Sie drehte sich halb über meinen Rücken und weiter oberhalb meines Kopfes und zog weiter nach oben.

Hätte ich noch die Kraft gehabt zu schwimmen, wäre mir das vollkommen entgangen. Neuen Mutes aber unfähig, aktiv zu schwimmen, folgte ich dem Gepäck und hob mit allerletzter Kraft meinen Arm.

Luft, meine Hand war aus dem Wasser aufgetaucht und an der Luft. Mein Körper folgte und ich nahm nur einen Augenblick später viele hektische Atemzüge. Ich konnte atmen! Ich hielt mich kurz am Rand fest, um ein wenig Kraft zu schöpfen.

Aya, ich musste sie schnellstmöglich hierhin bringen. Es war illusorisch zu glauben, dass sie mir hatte folgen können und ebenfalls gleich auftauchen würde.

Ich zog ungelenk die Tasche aus und warf sie in die Dunkelheit. Dann nahm ich noch ein paar tiefe Atemzüge und tauchte erneut in den Gang. Wirklich viel sehen konnte ich nicht, aber durch die letzte Helligkeit des Eingangs war ich in der Lage, schwache Konturen in Schwarz und Dunkelblau auszumachen. Aber ich konnte Aya nicht sehen.

Ich bewegte mich Stück für Stück die Unterwasserhöhle entlang und tastete systematisch in alle Richtungen. War sie eventuell umgekehrt, als sie merkte, dass ihr die Luft ausging? Oder war sie bereits tot? Schneller tastete ich das dunkle, raue Gestein ab, und endlich ergriffen meine Hände ein Büschel Haare.

Aya war direkt über mir. So schnell ich konnte, fasste ich sie unter beiden Achseln und schwamm mit ihr in Rückenlage zurück zur Öffnung. Am Rand angekommen, hievte ich mich mühsam aus dem Wasser und hielt dabei Ayas Kopf ebenfalls an der Oberfläche. Sie war blass und nicht bei Bewusstsein.

Nur Stück für Stück gelang es mir, sie aus dem Wasser zu ziehen. Bei jedem Manöver stöhnte ich auf vor Anstrengung, Frustration und Trauer. Ich durfte nicht noch ihren Tod verschuldet haben. Sie hatte mich beschützt, mich begleitet und mir jetzt rückhaltlos vertraut. Und ich hatte gewusst, dass sie keine gute Schwimmerin ist. Sie hätte an Land bleiben sollen.

Ein lauter Schluchzer entrann meiner Kehle.

Ruhig bleiben, du musst erst einmal das Wasser aus ihrer Lunge herausbekommen.

Ich hörte keine Stimme in meinem Kopf. Vielmehr war es wie ein fremder Gedanke, der in meinem Kopf manifestiert wurde und dort aufploppte.

Aber egal wie, es stimmte und sofort wurde ich ruhiger. Ich wusste, was zu tun war. Nachdem ich keine Atmung feststellen konnte, begann ich mit einer Herzdruckmassage. Ich hatte bereits mehrere

Erste-Hilfe-Kurse hinter mich gebracht und mir war das Prozedere geläufig.

Ich drückte rhythmisch und tief im Takt des Liedes »Staying alive«. Nach dreißigmal drücken verschloss ich die Nase mit meinen Fingern und blies zweimal Luft in Ayas Mund, so lange, bis ich sehen konnte, dass sich ihr Brustkorb ein wenig hob. Ich horchte erneut auf ihre Atmung. Nichts, sie atmete einfach nicht. Ich begann von vorn.

Mittendrin in der vierten Wiederholung des Songs krampfte sich Aya zusammen und erbrach das Wasser. Ich hielt sie in einer seitlichen Lage, damit sie sich nicht wieder verschlucken konnte, und heulte vor Erleichterung. Sie hatte überlebt. Ich hatte sie nicht auf dem Gewissen. Beruhigend strich ich langsam über ihren Rücken, bis die Krämpfe abebbten und sie sich erschöpft auf dem Stein ablegte. Sie musste dringend etwas Warmes anziehen.

Erst, als ich aufstand, bemerkte ich, dass ich zitterte und meine Knie vor Anstrengung weich wie Gummi waren. Meine Bewegungen waren wackelig und langsam. Ich zog eine Taschenlampe aus meinem Rucksack und legte sie angeschaltet auf dem Boden ab. Dann zog ich mir meine Klamotten an und half im Anschluss Aya in ihre.

Sie atmete flach und angestrengt und hatte ihre Augen weiterhin geschlossen. Ich bettete ihren Kopf auf der Tasche und strich ihr ein paar nasse Strähnen aus der Stirn.

»Du hast mein Leben gerettet«, krächzte sie heiser. »Dafür bin ich dir auf ewig zu Dank verpflichtet.« Ihr Krächzen ging in ein schweres Husten über.

»Du solltest nicht so viel reden, sondern ruhig liegen bleiben. Außerdem«, meine ohnehin schon leise Stimme wurde noch leiser, »habe ich dich erst in Gefahr gebracht. Ohne mich würdest du noch immer bei Juri zu Hause sitzen und trainieren. Und Juri würde noch leben. Und Ade ebenfalls.« Ich neigte meinen Kopf. Wie sollte ich mir das je verzeihen können?

Aya ignorierte meinen Ratschlag. Sie stützte sich mithilfe ihrer Hände in eine sitzende Position und fokussierte mich mit ihrem eindringlichen Blick.

»Verdammt, Lila, wenn du nicht gekommen wärst, würden wir immer noch am Anfang stehen. Und wir hätten immer noch einen

Spion in unseren Reihen!«, keuchte sie leise neben mir. Obwohl sie noch sehr kurzatmig war, klang sie fast wie das Original.

Ich lächelte erleichtert.

»Ich schaue mich hier mal ein wenig um. Wenn wir Glück haben, gibt es eine Tür oder was Ähnliches«, teilte ich ihr mit, während ich mich aufrichtete und nach der Lampe griff.

Die Höhle war nicht besonders hoch. Wenn ich meine Arme nach oben ausstreckte, konnte ich auf Zehenspitzen die Decke berühren. Sie war rundlich geformt und erstreckte sich in der einen Richtung bis über den Strahl der Taschenlampe hinaus, während die andere Seite ziemlich genau neben der Öffnung zum Wasser hin endete. Sie roch, wie sie aussah. Es roch feucht, nach etwas abgestandenem Seewasser und etwas muffig nach Ton. Eine frische Brise konnte ich leider nicht wahrnehmen. Ich musste methodisch vorgehen, damit ich keine möglichen Geheimtüren übersah. Wenn ich meiner Orientierung noch vertrauen konnte, war die Höhle nach Norden ausgerichtet und damit sollte das Seelentor zur hinteren Wand hin irgendwo liegen. Zumindest hoffte ich, dass ich meiner Orientierung noch trauen konnte.

Ich leuchtete mir den Boden aus und näherte mich dem hinteren Teil der Grotte. Kleine Steine und Unebenheiten vom Gestein erschwerten meine Schritte.

Es war kalt und es tropfte von der Decke, aber mir fiel auf, dass die Luft nicht abgestanden roch. Aber sollte es das denn? Hier gab es augenscheinlich nichts, was die Luftqualität hätte beeinflussen können, außer das Gestein und das Wasser. Ach Mist, ich war doch nicht Indiana Jones, woher sollte ich wissen, was wann wie riechen sollte. Außerdem roch in Nuretaja ohnehin alles immer etwas extremer.

Meine Kopfschmerzen, die mich nun permanent begleiteten, wurden wieder stärker. Ich rieb mir fest meine Schläfen und schloss kurz die Augen. Ich kramte die Wunderdroge aus meiner Tasche und lutschte kurz daran.

Natürlich! Schnell lief ich wieder zu meinem Rucksack und durchwühlte die Seitentasche, bis ich die kleine Packung mit den Streichhölzern gefunden hatte.

Ein breites Grinsen erhellte mein Gesicht und Zuversicht stieg in mir hoch und ließ meinen gesamten Körper kribbeln. Wenn es einen Ausweg gab, würde ich ihn finden, da war ich mir sicher.

Das Stöckchen wickelte ich wieder ein und verstaute es sorgfältig.

Ich begann systematisch, die hintere Wand in fünf verschiedene Abschnitte aufzuteilen und durch Steine, die ich gesammelt hatte, zu markieren. Dabei achtete ich bereits darauf, ob ich einen Luftzug verspüren konnte.

Kein Windhauch war auszumachen, wäre auch zu einfach gewesen.

Ich positionierte die Lampe auf einem Stein, sodass die gesamte Felswand ausgeleuchtet wurde. Optisch konnte ich ebenfalls keine Ritze erkennen, die auf eine Tür hingewiesen hätte. Das war allerdings nicht verwunderlich, da das Gestein sehr porös, nass und uneben war.

Ich entzündete ein Streichholz und fuhr damit im ersten Abschnitt die Wand vom Boden ausgehend ganz langsam hoch, damit die Flamme auf einen auftretenden Luftzug von draußen reagieren konnte. Ich streckte meinen Arm so weit nach oben, dass ich die Decke kontrollieren konnte. Das Streichholz brannte ab, ich entzündete direkt das nächste und wiederholte das Prozedere.

Ein Streichholz nach dem anderen brannte ab, ohne Erfolg. Mein Enthusiasmus schwand, aber aufgeben kam nicht infrage.

Aya war zwischenzeitlich aufgestanden und hatte sich neben den Schein der Taschenlampe stöhnend niedergelassen.

»Vielleicht sind wir hier falsch und es ist einfach, wonach es aussieht? Eine Grotte im See?« Sie sah mich niedergeschlagen, mit traurig nach unten gezogenen Mundwinkeln und in sich zusammengesunken an.

Ich ging schnell auf sie zu und umarmte sie fest. Stocksteif unter meiner Berührung erwiderte sie meine Umarmung nach einem kleinen Augenblick. Als wir uns voneinander lösten, sah ich ihr fest in die Augen.

»Ich glaube fest daran, dass wir hier richtig sind! Und sollte ich mich irren, werden wir zurücktauchen müssen. Und selbst das werden wir schaffen, vertrau mir, Aya!« Die Eindringlichkeit meiner Worte war verblüffend. Aber ich war überzeugt, dass wir nicht mehr würden tauchen müssen.

Ich begann aufs Neue an einem anderen Abschnitt und die Streichholzpackung neigte sich bereits dem Ende zu. Im drittletzten Abschnitt zeigte uns ein Streichholz endlich eine kleine Brise an.

»Aya, hier ist was«, rief ich aufgeregt. »Komm schnell und bringe die Lampe mit, wir müssen das hier genauer untersuchen.«

Wir waren erfolgreich! Ein triumphales Glücksgefühl kroch meine Wirbelsäule hoch und brachte mein Gesicht zum Strahlen.

»Du hast es geschafft, Lila! Verdammt, das hätte ich nicht gedacht.« Ihre Stimme klang, als hätte sie eine Nacht lang gesoffen, aber die Freude und die Erleichterung waren deutlich herauszuhören.

Sie leuchtete die Position aus, an der ich mich befand, während ich noch ein Streichholz entzündete. Und wieder reagierte es. Ich startete am Boden und als die Flamme anfing zu flackern, markierte ich die Stelle mit einem großen Stein, bevor ich weiter nach oben wanderte.

Es handelte sich um eine Tür, die in etwa einen halben Meter hoch wie breit war und deren Kontur nicht gerade verlief, sondern der Marmorierung im Stein folgte. Dadurch war sie unsichtbar und nur zu erkennen, wenn man genau wusste, wonach man suchen musste.

Wir hatten den Zugang zum Seelentor gefunden oder zumindest ging ich davon aus, dass uns diese Tür in die richtige Richtung leiten würde. Wir mussten sie nur noch geöffnet bekommen.

Ich drückte den Steinquader zunächst vorsichtig und dann so fest ich konnte, doch er rührte sich nicht. Vielleicht musste man ihn aufstemmen? Doch wir hatten kein Werkzeug eingepackt und hier gab es nichts, was sich als Stemmeisen hätte verwenden lassen.

»Die muss doch zu öffnen sein!« Ich war immer noch glücklich über unseren Fund, doch dass wir schon wieder nicht weiterkamen, frustrierte mich immens. Ich schnaubte und schlug mit der flachen Hand niedergeschlagen gegen den Felsen. Wir waren so kurz vor dem Ziel.

»Es muss hier einen Mechanismus geben!« Aya begutachtete den Felsen rund um den Eingang. »Vielleicht befindet sich der Auslöser gar nicht direkt an der Tür?«

Sie leuchtete rings herum in der Höhle.

»Moment«, schrie ich aufgeregt, »zurück zur Mitte!«

Sie reagierte sofort und leuchtete die Mitte der Grotte aus. Meine Augen hatten sich nicht getäuscht. Ich sog scharf die Luft ein und

Aya stieß ein Keuchen aus. Sie leuchtete direkt auf den Stein, den ich zuvor genutzt hatte, um den Strahl der Taschenlampe zur Wand hin auszurichten.

Er war ebenso porös wie die restliche Höhle, schmal und ging mir in etwa bis zur Hüfte. Er erinnerte entfernt an eine natürliche Stehle, nur dass nichts darauf platziert war. Allerdings konnten wir an der Seite des Steins, die in unsere Richtung wies, deutlich drei dunkle Vertiefungen erkennen, die ein kleines Dreieck bildeten.

Das Symbol der Seelenträger. Das musste etwas bedeuten. Hastig gingen wir zu dem Stein und begutachteten die drei Löcher genauer. Sie waren tief und ließen kaum einen Blick hinein zu, so klein waren sie.

Ich fuhr mit meinen Fingern an den Vertiefungen entlang, es gab eigentlich nur eine Möglichkeit.

»Das muss funktionieren«, beschwor ich Aya und steckte meinen Daumen, den Zeigefinger und meinen Mittelfinger in die Löcher des Dreiecks.

Sie hatten eine perfekte anatomische Anordnung, dass meine Finger fast vollständig im Stein verschwanden. Die Öffnungen waren ein wenig größer, damit größere Hände ebenfalls hineinpassten.

Es passierte nichts. Ich versuchte, meine Finger anders zu positionieren, vielleicht mussten sie innen etwas auslösen, doch so sehr ich sie hin- und herschob, der Stein am Felsen öffnete sich nicht.

»Jetzt halte doch still, Lila.« Aya hatte mein ständiges Gezappel bemerkt. »Gib dem Stein doch wenigstens die Gelegenheit zu reagieren!«

Ich hielt inne. Sie hatte recht, ich war viel zu hektisch. Ich atmete tief durch und hielt meine Hand so still wie möglich. Angespannt sah ich zu Aya, die mich musterte.

Ich schrie auf, als ein scharfer Schmerz meinen Zeigefinger durchfuhr. Hastig wollte ich meine Hand zurückziehen, aber das vergrößerte den Schmerz so enorm, dass ich mich nicht mehr rührte.

Etwas steckte in meinem Finger. Ich riss meine Augen auf und sah panisch zu der Stehle. »Meine Hand, etwas durchbohrt meinen Finger!«

Auch Aya sah nun geschockt zu dem Stein und umfasste mein Handgelenk.

»Nein, nicht ziehen!«, schrie ich sie panisch an, als ich ahnte, was sie vorhatte.

Sie hielt in ihrer Bewegung inne.

»Und was soll ich tun? Lila, verdammt, was soll ich tun?« Ihre Stimme wurde schriller.

Adrenalin durchflutete mich, dann wurde es für mich rundherum schwarz.

Bleib ruhig, es ist gleich vorbei! Da war wieder diese Stimme.

Sofort ebbte meine Panik ab, ich wurde wieder ruhiger.

Der Augenblick der Panik war wieder vergangen und nur einen Bruchteil später vernahmen wir ein leises Klicken, das den akuten Schmerz sofort beendete. Meine Hand war frei.

Kaum hatte ich sie herausgezogen, folgte nun ein lautes, schweres Schaben, dass vom Geheimgang kam. Die Felsentür senkte sich langsam ein wenig nach unten und ließ einen Spalt frei, der nach und nach größer wurde. Wir hatten den Mechanismus in Gang gesetzt. Der Weg zum Seelentor war gefunden.

Mein Körper vibrierte vor Aufregung und mein Mittelfinger pochte schmerzhaft. An meiner Fingerkuppe war eine tiefe, blutende Wunde. Missmutig steckte ich ihn mir in den Mund und saugte fest daran.

Hatte mein Blut die Geheimtür geöffnet? So musste es sein. Ich war mir sicher, dass es die bessere Entscheidung gewesen war, dass ich meine und nicht Aya ihre Finger zur Verfügung gestellt hatte.

Der Eisengeschmack des Blutes breitete sich widerlich in meinem Mund aus und ich musste ein Würgen unterdrücken. Ich saugte fester, während ich meinen Rucksack holte und den Drybag wieder im Seitenfach verstaute.

Aya hatte sich währenddessen bereits zum Eingang begeben und schaute in das Loch, das durch den versunkenen Stein freigelegt wurde.

»Wenn wir hier wieder tauchen müssen, bin ich raus. Mich bekommst du da verdammt noch mal nicht mehr rein!«

Erleichtert blickte ich zu Aya. Wenn sie schon wieder so wettern konnte, schien es ihr besser zu gehen. Ich schulterte meinen Rucksack, bückte mich neben Aya vor den Eingang und nahm einen tiefen Atemzug.

»Es riecht weder feucht noch modrig. Wo immer dieser Tunnel hinführt, es scheint trocken zu sein.«

Kaum merklich ließ Aya ihre Schultern sinken und entspannte sich. Ich konnte es ihr nicht verdenken.

»Wie geht's dir denn? Können wir schon weiter oder benötigst du noch eine kleine Pause?« Statt einer Antwort sah Aya mich nur abfällig an.

»Ich habe schon Schlimmeres überlebt, glaub mir!«

Ich war mir da zwar nicht so sicher, beließ es aber dabei. Stattdessen strahlte ich sie an und zwängte mich in den Gang.

Wir kamen gut voran. Da der Gang breit wie hoch war, erlaubte er kein aufrechtes Gehen, ermöglichte aber ein bequemes Krabbeln auf allen vieren. Der Boden bestand aus festgestampftem Lehm. Die Seitenwände und die Decke waren blank gehauener Stein, die nicht weiter behandelt wurden. Es roch nach kühlem Felsen, ein wenig nach Kalk und Eisen, aber weiterhin konnte ich nichts Modriges oder Feuchtes wahrnehmen. Der Gang war gerade und führte sachte bergauf. Nichts deutete darauf hin, dass hier in letzter Zeit eine andere Person langgegangen war. Aber er war intakt.

Bis auf unsere schweren Atemgeräusche war es absolut still. Ich hatte mir die Taschenlampe zwischen die Zähne geschoben, um besser voranzukommen. Dadurch musste ich immer wieder nach oben sehen, um den Weg zu inspizieren. Aya folgte mir schweigend.

Wir hatten bereits etwa fünfzig Meter zurückgelegt, als wir ein erneutes Schaben des Felsens hörten, begleitet von einem sanften Zittern des Bodens.

»Der Eingang verschließt sich.« Ayas Stimme klang gepresst und dumpf zu mir nach vorn. Mich machte diese Tatsache gleichermaßen unruhig.

»Wir sind bestimmt gleich da!« Ich versuchte, zuversichtlich zu klingen.

Nach bereits kurzer Zeit hörte der Gang auf und verbreitete sich so weit, dass wir beide ganz bequem nebeneinander aufrecht stehen konnten. Ich hatte die Taschenlampe aus meinem Mund genommen und leuchtete den Raum systematisch ab, um den Ausgang zu finden. Nach oben war die Kammer weit geöffnet, ähnlich einem Brunnenschacht.

Und wieder war es Aya, die die drei Vertiefungen fand, in die ich meine Finger stecken konnte.

»Nicht schon wieder«, seufzte ich leise und besah mir erneut meinen Finger, der noch immer leicht pochte. Die Einstichstelle war aber kaum zu sehen.

Überrascht zog ich meine Brauen zusammen. Schließlich ergab ich mich meinem Schicksal und legte meine Finger in die dafür vorgesehenen Öffnungen. Fast sofort spürte ich ein Brennen, dieses Mal war es mein Zeigefinger. Nett, es wurde abgewechselt.

Da ich gewusst hatte, was mich erwarten würde, fiel es mir nicht schwer, stillzubleiben. Das verkürzte die Prozedur um ein Vielfaches.

Die Nadel zog sich schnell zurück und meine Hand war wieder frei. Auch war der Stich nicht so tief und die Wunde blutete so gut wie gar nicht nach.

Ich sog kurz daran und sah mich um, wieso öffnete sich nichts?

»Hast du etwas gehört?«, fragte ich Aya, die als Antwort nur kurz den Kopf schüttelte.

Ich drehte mich mit dem Schein der Lampe langsam im Kreis, nichts, was sich verändert hatte. Ich leuchtete zurück in den Gang, aus dem wir kamen, aber hier war nichts passiert.

»So langsam glaube ich, es wäre leichter gewesen, hätten wir uns einfach auf dem offiziellen Weg zum Seelentor begeben. Im Notfall hätten wir uns den Weg freigekämpft oder so. Aber das hier? Verdammt, das ist doch beschissen!« Ich konnte Ayas Frust nachvollziehen, ihr aber nicht zustimmen.

»Einen Kampf hätten wir nicht überlebt, nicht zwei gegen … wie viele wären es da wohl?« Ich setzte ein schiefes Lächeln auf.

Ein leichter Windhauch ließ uns gleichzeitig nach oben blicken. Es kam etwas zu uns herunter und das in einem recht schnellen Tempo. Es war schwer zu erkennen und schien nicht allzu groß zu sein.

»Eine Strickleiter. Aya, wir kommen hier raus!« Ich hüpfte einmal vor Freude und klatschte in die Hände.

Die Leiter hatte den Boden neben uns erreicht und Aya fing gekonnt an, sie zu erklimmen. Ich folgte ihr weitaus weniger elegant. Kaum hing mein Gewicht vollständig an der Leiter, begann sie, sich nach oben zu ziehen. Glücklicherweise mussten wir nicht klettern.

Wir entfernten uns immer mehr vom Erdboden und langsam wurde mir flau im Magen. Jetzt bloß nicht loslassen. Wir konnten bald schon Licht am Ende des Schachts sehen und um uns herum wurde es heller. Die Leiter verlangsamte sich und kam dann ganz zum Stehen. Aya und ich mussten die letzten Meter allein nehmen.

Wir stiegen aus dem Schacht aus, der von außen betrachtet tatsächlich wie ein überdachter Brunnen aussah. Das helle Gestein setzte sich im Innenhof fort. Der Boden bestand aus großflächigen Steinfliesen, während die Wände aus grob behauenen Steinquadern aufgebaut waren, die die Sonne, die bereits hoch oben stand, reflektierten und den Innenhof auf diese Weise hell erleuchteten.

Das Licht stach mir unangenehm in den Augen, da ich mehrere Stunden fast in kompletter Dunkelheit verbracht hatte. Ich klopfte mir Staub und Dreck von meiner Kleidung ab und blickte mich um.

Wir waren in einem nach oben offenem Hof, der zu allen vier Seiten von hohen unverputzten Steinwänden umschlossen war. Lediglich an einer Seite gab es eine grobe Treppe, die eine Etage nach oben zu einer Brüstung führte, die den gesamten Hof umrundete. Neben dem Ende der Leiter befand sich zusätzlich eine große, doppelflügelige Tür. Diese war verschlossen. Die Brüstung wurde von mehreren Holzsäulen getragen, die in regelmäßigen Abständen aufgereiht waren.

»Wer seid ihr und was wollt ihr hier?« Eine sehr tiefe, sonore Stimme hallte uns entgegen und ein hochgewachsener Mann kam uns langsam aus dem Schatten einer Säule entgegen.

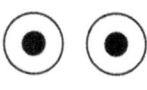

32.
LILA

Rugals Bewegungen waren selbstsicher, während uns sein Blick neugierig musterte.

Er umfasste mit seiner großen Hand in einer fast schon lässigen Geste eine Karbatsche, die an seiner rechten Seite in Hüfthöhe befestigt war. Ein leises Summen ging von ihr aus, was bedeutete, dass uns der Mann jederzeit angreifen konnte. Und es zeigte außerdem, dass er wie Aya über einen militärischen Hintergrund verfügte.

Ich schätzte ihn auf etwa fünfzig Jahre. Sein Dreitagebart war bereits an mehreren Stellen mit grauen Stoppeln durchsetzt, während seine rotblonden Haare kurz und wild durcheinander standen. Er war riesengroß mit extrem breiten Schultern und seine gesamte Erscheinung war eindrucksvoll. Um seine Augen zeichneten sich zahlreiche Lachfältchen ab, doch die leicht nach unten geneigten Mundwinkel zeugten ebenfalls von vielen Entbehrungen.

Kaum hatten wir seine Worte vernommen, erstarrten Aya und ich. Wie hatte man uns so schnell finden können?

»Verdammt.« Aya drängte sich schließlich an mir vorbei, bereit, mich jederzeit zu verteidigen.

»Was habt ihr denn gedacht? Nur weil wir die alten Geheimgänge nicht mehr nutzen, bedeutet das noch lange nicht, dass wir sie nicht mehr kennen würden.«

Nun zog sich ein Mundwinkel etwas nach oben. »Oder dass wir nicht erfahren, wenn sie jemand benutzt?« Er hatte sich nun etwa drei Meter von uns entfernt aufgebaut und wartete auf unsere Reaktion.

Dann seufzte er vernehmlich. »Ihr seid hier die Eindringlinge, nicht wahr? Denkt ihr nicht, ich hätte ein Recht darauf zu erfahren, was euer Anliegen ist?«

Ich sah mich vorsichtig um. Der Hof war hier unten komplett zugemauert. Wir hatten die Möglichkeit, umzudrehen, oder wir könnten versuchen, nach oben zur Brüstung zu gelangen.

Alle Fluchtgedanken waren hinfällig, als mir plötzlich ein scharfer Schmerz durch meinen Kopf schoss. Sofort beugte ich mich vornüber und keuchte laut. Es wurde nicht besser. Hilflos ließ ich mich vollständig zu Boden fallen und krümmte mich hin und her. Mein Kopf würde gleich explodieren. Mein Keuchen wurde lauter und endete in einem Schrei.

Dann verlor ich das Bewusstsein.

Ich streckte mich vorsichtig aus und umfasste meinen Kopf. Die Schmerzen waren vergangen, nur ein leichtes dumpfes Dröhnen im Hintergrund blieb.

Ich lag weich und angenehm warm, nicht mehr auf dem harten und kalten Boden im Hof. Langsam schlug ich meine Augen auf, um mich herum war ein sanftes, diffuses Leuchten, das mich komplett einhüllte, aber hinter den Grenzen meines Bettes zu allen Seiten schnell von der Dunkelheit verschlungen wurde. Dahinter war nichts als Finsternis.

Und es war tatsächlich mein eigenes Bett, in dem ich lag.

Mein Puls erhöhte sich und meine Atmung wurde hektischer. Was war hier los? Panik drohte, mich mit sich zu reißen.

In dem Moment, als ich aufspringen wollte, ertönte die schönste und freundlichste Stimme, die meine Ohren jemals vernehmen durften. »Alles ist gut, Lila, dir wird hier nichts passieren.«

Ich entspannte mich.

»Träume ich?« Ich musste Gewissheit haben.

Statt einer Antwort hörte ich nur ein belustigtes leises Lachen.

Die Stimme kam näher und mit ihr die Gestalt eines Mannes, der mir aus einem meiner Träume sehr bekannt vorkam. Es war der Mann, der auf dem Wandteppich verewigt worden war. Er war in Wirklichkeit größer, als es auf dem Teppich gewirkt hatte. Noch größer als Juri und etwas breitschultriger. Seine Augen kamen an das Original ebenfalls nicht heran. Das sanfte Graublau allein war schön, aber nicht das Faszinierendste. Es war der Ausdruck darin. Güte und Sanftheit mischten sich mit einer entschlossenen Unnachgiebigkeit, die mich tief berührte, als mich sein Blick traf. Diese Augen waren wissend und trugen Geheimnisse aus Jahrhunderten in sich. Es war schwer zu beschreiben. Die Weisheit einer Person, die mehr gesehen hatte, als man in einem einzigen Leben erzählen könnte, gepaart mit einer leichten Spur von Verletzlichkeit.

Sein Haar war dunkel, gewellt und kräftig. Damit bildete es einen auffallenden Kontrast zu seiner blassen Haut. Alles an ihm strahlte eine stille Autorität und Güte aus. Man wollte sich ihm gerne anvertrauen.

»Du bist Miro«, hauchte ich. Juri hatte also tatsächlich recht gehabt. Natür-

lich hatte er das!

»Ja, und ich freue mich, dass ich mich bei dir vorstellen kann …«, er zögerte, »auch, wenn dir das fast den Verstand geraubt hätte«, fügte er dann leise hinzu.

»Du bist das gerade gewesen?«, fragte ich schwach.

»Ja, zumindest indirekt. Ich sollte gar nicht bei dir sein, wie du bereits weißt. Tom war mein Seelenträger. Aber du warst nach seinem Tod einfach da.«

»Aber Juri …«

»Juri kam nur einen kleinen Augenblick zu spät und Tom hatte an dich gedacht.«

Dann konnten die Träger also mitbestimmen. Miro kam noch ein Stückchen näher und setzte sich zu mir an den Rand des Bettes.

»Ich habe Tom versprochen, dir noch mitzuteilen, wie sehr er dich liebt, und er möchte, dass du weißt, dass er dir nicht die Schuld für seinen Tod gibt. Ich versichere dir, es geht ihm gut, wo er ist.«

Eine Träne löste sich aus meinen Augenwinkeln. Ich war überwältigt vor Glück und Erleichterung, dass es ihm gut ging.

»Es ist in Ordnung, Lila.« Seine Stimme war dabei so sanft, dass ich kurz meine Augen schloss und dem Klang nachhorchte.

Ich räusperte mich. »Deswegen wolltest du mit mir sprechen?« Ich hob fragend meine Augenbrauen und blickte in seine Augen.

»Ja. Aber das war nicht meine erste Intention. Wir haben nicht viel Zeit.«

»Weil ich bald sterben muss? Obwohl ich mich damit auseinandergesetzt hatte, zitterte meine Stimme, als ich die Frage stellte.

Miro schaute mich kurz verblüfft an, dann lächelte er nachsichtig.

»Jeder muss mal sterben, auch du, tapfere Lila, aber das sollte noch eine ganze Weile dauern.«

Miro griff nach meiner Hand und drückte sie sachte.

»Erinnerst du dich, in der Geria-Wüste bist du, mithilfe von Lekikas Fähigkeiten, über dich hinausgewachsen und konntest deinen Angreifer zur Strecke bringen. Das bedeutet, in der Situation größter Gefahr warst du in der Lage, Kontakt zu ihrer Seele aufzunehmen und dich mit ihr temporär zu verbinden. Das war keine richtige Seelenverschmelzung, aber damit hast du das Schlimmste abgewendet. Für den Moment wurde die Seelenlast etwas von dir genommen und dadurch mehr Zeit gegeben. Das war ein großer und notwendiger Schritt. Jetzt muss eure Verschmelzung bald vollzogen werden.« Miro griff erneut nach meiner Hand und streichelte sie liebevoll.

»Du musst dich ihr vollkommen öffnen. Ich werde nicht mehr lange bei dir bleiben. Meine Reise geht weiter.«

Ich richtete mich im Bett auf und drückte Miros Hand. »

Aber wie und wieso? Kannst du das so einfach? Oder wird mir im Seelentor geholfen? Werde ich sterben, wenn ich mich Lekika nicht öffnen kann?« Ich war verwirrt. Wenn er einfach meinen Körper verlassen konnte, warum hatte er es nicht längst getan? Ich brauchte Erklärungen.

Miro löste seine Hand aus meiner und stand wieder auf.

»Lekika wird dir helfen und die Seelenwanderer werden es ebenfalls. Wenn ich dich verlassen habe, wird es dir besser gehen. Ich bin dir auf ewig dankbar, dass du mich nach Toms Unfall aufgenommen hast.«

Was hatte ich? Würde er sterben, damit ich leben könnte? Dann wäre alles umsonst gewesen!

»Du darfst mich nicht verlassen, Miro. Deinetwegen haben bereits so viele ihr Leben gelassen. Leute, die ich kannte, und Leute, die ich geliebt habe! In dich setzen so viele all ihre Hoffnungen auf eine gute Zukunft!« Meine Stimme wurde lauter und ich fühlte mich immer hilfloser.

»War alles umsonst? Du gehst und lässt mich allein? Du lässt Nuretaja im Stich? Juri ist für dich gestorben!«

Ich schleuderte Miro den letzten Satz entgegen, während mir erneut Tränen über die Wangen liefen. »Für dich und für mich und ich kann ohne dich nichts tun, um eure Welt zu retten. Um Firas zu stürzen!«

Ich schluchzte auf. All die Emotionen, die sich bei mir angestaut hatten, überkamen mich wie ein Tsunami, dem ich hilflos ausgeliefert war.

Miro, der sich schon wieder fast in die Schatten zurückgezogen hatte, zeigte sich erneut, setzte sich abermals zu mir und streichelte meine Wange.

»Nicht doch, Lila. Glaube daran, dass alles gut werden kann. Es ist nicht unser Schicksal, einen Körper zu teilen.«

Er hob meinen Kopf an, dass ich in sein makelloses Gesicht schauen musste. Miro strahlte so viel Wärme aus, dass es mir schwerfiel, meine Wut aufrechtzuerhalten.

»Um sich von Unterdrückung und Gewalt zu befreien, benötigt Nuretaja Hilfe. Ob ich die Hilfe bin ... ich glaube nicht.« Langsam stand er wieder auf. »Ihr könnt es schaffen, Lila!« Er ging wieder in Richtung Finsternis davon, drehte sich aber noch ein letztes Mal um, bevor er endgültig verschwand.

»Rugal wird dir helfen, ihm kannst du uneingeschränkt vertrauen.«

Dann war er fort.

33.
LILA

Mein Körper durchfuhr ein Schauer und ich schreckte hoch. Das Bett, in dem ich jetzt lag, war ein anderes als gerade eben im Traum. Ich kannte es nicht. Erneut schluchzte ich. Dann gelang es mir, meine Augen zu öffnen. Ich rief nach Miro, aber Miro kam nicht. Mein Herz klopfte mir bis zum Hals, während ich mich hektisch im Raum umschaute.

Für einen Moment war ich komplett orientierungslos. Wo war ich und wie war ich hierhingekommen? Dann war alles wieder da. Wir hatten es geschafft und waren endlich im Seelentor angekommen. Da war dieser Mann gewesen, der bedrohlich gewirkt, uns aber nicht angegriffen hatte. Und dann war ich umgekippt.

Ich schnappte erneut nach Luft. Was für ein Traum. Welche Konsequenzen würde das nach sich ziehen, wenn das stimmte. Mein Körper verkrampfte sich der Länge nach. Hastig schlug ich die Decke weg und setzte mich auf. Meine blanken Fußsohlen berührten den kühlen Steinfußboden.

Verflucht, war das kalt. Doch ich war nicht nur barfuß, mir fehlte bis auf meine Unterwäsche alles.

Vorsichtig stand ich auf, weil ich meinem Gleichgewicht noch nicht ganz vertraute, und ging zu einem einfach gezimmerten Schrank, der sich direkt gegenüber vom Bett befand. Rohes Holz und zwei Türen mit je einem kleinen Loch als Öffner. Drinnen sah es ähnlich karg aus. Je zwei Paar weite Hosen, Tops und einen dicken Wollpullover fand ich darin, alles in einem verwaschenen Dunkelgrau, zusammen mit ein paar Unterhosen und Bustiers, die zwar sauber, aber bereits etwas ausgeleiert waren. Ich zog mir eine Hose und ein Top an, beides passte erstaunlicherweise einwandfrei.

Mein Rucksack lehnte neben dem Schrank, war allerdings geleert worden. In dem Zimmer befand sich in einer Ecke neben dem Bett und dem Schrank nur noch ein Waschtisch. Der war simpel gestaltet, eine große Schüssel, ein Krug mit Wasser und ein Stück Seife. Direkt darüber hing ein kleiner, angeschlagener Spiegel. Rechts davon ein verschlissenes Handtuch an einem Haken. Zwischen Waschtisch und Schrank befand sich ein kleines, schmales Fenster. Hoch oben war es gerade groß genug, um den Blick auf den wolkenlosen, blauvioletten Himmel zu ermöglichen. Es sah so aus, als ob die Sonne bereits wieder unterging.

So in etwa stellte ich mir ein Zimmer in einem Kloster vor. Das Bett befand sich neben der Tür. Halb darüber hing noch ein kleines Regalbrett, auf dem, ordentlich und sauber, meine zwei Dolche lagen. Die Schäfte mit den Schnürungen hingen direkt darunter.

Nachdem ich beide wieder angelegt hatte, fühlte ich mich sofort sicherer und öffnete langsam die Tür. Sie war nicht abgeschlossen und davor hielt niemand Wache, ich war demnach keine Gefangene.

Ordentlich nebeneinander aufgereiht standen meine Schuhe direkt neben meiner Tür. Barfuß schlüpfte ich hinein und schaute mich im Flur um. Dieser war lang und schmal und gegenüber von einer ebenso langen Fensterreihe gesäumt, während sich auf meiner Seite eine Tür an die nächste reihte.

Vermutlich war dieser Teil des Gebäudes der Wohntrakt, in dem sich die Schlafzimmer sämtlicher Bewohner befanden. Die Fensterreihe erlaubte einen Blick in einen Innenhof, der dem ähnelte, wodurch wir in das Seelentor gelangt waren. Ebenso wie der andere Innenhof, so war dieser hier ebenso wenig überdacht und man konnte den Himmel sehen.

Was ich in meinem Schlafzimmer bereits vermutet hatte, bewahrheitete sich hier. Der Tag ging auf den Abend zu, beide Monde waren bereits deutlich am Himmel zu erkennen und die untergehende Sonne tauchte alles in ein fast unwirkliches Farbspiel aus Rot- und Lilatönen. Ich hatte den gesamten Tag ausgeknockt im Bett verbracht.

Hatte sich denn keiner um mein Wohlergehen gesorgt?

Stirnrunzelnd betrachtete ich den Flur. Mein Zimmer war mittig gelegen, links und rechts von meinem Raum erstreckte sich der Flur zu etwa gleichen Teilen und ich konnte frei entscheiden, wohin ich gehen wollte. Zu meiner linken Seite gab es am Ende noch eine große und breite Wendeltreppe, die nach unten ins Erdgeschoss führte, während zu meiner rechten Seite lediglich weitere Türen auftauchten.

Ich entschied mich für die Treppenseite und ging langsam und etwas wackelig den Flur entlang. Am Treppenabsatz zögerte ich, stieg dann aber langsam die Stufen hinab zum Innenhof.

Dieser bestand ebenfalls aus dem hellen Stein, wie das Atrium, in dem der Brunnen stand, nur dass hier zusätzlich eine dünne Lage Stroh auf der gesamten Fläche verteilt war. Der Geruch war frisch und sauber und er kitzelte in meiner Nase. Links befand sich eine einfache, aber massive Holztür, die nur angelehnt war. Dahinter hörte ich geschäftiges Treiben, ein Schaben und Krachen von Metall an Metall. Dazu kamen Wassergeräusche und unterschiedliche Stimmen, die mal lauter, mal leiser sprachen. Das und die Tatsache, dass unglaublich gute Essensgerüche zu mir herüberzogen, verrieten eindeutig, dass es sich bei dem Raum um die Küche handeln musste.

Es roch nach gebratenem Knoblauch und Salbei, die zusammen mit dem Geruch nach warmem Brot den ganzen Hof fluteten. Mir lief das Wasser im Mund zusammen und ich bewegte mich auf eine der beiden Pforten neben der Küche zu. Ich ging davon aus, dass es sich um den Speisesaal handeln musste, da ich lange Bankreihen mit ebenso langen Holztischen erkennen konnte.

Je näher ich kam, umso langsamer wurden meine Schritte. Mein Magen knurrte und gleichzeitig zog meine Anspannung ihn zusammen. Ich hörte vereinzelte Stimmen, die sich in ruhigen und entspannten Tonlagen miteinander austauschten. Nichts klang ungewöhnlich. Ich gab mir einen Ruck und durchschritt die Pforte in den großen Speisesaal, der nahezu leergefegt wirkte. Viele lange Tischreihen standen ordentlich und verwaist in Reih und Glied. Nur an drei Tischen saßen ein paar Personen und unterhielten sich. Bis sie mich erblickten. Dann wurde es still.

Alle Köpfe drehten sich zu mir. Mit Aya und Rugal waren es nur sieben Personen. Ich hielt mitten in meiner Bewegung inne, dann machte ich einen zögerlichen Schritt weiter in den Saal hinein.

»Lila!« Ayas laute Stimme hallte durch den Raum.

Aya winkte mich zu ihr. Sie saß am Tisch neben Rugal, dem großen, älteren Mann, der uns beim Brunnen erwartet hatte, und einem ähnlich großen, freundlich wirkenden Mann, der deutlich jünger war.

Ich ging zwischen den langen Holzbänken entlang zu Aya. Sie saß am Kopfende eines ebenso langen Tisches und begrüßte mich mit einem Lächeln. Sie wirkte unbeschwert. Das hatte ich bei ihr erst einmal kurz im Haus von Belgia gesehen.

»Lila, dir geht es besser, wie schön!« Es klang aufrichtig. Ihre Stimmfarbe war ohne jegliche Angst und Beklemmung. Sie fühlte sich sicher.

Aya deutete auf die Bank und klopfte darauf. »Setz dich. Darf ich dir vorstellen? Lila, das ist …«

Der Mann war blitzschnell in einer flüssigen Bewegung aufgestanden und hielt sich seine rechte Hand über seine linke Brust, wobei er Daumen und kleinen Finger hinter dem Handballen verschränkte. So waren nur die drei übrigen Finger über seinem Herzen sichtbar. Er sah mich eindringlich und ernst an und beendete Ayas Vorstellung mit seiner tiefen Stimme, die ich noch von unserer Ankunft hier im Kopf hatte.

»… Rugal. Lila, ich freue mich, dich kennenzulernen. Das ist Vasus.« Dabei zeigte er auf seinen Sitznachbarn, der mir zunickte. »Aya hat mir von eurer Reise berichtet. Und … dass du Miros Seele in dir trägst.«

Er neigte den Kopf ein wenig nach rechts unten und stellte sich neben die Bank.

»Bleib stehen, Rugal, auch wenn ich deine Ehrerbietung sehr zu würdigen weiß!« So wie ich diese Worte ausgesprochen hatte, deren Inhalt mir fremd war, so erwiderte ich Rugals Gruß mit einer ebenso fließenden Bewegung, obwohl mir diese Geste unbekannt war.

Meine rechte Hand bildete, wie Rugals gerade, eine Drei-Finger-Geste, die ich knapp über meine Stirn reckte und dann bis zur Brust führte.

Ich neigte meinen Kopf leicht nach links unten, um seinen Gruß zu erwidern. Als ich meinen Kopf hob, bemerkte ich, dass alle im Saal anwesenden Personen ihre Hand mitdieser Geste nach oben gestreckt hielten und ihren Kopf neigten.

Sie grüßten ihren Herrscher, Miro. Lekika hatte mir scheinbar ein oder zwei interessante Informationen zukommen lassen, als unsere Seelen miteinander in Kontakt standen. Obwohl ich mir sicher war, dass ich nicht unbedingt noch so kämpfen konnte wie in der Wüste, war ich mir sicher, dass ich diesen Herrschergruß nicht vergessen würde. Nicht alle Ephoren Nuretajas wurden auf diese Weise begrüßt. Nur Miro, der gleichzeitig ein Seelenwanderer war. Und der Herrscher grüßte zurück. Damit wusste nun jeder Bescheid, wessen

Seele ich in mir trug. Noch, wenn ich Miros Worten aus meinem Traum Glauben schenken durfte.

Ich wandte meinen Blick wieder Rugal zu und dann zu Aya.

»Habe ich sonst noch etwas verpasst? Offen gestanden habe ich mir ein paar Sorgen gemacht, als ich aufgewacht bin und niemand bei mir war!« Ich setzte mich auf den angebotenen Platz direkt neben sie. Aya sah mich mit gespielt empörter Miene an.

»Ich wäre bei dir geblieben, wenn es dir wirklich schlecht gegangen wäre. Außerdem war ich hungrig und du …«, sie grinste breit und zwinkerte, »hast seelenruhig geschlafen.« Ich verdrehte meine Augen bei diesem Wortwitz. Aya fühlte sich hier offenbar wohl.

Eine kleine Frau mit großen runden Augen brachte einen tiefen Teller mit einem sämigen, dicken Eintopf aus der Küche und Rugal schob ihn mir unaufgefordert vor meine Nase.

Er roch köstlich würzig nach Kreuzkümmel, Knoblauch, undefinierbaren Kräutern und die darin enthaltene Chili kitzelte in meiner Nase.

Aya goss mir unterdessen ein großes Glas Wasser ein.

»Aber mal ernst. Du hast mir einen ziemlichen Schrecken eingejagt. Auf dich hätte ich nicht zählen können, wären die Wanderer hier nicht auf unserer Seite gewesen.« Damit deutete sie auf Rugal.

Ich begann, die heiße Suppe zu löffeln. Sie war so fantastisch, wie sie roch, und wirklich scharf.

»Rugal und ich haben uns darauf geeinigt, dass ich besser erst mal in Ruhe etwas esse.« Aya sah zuerst Rugal und dann mich an.

Um Rugals Augen bildeten sich verschmitzte Lachfältchen.

»Fast. Ich musste Aya gewissermaßen von deinem Bett wegtragen, damit sie sich um ihr eigenes Wohl kümmert.« Aya sah dabei Richtung Tür, während Rugal fortfuhr: »Ich hätte beinahe aufgegeben.«

Er wurde jedoch sogleich wieder ernst. »Die Seelenwanderer waren immer neutral und sollten jedem, der Hilfe benötigt, diese gewähren. So sehen es viele von uns heute noch.« Er machte eine umgreifende Geste mit seinem Kinn. »Ich würde niemandem, der dieses Haus betritt, Hilfe verweigern, noch würde ich vorschnell urteilen. Wir können davon ausgehen, dass Firas jetzt weiß, dass ihr hier seid. Wir müssen auf alles vorbereitet sein. Firas fürchtet die Seelenwanderer und es ist eindeutig, dass er uns lieber tot als lebendig sehen würde. Wir sind zu mächtig und dementsprechend fürchtet er ebenso jene, die noch keine Seele tragen, aber eine übernehmen könnten.«

Er nahm einen großen Schluck Wasser und sprach leiser weiter. »Einige von uns entschieden sich deswegen, die Neutralität aufzugeben und gegen die momentane Entwicklung vorzugehen. Unser Ziel ist die Rückkehr zur alten Ordnung.«

Er deutete auf mich. Meine Augen wurden groß und ich hatte Mühe, die Suppe hinunterzuschlucken. Sofort hob er beschwichtigend die Hände und flüsterte nun:

»Aya hat mir bereits berichtet, dass du keinen Kontakt zu Miro aufbauen kannst, aber offenbar reichte es, um dir den Herrschergruß mitzuteilen.« Oder es war Lekika, dachte ich.

Er lehnte sich langsam zurück und auf seinem wettergegerbten Gesicht bildeten sich erneut die vielen Lachfältchen. » Ich bin zuversichtlich, dass wir dir helfen können. So schnell lassen wir dich und deine Seele nicht erlöschen.«

Ich erwiderte kurz sein Lächeln, das meine Augen nicht erreichte, und blickte zu Aya rüber. Sie hatte ihm nichts von Lekika gesagt?

Aya neben mir lächelte mich breit an und knuffte mich in die Seite, dass ich kurz schnaubte. Dann flüsterte sie: »Showdown, Baby. Ich wollte dir nicht den Spaß verderben. Ich dachte, du bringst ihm deine doppelte Seelenlast am besten selbst bei.«

Rugal, der gerade aus seinem Wasserglas trank, verschluckte sich bei Ayas Worten, die zwar leise, aber für ihn klar verständlich gewesen waren. Nachdem sein Husten abgeklungen war, sah er mich sprachlos an.

Mir war der Appetit vergangen. Ich schaute zuerst zu Aya, die nur kurz ihre Schultern nach oben zog, als hätte sie nichts damit zu tun, und dann zu Rugal, dessen Gesicht durch den Hustenanfall stark gerötet war.

Doch bevor ich anfangen konnte, meine Situation zu erklären, hob Rugal bereits seine Hand, um mich zu stoppen.

Eine zierliche junge Frau war an unseren Tisch getreten und hatte ein neugieriges und sehr freundliches Lächeln im Gesicht. Ich schätzte sie auf jünger als mich. Vielleicht war sie Anfang zwanzig. Sie war braun gebrannt und hatte kurz geschorene dunkelblonde Haare, die ihre filigrane Gesichtsform noch mehr unterstrichen. Sie musterte mich offen, bevor sie Rugal anschaute, aber nichts sagte.

Rugals Blick wurde etwas weicher und er seufzte nachgiebig. Er wandte sich zu mir.

»Lass uns darüber direkt hiernach in meinem Besprechungszimmer reden. Zuerst werde ich dich allen Anwesenden vorstellen.« Dabei stand er auf, wobei alle ihn ansahen, und zeigte auf mich. »Darf ich euch Lila vorstellen? Sie wurde von Juri von der Erde hierhingebracht.« Während seiner Worte verstummten die Küchengeräusche und zwei weitere Personen betraten den Speisesaal. Bei der Erwähnung von Juris Namen wurden ihre Blicke traurig. Aya hatte Rugal offensichtlich bereits über Juris Tod informiert. Mein Herz wurde schwer.

Rugal fuhr fort: »Sie und Aya, die ihr ja bereits kennengelernt habt, werden erst einmal hierbleiben. Ich vertraue auf eure Diskretion. Außerdem benötigt Lila unsere Hilfe.« Rugal sah alle nacheinander an und dann zu mir. »Wir müssen sie von ihrer Seelenlast befreien.«

Das schien Rugal bisher nicht erwähnt zu haben, denn ein leises Raunen ging nun durch den Raum.

Die junge Frau bei uns am Tisch zog scharf die Luft ein und sah mich mitfühlend an. Ich verzog meinen Mund zu einem falschen Lächeln und schaute dann weg. Eine optimistischere Reaktion wäre mir lieber gewesen.

Rugal räusperte sich und breitete seine Arme aus. »Wir haben Miro zurück. Wir werden einen Weg finden, mit ihm Kontakt aufzunehmen!« Er versuchte wenigstens, überzeugt zu klingen. »Lila«, damit wandte er sich zu mir, »darf ich dir die Gemeinschaft vorstellen? Das ist Naa.« Er nickte der Frau neben sich zu. Diese lächelte mich wieder an. Sie war mir auf Anhieb sympathisch. Rugal stellte mir nacheinander alle Personen im Raum vor und Naa setzte sich wieder zurück an ihren Tisch. Ich verbrachte eine ganze Weile damit, mir ihre Namen und ihre jeweiligen Aufgaben innerhalb der Gemeinschaft einzuprägen.

Es gab mit Naa nur vier Frauen. Annea, Latura und Sirona. Und mit Rugal waren es sechs Männer, wovon zwei definitiv Zwillinge waren. Ich hatte mich bereits daran gewöhnt, dass die Namen für mich so anders klangen, als ich es von zu Hause gewohnt war, stutzte dann umso mehr, als ich erfuhr, dass die Brüder Peter und Alexander hießen. Sie waren beide sehr attraktiv und ich dachte sofort, dass der Begriff Surfer Boy für sie erfunden wurde. Beide waren groß, fast noch größer als Rugal, aber nicht so breit gebaut und definitiv gut trainiert. Peter hatte seine blonden, mit hellen Strähnen durchsetzten Haare zu einem Bun zusammengebunden, während Alexanders Haare kurz und durcheinander waren. Auffällig waren ihre Nasen, die sehr lang und schmal waren, aber dadurch ihre Gesichter markanter erscheinen ließen.

Rugal erklärte: »Ihre Eltern waren früher viel auf deinem Planeten unterwegs gewesen und gerade diese Namen hatten es ihnen angetan. Das sind unsere einzigen Nuretajaner hier, die keine Seelenwanderer sind. Beide Elternteile sind strikte Befürworter, dass wir uns der Erde öffnen. Jetzt sind sie politisch Verfolgte und deswegen haben wir Peter und Alexander bereits vor langer Zeit zu ihrem eigenen Schutz aufgenommen.« Beide grüßten mich freundlich und begannen dann, die Sachen in die Küche zu bringen.

Ich erfuhr, dass Peter in der Bibliothek half, während Alexander das Mädchen für alles war. Er hatte viele Talente und war gleichzeitig Schreiner, Hausmeister und, wenn es sein musste, Dachdecker.

Mir rauchte jetzt schon der Kopf. Ich konnte mir unmöglich alle Namen sofort merken.

Vasus war ein junger Mann, den ich auf etwa ein Meter achtzig schätzte und der intelligent wirkende, braune Augen hatte. Er war die rechte Hand von Rugal. Und schließlich gab es noch Pandu und Tuba, die beide Seelenwanderer waren, von denen ich aber nicht mehr wusste, wer welche Aufgaben hatte.

»Das sind alle, die hier wohnen?« Ich hoffte, dass ich falschlag.

Sein Blick verfinsterte sich, als Rugal mir antwortete: »Es gibt sonst niemanden mehr. Da du keine Ausbildung erhalten hast, kannst du das nicht wissen, aber Seelenwanderer sind eher selten. Die Seelen, die es noch gibt und bereit sind, weiterzuwandern, lassen sich an zwei Händen abzählen, und es kommen sehr selten neue Seelen hinzu. Wir sterben aus.«

»Ihr sterbt aus? Ich dachte, Wandererseelen ziehen immer weiter?«

Rugal nickte abwägend bei meiner Frage. »Ja, normalerweise schon, aber die Seelen können wählen. Zum einen kann eine Seele entlassen werden, wenn der Wanderer vor seinem Tod den Seelenbefreier zu sich genommen hat. Damit kann die Seele in keinen Körper mehr eindringen.«

Aya hatte recht gehabt, dachte ich. Wenn mein Traum seinen Ursprung in der Realität gehabt hatte, dann hatte Firas Miros Seele mit dem Seelenbefreier an einem Weiterziehen hindern wollen. Rugals Worte holten mich zurück in die Gegenwart.

»Aber seit Firas an der Macht ist, haben sich viele Wanderer mit ihren letzten Beeren für ein Leben im Exil entschieden. Um einem schlimmeren Schicksal zu entfliehen, haben unzählige Familien so gehandelt, ob Seelenwanderer oder nicht.«

»Du meinst, sie sind auf die Erde geflüchtet?« Rugal nickte zur Bestätigung. Wie unglaublich musste solch ein Neuanfang sein? Aber mehr beschäftigte mich eine andere Frage. »Warum tut Firas das? Warum verabscheut er die Seelenwanderer und das Volk Nuretajas so?«

Rugal und Vasus hoben überrascht ihre Köpfe.

»Du denkst, Firas verachtet die Nuretajaner? Nein, Lila. Das tut er nicht. In seinen Augen beschützt er sie.« Jetzt schauten Aya und ich uns verwirrt an. Aya hasste Firas und nie hätte sie ihn als einen Verbündeten der Nuretajaner angesehen.

Rugal fuhr fort: »Die alten Seelen der Wanderer sind weise und gewohnt, zu bestimmen. Sie sind es ebenso gewohnt, zu herrschen, aber immer mit der Zustimmung der Nuretajaner. Firas sieht uns als Gefahr und unser Ephor war für ihn damit der Inbegriff des Untergangs Nuretajas. Samson, sein eigener Bruder, war, wie ihr wisst, mit Miros Seele verschmolzen. Unter seiner Herrschaft entsprang der Wunsch unter den Bürgern, sich der Erde zu öffnen. Unsere Technologien zu teilen und damit die Erde zu retten. Viele hatten sich dafür ausgesprochen, vor allem diejenigen, die bereits die Erde bereist hatten und das Potenzial und die Schönheit sahen. Samson stellte sich auf die Seite der Bürger und stimmte der Öffnung ebenfalls zu. Doch es gab auch Gegenstimmen, angeführt von Firas. Er war überzeugt, dass wir den Menschen nicht helfen können. Er ist überzeugt, dass die Menschen uns überrennen und zerstören, wie sie die eigene Erde zerstören, ohne Rücksichtnahme, ohne die Konsequenzen zu sehen. Und er hat sich offen gegen den Plan gestellt. Samson hat sich als Ephor durchgesetzt, doch dann wurde er umgebracht …« Mit offenem Mund hörte ich Rugal zu.

»Und trotzdem glaubt jeder, dass Varun Samson umgebracht hat? Was ein Bullshit.« Aya sah verblüfft in die Runde.

»Wir glauben das nicht«, überzeugte uns Rugal. »Aber Varun war verschwunden und Zeugen gab es keine. Firas hatte seitdem alles unternommen, Nuretaja von der Erde abzuschneiden. Er schränkte die Rechte der Bürger ein und zwang sie in einen kontrollierten Gehorsam. Er lenkt und verwaltet und gibt vor, nur das Beste für sie zu wollen. Das Tragische ist, dass er das wirklich denkt. Selbstbestimmung und freier Wille helfen den Bürgern in seinen Augen nicht. Er hält sie für nicht weitsichtig genug, ihr Handeln selbst zu bestimmen. Die Wanderer lenkten bislang die Geschicke Nuretajas, aber immer im Konsens mit dem Volk. Firas ist überzeugt, dass wir den Untergang zwar sehen, aber nur an uns und unsere Machterweiterung denken und uns deswegen der Erde öffnen wollen. Selbstlosigkeit gibt es für ihn nicht.« Rugal atmete tief ein und aus. »Doch er kann uns nicht einfach aus dem Weg räumen. Der Widerstand ist bereits groß und wird mehr. Wir sind unantastbar, solange uns kein Verrat vorgeworfen werden kann. Und ich sorge dafür, dass das nicht passiert.«

Mein Brustkorb wurde eng und meine Kopfschmerzen kehrten ebenfalls zurück. Ich versuchte, mir nichts anmerken zu lassen, und richtete mich gerade auf, um den Druck zu lindern. Keinesfalls wollte ich jetzt unhöflich, oder schlimmer noch, schwach wirken. Es funktionierte nicht.

Rugal redete nicht weiter und sah mich mitfühlend an.

»Wir machen an dieser Stelle mal eine Pause. Es ist schon spät. Du wirst bald ohnehin alle kennenlernen.« Er beugte sich zu mir rüber und sprach etwas leiser weiter: »Bevor du ins Bett gehst, bitte ich dich noch um ein kurzes Gespräch bei mir, einverstanden? Aya kann mit, wenn du magst. Und ich würde noch Annea und Vasus dazu bitten.« Rugal stand auf, ging zu Vasus und besprach sich kurz mit ihm.

Aya war sogleich an meiner Seite. »Komm, ich helfe dir. Ich weiß, wo sein Besprechungsraum ist.« Dann zog sie mich mit sich aus dem Saal heraus.

Wir gingen durch eine schwere Holztür, die sich direkt neben dem Speisesaal befand und zu dem Bereich des Gebäudes führte, in dem der Brunnen stand.

Die Monde reflektierten auf dem hellen Sandstein und tauchten das Atrium in ein sanftes Licht. Auf dem Brunnen lag nun ein schweres Gitter, dessen Stäbe so dick wie mein Unterarm waren.

»Es ist eine reine Vorsichtsmaßnahme, falls uns jemand gefolgt war«, bemerkte Aya, die meinen Blick mitbekommen hatte. »Du siehst aus wie ein Gespenst, Lila. Lass uns die Besprechung hinter uns bringen und dann gehst du wieder schlafen.« Und dann standen wir schon vor einer unscheinbaren Tür und warteten dort auf die anderen.

Ich rieb mir schmerzverzerrt meine Schläfen und lehnte mich gegen die Wand.

»Du hast recht. Mir geht's nicht gut … Aya, ich hatte einen komischen Traum, ich glaube …« Ich flüsterte und bemerkte daher die Schritte, die sich uns näherten. Eigentlich wollte ich zuerst mit Aya darüber sprechen, dass Miro mir im Traum erschienen war.

Rugal näherte sich, Vasus und Annea direkt dahinter. Annea war eine Seelenwanderin, die mit einer Seele verschmolzen war. Sie war klein, mit blonden langen Haaren, die zu einem dicken Zopf geflochten waren, hatte eine kleine Stupsnase und einen kleinen Mund, dafür große braune Augen, die ihr etwas Puppenhaftes verliehen. Ich hatte nicht mehr ganz auf dem Schirm, mit wem sie verschmolzen war.

Rugal ergriff das Wort. »Wir haben euch warten lassen. Kommt rein und setzt euch.« Er öffnete die Tür und wir betraten ein geräumiges, aber einfach gehaltenes Büro. Ein Schreibtisch, dahinter ein Stuhl. Davor standen zwei weitere Stühle und im hinteren Bereich ein kleiner Tisch mit vier tiefen Sitzpolstern, die gepflegt, aber abgenutzt wirkten. Es roch nach würziger Bergamotte, wie von einem Earl-Grey-Tee und Lavendel, der auf dem kleinen Tisch in einer Vase stand. Rugal schaltete eine Lampe auf seinem Schreibtisch ein, der den Großteil des Zimmers mit einem warmen, gelben Licht erhellte. Dann zog er sich seinen Stuhl zum Couchtisch, setzte sich und bat uns mit einer Geste, ebenfalls Platz zu nehmen.

»Würdest du mir erklären, was Aya gerade mit ihrem Satz meinte?«

Rugal schaute dabei von Aya zu mir.

Ich zögerte nicht, wir waren auf die Hilfe vom Seelentor angewiesen und vielleicht hatten sie eine Lösung. Ich zog meinen Pulli hoch und zeigte den anderen meine Male.

»Es ist möglich, dass … Nein, ich bin mittlerweile überzeugt davon, dass ich nicht eine Seele, sondern zwei andere Seelen in meinem Körper habe. Als mein Bruder starb, ist Miros Seele zu mir übergegangen, und mein Vater hat mir damals Lekikas Seele übertragen …« Ich zog meinen Pulli wieder runter. »Leider konnte ich, warum auch immer, nicht mit Lekikas Seele verschmelzen und auch nicht mit der Seele von Miro. Juri sagte mir, dass dies normalerweise nicht möglich ist. Ich werde sterben, wenn ich es nicht schaffe, diese Seelenlast zu verringern. Deswegen sind wir hier.« Meine Stimme war leiser geworden. Ich fühlte mich schon wieder hilflos und ich spürte, wie sehr ich dieses Gefühl mittlerweile verabscheute. Ich blickte auf und mich trafen drei Augenpaare, die mich erstaunt anblickten. Rugal räusperte sich, doch Annea kam ihm zuvor.

»Ich freue mich, dass du hier bist.« Annea hatte eine tiefe Stimme für ihre Größe und strahlte Ruhe und Würde aus. »Ich heiße Annea und bin mit Koljas Seele verschmolzen. Dank ihm kann ich auf ein großes historisches Wissen zurückgreifen, denn meist war Kolja mit Chronisten und Historikern verschmolzen. Ich stelle da eher die Ausnahme dar, da ich viel lieber kämpfe oder im Garten jäte, als zu lesen oder zu lernen.« Ein kleines Lächeln erschien auf ihren Lippen, verblasste aber sofort wieder, als sie ernst weitersprach: »Aber ich kann dir mit Sicherheit mitteilen, dass es noch nie eine derartige Seelenlast gab. Nicht zwei weitere Seelen und keine Verbindung.«

Das konnte doch jetzt nicht wahr sein. Ich schaute von ihr zu Rugal, der ebenfalls mit betroffener Miene Anneas Worten lauschte.

»Das bedeutet aber nicht, dass es nie vorgekommen sein könnte, Lila. Kolja weiß viel, doch längst nicht alles.« Rugals Worte sollten mich beruhigen, aber meine Kopfschmerzen verstärkten sich.

An Annea gewandt, fuhr er fort: »Kannst du dich bitte morgen mit Peter zusammensetzen? Vielleicht werdet ihr in der Bibliothek fündig. Alles über blockierte Verschmelzung oder Verbindung, weitere Seelen et cetera. Gibt es Wege, eine Verschmelzung voranzutreiben, die bereits vor Jahren hätte vollzogen werden müssen? Können wir eine getragene Seele auf alternativen Wegen auf eine andere Person übertragen? Jeder Hinweis wird besprochen.«

Jetzt zeigte sich, warum Rugal hier das Sagen hatte. Er hatte eine natürliche Autorität, ähnlich wie Juri sie gehabt hatte. Er delegierte bedacht und zielgerichtet. Dadurch vermittelte er den Eindruck, alles unter Kontrolle zu haben. Dann schaute er zu mir.

»Lila, wenn du dich ausgeruht hast, möchte ich, dass du morgen mit Naa beginnst, deinen Geist durch Meditation zu stärken. Naa wird dir helfen, dich zu entspannen und die richtigen Grundlagen zu schaffen. Für dein körperliches Befinden werden dir Vasus und Latura zur Seite stehen. Und Pandu wird deine Wunden begutachten und versorgen. Ich selbst werde dir für Fragen jeden Abend beim Abendessen zur Verfügung stehen. Einverstanden?«

Ich nickte nur schwach. Ich musste ins Bett.

»Dann schlaf gut und wir sehen uns morgen wieder.« Rugal blieb noch mit Annea und Vasus in seinem Zimmer sitzen, während Aya und ich zu den Schlafräumen gingen.

»Klingt nach 'ner Menge Arbeit.« Aya ging neben mir. »Ich zeige dir morgen den Trainings- und Meditationsbereich. Ich wurde bereits herumgeführt, während du dir eine Mütze Schlaf gegönnt hast.« Sie grinste schief, wurde dann aber wieder ernst. »Ich glaube, dir kann hier geholfen werden ... Was hattest du mir eigentlich noch sagen wollen mit deinem Traum?«

Ich blieb stehen und sah sie an.

»Ich weiß nicht, aber ich habe mit Miro geredet. Und er meinte, dass er mich verlässt.« Sachte schüttelte ich meinen Kopf, um die Schmerzen nicht noch zu verstärken. »Ich habe es nicht verstanden, werde aber mit Rugal darüber sprechen.« Aya sah genauso ahnungslos aus wie ich.

Bei den Schlafzimmern trennten wir uns. Ich machte mich für die Nacht fertig. Obwohl ich hundemüde war, lag ich noch lange wach. Meine Gedanken kreisten um Tom und sogar um meine Mutter, die sich mittlerweile bestimmt Sorgen machte. Es tat mir leid, dass ich keine Möglichkeit hatte, sie zu kontaktieren. Und sie endeten bei Juri. Was hätte wohl aus Juri und mir werden können? Trotz aller Traurigkeit erschien ein Lächeln auf meinem Gesicht. Wir hatten es bis hierhin geschafft. Und vielleicht könnte ich Juris Traum von einem freien Nuretaja wahr werden lassen.

34.
LILA

Der nächste Morgen kam viel zu früh und wurde durch ein stetes und leises Klopfen an meine Tür eingeleitet.

Ich hatte unruhig geschlafen, aber keine Träume gehabt. Meinem Kopf ging es etwas besser, aber mein Brustkorb fühlte sich noch immer zusammengestaucht an. Ich hatte das Gefühl, dass ich nicht genug Luft bekam. Ich setzte mich auf und atmete tief ein. Es half nicht, ich bekam nicht genug Luft. Ich wurde hektischer, das Klopfen begleitete meine Atemversuche.

Die Tür ging auf und Naa trat ein. Sofort erkannte sie die Situation und hechtete alarmiert zu mir.

»Ruhig, Lila, versuche, deine Atmung in den Griff zu bekommen. Schließe deine Augen und atme durch die Nase in den Bauch! Konzentrier dich darauf. Der Bauch soll sich heben, Lila. Versuche es!« Ihre Stimme hob sich nicht, drang aber durch meine Panik zu mir durch. Ich versuchte, ihren Anweisungen zu folgen.

»Super, jetzt weiter durch die Nase und halte deinen Atem vier Sekunden in den Bauch, perfekt. Weiter so.« Ihre Motivation half und so überwand ich nach kurzer Zeit meinen Anfall und entspannte meine Atmung, der Schreck blieb allerdings.

Naa lächelte mich erleichtert an. »Da hatte ich mal ein gutes Timing. Wenn du es dir zutraust, gehen wir zum Meditationsraum und starten. Frühmorgens ist es dort am friedlichsten und ich denke, nüchtern meditiert es sich am besten.«

Und so begann meine Ausbildung. Jeder Tag war ähnlich strukturiert.

Die Meditation war der Start in meinen Tag. Sie folgte einem bestimmten Ablauf, der Ruhe und Konzentration auf den gegenwärtigen Moment förderte. Mit besonderer Achtsamkeit auf die Atmung und einer bewussten Wahrnehmung des Körpers. Mir fiel es anfangs schwer, den Fokus zu wahren, aber Naa half mir mit ihrer ruhigen Art, den Moment wahrzunehmen. Ich mochte sie und vor allem vertraute ich ihr schnell.

»Stell dir deinen Körper wie ein Gefäß vor. Durch die Meditation steigt deine innere Gelassenheit. Du wirst in der Lage sein, das Gefäß

215

zu vergrößern und somit mehr Platz zu schaffen, damit alle Seelen sich besser entfalten können. Dadurch sollte das Engegefühl in deiner Brust etwas nachlassen.« Diese Sätze von Naa waren für mich leicht nachvollziehbar und greifbar. Ich konnte mir die Situation bildlich vorstellen und versuchen, dadurch mehr Platz für unsere Seelen zu schaffen.

Aus den anfangs nur fünf Minuten wurden bald zehn und dann zwanzig Minuten, die ich meditieren konnte. Naa verbrachte noch weit mehr Zeit in ihrer Meditation. Das war für sie die beste Zeit des Tages. Sie hatte sehr früh ihre Eltern durch einen Unfall verloren und wurde vom Seelentor aufgenommen und ist dort geblieben. Sie vermisste nichts, hielt sich aber lieber aus den Unterhaltungen und Diskussionen am Essenstisch raus und beobachtete nur die Situation.

Aya erwartete mich danach immer vor dem Meditationsraum und wir gingen gemeinsam zum Frühstück.

Die Küche war das Reich von Sirona und Tuba, einem der vier Seelenwanderer, die mit einer Seele verschmolzen waren. Die beiden waren ein Paar und machten daraus kein Geheimnis. Und den Seelen war es scheinbar ebenfalls egal. Für mich war damit die zweite Theorie Belgias gestützt. Das Zölibat diente dazu, Groupies abzuwehren, und nicht, weil eventuell die Seelenübertragung Schaden nehmen könnte.

Außerdem stellte ich fest, dass an dem Gerücht mit dem versalzenen Essen bei verliebten Köchen was Wahres dran war. Zumindest manchmal.

Tuba war mit Poreltis verschmolzen, der, wie mir Latura später erzählte, ein ausgezeichneter Schwertkämpfer gewesen war. Aber Tuba verabscheute Gewalt und zehrte lieber von dem anderen Talent seiner Wandererseele, dem Kochen. Und ich musste zugeben, dass Sirona und er in der Küche wahre Wunder vollbrachten, wenn die Salzmenge stimmte.

Während Tuba klein und drahtig war, mit rötlich-blonden Haaren und warmen braunen Augen, war Sirona klein und rundlich, mit einem breiten Gesicht und vielen Sommersprossen. Sie hatte volle Lippen und große, lebhafte Augen. Aber am auffälligsten waren ihre feuerroten Haare, die ihr bis zu den Schultern gingen.

Mehr als einmal hatten sich beide zu uns an den Tisch gesetzt und Sirona hatte mich mit Fragen zur Erde gelöchert. Im Gegensatz zu

Tuba war sie bislang nicht dort gewesen und ich hatte versucht, ihr zu beschreiben, wie anders unser Himmel, insbesondere bei Nacht, aussah. Ihr größtes Interesse hatte jedoch immer den Desserts gegolten, die sie dann versuchte nachzukochen. Manchmal erfolgreich, an anderen Tagen weniger genießbar. Beide waren überaus herzlich und gastfreundlich.

Gleich am ersten Tag war Pandu zu uns an den Tisch gekommen. Er hatte meine Wunden begutachtet und mir eine Creme für den Arm gegeben. Außerdem hatte ich von ihm das Okay erhalten, weiterhin Juris Baklatwastöckchen zu verwenden, sollten die Schmerzen überhandnehmen. Aber er hatte mich vor den Nebenwirkungen gewarnt und mir mitgeteilt, dass ich nie länger als drei Sekunden darauf herumkauen sollte. Zu viel würde meinen Geist einschläfern und das wäre nicht förderlich für die Verschmelzung.

Pandu war mit Nerelta verschmolzen und abgesehen von seinen medizinischen Fähigkeiten war er meist künstlerisch tätig. Man fand den glatzköpfigen untersetzten Mann am ehesten in seinem Atelier neben dem Meditationsraum. Pandu war wie Naa lieber für sich und wahrscheinlich kamen sie beide deswegen so ausgezeichnet miteinander klar.

Aya und ich hatten begonnen, nach dem Frühstück zu trainieren, um meine Ausdauer und meine Muskeln zu stärken und ihre beizubehalten. Ob mir das am Ende was bringen würde, war fraglich, aber es tat uns beiden gut. Aya konnte sonst nicht viel tun und hatte sich angewöhnt, während meines zweiten Trainings des Tages zu Annea und Peter in die Bibliothek zu gehen, um ihnen bei ihrer Suche zu helfen. Bislang hatte niemand Informationen über meine spezielle Problematik finden können, aber die Bibliothek war alt und Papier geduldig. Aya lobte Annea in den höchsten Tönen, wie cool und gebildet sie war, während sie an Peter kein gutes Haar ließ. Ich hatte schnell den Verdacht, dass sie nur davon ablenken wollte, dass sie eigentlich auf ihn stand.

Latura verlangte mir beim Kampftraining alles ab. Kaum größer als ich, bestand sie nur aus Muskeln. Sie war mit Leraias Seele verschmolzen und es war offensichtlich, dass beide für den Kampf geboren waren. Schnell, präzise und mit beeindruckender Kraft warf sie mich immer wieder auf die Matte, ohne dass nur eine Strähne ihrer dunklen Kurzhaarfrisur verrutschte. Ich hingegen sah genau so aus, wie ich mich fühlte. Innerlich wie äußerlich ein wenig aus dem Gleichgewicht, zerzaust und erschöpft. Bei einem unserer Gespräche erfuhr ich, dass ich in der Wüste bei meinem Kampf doch recht viel Glück gehabt haben musste.

»Du hattest durch deine Ohnmacht und deine Todesnähe Lekikas Seele Platz gemacht. Dadurch hatte sie die Chance, dich an einem kleinen Teil ihrer Fähigkeiten teilhaben zu lassen. Doch dein Körper war darauf nicht vorbereitet. Du kannst ja auch nicht untrainiert sieben Meter weit springen. In dem Moment des Kampfes hattest du das aber deinem Körper abverlangt. Du hättest dich ebenso verletzen können.« Ihre Warnung hatte ich mir zu Herzen genommen und mich noch mehr angestrengt. Und ich wurde jeden Tag ein wenig stärker.

Vasus und Alexander hatte ich von allen bislang am wenigsten kennenlernen können. Vasus war oft im Auftrag Rugals unterwegs. Ich wusste nicht, ob es sich um offizielle Dinge im Auftrag der Gemeinschaft handelte oder ob es um den Widerstand ging. Wir lebten hier alle wie in einer großen Blase. Mein Ziel war ausschließlich, die Verschmelzung mit Miro oder eine Verbindung zu Lekika herzustellen.

Alexander, der Zwillingsbruder von Peter, war entweder irgendwo im Gebäude unterwegs, wo er Reparaturen ausführte, oder er war draußen, um Einkäufe zu erledigen.

Rugal hielt sich an seine Vereinbarung und war, wenn er nicht ebenfalls unterwegs war, bereit, Ayas oder meine Fragen zu beantworten. Abends trafen sich alle, die wollten, zum gemeinsamen Essen im Speisesaal. Es gab bei so einer kleinen Runde scheinbar keine Geheimnisse.

Diese unbeschwerten Momente gaben mir Kraft, zumal die Last, die ich trug, immer schwerer wurde, je mehr Zeit verstrich. Obwohl ich seit der Meditation nicht mehr träumte, wurden meine Kopfschmerzen schlimmer.

Durch Rugal, Vasus und die anderen erfuhr ich viel über Nuretaja und die Seelenwanderer und noch vieles mehr. Aber nichts davon brachte mich meiner Verbindung zu Miro oder mit der Verschmelzung Lekikas näher.

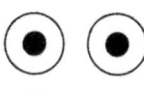

35.
LILA

Ich war bereits über einen Monat hier und fühlte mich meinem Ziel kein Stück näher als am ersten Tag.

Außerdem lag ich schon wieder auf der Matte und meine Luft wurde aus der Lunge gepresst.

»Das ist das dritte Mal, Lila. Du musst stabil stehen und deine Abwehr oben halten«, schimpfte Latura ungeduldig mit mir. Obwohl ich große Fortschritte gemacht hatte, war ich immer noch eine Anfängerin und das konnte ich nicht ändern.

Ich blieb liegen. Schweiß rann meine Stirn entlang. Es war später Nachmittag und die beiden Monde waren vom Fenster aus bereits zu sehen.

Meine Kopfschmerzen waren mittlerweile meine ständigen Begleiter, aber dank der Meditation hatte ich keine Angst mehr, zu ersticken. Ich biss die Zähne zusammen.

»Lass es mich noch einmal versuchen. Bitte.« Ich wollte nicht betteln, aber es musste doch mal funktionieren.

»Morgen wieder! Du hast schon zwei Extraversuche bekommen. Geh duschen und mach dich für das Abendessen fertig … Und, Lila, setz dich nicht so unter Druck, das hilft niemandem. Du hast innerhalb der kurzen Zeit schon viel erreicht, aber Wunder kannst du nicht vollbringen.« Mit diesen Worten reichte sie mir ihre Hand und zog mich mühelos hoch. Ich ordnete meine Klamotten und machte mich in Richtung Ausgang. Heute hatte das Training nicht im Hof, sondern in der Halle stattgefunden, weil dort heute eine große Lebensmittellieferung gelagert wurde. Für mich war das auf jeden Fall besser gewesen, da die Matten mehr abfedern konnten als das wenige Stroh.

Auf dem Weg zu meinem Schlafzimmer kaute ich für genau drei Sekunden an dem bereits ziemlich abgenagten Stückchen Baklatwa. Es half immer noch, aber die Wirkdauer verkürzte sich mit jedem Mal etwas mehr. Ich musste Latura zustimmen. Meine Fortschritte waren enorm. Ich konnte mittlerweile fokussiert und lange in einer tiefen Meditation verweilen und mein Körper hatte sich aufgrund der vielen Trainingsstunden in Muskelberge verwandelt, zumindest für meine Begriffe. Aber dennoch bekam ich keinen Seelenkontakt. Frustriert stieg ich unter die Dusche. Ich hatte ununterbrochen wirklich alles getan, um meinen Seelen näherzukommen, aber nichts half. Die Schmerzen verstärkten sich und immer wenn ich während der Meditation den Eindruck hatte, Fortschritte zu machen, waren sie nach Ende der Einheit wie weggespült. Es klopfte hektisch an der Tür, als ich gerade meinen Pulli über den Kopf zog, und sofort steckte Aya den Kopf durch die Tür.

»Lila, wir haben vielleicht was. Treffen jetzt gleich bei Rugal im Besprechungszimmer«, keuchte sie atemlos und verschwand sofort wieder. Ich beeilte mich und lief ebenfalls so schnell ich konnte zu Rugal.

Vasus, Rugal, Peter und Aya erwarteten mich bereits. Rugal hatte mir seinen Stuhl an den kleinen Tisch geschoben und selbst auf den Polstern neben Vasus Platz genommen. Sie waren in ein Gespräch vertieft. Ausgebreitet vor ihnen lag die Karte Nuretajas, die an verschiedenen Punkten markiert war. Ich wusste, dass diese Punkte die mittlerweile offenen Widerstände darstellten, die bereits im Gange waren oder bald stattfinden würden. Der Umsturz rückte näher. Wenn die drei jetzt wirklich etwas gefunden hatten, wäre es eine Punktlandung für den kommenden Aufstand.

Annea trat völlig außer Atem durch die Tür. Ihr dicker Zopf war zerzaust und einzelne Strähnen standen wild ab, als hätte sie sich bereits häufiger ihre Haare gerauft. Sie setzte sich neben Rugal. Peter saß eng an Aya geschmiegt. Ich musste lächeln, hatte ich es doch geahnt.

Annea hob ein altes, in Leder gebundenes Buch in die Höhe.

»Ich komme gleich zum Punkt. Ihr wisst, dass wir uns zuerst die Bücher vorgenommen haben, die die ersten Wanderer verfasst hatten. Doch da waren keine Informationen darüber vermerkt. In einem von den Tagebüchern Lekikas hatten wir jedoch mehr Glück. Sie berichtet über grundsätzliche Probleme. Komplikationen, die beim Verschmelzen oder Verbinden eintreten können. Es geht um Seelenübernahmen und partielle Verschmelzungen. Ich wusste bislang nicht, dass dies überhaupt passieren kann.« Fragend blickte sie in die Runde, aber alle Anwesenden sahen genauso unwissend aus, wie ich mich fühlte.

»Jedenfalls schreibt sie: Steht die Verschmelzung noch aus, aber hätte längst geschehen sollen, kann sie durch den todesnahen Zustand erreicht werden. Die Seelen lösen sich und erhalten die Chance einer erneuten Verschmelzung.«

Ein Moment der Stille legte sich über das Zimmer. Meine Blicke trafen erst Aya und dann Rugal, und jeder schien über Lekikas Sätze nachzudenken.

Der Gedanke, dass ich einen todesnahen Zustand erreichen müsste, um die Verschmelzung zu vollenden, hing wie ein düsterer Schatten über uns.

Aya schüttelte als Erste energisch den Kopf.

»Nein. Das ist viel zu riskant. Bei Lila sind es doch zwei Seelen! Und es gibt sicher noch mehr Risiken, von denen wir nichts wissen, wenn es in einem Kapitel mit Komplikationen gelandet ist.« Ihre Stimme war rau und stark, aber ich konnte das leichte Zittern heraushören. Ich schenkte ihr ein kleines Lächeln.

Rugals tiefe Stimme erfüllte das Zimmer. »Da gebe ich Aya recht. Das sollten wir berücksichtigen. Wir sollten die anderen seelenverschmolzenen Wanderer fragen, vielleicht wissen sie mehr. Aber falls der Schlüssel die todesähnliche körperliche Verfassung ist, heißt das nicht todesbringend. Damit könnte ebenso gut ein komatöser Zustand gemeint sein, der umkehrbar ist, oder eine Form von tiefster Trance. Etwas Sichereres, ohne den Körper dermaßen zu gefährden. Dann wäre ein Versuch deutlich risikoärmer.«

Anneas Stimme war leise, aber deutlich.

»Ich könnte mit Pandu sprechen. Vielleicht kennt er Möglichkeiten, diesen Zustand herzustellen. Lila, wie siehst du das? Würdest du dich darauf einlassen können?«

Alle Augen waren auf mich gerichtet. Die Vorstellung, dem Tode so nahe zu kommen, machte mir Angst, aber ich sah sehr wohl die Hoffnung in ihren Gesichtern. Mein Herz klopfte bis zum Hals und meine Hände schwitzten.

»Ich mache es. Und ich vertraue euch. Für Juri und für Tom und für Nuretaja.«

Rugal streckte mir seine Hand entgegen und sah mich ernst an.

»Wir lassen dich nicht allein. Wir werden alle bei dir sein.«

Ich ergriff sie und drückte zu. Klar verspürte ich Angst. In mir überwog allerdings eine aufgeregte Vorfreude. Endlich machten wir Fortschritte.

36

LILA

Im Schlafzimmer angekommen, zog ich mich um und legte mich ins Bett. Ich war gleichzeitig hundemüde und aufgekratzt. Wir waren, wenn auch ganz anders, dem Ziel einen großen Schritt nähergekommen. Ich kuschelte mich in mein Plumeau und schloss die Augen.

Ein Geräusch weckte mich. Ich vernahm ein leises Schaben an meiner Zimmertür. Um mich herum war es stockfinster. Selbst die Monde waren wolkenverhangen und spendeten keinen Hauch Helligkeit. Leise setzte ich mich auf und tastete mich zum Regal an der Tür, wo meine Messer griffbereit lagen. Ich duckte mich daneben und presste mein Ohr fest an die Wand, um etwas zu hören. Aber da war nichts, kein Geräusch, kein Schaben, nur Stille und mein Herzschlag.

Erleichtert entließ ich die Luft aus meiner Lunge, die ich unbewusst angehalten hatte. Ich legte die Messer zurück und suchte mit den Händen meinen Weg zum Bett. Gerade, als ich mich hinlegen wollte, hörte ich es. Ein leiser Pfeifton, der an einen alten Teekessel erinnerte.

Sofort saß ich wieder kerzengerade im Bett und horchte erneut in die Dunkelheit. Dieses Geräusch kam von der Tür und war in einem gleichbleibenden Rhythmus. Mein Herz schlug mir bis zum Hals und meine Atmung wurde hektischer. Gas, es war Gas, das in mein Zimmer geleitet wurde. Ich konnte zwar nichts riechen, war mir aber absolut sicher. Ich sprang aus dem Bett und tastete mich hektisch Richtung Tür. Sie war versperrt. Ich war gefangen. Ich schnappte mir ein Messer und versuchte, damit das Schloss zu öffnen. Es war vergebens. Laut hämmerte ich gegen die Tür. Das war das massivste Holz, das ich je berührt hatte. Die Tür schien jedes Geräusch zu schlucken. Das Gas wurde über den Türschlitz eingeleitet.

Ich lief erneut zum Bett und nahm die Bettdecke, die ich gegen den Türspalt drückte. Mir wurde sofort schummrig, während ich auf Knien versuchte, mit dem Plumeau abzudichten. Ich verlor das Gleichgewicht und fiel mit dem Kopf auf den Boden.

Von meiner Stirn breitete sich ein scharfer Schmerz aus und ich stöhnte. Ich versuchte, mich aufzurappeln, kam auf die Knie und schließlich wieder auf wackelige Beine. Je weiter oben sich mein Kopf

befand, umso klarer wurde er wieder. Meine Arme konnte ich ebenfalls wieder bewegen. Ich erkannte sofort, dass dieses Gas schwerer
als Luft war und diese nach oben verdrängen würde. Je weiter oben
ich mich befinden würde, umso besser würde ich Luft bekommen.
Warme Flüssigkeit floss an meinem rechten Auge entlang und achtlos
wischte ich mir mit dem Handrücken das Blut weg.

Ich hätte gleich darauf kommen sollen. Ich musste durch das
Fenster flüchten. Erneut nahm ich mein Messer zur Hand, zielte und
traf. Die Fensterscheibe zerbarst und viele Glassplitter flogen durch
die Luft. Unsicher setzte ich ein Bein vor das nächste und erreichte
schließlich den Schreibtisch, über dem sich das kleine Fenster befand.

Mit beiden Händen auf den Schreibtisch gestützt, hob ich einen
Fuß auf den Stuhl und stemmte mich dann auf den Tisch. Ich streckte
mich nach dem Fenstergriff aus und wurde fast im selben Moment
grob an den Hüften gepackt, herumgewirbelt und auf das Bett geschleudert.

Die Wucht des Aufpralls ließ mich Sterne sehen und alles wankte
um mich herum.

Eine Person ragte über mir auf, sie war vollkommen vermummt.
Nein, sie trug eine Art Gasmaske. Dann wurde es schwarz um mich
herum.

37.
LILA

»Es ist Zeit aufzuwachen, Lila.«

Irritiert zwinkerte ich ein paar Mal, unfähig, meine Augen zu öffnen.

Ich lag auf einem kalten und harten Boden. Mein Schädel dröhnte und mein gesamter Körper fühlte sich an, als hätte ich als Boxsack hergehalten.

Ich stöhnte leise und hielt meinen Kopf fest. Meine Hand streifte meine rechte Schläfe und getrocknetes Blut bröckelte ab. Ich tastete höher Richtung Stirn und befühlte vorsichtig die Ränder meiner Platzwunde, die nicht mehr blutete, aber noch offen klaffte. Niemand hatte die Wunde versorgt, aber ich war offensichtlich nicht allein. Ich war geweckt worden. Und jetzt erinnerte ich mich an diese Stimme und zwinkerte erneut, um schließlich meine Augen offen zu halten.

»Na endlich!« Sie klang besorgt, aber ein ungeduldiger Unterton schwang mit. »Ich hatte schon das Schlimmste befürchtet.«

Lekika saß neben mir im Schneidersitz und schaute besorgt zu mir hinab. Ihre Züge wirkten ein wenig verschwommen, aber das konnte ebenso an meinen Augen liegen. »Du hast eine Gehirnerschütterung, meine Liebe.«

Sie nahm meine Hand und drückte sie leicht. Es war eine liebevolle Geste, warm und aufrichtig. Ich erwiderte sie, nur deutlich schwächer.

»Ich habe es nicht geschafft.« Ich raunte die Worte unscharf.

Ich hatte keine Ahnung, wo wir uns befanden. Nicht in der Kammer, von der ich so oft geträumt hatte. Um uns herum war alles schwarz, ein diffuses Licht umhüllte Lekika und mich, die mir nun vorsichtig über meine Haare strich.

»Ich konnte nicht fliehen, ich konnte Miro nicht erreichen und ich war nicht in der Lage, im Seelentor Zugang zu ihm zu finden.« Abermals schloss ich meine Augen. Ich hatte auf ganzer Linie versagt.

Meine Schultern begannen, leicht zu beben.

»Nicht doch!« Lekikas Stimme wirkte beruhigend, tröstlich und resolut. »Wer sagt, dass alles vorbei ist?«

Ich drehte meinen Kopf in ihre Richtung. Trotz meines Blickes fuhr sie unbeirrt fort.

»Ja, wir werden jetzt einen drastischeren Weg einschlagen. Miro hat dich bereits verlassen, du wirst ihn nicht mehr erreichen können. Deswegen ist die Enge in deiner Brust verschwunden. Wir nehmen jetzt den schnellen Weg der Ver-

schmelzung.« Lekika machte eine kurze Pause und sah mir fest in die Augen.
Und ich hatte gedacht, meine Meditation hätte mich befreit, wie naiv.

Ich setzte mich auf. Mir wurde schlecht und um mich herum drehte sich alles.
Lekika stützte meinen Rücken, als ich hin und her wankte, und beließ ihre
Hand dort. So saß ich nun Seite an Seite mit ihr und versuchte, meinen Blick
auf sie zu richten.

Die Tragweite dessen, was sie gerade gesagt hatte, wurde mir jetzt erst bewusst.
Ich war fassungslos.

»Warum haben wir den schnellen Weg nicht viel eher gewählt, wenn du ihn
kanntest. Wir hätten gar nicht zum Seelentor gemusst, damit unsere Seelen verschmelzen! Warum das ganze Theater? Juri könnte noch leben, wir könnten beide
noch frei und zusammen sein. Miro wäre vielleicht noch bei mir. Alles hätte gut
werden können. Wie konntest du …« Meine Stimme klang anklagend. Dann
schnitt mir Lekika das Wort ab.

»Sch …, nein; Lila, so einfach ist das Ganze nicht.« Lekikas Stimme war
noch immer sanft. »Ich kann dich nicht so mühelos verlassen wie Miro. Für ihn
war es einfacher, da seine Seele nicht dazu bestimmt war, mit deiner zu verschmelzen. Das ist nur für uns vorgesehen.«

Ich konzentrierte mich, ihrer Erklärung zu folgen.

»Wie sich der Lauf der Geschichte geändert hätte, wenn manches anders gewesen wäre, kann niemand vorhersehen. Die lebensbedrohliche Situation in der
Wüste hatte uns beiden ermöglicht, dass wir überhaupt miteinander interagieren
konnten. Deine Seele war kurz weg, dadurch konnte ich mich manifestieren.
Dann wurde ich wieder von deiner Seele zurückgedrängt.« Sie atmete tief ein und
fuhr fort. »Und so in etwa ist das auch jetzt. Jede Seele, wenn sie stark und alt
genug ist, kann eine Seelenverschmelzung erzwingen. Das funktioniert allerdings
nur unter extremen Bedingungen und birgt mehrere Risiken für beide. Daher
wird diese Verschmelzung als letzte Möglichkeit in Betracht gezogen. Ich würde
diesen Weg nicht wählen, wenn die Zeit nicht so knapp wäre.«

Ich konnte mich noch gut an die Wüste erinnern. Damals hatte ich keine
Gewalt mehr über meinen Körper gehabt, ich war lediglich Zuschauerin meiner
Taten gewesen. Nie wieder wollte ich das erleben.

»Wir hatten darüber was in deinen Aufzeichnungen gefunden. Was kann
denn passieren, wenn es schiefgeht? Wäre es so wie in der Geröllebene?« Ich musste diese Fragen stellen, wenngleich es nichts änderte.

Sie lächelte gequält.

»Nun, wie ich bereits sagte, es birgt mehrere Gefahren. Eines der größten Risiken für dich ist die Seelenübernahme. Ist deine Seele zu schwach, übernimmt meine die alleinige Herrschaft über deinen Körper. Deine Seele geht verloren.«

Ich sog scharf die Luft ein.

»Ich wäre dann nicht mehr ich selbst und nur mein Körper würde existieren? Mit dir als Bewohnerin?«

Lekika neigte zustimmend ihren Kopf.

»Ja, so kann man es wohl bezeichnen. Du würdest davon dann nichts mehr mitbekommen, das wäre das Aus für deine Seele, dein seelischer Tod. In der Wüste hatte ich das Ruder übernommen, da deine Seele nicht bei Bewusstsein war. Das kann passieren, wenn etwas so Schlimmes auf dich zukommt, dass du es nicht miterleben kannst. Ich war aber da und konnte für dich reagieren. Ich versichere dir, dass so etwas nicht noch einmal passieren wird. Sollte ich übernehmen, wirst du tot sein.«

Lekika pausierte und in ihrem Blick konnte ich die Sorge und Angst erkennen. Ich schluckte hart. Besser tot als ein Roboter.

Hatte ich vor ein paar Wochen noch mit dem Tod geliebäugelt, hatte sich jetzt alles verändert. Ich hatte mich verändert und Juri hatte es für mich verändert. Innerhalb kürzester Zeit hatte er es geschafft, sich tief in meinem Herzen zu verankern. Selbst jetzt, wo er tot war, trieben mich seine Überzeugung und seine Leidenschaft voran.

Ich nickte ihr zu und meine Kopfschmerzen dröhnten.

»Ich werde es machen!« Meine Stimme klang kratzig und trocken. »Was muss ich dafür tun?«

Lekikas Hand streichelte beruhigend meinen Rücken entlang.

Leise fuhr sie fort: »Das, was dir passieren kann, kann für mich ebenso eintreten, wobei dies in der Regel nicht geschieht. Ist deine Seele zu stark, kann sie meine zerstören.

Was weitaus häufiger eintritt, ist, dass nur Bruchstücke der Seele verschmelzen und damit nur Teile der Fähigkeiten oder Erinnerungen übertragen werden.«

Sie legte jetzt ihre Hände in ihren Schoß. »Das kann theoretisch bei jeder Verschmelzung passieren. Danach wird diese Seele nicht mehr in der Lage sein, weiterzuwandern. Sie wird mit dir sterben.«

Bedächtig wählte sie ihre nächsten Worte. »Manchmal ist es gewollt, wenn die Seele zu viel Schreckliches im Leben erfahren hat. Das ist bei mir aber nicht der Fall.«

Irritiert sah ich in ihr schönes Gesicht, das mich freundlich anblickte.

»Aber du wurdest ermordet!«

Lekika lächelte erneut. »Ja, der Tod war nicht schön, aber das Leben hatte es immer gut mit mir gemeint. Ich würde gerne meine Seele komplett mit dir verschmelzen.«

Sie verstummte und ihr Blick schweifte in die Schwärze, die uns umgab. Es herrschte absolute Stille.

Hatte ich erwartet, dass Lekika ihre Ausführungen fortfuhr, so hatte ich mich getäuscht. Lekika blickte weiterhin stumm in die Dunkelheit.

Mein Kopf wurde mir schwer und ich legte ihn auf Lekikas Schulter ab. Ich empfand es als tröstlich, neben ihr zu sitzen und ihre Körperwärme zu spüren.

Sie räusperte sich kurz. »Es wird Zeit, dass du aufwachst, Lila. Sie kommen.«

Ich schreckte neben ihr auf und ich sah Sternchen und Übelkeit kroch in mir hoch. »Ich weiß doch bislang gar nicht, wie diese Verschmelzung jetzt funktioniert«, nuschelte ich unscharf. Lekika hatte mich trotzdem verstanden.

Sie kniete sich vor mich und half mir wieder in eine liegende Position. Ich konnte ihr direkt ins Gesicht sehen. Dann streichelte sie liebevoll meine Wange und umarmte mich vorsichtig.

»Das wirst du, fürchte ich, bereits bald erfahren. Sei bereit! Sobald du wieder Luft bekommst, musst du sofort sehr tief einatmen, hörst du?«

Ihre Stimme war immer noch leise, nun aber viel eindringlicher und ihr Körper verkrampfte sich ein wenig. »Und pass gut auf dich auf. Du bist nicht mehr nur für dich allein verantwortlich!«

Mein Körper krampfte sich zusammen, als ein scharfer Strahl eiskalten Wassers direkt auf meine Brust traf. Ich riss meine Augen auf. Ein Stöhnen entfuhr meiner Kehle und Luft entwich schlagartig meiner Lunge. Ich rollte mich auf dem Boden in einer Embryonalhaltung zusammen, um meinen Kopf und meine Organe zu schützen.

So schnell das Wasser kam, so schnell hörte es auf und lief direkt unter mir in einem kleinen Ablauf ab. Wie ein Fisch auf dem Trockenen schnappte ich ruckartig nach Luft.

Alles war nass und kalt. Ich lag auf einem glatten Fußboden, der, anders als im Seelentor, aus dunkelblauem, fast schwarzem Stein bestand. Nicht nur der Stein, der gesamte Raum war dunkel, kahl und winzig. Die eine Längsseite wurde von einem festgeschraubten Bett eingenommen, während sich auf der anderen Seite eine kleine Toilette befand und ein Stuhl, der ebenfalls am Boden verankert war.

Ich lag mittig im Zimmer auf dem Boden. Der Abguss unter mir gab kleine blubbernde Geräusche von sich, während die letzten Tropfen des Wassers darin verschwanden.

Ein ekelig süßer, verdorbener Geruch stieg daraus auf, der mich würgen ließ. Ich hustete und bewegte vorsichtig meine Glieder, bevor ich mich langsam aufsetzte.

Ich befand mich eindeutig in einem Gefängnis.

Ein schummriges Licht fiel von einem kleinen, weit oben zur Decke angrenzenden Fenster in die Zelle. Die triste Helligkeit erreichte kaum die gegenüberliegende Wand, in deren Schatten mehrere Personen standen.

Ich versuchte, meinen Blick zu fokussieren, aber ich schaffte es nicht, deutliche Konturen zu erkennen. Das Pochen meines Kopfes verstärkte sich und ich steckte ihn zwischen meine Knie.

»Ah, du bist wach, kleine Lila. Ich hoffe, du hattest gute Träume.« Eine leise Stimme ließ mich erneut aufblicken.

Eine groß gewachsene Gestalt trat näher an mich heran. Sobald er ans Licht trat, erkannte ich ihn. Es war Firas.

In der Enge der Zelle wirkte er noch größer, aber weniger gefährlich, als ich ihn in Erinnerung hatte. Sein braunes, lockiges Haar umspielte sein immer noch jugendlich wirkendes Gesicht. Fältchen umrahmten seinen Mund und seine Augen. Juri hatte seine Augenfarbe von ihm vererbt bekommen. Aber Firas Augen waren weder warm noch strahlend. Dennoch wirkte seine ganze Erscheinung nicht herrisch, machthungrig oder skrupellos. Es war seine Stimme, die ihn verriet.

Er hatte leise gesprochen und mit jedem Wort aus seinem Mund wurde mir kälter und meine Beklemmung wuchs. Seine Stimme klang gefährlich und unberechenbar.

Ich begann zu zittern, ob es an ihm oder der Wassertemperatur lag, wusste ich nicht.

»Nicht doch.« Fast liebevoll und doch scharf wie ein Skalpell drang seine Stimme zu mir.

Er kniete sich runter und streckte seine Hand nach mir aus. Instinktiv zuckte ich zurück. »Alles ist gut, kleine Lila.«

Dann drehte er sich zu den beiden verbliebenen Personen um und sagte in sehr herrischem Tonfall: »Raja, bring ihr eine Decke, wir wollen doch nicht, dass sie bereits so kurz nach ihrer Ankunft stirbt.«

Eine sehr schmale und große Gestalt schnaubte leise, drehte sich aber sogleich um und klopfte.

Eine schwere Metalltür wurde geöffnet und mehr Licht drang in meine Zelle. Die Frau entfernte sich grazil und das Licht erleuchtete eine dritte Person von hinten. Es war eine stämmige, skrupellos und kalt wirkende Frau mit straff zurückgebundenen braunen Haaren.

Sie hatte einen großen Wasserschlauch in der Hand, aus dem jetzt nur noch Tröpfchen kamen.

Sie sah, im Gegensatz zu Firas, auf den ersten Blick gefährlich aus. Vollkommen in dunkelbraunes Leder gekleidet, eine schwere Weste mit unterschiedlichen Messern bestückt und an der Seite eine große Karbatsche befestigt, stand sie breitbeinig und gewaltbereit im Hintergrund.

Firas musste meine Miene bemerkt haben, denn nach einem kurzen Blick zu der Frau schaute er mich wieder lächelnd an.

»Darf ich dir Korta vorstellen? Sie ist mir hier unten eine gute Hilfe. Ich kann mir vorstellen, dass ihr beide euch gut verstehen werdet.« Er bedachte sie mit einem kleinen Lächeln und stolz zeichnete sich in ihrem Gesicht ab.

Die andere Frau, Firas hatte sie Raja genannt, war zurückgekehrt und reichte Firas eine dünne Decke, die er mit spitzen Fingern entgegennahm und mir achtlos zuwarf.

Sie war wunderschön. Mit ihrer bronzenen Hautfarbe und ihren braunen Augen. Sie entfernte sich wieder in den hinteren, schattigen Teil meiner Zelle und ich sah Firas zum ersten Mal direkt in die Augen.

»Was immer du von mir willst, ich werde es dir nicht geben.« Meine Stimme war rau und abgehackt. »Rein gar nichts wird mich dazu bringen. Lieber sterbe ich!« Ich presste die Worte zwischen meinen Zähnen hervor und merkte gleichzeitig, dass ich diese kämpferische Fassade nicht lange würde aufrechterhalten können.

Ich war zu erschöpft und zu schwach. Erneut erschien ein Lächeln auf seinem Gesicht. Firas freute sich über meine Worte.

»Das weiß ich doch, Lila.« Seine Worte trieften vor Zynismus. »Aber wenn du es nicht bist, die du retten möchtest, liegt dir vielleicht was an der Person, die mein Blut in sich trägt? Ich denke, Juri hat dir doch bestimmt erzählt, dass er mein Sohn ist?« Ein selbstgefälliges Lächeln breitete sich auf seinen Lippen aus und er beugte sich ein Stück näher zu mir. »Ich habe von Anni nette Geschichten über euch erfahren. Offensichtlich bedeutet dir mein Sohn etwas. Und er scheint ebenso deine Vorzüge zu schätzen.«

Sein Tonfall wurde anzüglich und er ließ seinen Blick über meinen Körper schweifen.

Bereits nach seinem zweiten Satz war ich nicht mehr in der Lage gewesen, weiter zuzuhören. Ich saß nur da und starrte ihn an, unfähig, zu verarbeiten, was er gerade gesagt hatte. Konnte es wahr sein, Juri lebte?

Firas hatte meine Reaktion genau beobachtet und ein amüsiertes Glitzern trat in seine Augen. Langsam zog er eine Augenbraue nach oben.

»Oh, dachtest du, Juri wäre tot?« Er legte den Kopf leicht zur Seite und sah mich mit gespielter Besorgnis an. »Ach Kindchen, hältst du mich denn für solch ein Ungeheuer?«

Die Übelkeit überkam mich erneut und ich musste wieder würgen, sodass Firas sich schnell erhob und sich wieder zwischen seine beiden Untertanen stellte.

Seine eben noch freundliche Maske fiel von ihm ab. Abfällig deutete er auf mich und seine Stimme war dabei so kalt und glatt, dass ich erstarrte.

»Dein Leben ist für mich nicht von Bedeutung, Lila. Und Miro, falls du da irgendwo drin bist, deinen Tod würde ich sogar noch begrüßen. Und wenn Anni es nicht vermasselt hätte, wärt ihr es längst!«

Er drehte sich langsam Richtung Ausgang und wischte mit einer eleganten Handbewegung eine Fluse von seinem schwarzen Mantel. »Aber jetzt weiß ich, dass Juri dir nicht egal ist. Ob es sich andersherum ebenso verhält? Was glaubst du, wie weit würde er für dich gehen? Für wen schlägt sein Herz, für dich oder Nuretaja?«

Nach diesen Worten klopfte er an die Tür, die erneut sogleich geöffnet wurde, und alle drei verließen meine Zelle.

Ich starrte die Tür an, eingehüllt in die stinkende Decke und unfähig, mich zu rühren. Juri lebte!

Ein zentnerschwerer Stein löste sich von meinem Herzen und ich atmete tief ein. Ich war so erleichtert, dass er am Leben war. Langsam rappelte ich mich auf und setzte mich auf das harte Bett, mit einer abwaschbaren Gummimatte als Matratze.

Ich schaute mich um. Das Fenster war zu hoch, um es zu erreichen, ließ sich nicht öffnen und ich konnte nur ein Stückchen Himmel erkennen. Er strahlte in einem Farbspiel aus Rot, Violett und Grün, wobei ich nicht hätte sagen können, ob die Sonne auf- oder unterging. Die Monde konnte ich nicht sehen.

Ich musste einen Weg finden, hier herauszukommen. Ob Aya wohl ebenfalls hier eingesperrt war? Ich hoffte für sie, dass sie sich besser hatte zur Wehr setzen können.

Bleierne Müdigkeit übermannte mich. Mein Kopf pochte schmerzhaft und mein Mund fühlte sich trocken an.

Ich wickelte die Decke so gut wie möglich um mich und legte mich auf die kalte Gummimatte. Kaum hatte mein Kopf die harte Matte berührt, fiel ich in einen tiefen und traumlosen Schlaf.

38.
AYA

Entspannt und befriedigt spielte ich mit Peters seidigen und feuchten Haaren, die sich aus seinem Zopf gelöst hatten. Er war unglaublich. Ich natürlich auch, aber das wusste ich ja schon. Zusammen waren wir perfekt. Mein Kopf lag weich auf seiner Brust und ich hatte ein Bein seitlich um seinen Körper geschlungen. Noch war ich mir nicht sicher, ob es nur am Sex lag, dass ich ihn so faszinierend fand. Für den Moment war es gut, wie es war.

Nachdem ich Lila vor Rugals Besprechungszimmer gute Nacht gewünscht hatte, waren Peter und ich zurück in die Bibliothek gegangen, die im ersten Stock auf der Kopfseite desselben Innenhofs lag. Unter uns befand sich das Haupttor. Ursprünglich hatten wir nach weiteren Hinweisen suchen wollen.

»Zieh dich an und hör auf, mich abzulenken. Wir müssen Lila helfen. Ich werde nicht zulassen, dass Pandu ihr etwas Lebensbedrohliches verabreicht und wir nicht wissen, was dabei alles passieren könnte.«

Peter schnaubte belustigt. »Hätte ich längst, wenn du nicht halb auf mir liegen würdest.« Er gab mir spielerisch einen Klaps auf den Hintern. Dann setzte er sich auf, wobei er mich zur Seite schob, und fügte ernst hinzu: »Aber lass uns anziehen und weitersuchen.«

Während ich meine Unterhose anzog, überlegte ich, wo meine rechte Socke sein könnte, und dann hörten wir es.

Unter uns. Das Geräusch war nicht laut oder an sich auffällig. Die Uhrzeit machte den Unterschied. Wer würde das Tor mitten in der Nacht öffnen?

Ich schnappte mir Peters Pullover und rannte zum Ausgang der Bibliothek. Peter folgte mir, nur in Shorts gekleidet.

Gemeinsam liefen wir schnell und leise den restlichen Gang entlang. Hasteten die Wendeltreppe runter. Wir erreichten das Tor, als es sich gerade geschlossen hatte. Ich stemmte mich dagegen, aber nichts passierte. Peter half mir, doch es rührte sich nicht. Jemand hatte es verkeilt. Ich rannte zum Guckloch, doch zu spät. Ich sah nur Staub, den ein wegfahrendes Auto hinterlassen hatte.

Hilflos stampfte ich mit dem Fuß auf und drehte mich zu Peter.

»Wer war das? Was wollten die?« Dass hier etwas nicht stimmen konnte, war uns beiden klar.

Wir liefen zum Speisesaal, doch davor blieb ich abrupt stehen. Im Innenhof war noch immer ein Großteil der Lebensmittellieferung. Große Kisten mit Kartoffeln und Fässer mit Bier und Wein waren dort gestapelt worden. Und ein Teil davon war geöffnet. Vorsichtig näherte ich mich. Unfassbar. »Peter, schau dir das an, doppelwandige Fässer. Es hört sich dadurch wahrscheinlich gefüllt an und das richtige Gewicht lässt sich dadurch mit dem passenden Inhalt einstellen. Jemand hat sich hier eingeschlichen. Kontrolliert ihr die Fässer denn nicht?« Ich sah Peter vorwurfsvoll an und merkte, dass ich gerne jemanden dafür die Schuld geben wollte.

Peter kannte mich mittlerweile ein wenig und ging gar nicht darauf ein.

»Lass uns nachsehen, was vorgefallen ist.« Er strich kurz über meinen Rücken und lief weiter.

Beim Anblick des Speisesaals fuhr es mir kalt den Rücken hinunter. Alle waren hier und sahen tot aus, manche lagen auf dem Boden, andere waren auf ihren Stühlen zusammengesunken. Und es roch merkwürdig.

Peter lief sofort zu Alexander, der nahe der Küche am Tisch zusammengebrochen war, und überprüfte seine Atmung.

»Er lebt!« Er hob ebenfalls seine Nase und schnupperte.

»Gas! Wir müssen die Türen komplett öffnen.« Meine Stimme hallte laut durch den leisen Saal.

Wo war Lila? Ich sah sie nicht. Panik stieg in mir hoch.

»Lila!« Ich schrie ihren Namen, so laut ich konnte. Peter sah alarmiert zu mir, doch ich ignorierte ihn und rannte los. Immer zwei Stufen nehmend, lief ich die Treppe hoch und stand schwer atmend kurze Augenblicke später vor ihrer Zimmertür. Sie stand sperrangelweit offen. Ich schaltete das Licht ein. Als Erstes sah ich das Chaos, Scherben und Blut. Es hatte ein Kampf stattgefunden. Von Lila keine Spur.

Im Speisesaal hatte Peter bereits alle anderen Bewohner des Seelentors geweckt und stand nun wieder bei Alexander, einen großen, leeren Wasserkrug in der Hand. Respekt.

Mein Weg führte mich sofort zu einem finster dreinblickenden Rugal, wobei ich bereits auf dem Weg begann, zu berichten.

»Lila ist weg und ihr Zimmer verwüstet. Sie wurde entführt!«

Rugals Blick verfinsterte sich weiter, während er sein Gesicht mit einer Serviette trocknete.

»Firas«, knurrte er und sah sich nach Vasus um. »Lila ist in Gefahr und ohne sie können wir Miro nicht vor unserem Gegenschlag zurückholen. In wie vielen Tagen ist der Aufstand vor dem Ephorenpalast geplant, in sieben, richtig?«

Vasus nickte kurz.

»Wir müssen alle mobilisieren, dorthin zu kommen, und ich befürchte, wir müssen früher bereit sein.«

Ich hatte gewusst, dass etwas geplant war, doch Rugal wollte Lila und mich zu unserer Sicherheit heraushalten. Da ich dadurch Lila beschützen würde, hatte ich zugestimmt. Jetzt hatte ich versagt, aber das würde nicht noch einmal passieren.

»Ich bin dabei!« Mein Tonfall ließ keinen Widerspruch zu.

Rugal neigte zustimmend seinen Kopf, er wusste, dass ich kämpfen konnte. Dann sah er zu Annea.

»Wir müssen versuchen, Kontakt zu ihr aufzunehmen. Blühen deine schwarzen Callas gerade?«

39.
JURI

Schmerz. Meine Welt bestand aus Schmerz. Seit einer gefühlten Ewigkeit schon ermüdete er meine Gedanken und ließ mich im Nichts zurück. Wach zu bleiben, fiel mir schwer, alles war unfassbar anstrengend.

Die Stichverletzung war nach meiner Ankunft versorgt worden, aber Medikamente hatte ich keine erhalten.

Mich plagte der Schüttelfrost, während ich immer wieder in einen unruhigen Schlaf fiel, der mich mit Albträumen quälte. Ich wusste nicht, wie lang ich bereits in diesem Zimmer ohne Fenster verbrachte. Ich war nicht gefesselt. Das war aufgrund meiner körperlichen Verfassung gar nicht notwendig, denn ich war nicht in der Lage, mich länger als ein paar Minuten auf den Beinen zu halten.

Als ich aufgewacht war, befanden sich noch die verschiedensten Schläuche an und in mir, die aber bald wieder entfernt wurden. Die Stichwunde war genäht worden und eine Heilerin hatte mir freundlicherweise mitgeteilt, dass meine Niere verfehlt worden war. Ich hatte zwar viel Blut verloren, aber keines meiner inneren Organe war dabei geschädigt worden. Diese Tatsache hatte mir das Leben gerettet.

Das Personal schien sich unregelmäßig abzuwechseln und brachte mir Essen und Wasser. Die Heilerinnen kamen ebenfalls zu unterschiedlichen Zeiten. Niemand bis auf die eine Person sprach mit mir.

Sie war es auch, die mir gelegentlich etwas gegen das Fieber und die Schmerzen gab. Sie war meine einzige Hoffnung. Wenn ich die Möglichkeit einer Flucht bekommen sollte, dann nur durch sie.

Aber dafür musste es mir besser gehen und ich sollte in der Lage sein, länger als fünf Minuten auf den Beinen zu bleiben.

Ich hatte begonnen, mir die Schmerzmittel einzuteilen, dass die Wirkung zwar geringer, aber durchgängiger blieb.

In meinen kurzen Momenten der Klarheit dachte ich an Lila. Die Gedanken an sie folgten mir in meine Träume, in die guten und in die schlechten. Unsere kurze gemeinsame Zeit hatte ausgereicht, meine gesamte Welt auf den Kopf zu stellen.

Natürlich wollte ich Nuretaja retten. Und es war klar, dass Miro dafür gerettet werden musste. Aber es war mir jetzt ebenso wichtig,

Lila zu retten und für sie da zu sein. Diese faszinierende Erscheinung, die ich anfangs komplett unterschätzt hatte. Ich wollte, dass sie lebte.

Der Schlaf überkam mich wieder, aber ich zwang mich, noch ein wenig wach zu bleiben. Ich durfte die Heilerin nicht verpassen. Es war schon lange niemand mehr hier gewesen.

Und wie aufs Stichwort hörte ich den Schlüssel in der Tür, die sogleich aufgestoßen wurde. Eine andere Heilerin trat hinein, hinter der die Tür gleich danach wieder abgesperrt wurde.

Ich seufzte frustriert und schloss meine Augen. Der Schlaf übermannte mich erneut und dieses Mal ließ ich ihn gewähren.

Ein Monat war vergangen und ich fragte mich mehr als einmal, warum man mich dahinvegetieren, aber nicht einfach sterben ließ.

Dann änderte sich alles.

Zuerst waren bereits am frühen Mittag alle Heilerinnen bei mir gewesen und hatten mich einer äußerst akkuraten Untersuchung unterzogen. Anschließend wurde ich in die Badegemächer geführt, wo ich von mehreren Angestellten entkleidet, gewaschen und rasiert wurde. Danach brachten sie mich nicht zurück in meine Zelle, sondern in mein altes Kinderzimmer.

Dasselbe Zimmer, das ich seit Eintreten in die Akademie nicht mehr betreten hatte. Nichts darin war seit jener Zeit verändert worden. Es war sauber und staubfrei, das Bett frisch bezogen und sogar ein Blumenstrauß verströmte seinen Duft. Essen und Getränke, die ich als Kind besonders gern gemocht hatte, wurden mir serviert und ich bekam Medikamente gegen die Schmerzen und Entzündungen verabreicht.

Ich war immer noch sehr geschwächt, doch ich spürte bereits, dass die Infusionen und Tabletten halfen und ich mich auf dem Weg der Besserung befand.

Zuerst war ich erleichtert, da ich begriffen hatte, dass ich überleben würde. Dann kam das schlechte Gewissen. Welcher Preis würde dafür gefordert werden? Dass mein Vater ohne Grund sein Verhalten änderte, konnte ich ausschließen.

Es musste etwas vorgefallen sein, das ihn dazu bewogen hatte, seine Taktik zu ändern, und dabei würde ich eine Rolle spielen, so viel war mir klar. Womöglich Lila ebenfalls? Ich musste versuchen, Rugal zu erreichen, um mir Klarheit zu verschaffen.

Abends war mir, vermutlich zusammen mit der abendlichen Infusion, ein Schlafmittel verabreicht worden, sodass ich bis zum nächsten Morgen durchschlief.

Als ich am frühen Morgen aufwachte, fühlte ich mich so erholt und ausgeruht wie schon seit Wochen nicht mehr. Ich streckte mich und spürte fast nichts mehr. Meine Schmerzen hatten sich auf ein Minimum reduziert. Lediglich die Wunde von der Stichverletzung war noch deutlich zu spüren.

Ich setzte mich im Bett auf und sah mich erneut im Zimmer um. Mein Blick fiel auf die Blumen, die auf dem Schreibtisch platziert worden waren. Es handelte sich um sieben Calla-Lilien, die in einem dunklen Violett, fast schwarz, erstrahlten. Dank Annea kannte ich mich etwas mit den verschiedensten Pflanzen und Kräutern und deren Wirkung aus. Sie verbrachte all ihre Zeit im Garten und das waren ihre Lieblingsblumen. Hatte das etwas zu bedeuten oder wurde ich paranoid?

Ich stand auf und ging langsam auf die Blumen zu, doch bevor ich den Strauß genauer betrachten konnte, klopfte es und nur einen Moment später kam eine Angestellte mit einem Buffetwagen herein, um mir Frühstück zu bringen. Ich deutete nur zum Tisch.

»Vielen Dank, stell doch bitte das Frühstück dort neben die Blumen.«

Sie reagierte sofort, was mir zeigte, dass sich Firas in den vergangenen Jahren nicht verändert hatte. Das Personal wusste, das Ungehorsam nicht geduldet wurde.

Nachdem sie das Zimmer wieder verlassen hatte, setzte ich mich und nahm einen großen Schluck Kaffee. Dabei betrachtete ich die formschönen dunklen Blüten eingehender. Nichts, nur sieben perfekte Blüten.

Ich spürte, dass meine Nervosität zunahm. Durch das Schlafmittel hatte ich mir gestern keine Gedanken mehr machen können. Heute überfielen sie mich mit voller Wucht. Unruhig knetete ich meine Hände und starrte weiter auf die blühende Pracht, bis sich hinter mir jemand räusperte.

Ich drehte mich um und erkannte Raja, die nur etwa zwei Meter von mir entfernt stand und mich musterte.

Wir hatten in unserer frühen Kindheit viel miteinander gespielt. Sie war so etwas wie meine erste Sandkastenliebe gewesen. Meine Akademielaufbahn hatte uns getrennt und schließlich hatte Firas sie in seinen Dienst aufgenommen. Jetzt gehörte sie ihm.

Die Zeit hatte uns entfremdet. Ihre Fröhlichkeit war verblasst. Es war Jahre her, seit ich sie das letzte Mal gesehen hatte, und nun erschrak ich fast bei ihrem Anblick.

Ich schämte mich. Auch sie hatte ich im Stich gelassen. Sie war immer noch eine unglaublich schöne Frau, doch ihre einst schimmernde Haut erschien im Sonnenschein fahler als früher. Das Funkeln in ihren Augen war erloschen. Sie wirkte wie eine schöne, aber leere Geschenkverpackung.

Ich überwand die Entfernung zwischen uns und drückte sie in einer Umarmung an mich. Sie war kaum mehr als Haut und Knochen. Sie versteifte sich und wich einen Schritt zurück, als ich sie wieder freiließ.

»Es tut mir leid«, murmelte ich leise.

Sie blieb gleichgültig, kein Gefühl spiegelte sich auf ihrem Gesicht.

»Dein Vater wünscht, dich in einer halben Stunde zu sehen.« Sie blickte an mir hinab. »In angemessener Kleidung.«

Kurz huschte ihr Blick zu den Blumen, dann sogleich wieder zu ihren Füßen. Leise fuhr sie fort: »Wenn du es wünschst, suche ich dir etwas Passendes heraus?«

Unsicher trat Raja von einem Fuß auf den anderen. Mir erschien es, dass sie es nicht eilig hatte, von hier wegzugehen. Das hieße wahrscheinlich im Umkehrschluss, zurück zu ihm zu müssen. Ich schenkte ihr ein zustimmendes Lächeln und ihr erleichtertes Ausatmen bestätigte mir, dass ich recht hatte. Sofort verschwand sie im Ankleidezimmer. Ich setzte mich wieder und stocherte lustlos im mittlerweile kalten Rührei herum. Dann gab ich es auf, tigerte durch mein Zimmer und ballte rhythmisch meine Hände zu Fäusten.

Wie konnte ich Rugal erreichen, wem konnte ich noch trauen?

Raja hatte mir in der Zwischenzeit eine schwarze Militäruniform herausgelegt. Akkurat und schwer hing sie nun neben dem Spiegel für mich bereit.

»Möchtest du, dass ich dir beim Ankleiden behilflich bin?«

Ich sah Raja an, die noch am Eingang zum Ankleidezimmer stand.

»Ich bin schon groß und kann das allein. Aber vielen Dank!« Außerdem musste ich vorher duschen.

Kurz schaute sie mich an und stand noch einen Moment unschlüssig an Ort und Stelle. Dann gab sie sich einen Ruck, ging mit schnellen Schritten zu mir, ergriff meine Hände und legte mir zwei kleine Metallstücke hinein. Es waren Manschettenknöpfe.

»Wunderschöne Calla-Lilien sind das. Weißt du, von wem die stammen?« Dabei wies sie auf die dunklen Blüten.

»Nein, keine Ahnung«, antwortete ich, irritiert über die Frage. Ich sah zu ihr und ein kleines Lächeln erschien auf ihrem Gesicht, was mich an die alte Raja erinnerte.

»Ich war zufällig im Gemach von deinem Vater, als sie ihm gebracht wurden. Sie kamen gestern …« Damit erlosch ihre Freude wieder. »Ohne Absender. Adressiert an Firas, aber er wollte sie nicht, deswegen habe ich sie zu dir bringen lassen. Heute kamen wieder welche, dieses Mal nur sechs.«

Ich verstand nicht. »Noch mehr Blumen?« Ich überlegte fieberhaft. Diese Blumen standen für das ewige Leben, den Tod, die Seelenwanderer.

Rajas Blick huschte unsicher hin und her. Sie fühlte sich sichtbar unwohl.

Dann rückte sie die Marmelade zurecht und schnitt ein Brötchen für mich auf. Sie legte das Brötchen, das sie geschmiert hatte, auf meinen Teller und trat einen Schritt zurück.

»Wenn es sonst nichts mehr gibt, werde ich jetzt gehen.« Ohne einen weiteren Kommentar verließ sie mein Zimmer.

Was sollte das? Ich schüttelte stirnrunzelnd meinen Kopf. Darüber konnte ich mir später Gedanken machen.

Ich musste zu ihr, ich musste Lila sehen und sie musste wissen, dass ich am Leben war. Ich entfernte den Verband und nahm eine kurze und sehr kalte Dusche.

Nachdem ich mich ›passend‹ gekleidet hatte, versuchte ich, die Manschettenknöpfe anzubringen.

Dabei fiel mir die Prägung auf den Knöpfen auf. Drei Kreise, wobei der oberste Kreis durch einen kleinen Amethyst dargestellt wurde und in einem dunklen, aber reinen Violett leuchtete. In den unteren beiden Kreisen waren zwei kleine Onyxe eingefasst und sie leuchteten in einem satten Schwarz. Sie hatten früher meinem Onkel gehört.

Auf den Manschettenknöpfen war das Symbol der Seelenträger abgebildet.

40.
JURI

Ich hatte hier die frühsten Jahre meiner Kindheit verbracht.

Jetzt, Jahre später und mit den Augen eines Erwachsenen, nahm ich die Nuancen des Miteinanders hier wahr. Unter den strengen und brutalen Augen meines Vaters waren die Bewohner misstrauisch allem und jedem Gegenüber.

Verrat stand seit dem Amtsantritt meines Vaters hoch im Kurs. Es galt, die Gunst des Herrschers zu erringen, und noch wichtiger, seiner Missgunst zu entfliehen. Das Vertrauen, selbst zwischen den engsten Familienmitgliedern, konnte leicht ins Wanken geraten.

Als ich durch die Gänge zu Firas ging, begegnete ich nur wenigen Personen und ich erkannte keinen Einzigen von ihnen.

Pünktlich eine halbe Stunde nach dem Besuch von Raja wurden mir die schweren Holztüren zum großen Saal geöffnet. Die Audienzhalle beeindruckte mich noch immer mit ihrer ungebrochenen Prunkhaftigkeit und Größe. Es erschien mir, als sei es erst gestern gewesen, dass ich hier entlanggehen musste, um mir eine meiner Strafen abzuholen. Doch Stockhiebe, Ohrfeigen oder Schlimmeres ließen meine Knie nicht mehr vor Angst schlottern.

Hocherhobenen Hauptes schritt ich langsam in Richtung der langen Tafel, an der mein Vater residierte. Zu Miros Zeiten war der Tisch zu fast jeder Zeit voll besetzt gewesen, sei es von Abgeordneten, Beratern oder einfach nur Freunden, die zu Besuch kamen. Es wurde damals viel gelacht, aber auch produktiv und hitzig diskutiert, wie man das Land voranbringen konnte.

Jetzt saß an dem Tisch nur Firas, während hinter ihm Raja stand und meinen Blick mied. Dahinter war eine ganze Reihe an Soldaten postiert.

Als ich nur noch wenige Meter vom Kopf der Tafel entfernt war, hob Firas seinen Blick. Niemals zuvor hatte ich so viel Kälte und Verachtung auf einmal gesehen. Er schnippte eine nicht vorhandene Fluse von seinem Revers.

»Ah …«, er zog das A künstlich und spöttisch in die Länge, »der verlorene Sohn ist heimgekehrt. Hast du dich ausreichend ausgetobt mit deinen Rebellionsspielchen?«

Seine Stimme klang dabei so freundlich, dass mir übel wurde. Er hatte genau gewusst, dass ich schon seit geraumer Zeit dort unten in den Folterkammern untergebracht gewesen war.

»Es wurde Zeit, dass du zur Vernunft kommst, mein Junge. Wichtige Dinge liegen vor uns, die wir jetzt angehen sollten.«

Hatte ich mich verhört? Meinte er tatsächlich mich damit?

Er ignorierte meinen Blick und erhob sich, während er weiterredete: »Überall im Land häufen sich die Aufstände, das Volk will mehr Freiheit und mehr Entscheidungsgewalt.« Er klang ehrlich entrüstet. »Als wüssten sie etwas damit anzufangen! Freiheit!« Er spie dieses Wort aus, als hätte er in einen verfaulten Apfel gebissen. »Wir konnten sehen, wohin es uns fast gebracht hätte. Ich habe es verhindert! Und nun ist es unsere Pflicht, das Volk zu unterstützen und sie auf den richtigen Weg zurückzuführen. Wir müssen sie wieder zur Vernunft bringen! Sie noch mehr anspornen, damit es allen in Nuretaja gut geht. Sie alle werden es dann erkennen und mein Handeln gutheißen.« Firas stoppte seine Rede und sah zufrieden in mein Gesicht.

Fassungslos sah ich ihn an. Glaubte er tatsächlich, was er da faselte?

»Das Volk will mehr Freiheit, weil sie wissen, dass es ihr Recht ist. Freiheit, die du ihnen genommen hast. Sie kämpfen nicht aus Unvernunft, sondern aus der Sehnsucht nach Selbstbestimmung!«

Firas Blick wurde kalt, und seine Augen verengten sich.

»Nein, Juri. Nicht Unvernunft, Ignoranz treibt sie an. Ich habe die Vision, die sie nicht haben. Sie sind wie Kinder, die ohne Aufsicht mit dem Feuer spielen. Ich muss sie schützen!«

»Schützen?« Ich ballte meine Hände, um meine ruhige Fassade aufrechtzuerhalten. »Das ist doch kein Beschützen. Du unterdrückst sie, Firas! Du nimmst ihnen alles, während du vorgibst, ihr Retter zu sein.«

Er trat einen Schritt näher und zwischen uns lag die Spannung wie das Summen einer Karbatsche.

»Aber deine Wahrheit ist die einzig wahre? Miros Auferstehung? Die Seelenwanderer, die alles immer ach so gut machen?« Sein Tonfall troff vor Ironie und er betrachtete mich voller Abscheu. »Ich bin derjenige gewesen, der Nuretaja vor dem Untergang bewahrt hat und weiter bewahren wird. Du solltest weise wählen, auf welcher Seite du stehst.« Seine Stimme war kalt.

»Ich stehe auf der Seite der Freiheit, Firas«, entgegnete ich fest. »Und eher sterbe ich, als das Volk seinem Schicksal zu überlassen.«

Er lachte. Kurz und falsch, als sei meine Entschlossenheit ein schlechter Witz.

»Das werden wir bald erfahren.«

Kurz sah er zu mir und forderte mich auf, ihm zu folgen, was seine Wachleute ebenfalls sofort sicherstellten.

Als wir nun die große Halle verließen und gemeinsam in Richtung der großen Treppe am Ende des Flures gingen, folgten uns sämtliche Soldaten.

Er fuhr mit seinen Ausführungen fort, als hätte ich nichts gesagt. »Alles ist eine Abwärtsspirale, bei der jeder Verluste einsteckt, Juri. Sie wird sich so lange weiterdrehen, bis das Volk einsieht, dass ich recht habe. Mein Wort gilt! Alle, die mir folgen, werden leben. Der Rest muss verstehen, dass ich keine Gnade walten lassen kann.« Seine Stimme wurde lauter.

Er blieb abrupt stehen und wandte sich mir zu. Der Inhalt seiner Ansprache konnte an Wahnsinn nur noch von dem verrückten Funkeln in seinen Augen übertroffen werden. Firas Allmachtsfantasien hatten ihn verschlungen und damit war in mir soeben das letzte bisschen Liebe für meinen Vater gestorben.

Er musste aufgehalten werden. Am besten, ich beendete es gleich sofort. Als hätte er es geahnt, hob er eine Hand und ich wurde von fünf Soldaten eingekreist, während die andere Hälfte Firas abschirmte.

»Ich kenne dich, mein Junge«, sagte er so ruhig, dass es mir kalt den Rücken hinunterlief. »Du hast noch nie verstanden, dass ich nur das Beste für Nuretaja will.«

»Du bist krank!« Meine Stimme klang schrill und verzweifelt in meinen Ohren. Ich atmete tief durch. Ich, wir würden einen Weg finden, ihn aufzuhalten.

Die Soldaten traten einen Schritt von mir weg und wir setzten unseren Weg fort.

Firas führte mich die erste Treppe hinab in die großzügig geschnittene Empfangshalle und weiter zum Südflügel. Wir gingen Richtung Kellerzugang. Mein Herz schlug schneller und meine Hände begannen zu zittern.

Ich ballte sie zu Fäusten und brachte meine Atmung wieder unter Kontrolle.

»Wie ich dir gerade schon mitgeteilt habe, ich habe bereits eine Lösung, wie wir den Frieden zurück nach Nuretaja bringen können.«

Mit großen, aber gemächlichen Schritten liefen wir die letzten Stufen in die Kellergewölbe hinunter. Wir passierten mehrere schwer bewaffnete Soldaten, die massive Türen bewachten. Als Kind war ich häufiger hier unten gewesen. So hatte es nicht ausgesehen.

Firas hatte eine Art unterirdisches Hochsicherheitsgefängnis erbauen lassen.

Er beobachtete mich, während wir den Gefängnisflur betraten, und deutete meinen Blick richtig.

»Wir mussten ein wenig mehr Platz für unsere Gäste schaffen. Und du kennst doch den Spruch: Halte deine Freunde nahe bei dir, aber deine Feinde noch näher. Natürlich sind hier nur diejenigen untergebracht, denen ich eine besondere Aufmerksamkeit schenken muss.«

Ungläubig schaute ich den langen Flur entlang. Zu beiden Seiten des Flures reihten sich mehrere schmale Türen, die beinahe genauso massiv erschienen wie die zuvor gesehenen. An jeder war eine Klappe eingebaut. Durch ein Guckloch, kaum kleiner als mein Kopf, konnte man mühelos in die zumeist düsteren Zellen sehen. Der Gang war grell ausgeleuchtet und wirkte fast schon steril. Überall roch es nach Chlor. Allerdings konnte der nicht den moderigen und fast schon süßlichen Gestank übertünchen. Hatte man ihn einmal in der Nase, führte er unweigerlich zu einem Würgereiz.

Ich schluckte mühsam und versuchte, das Übelkeitsgefühl in mir zu unterdrücken. Mein Vater blieb davon gänzlich unberührt und die restliche Begleitung zeigte fast ebenso wenig Regung bei diesem Verwesungsgestank.

Wie viele waren hier qualvoll verendet? Ich schloss kurz meine Augen und atmete dabei unauffällig flach durch den Mund.

Keiner hatte es verdient, hier zu sein. Sie mussten hier raus!

41.
LILA

Ich konnte noch nicht lange hier sein, doch es fühlte sich bereits wie eine kleine Ewigkeit an.

Kaum nachdem ich eingeschlafen war, kamen erneut zwei Soldaten und spritzten mich mit dem Schlauch ab. Dann wurde ich auf dem Stuhl festgebunden. Immer wenn ich kurz vor dem Einschlafen war, wurde das Wasser erneut angemacht.

Ich verlor das Zeitgefühl und war am Ende meiner Kräfte. Ich hatte mich mehrfach übergeben müssen und spürte meine Extremitäten nicht mehr. Meine Lippen waren eingerissen und spröde.

Ich konnte keine Kraft mehr aufbringen, zu schreien. Mein Gehirn verweigerte mir seinen Dienst und ich wollte nichts sehnlicher als schlafen.

Irgendwann stoppten sie die Folter, banden mich los und ein Soldat trug mich zur Matratze zurück.

Die anschließende Kälte war grausam. Ich machte mich so klein wie möglich und versuchte mit tauben Fingern, meine noch tauberen Beine zu wärmen.

Schließlich brachten sie mir sogar ein Handtuch und eine Decke, die weder fadenscheinig war noch roch, als habe eine Katze darauf gepisst.

Ich trocknete erst mich und dann die Matratze mühsam und sehr langsam ab. Dann zog ich die Decke über mich und fiel erneut in einen tiefen Schlaf.

Mir fiel es schwer zu sagen, ob ich wirklich von Lekika geträumt oder ob ich es mir nur eingebildet hatte.

Fast hätten sie es geschafft. Wir sind kurz davor. Sei bereit!

Ich konnte ihre Worte nicht einordnen, sie sollte verdammt noch mal anfangen, in vernünftigen Sätzen mit mir zu sprechen!

Meine Gedanken schweiften zu Aya. War sie hier irgendwo? Musste sie diese Tortur ebenfalls durchstehen oder war sie womöglich bereits tot? Und Juri?

Ich umfasste vorsichtig meinen Kopf und schloss meine Augen so fest ich konnte. Mein Baklatwa-Ast war fort und die Schmerzen blieben.

Ich musste es schaffen, hier herauszukommen. Meine Gliedmaßen konnte ich langsam wieder bewegen und die Übelkeit war fast verschwunden. Allerdings war meine Speiseröhre gereizt, das Schlucken bereitete mir große Probleme und ein wirklich widerlicher Geruch setzte sich in meiner Nase fest. Ich brauchte etwas zu essen, aber vor allem benötigte ich Wasser.

Ich versuchte, meine Augen zu öffnen. Draußen war es Tag und der Himmel strahlend blau.

Als sich meine Augen daran gewöhnt hatten, erkannte ich ein Tablett an der Luke der Tür.

Unbeholfen setzte ich mich auf und schwankte langsam darauf zu, wobei ich mich an der Wand festhalten musste. Ein Glas Wasser, ein Schälchen mit etwas Undefinierbarem und ein Löffel, das war alles. Trotzdem war es mir mit Tablett nicht möglich, wieder zurück zum Bett zu gehen. Ich war zu unsicher auf den Beinen. Kurzerhand ließ ich mich direkt an der Tür nieder, um zu essen. Ich schüttete das Wasser zu hastig hinunter, verschluckte mich und musste die Hälfte wieder ausspucken. Dementsprechend zwang ich mich, das Essen langsamer zu mir zu nehmen. Es gab graue, kalte Matsche, die nach nichts schmeckte, aber den Magen füllte. Mein Durst war allerdings noch lange nicht gestillt.

Ich stemmte mich mühsam hoch und stellte das Tablett zurück in die Luke. Ich würde nach Wasser fragen, sobald jemand kam, um es abzuholen. Dann krabbelte ich zum Schlafplatz und legte mich wieder unter die Decke.

Ich musste eingeschlafen sein, denn als ich das nächste Mal wach wurde, war das Tablett bereits abgeräumt worden.

Die Luke war leer, ich hatte es verpasst, zu fragen, und der Durst war mittlerweile quälend. Mein Mund war so trocken, dass jedes Schlucken eine Qual war.

Ich stand auf, und nachdem mein Kreislauf sich beruhigt hatte, ging ich erneut zur Tür. Ich benötigte dringend etwas zu trinken.

Gerade, als ich gegen die Tür schlagen wollte, konnte ich leise Stimmen hören. Es ging jemand den Flur entlang. Die Stimmen waren so leise, dass ich nichts verstehen konnte, aber es waren eindeutig tiefe Männerstimmen und sie kamen näher.

Begann die Folter erneut?

Bislang waren sie immer zu zweit gekommen.

Angst breitete sich rasend schnell in meinen Gliedern aus und Schweiß schoss mir aus allen Poren. Mit einem Mal war ich wach und fluchtbereit.

Ich stellte mich neben der Tür auf, im toten Winkel des Gucklochs. Dann wartete ich gespannt, dass die Männer näherkamen.

»… nur diejenigen untergebracht, denen ich eine besondere Aufmerksamkeit schenken muss.«

Diesen zynischen Ton und die dunkle Stimme erkannte ich sofort und mir stellten sich die Nackenhaare auf, während ich versuchte, meine aufsteigende Panik niederzukämpfen.

Meine Atmung ging schneller, ich durfte jetzt nicht durchdrehen. Ich presste mich an die Wand und schloss meine Augen, während ich versuchte, langsamer zu atmen. Mein Herzschlag war so laut, dass ich kaum anderes um mich herum vernehmen konnte. Ich presste mein Ohr an die Wand. Endlich, ich konnte Schritte ausmachen, es waren weit mehr als nur zwei Paar Stiefel, die sich immer noch in meine Richtung bewegten.

Erneut sprach Firas, den ich nun deutlich verstehen konnte.

»Wie zum Beispiel dieser Insassin hier. Möchtest du vielleicht mal einen Blick in ihr Zimmer werfen?«

Es kam keine Antwort, doch ich konnte hören, dass jemand an die Zellentür trat, und dann vernahm ich nur noch ein Aufkeuchen.

Es gab hier scheinbar keinen toten Winkel.

»Beruhige dich, du darfst ihr Hallo sagen. Danach sprechen wir über die beiden Szenarien, die sich durch die jetzige Konstellation hier ergeben, und die daraus resultierenden Konsequenzen für dich und das Mädchen da drin.«

Ich konnte genau wahrnehmen, dass Firas bei den letzten Worten lächelte. Kaum hatte er zu Ende gesprochen, öffnete sich die schwere Gefängnistür. Ich drängte mich in die Ecke. Die Panik wurde übermächtig, ich presste meine Hände an meine Schläfen und sah mit vor Angst geweiteten Augen zur Tür.

Juri war mit zwei schnellen Schritten bei mir und zog mich fest an seine Brust. Die Umarmung war so innig, so liebevoll, dass ich laut aufschluchzte und meinen Kopf an seine Brust legte. Mein Körper bebte, all die Emotionen, Trauer und Erleichterung, Angst und Liebe bahnten sich ihren Weg aus meinem Körper.

Ein Hauch von Orangenblüte und der herbe Geruch nach Leder hüllten mich ein und wiegten mich in trügerischer Sicherheit, während Juri seinen Kopf auf meinen ablegte und ein beruhigendes »sch …« von sich gab.

»Sieh an, sieh an.« Die süffisante und schneidende Stimme Firas brachte mich schlagartig zurück in die Gegenwart.

Ich erstarrte an Juris Brust.

»Wie schön es ist, zwei Liebende wieder miteinander vereint zu sehen.«

Ich konnte spüren, wie Juri seinen Kopf hob und sich sein ganzer Körper anspannte.

»Na, ich will mal nicht so sein und lasse euch beiden ein bisschen Privatsphäre. Ich glaube, ihr konntet euch ja länger nicht sehen.« Firas sah zu Juri und er versprach leise und eiskalt: »Danach unterhalten wir uns.« Er verließ die Zelle, ohne mich eines Blickes zu würdigen.

Die Zellentür schnappte zu und sogleich entspannte sich Juri wieder ein kleines bisschen.

Er führte mich zur Tür, an der er sich anlehnte und so die Sicht des Gucklochs versperrte. Dann schob er mich eine Armeslänge von sich und begutachtete mich eindringlich. Vermutlich sah ich schlimmer aus, als ich gedacht hatte, denn eine Sorgenfalte zeigte sich auf seiner Stirn und seine Augen schimmerten verdächtig. Eine Träne löste sich und glitt langsam über seine glatt rasierte Wange.

Dann drückte er mich, weitaus vorsichtiger als noch vor ein paar Herzschlägen, an sich und flüsterte so leise, dass nur ich ihn verstehen konnte: »Was haben sie dir nur angetan? Lila, ich habe es nicht gewusst.« Seine Stimme klang verzweifelt und erstarb. Ihm war ebenfalls klar, dass wir keine Chance mehr hatten.

»Durst. Ich habe solch einen Durst!« Meine Stimme war nur ein heiseres Krächzen.

Mit einer Hand hielt mich Juri weiter fest, während er sich halb um seine Achse drehte, an die Zellentür hämmerte und mit gebieterischem Ton nach Wasser verlangte.

248

Diese herrische Seite von ihm kannte ich bislang nicht. Es dauerte nicht lange, bis durch die Luke zwei Wasserflaschen gereicht wurden.

In Erinnerung an meinen letzten Versuch trank ich so langsam wie möglich und setzte die Flasche erst wieder ab, als sie fast leer war. Ich stellte sie beiseite und seufzte erleichtert. Dann schmiegte ich mich erneut an Juris Brust.

Die Ausweglosigkeit unserer Situation wurde mir in diesem Moment so deutlich, dass ich einfach nur jede verbleibende Sekunde mit Juri genießen wollte.

»Ich werde dich hier herausbringen, Lila. Das verspreche ich dir!« Er versuchte, sich selbst damit zu überzeugen. Seine Stimme klang so verzweifelt, wie ich mich fühlte.

»Du musst mir nichts versprechen, Juri. Ich bin froh, dass du am Leben bist. Für mich kannst du hier nichts machen.« Meine Stimme war schwach und kratzig und es tat mir weh. »Denk an Nuretaja. Tue alles in deiner Macht Stehende, um dein Volk zu retten! Egal, was dafür nötig ist, versprich es mir, Juri!« Eindringlich sah ich ihn an.

Statt einer Antwort umarmte er mich erneut, sah mir dann tief in die Augen und küsste mich. Seine Lippen berührten meine kaum, so zart war der Kuss.

Und doch spürte ich ihn in meinem ganzen geschundenen Körper und erneut entfuhr meiner Kehle ein leises Wimmern. Unser Blick verschmolz miteinander.

»Ich liebe dich«, flüsterte ich ihm zu und mir war klar, dass mein Herz ihm gehörte und er es für immer behalten durfte.

Ein kleines Lächeln erschien auf seinem schönen Mund.

»Und ich liebe dich, Lila. Mit jeder Faser meines Körpers.« Dann küsste er unglaublich sanft meine Stirn, umschlang meinen Körper und hielt ihn warm.

Jemand donnerte gegen die Tür und unterbrach uns.

»Wegtreten, wir öffnen.« Eine laute und harsche Stimme ertönte und gleich darauf wurden wir von der Tür weggeschoben.

Juri drehte sich zur Öffnung und schob mich schützend hinter sich. Firas trat an den Eingang. Sein Blick wieder herablassend und ein Mundwinkel leicht nach oben gezogen.

»Genug. Juri, komm, es ist Zeit, über die Zukunft Nuretajas zu entscheiden.«

»Ich bleibe bei ihr!« Juris Stimme klang klar und selbstbewusst.

»Rede keinen Unsinn. Wenn dir etwas an ihr liegt, kommst du jetzt mit.« Er beugte sich bedrohlich näher, seine Stimme senkte sich dabei zu einem gefährlichen Flüstern.

»Du hast es nicht verstanden, oder? Ich entscheide hier! Lilas Zukunft hängt dabei unmittelbar von deiner Reaktion ab.« Zum ersten Mal sah er mir direkt in die Augen.

»Und Miros Zukunft ebenfalls.« Damit drehte er sich weg und verschwand im Flur. Wir standen beide regungslos und ich hörte langsam die sich entfernenden Schritte.

Juri drehte sich verzweifelt zu mir um.

»Ich kann dich hier nicht allein lassen!« Stärker, als ich es mir selbst zutraute, umklammerte ich seine Hände.

»Du musst und du wirst. Vergiss nicht, dass nicht allein mein Leben in deinen Händen liegt. Du bist Nuretaja verpflichtet, vergiss das nicht. Wenn du dich entscheiden musst, entscheide dich für dein Volk und nicht für mich.«

Ich lehnte mich an ihn, hob mein Kinn und flüsterte leise: »Du kannst es beenden, Juri. Miro hat mir mitgeteilt, dass er mich verlässt, und ich glaube, er ist bereits weg.« Ein Kloß bildete sich in meinem Hals.

Ungläubig sah Juri mich an.

»Was meinst du damit? Er kann doch nicht einfach so verschwinden?« Seine Augen blickten mich erstaunt an und er fuhr sich nervös durch sein Haar.

»Das hat er gesagt. Und Lekika hat es mir bestätigt«, flüsterte ich noch leiser an seine Brust, damit niemand etwas davon mitbekam. Ich schluckte schwer und meine Augen füllten sich mit Tränen. Ich blinzelte sie weg und straffte meine Schultern, bevor ich Juri resolut von mir schob. Er sollte nicht noch zusätzlich leiden, ich musste stark sein.

»Geh jetzt, Juri. Lass Firas nicht zu lange warten.« Ich sah ihm in seine wunderschönen Augen und prägte mir sein Gesicht ein. Jedes Detail nahm ich auf und verschloss es in meinem Herzen.

»Entscheide dich für Nuretaja und bringe Firas zur Strecke!«

Ich klopfte mit der Faust an die Zellentür und sofort wurde sie geöffnet. Juri sah mich noch einmal an, bevor er schweren Herzens seinem Vater folgte. Mit einem lauten Geräusch wurde sie wieder verriegelt und das Licht gelöscht.

Ich tastete mich zum Bett vor und ließ der Verzweiflung freien Lauf.

42

JURI

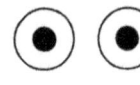
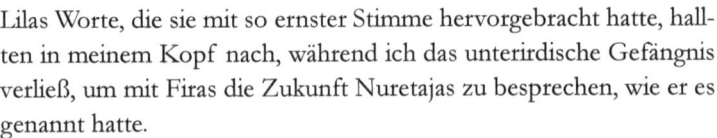

Lilas Worte, die sie mit so ernster Stimme hervorgebracht hatte, hallten in meinem Kopf nach, während ich das unterirdische Gefängnis verließ, um mit Firas die Zukunft Nuretajas zu besprechen, wie er es genannt hatte.

Als ich Lila in meinen Armen gehalten hatte, war mir klar geworden, dass wir zusammengehörten. Wie könnte ich es jemals über mich bringen, sie für Nuretaja aufzugeben? Und wie konnte Miro einfach so gehen?

Erst nachdem Lila von ihren Seelen gesprochen hatte, wurde mir bewusst, dass ich gar nicht mehr über diese Problematik nachgedacht hatte. Meine Gedanken waren nur um Lila gekreist, als ich das Gefängnis verlassen hatte. Die Angst um sie überlagerte alles andere, sogar mein schlechtes Gewissen gegenüber Miro und Lekika.

Ich musste meine Gedanken sortieren, bevor ich mit Firas redete. Meine Schritte verlangsamten sich, um das Unausweichliche noch etwas hinauszuzögern.

Firas saß, wie bereits zuvor, am Kopf seiner sonst leeren Tafel. Er deutete auf einen Platz zu seiner Rechten. Ohne Umschweife kam er zum Punkt.

»Anni hatte recht, als sie sagte, ihr könntet nicht genug voneinander bekommen.«

Ich ging nicht darauf ein und hielt seinem falschen Lächeln mit stoischer Miene stand.

Auch wenn Firas gemeinhin als attraktiv zu bezeichnen war, konnte ich ihn nur in seiner ganzen Hässlichkeit sehen. Seine Seele war von Niedertracht durchsetzt.

»Du wirst die Aufstände im Land sofort beenden und die Vertreter des Seelentors öffentlich dafür verantwortlich machen. Sie werden dann wegen Verrats zur Rechenschaft gezogen.« Firas sprach ruhig und kam ohne Umschweife zum Punkt. »Wenn nicht, werden Lila und Miro sterben!« Danach griff er zu seinem Glas und trank einen kleinen Schluck.

So viel Hass. Ich nahm einen tiefen Atemzug und setzte mich aufrecht hin, sodass ich Firas überragte. Ich räusperte mich und zwang mich, ruhig zu bleiben.

»Ich benötige etwas Bedenkzeit. Und so lange erwarte ich, dass Lila besser behandelt wird. Sie muss da unten raus und soll in einem richtigen Zimmer untergebracht werden. Eine Heilerin wird sich um sie kümmern und es wird sichergestellt, dass sie gutes Essen und Trinken bekommt. Zusätzlich darf sie sich hier frei bewegen.«

»Jetzt mache dich nicht lächerlich, mein Junge.« Bei der Bezeichnung wurde mir übel. »Ich werde dir entgegenkommen, aber meine Großzügigkeit hat Grenzen.« Er machte eine kurze Pause und strich sich erneut eine Fluse von seiner Uniform, bevor er wohlwollend fortfuhr: »Ich gewähre dir eine Bedenkzeit von zwei Tagen und drei Nächten. Während dieser Zeit wird das Mädchen in einem Zimmer mit ständiger Überwachung untergebracht und ich werde dafür sorgen, dass sie bei Kräften bleibt.«

Er legte den Kopf schief. »Meinetwegen kann sich eine Heilerin um sie kümmern. Natürlich wird sie sich nicht im Gebäude bewegen. So naiv kannst selbst du nicht sein.«

Selbstzufrieden richtete er sich im Stuhl auf und sah zu mir, wobei ich mit tatsächlich kindischer Genugtuung bemerkte, dass er zu mir aufschauen musste. Ihm entging es ebenso wenig, denn sein Lächeln war mit einem Mal von seinem Gesicht gewischt.

Die Zeit war sehr knapp bemessen, aber ich wusste, dass Firas unter keinen Umständen mehr Zugeständnisse machen würde.

Ich hielt ihm meine Hand hin, auf dass wir diese Abmachung besiegelten.

»Um dir deine Entscheidung etwas leichter zu machen, gestatte ich euch, den letzten Abend vor Ablauf der Frist gemeinsam zu verbringen. Wir sprechen uns bei Morgengrauen des dritten Tages. Du kannst gehen.« Damit erhob er sich und ging ohne ein weiteres Wort in Richtung der kleinen Kammer, die als Abkürzung zu seinen Gemächern diente.

Steif und ungelenk stand ich ebenfalls auf und sah ihm hinterher. Wie sollte ich innerhalb dieser Frist alle Leben retten? Mein Herz wurde mir schwer.

Als ich die Flügeltür passierte, sah ich Raja in einer Ecke des Saals. Sie hatte alles mit angehört und sah so emotionslos und starr aus wie bereits vor ein paar Stunden. Ihr linkes Auge war geschwollen und blutunterlaufen. Sie war offensichtlich geschlagen worden.

Firas zerstörte jeden, nicht nur diejenigen, die sich in seiner unmittelbaren Umgebung befanden, sondern alle im Land.

Durfte ich mein Herz und meine Liebe über mein Volk stellen?

Die Antwort stand längst fest.

43.
LILA

Ich hatte keine Tränen mehr.

Ich hatte um Juri geweint, um mich geweint und ich hatte Tränen vergossen über das gemeinsame Glück, das uns verwehrt wurde. Weil so viele um mich herum alles gegeben hatten, um mich zu schützen, und wir es trotzdem nicht geschafft hatten.

Ich hatte versagt.

Ohne meine Schluchzer war alles um mich herum so leise. So unglaublich still, wie damals in dem schwarzen Nichts, wo ich Lekika zum ersten Mal begegnet war.

Diese Erinnerung gab mir ein wenig Trost. Ich würde am Ende nicht völlig allein gehen müssen. Und für mich war klar, dass dieser Weg der einzig richtige war, um Nuretaja, aber vor allem, um Juri zu retten.

Über diesen Gedanken fiel ich in einen unruhigen Schlaf. Ich bekam nicht mit, dass meine Zelle geöffnet und mir ein Schlafmittel verabreicht wurde.

Ein bitterer Geschmack erfüllte meinen Mund und mein Kopf hämmerte wie schon seit Tagen nicht mehr.

Noch während ich die Augen geschlossen hielt, realisierte ich, dass der Rest meines Körpers frei von Schmerzen jeglicher Art war. Ich lag weich und warm, ein frischer Duft umwehte mich und ich spürte Wärme auf meinem Gesicht. Diese Art von wohliger Wärme, die nur durch die Sonne entstehen konnte. Als ich meine Lider öffnete, wurde ich vom gleißenden Sonnenlicht geblendet, das ungefiltert durch ein offenes Fenster hereinschien.

Ich streckte mich und genoss den Moment noch ein paar Augenblicke, bevor ich mich aus dem breiten und luxuriösen Bett herausschälte. Irritiert stellte ich fest, dass ich gesäubert und umgezogen worden war. Sämtliche Blessuren, die ich mir durch die grobe Behandlung in der Gefängniszelle und die Tage zuvor zugezogen hatte, waren gereinigt und verbunden worden. Die Hämatome waren mit einem wohlriechenden Öl versorgt worden und schmerzten in einem aushaltbaren Rahmen.

Nicht nur die Verletzungen waren gut behandelt worden, auch der Rest meines Körpers befand sich in einem sehr gepflegten Zustand. Meine Haare waren weich und seidig, und als ich einen Blick in den Spiegel warf, wirkte es, als käme ich gerade vom Friseur. Meine Haut strahlte, meine Wangen, die durch die Strapazen der letzten Tage eingefallen waren, glänzten und meine Augen wirkten klar und wach.

Ich war in ein langes und schlichtes Nachthemd gekleidet, dessen hellblauer Stoff bis zu meinen Unterschenkeln reichte und unglaublich weich war.

Am offenen Fenster wurde der Blick auf einen wunderschönen, blühenden Garten offenbart. Nach der Trostlosigkeit der letzten Unterkunft erschien mir hier alles unwirklich.

Das Schlafzimmer war riesig, bestimmt zehnmal so groß wie meine Zelle zuvor. Die Farben der stilsicheren Einrichtung waren in sanften Grüntönen gehalten und harmonierten perfekt mit dem edlen, cognacfarbenen Holz des Bettes und des Schranks. Ein salbeigrüner, filigraner Drehstuhl aus weichem Samt stand vor einem aus lindgrünem Stein angefertigten Schminktisch. Der gesamte Raum war mit einer silbergrünen Seidentapete mit Vogelmotiven ausgekleidet. Das Zimmer sprühte dadurch eine unglaubliche Lebendigkeit aus, deren Energie ansteckend wirkte.

Wer immer dieses Refugium hatte einrichten lassen, hatte gewusst, was er tat.

Im angrenzenden Badezimmer herrschte eine ebenso beeindruckende Perfektion. Ein sanftes Licht erhellte den in einem sanften fliedergrau gefliesten Raum. Schlicht und funktional lud eine große, begehbare Regendusche zur Benutzung ein, während kuschelige, schwere Handtücher darauf warteten, dass ich mich in sie einwickelte.

Toilettenartikel standen ebenfalls bereit, und ich verbrachte die nächsten Minuten damit, meine Zähne ausgiebig zu reinigen und den schlechten Geschmack aus meinem Mund zu entfernen.

Ich verließ das Bad und fühlte mich fast wie ein neuer Mensch, selbst meine Kopfschmerzen waren momentan auszuhalten.

Auf ein leises Klopfen wurde sogleich die Zimmertür geöffnet und die junge Frau, die Firas begleitet hatte, betrat den Raum. Sie schob einen kleinen Servierwagen vor sich her, von dem ein verführerischer

Duft frisch gebrühten Kaffees den gesamten Raum erfüllte.

Ich schätzte sie auf etwa mein Alter, wobei ihre Augen viel älter wirkten. Als hätte sie bereits zu viel sehen und erleben müssen, um die Jugendlichkeit bewahren zu können.

Ein deutliches Veilchen zierte ihr linkes Auge.

Als sie meinen Blick bemerkte, senkte sie leicht ihre Augen zu Boden.

»Ich bin froh, euch wieder auf den Beinen zu sehen. Ihr habt lange geschlafen. Es wird Zeit, dass ihr etwas zu euch nehmt und zu Kräften kommt. Ich suche euch gleich gerne etwas zum Anziehen raus und wenn ihr möchtet, helfe ich euch beim Ankleiden.«

»Wie heißt du? Warum bin ich hier und nicht mehr in der Zelle?«

Sie sah nun doch hoch zu mir. »Ich heiße Raja und bin die persönliche Dienerin von Firas.« Sie sagte es in einem sehr neutral gehaltenen Ton, und doch bildete ich mir ein, eine abfällige Nuance herausgehört zu haben.

Sie begann, einen kleinen Frühstückstisch neben dem Fenster zu decken, und bedeutete mir, mich zu setzen.

Von dort konnte man den hinteren Bereich des Parks und große Teile des strahlenden blauen Himmels sehen.

»Juri hat dafür gesorgt, dass du hier untergebracht wirst. Das ist das ehemalige Schlafgemach seiner Mutter. Er hoffte, du würdest dich hier wohlfühlen und gesund werden. Er kam, wann immer es ihm möglich war.«

»Moment.« Ich hielt mich mit beiden Händen an der Tischkante fest. »Wie lange habe ich geschlafen?«

Mir erschien es lediglich wie eine lange Nacht.

Rajas Blick wurde etwas weicher und jetzt war ich mir sicher, dass sich in ihren sonst so leeren Augen ein Ausdruck von Traurigkeit zeigte. Mir war nur nicht klar, warum.

Sie goss mir eine Tasse Kaffee ein und legte eine nach Zimt duftende Schnecke auf einen kleinen dunkelgrünen Teller.

»Du hast sehr lange geschlafen. Zwei Nächte und fast zwei Tage lang.«

Ich konnte nicht sagen, warum, aber bei ihren Worten bekam ich am ganzen Körper eine Gänsehaut.

»Weißt du, wo Juri ist?«

Sie hielt in ihrer Bewegung inne und schaute aus dem Fenster.

»Juri war so oft hier und hat an deinem Bett gewartet, dass du aufwachst. Und eine Heilerin war bei dir. Ich war bei der Untersuchung ebenfalls anwesend.« Sie verstummte und sah weiterhin aus dem Fenster. Dann straffte sie ihre schmalen Schultern und presste ihre Lippen zusammen.

Sie drehte sich zu mir und sah mir direkt in die Augen, als sie schnell flüsterte:

»Ich kenne das Ultimatum. Wie immer ihr euch entscheidet, du musst wissen, dass du nicht mehr ...« Mitten im Satz stürmten zwei Soldaten in den Raum und Rajas Satz erstarb auf ihren Lippen.

»Wir haben Befehl, dich zu Firas zu bringen, Raja.«

Der Wachmann schaute zu Raja und dann zu mir.

»Sofort! Sie wird sich schon allein anziehen können.«

Raja zog ihren Kopf ein und ihr Blick wurde so leer wie zu Anfang. Ohne ein weiteres Wort huschte sie mit schnellen Schritten aus dem Zimmer.

Ich konnte ihr nur stumm hinterherschauen.

Was musste ich wissen? Raja hatte todernst geklungen.

Wie konnten die Soldaten wissen, dass sie mir etwas hatte anvertrauen wollen? Unschlüssig sah ich mich um und nahm einen schnellen Schluck Kaffee.

Über die Tasse hinweg ging ich die Ecken des Zimmers durch und inspizierte unauffällig mögliche Verstecke für Video- oder Tonbandaufnahmen. Das gab es doch in Filmen immer. Obwohl ich nichts fand, war mir aber sicher, dass ich überwacht wurde.

Hatte mich dieses Zimmer zu Beginn noch so in Sicherheit gewogen, verflog dieses Gefühl sofort wieder. Ich musste einen Weg aus diesem goldenen Käfig finden.

Nachdem der Kaffee geleert war, verschwand ich ins Badezimmer und verschloss die Tür. Als Erstes hängte ich mit dem größten Handtuch, das ich finden konnte, den Spiegel ab. Ich untersuchte den Duschkopf und sämtliche Ecken, schüttelte die Handtücher aus und schaute mir jeden Toilettenartikel ganz genau an. Nichts. Ich behielt trotzdem die Unterwäsche unter der Dusche an.

Das Duschgel roch wundervoll nach Orange und erinnerte mich sogleich an Juri.

Raja hatte etwas davon gesagt, dass sie von einem Ultimatum wüsste. Hier musste man beileibe kein Genie sein, zu erraten, worum es dabei ging. Firas hatte Juri erpresst und ein Ultimatum gestellt. Was er genau tun sollte, wusste ich nicht, aber ich ging davon aus, dass ich sein Druckmittel war.

Ich musste hier raus. Nachdem ich mir das Handtuch umgeschlungen hatte, entledigte ich mich der nassen Unterwäsche. Ich cremte mich ein, föhnte meine Haare und suchte mir dann einfache Anziehsachen aus dem Schrank. Ich entschied mich für eine leichte, aber enge, dunkelgraue Hose und ein schwarzes Shirt, über das ich einen flauschigen, großen Hoodie anzog.

Der Hoodie stammte eindeutig von Juri und ich sog seinen Duft tief ein.

Ich setzte mich ans geöffnete Fenster und starrte raus.

Was könnte ich tun, um Juri zu helfen? Wie konnte ich ihn erreichen?

Meinem ersten Impuls folgend, öffnete ich die Tür zum Flur. Vier massige Soldaten bewachten mich.

»Wir haben eine strikte Order, dich nicht hier hinauszulassen!«

»Wäre es eventuell möglich, Juri Bescheid zu geben, dass ich ihn sprechen möchte?« Der angesprochene Soldat sah mich kaltherzig an.

»Wir sehen, was wir machen können.«

Ich war noch immer eine Gefangene, nur war meine Zelle jetzt vergoldet.

44.
AYA

Eigentlich hatte ich andere Talente, dennoch stand ich hier und beobachtete den Ephorenpalast. Meine Finger kribbelten, als ich die Soldaten patrouillieren sah. Ich machte das jetzt schon seit gestern. Seit wir am Herrschersitz angekommen waren. Alle Verbliebenen aus dem Seelentor, außer Pandu, waren nun hier. Pandu sollte im Seelentor die Stellung halten. Außerdem war er als Kämpfer vollkommen ungeeignet.

Direkt in der Nacht, als Lila verschleppt worden war, hatte Rugal alle verfügbaren Verbündeten aus ganz Nuretaja mobilisiert. Wir würden sie befreien, und dafür benötigten wir so viele Mitstreiter wie möglich.

Überdies hatte er bereits in der Nacht sieben Blumen, schwarze Calla-Lilien, in den Palast verschickt. Und direkt am nächsten Tag sechs Stück. Gestern fünf. Die Blumen galten als Warnung etwaiger Verbündeter innerhalb der Palastmauern. Ein Hinweis, dass wir kommen würden. Die schwarze Blume stand für die Seelenwanderer, war aber nur jenen bekannt, die sich mit der Materie auseinandergesetzt hatten. Da sie keine Verwendung bei Festtagen oder Feierlichkeiten hatte, war sie nicht besonders verbreitet. Ich hatte davon jedenfalls keinen Schimmer gehabt und hielt es für zu riskant, jeden Tag einen Boten mit Blumen zu schicken. Der Bote hatte uns allerdings versichert, dass er die Blumen immer nur beim Dienstboteneingang abgeben durfte.

Ich hatte mich getäuscht. Deshalb stand ich jetzt hier und beobachtete. An dem Tag, als der Bote fünf schwarze Blüten abgegeben hatte, wurden ihm ebenfalls Blüten mitgegeben. Es waren drei Stück. In einem Stängel einer Blüte war ein kleines Zettelchen mit einem kryptischen Lageplan versteckt und verschiedenen Markierungen. Darunter stand ›zwei Tage, Sonnenaufgang‹ Vielleicht hatten wir einen Verbündeten im Ephorenpalast. Oder es war eine Falle. Und genau in diesem Augenblick gab unser Bote erneut genau zwei Calla-Lilien ab. Ich hoffte, einen Blick auf unseren Verbündeten erhaschen zu können. Doch ich wurde enttäuscht. Wie die Male zuvor durfte unser Blumenlieferant nicht in den Palast eintreten und musste unsere Botschaft bereits am Eingang abgeben.

Umso wichtiger war unser anderes Manöver. Ich stand nun vor dem Gebäude und versuchte zu erfassen, wie viele Soldaten zu welchen Zeiten wann patrouillierten.

Wir machten uns bereit. Noch zwei Tage. Bei dem Gedanken daran flutete Adrenalin meinen Körper. Zwei Tage, bis wir den Plan in die Tat umsetzen würden. Beim Morgengrauen würde es kein Zurück mehr geben.

45.
LILA

Die Zeit verging und ich fand keinen Ausweg. Unruhig wanderte ich im Zimmer hin und her, unfähig, einen Plan zu schmieden. Die Sonne stand bereits tief am Himmel, als es an der Tür klopfte und Juri ins Zimmer trat.

Einen Augenblick später drückte er mich in einer festen Umarmung an sich und wiegte mich sachte hin und her.

»Es tut mir leid. Raja hatte mir gerade erst mitgeteilt, dass du aufgewacht bist. Ich wäre sonst früher gekommen.«

Sein Atem roch zitronig und seine Stimme war so weich, ich schmiegte mich fester an ihn, um noch mehr davon zu spüren. Dennoch waren die Sorge und Angst nicht ganz verschwunden. Ich genoss es, Juris Körperwärme zu spüren, bemerkte aber deutlich seine Rippen an meinem Körper. In seinem Gesicht erkannte ich ebenfalls die Spuren der letzten Wochen. Unter seinen Augen waren tiefe Schatten zu erkennen, seine Wangen waren eingefallen und seine Mundwinkel eingerissen. Er hatte sich seit unserem letzten Treffen in der Zelle nicht mehr rasiert und ein dunkler Bartschatten zierte sein Gesicht.

Nun war ich es, die ihn an sich drückte.

»Ich habe dich vermisst«, flüsterte er leise in mein Ohr.

Gänsehaut bildete sich in meinem Nacken. Nach einem tiefen Seufzer löste ich mich von ihm und schaute ihm in die Augen. »Raja hat etwas gesagt …«

»Nein«, fuhr Juri dazwischen, »nicht hier.«

Er zeigte mit seinem Zeigefinger auf sein Ohr, und dann beschrieb er einen Kreis im Raum. Ich nickte leicht, ich hatte ja ebenfalls vermutet, dass hier mitgehört wurde. Er setzte ein gekünsteltes Lächeln auf, das mich an den Juri erinnerte, den ich im Krankenhaus kennengelernt hatte. Es fühlte sich an, als läge ein ganzes Leben dazwischen.

»Ich habe eine Überraschung für dich. Komm mit!« Damit zog er mich mit sich hinaus in den Flur.

Anders als vor ein paar Stunden hielten mich die Wachen dieses Mal nicht auf, blieben aber dicht hinter uns, als wir den Flur entlang zum Treppenhaus liefen.

Nach drei Stockwerken erreichten wir erneut eine kurze Treppe mit einer kleinen Holztür am Ende. Juri drehte sich zu den Soldaten um.

»Ihr habt den Befehl, hier zu warten!«

Verwundert sah ich zu Juri, wieso befehligte er meine Wachen? Obwohl ich ihm grundsätzlich vertraute, schlich sich ein leiser Funke Argwohn in meine Gedanken. Juri hatte meinen Blick nicht wahrgenommen und zog mich die letzten Treppenstufen hoch zu der Tür, die er öffnete und durch die er mich hindurchgeleitete.

Kaum hatte er die Tür wieder geschlossen, sah er mich mit so viel absolut ehrlicher Liebe an, dass mir warm wurde.

Er kam zu mir und bedeckte mein Gesicht mit sanften Küssen, während er mir leicht durch das Haar strich. Dann löste er sich von mir und führte mich zu einer flachen, braunen Sofalandschaft, auf der eine Fülle unterschiedlichster Kissen lagen und die einen Großteil des Raumes einnahm.

Ich ließ mich hineinsinken und bemerkte, dass ich auf einem kitschigen türkisenen Kissen in Form einer Freiheitsstatue gelandet war, an dessen unterem Rand ein knatschroter Kussmund abgebildet war. In schwarzen Lettern stand geschrieben »NY – I Love You!«. Ich hielt es verwundert Juri hin, der tatsächlich lächelte. Dann zeigte er in einer großen Armbewegung in den Raum.

»Das hier war der Rückzugsort meiner Mutter. Sie war früher ebenfalls gerne auf der Erde, besonders New York hatte es ihr angetan. Das war ihr Atelier.« Er deutete auf einen kleinen Abschnitt des Zimmers, der mit Farbtöpfen, Pinseln und den unterschiedlichsten Leinwänden vollgestellt war.

Fröhliche und düstere Farben wechselten sich unregelmäßig auf den Gemälden ab. Das Atelier war atemberaubend. Wir befanden uns im Dachgeschoss und dieses Zimmer nahm eine beeindruckende Fläche ein. Eine halbe Gaube war nach oben hin offen. Das Beeindruckendste stellte jedoch das Dach selbst dar. Es bestand fast vollständig aus Glas und wir hatten jetzt einen Ausblick auf den schönsten Sonnenuntergang, den man sich nur vorstellen konnte. Kräftige Pinktöne konkurrierten mit einem satten Orange um die Wette, während der Rest des Himmels von Grün und Violett geflutet wurde.

Ich konnte mich nur noch zurücklehnen und diesem wunderschönen Farbspiel zuschauen. Juri hatte sich neben mich gesetzt und strich mir liebevoll über den Rücken.

»Das hier war der Lieblingsort meiner Mutter. Ich wollte ihn dir noch so gerne zeigen.« Er brach ab.

Es dauerte etwas, bis seine Worte zu mir durchdrangen, dann wandte ich mich ihm zu und erkannte, dass ihn etwas tief bedrückte, und ich ahnte, was es war.

»Es geht um das Ultimatum, richtig?«

Er sah mich gequält an. Das war Antwort genug.

Ich lehnte mich an ihn und genoss weiter die Aussicht. Wir schwiegen, bis es dunkel geworden war.

Juri betätigte einen versteckten Schalter und indirektes Licht erzeugte eine gemütliche Atmosphäre im gesamten Atelier. Ich hörte nun Musik, wobei der harte Bass mich etwas irritierte.

»Damit fällt es ihnen schwerer, uns abzuhören. Ich bin mir sicher, dass dieser Raum keine weitere Überwachung hat.«

Ich sah ihn mit zusammengezogenen Augenbrauen an.

»Wie kannst du das wissen? Ich würde Firas da nicht vertrauen.«

Sein Blick verdunkelte sich, als er leise weitersprach.

»Ich weiß es, da sich meine Mutter hier das Leben genommen hat und er es nicht hatte verhindern können.«

Bei seinen Worten wurde mir kalt.

Hatte er mir nicht erzählt, seine Mutter sei kurz nach seiner Geburt gestorben? Als hätte Juri erahnt, was ich dachte, fuhr er fort:

»Ich rede nicht gerne darüber. Nie, um genau zu sein.«

Er starrte in die Nacht. Dann drehte er sich zu mir, sodass wir uns auf dem breiten Sofa gegenübersaßen. »Erzähl es mir.« Bittend sah ich ihn an.

»Dafür haben wir keine Z…«

»Diese Minuten nehmen wir uns. Bevor vielleicht alles vorbei ist, möchte ich, dass du mir von deiner Mutter erzählst.«

Juri nickte kurz und küsste mich kurz auf die Stirn. Seinen Kopf hielt er dicht an meinem, sodass wir uns flüsternd verstehen konnten.

»Meine Mutter war eine freie und selbstbestimmte Frau. Firas kam damit nicht klar. Er wollte sie für sich allein. Er lebte bereits damals

hier zusammen mit seinem Bruder und dann zog meine Mutter ebenfalls hier ein. Groß genug ist es ja … Firas veränderte sich bereits vor
seiner Machtübernahme. Mutter befürwortete die Öffnung zur Erde
ebenso wie Samson. Firas war strikt dagegen, verbot meiner Mutter
das Reisen und später den Ausgang aus dem Palast. Sie verkümmerte.«

Er sah in die Nacht hinaus.

»Sie wollte ihn verlassen, als sie erfuhr, dass sie ein Kind erwartete.
Firas ließ es nicht zu. Am Ende hatte sie nicht einmal mehr die Kraft,
sich gegen ihn aufzulehnen, und sah für sich nur noch eine mögliche
Flucht.« Juri schaute zu mir und wischte sich über seine Augen.

Das Grün seiner Augen leuchtete durch die Tränen noch intensiver.

Ich strich ihm sachte über seine Wange.

Leise sprach Juri weiter: »Du hast recht. Es gibt ein Ultimatum.« Juri
schnaubte verächtlich. »Die Frist war zu kurz. Er hat mir die Chance
genommen, einen Fluchtplan für dich zu schmieden. Uns bleibt nur
noch heute Nacht. Die Frist endet morgen bei Sonnenaufgang.«

Die Zerrissenheit spiegelte sich in seinen Augen wider. Der Zorn
durch das Ultimatum und die Hilflosigkeit in Anbetracht der Lage
zeichneten sich in den Zügen seines Gesichts ab.

»So etwas hatte ich mir zugegebenermaßen bereits gedacht«, flüsterte ich leise und legte meine Stirn an seine.

»Und mit mir hatte er das perfekte Druckmittel gegen dich in der
Hand.« Ich spürte, wie sich erneut eine Träne aus Juris Augenwinkeln
löste und meine Hand benetzte.

Juri löste sich von mir, doch dieses Mal wandte er sich nicht ab,
sondern sah mich fest an.

»Ich soll mich entscheiden. Entweder ich klage öffentlich die Seelenwanderer wegen Hochverrats an und beende die Aufstände, oder«,
er schluckte schwer, »oder du stirbst.«

Seit Raja heute Mittag von dem Ultimatum gesprochen hatte, war
mir klar gewesen, dass es um meinen möglichen Tod ging. Dennoch
musste ich schlucken.

»Wieso sollst du sie anklagen? Wieso macht es Firas nicht selbst?«

»Er darf es nicht. Kein Ephor darf die Neutralität infrage stellen.
Sollte er sich offiziell gegen diese Regel stellen, wird er das gesamte
Volk gegen sich bringen. Selbst diejenigen, die ihm zuvor folgten.

Seine Anhänger, die ebenfalls einen Kontakt mit der Erde ablehnten, würden es nicht wagen, sich gegen die Seelenwanderer zu stellen. Aber wenn ich an seiner Stelle die Anklage erhebe, kommt es einem Todesurteil für sie gleich.

Firas hat damit erreicht, was er wollte. Er hat den Kern des Aufstands niedergerungen und gleichzeitig die Seelenwanderer praktisch ausgelöscht.« Sein Blick wurde wieder weich, als er mir in die Augen schaute.

»Lila, ich kann dich nicht opfern. Ebenso wenig kann ich so viele Leben aufs Spiel setzen. Ich bin doch verantwortlich für mein Volk, ich wollte doch immer nur Frieden.« Seine Stimme brach ab und nun senkte er seinen Blick, weg von mir.

»Ich habe versucht, das Seelentor und die anderen Verbündeten zu kontaktieren, um sie zu warnen. Sie weigern sich, zu fliehen.«

Sanft zog ich seinen Kopf wieder zurück zu mir und küsste ihn behutsam.

»Dich trifft keine Schuld. Juri, es ist okay!«

Ich durfte nicht der Grund sein, warum er sein Volk nicht rettete und Firas nicht vernichtete. Das war mir bereits in der Zelle klar geworden. Ich sollte der Grund sein, dass er all dies tat!

»Und ich liebe dich, Juri.« Ich fühlte diese Wahrheit in den Worten so sehr, noch nie zuvor in meinem Leben.

Juri schluchzte kurz auf.

»Ich habe immerzu daran geglaubt, dass alles gut werden würde, sobald ich Miro finde. Und stattdessen habe ich dich gefunden.« Dabei lächelte er sanft und küsste mir so zärtlich auf den Mund, dass ich meine Augen auch danach nicht öffnen wollte, sondern der Berührung nachfühlte.

»Wir werden es nicht schaffen, bis morgen eine Lösung zu finden. Seit mir das Ultimatum gestellt wurde, suche ich nach einem Weg, hier herauszukommen. Ich habe versucht, Verbündete zu kontaktieren, und bin gescheitert. Ich weiß nicht mehr weiter. Alles ist verloren.«

Jetzt öffnete ich meine Augen doch und sah ihn ernst an.

»Ich möchte, dass du dein Volk von Firas befreist. Nuretaja, die Seelenwanderer und ich glauben an dich! Du benötigst keinen Miro und keine Lekika, um stark zu sein. Und um zu siegen. Die hast du nie gebraucht.«

Juri wollte mich unterbrechen, doch ich hob meine Hand und brachte ihn damit zum Schweigen.

»Du könntest es dir nie verzeihen, wenn du unser Glück über deine Welt stellen würdest. Und so könnten wir nie glücklich werden.«

Eine Wut ergriff mich über diese Ungerechtigkeit und aufgebracht fuhr ich fort.

»Firas glaubt, dass er dich und damit uns alle kontrollieren kann. Dass er so gewinnen kann, seine Macht stärkt und Nuretaja weiterhin unterjocht. Ich sage dir, damit ist es jetzt vorbei. Du wirst ihm die Stirn bieten und dich öffentlich gegen ihn stellen. Das Volk wird hinter dir stehen! Alle leiden und das kannst und wirst du beenden!«

»Aber doch nicht, indem ich dich opfere! Wie kannst du das von mir erwarten?« Nun wurde seine Stimme lauter, wobei ihm die Verzweiflung deutlich anzumerken war. Er schaute zu Boden und seine nächsten Worte waren im Gegenzug so leise, dass ich ihn kaum verstand.

»Ich habe dich doch gerade erst gefunden.« Dabei ließ er seinen Kopf in meinem Schoß sinken.

Ich streichelte über seinen Kopf und lächelte traurig.

»Ja, und das ist etwas, das wir schätzen sollten. Wir hatten das große Glück, uns kennenzulernen. Echte Liebe, wenngleich nur kurz. Wem ist das schon vergönnt!«

Juri setzte sich auf, zog mich an sich und küsste mich. Nie war ein Kuss schöner gewesen. Voller Liebe und Dankbarkeit, Verzweiflung und Sehnsucht. Und voller Leidenschaft.

Ich ließ mich treiben. Ich hatte nichts mehr zu verlieren und war vielleicht genau deshalb gerade so bei mir selbst angekommen.

Zum ersten Mal in meinem Leben gehörte ich zu jemandem und er gehörte zu mir.

Diese Nacht würde meine letzte Nacht sein und ich wollte nichts sehnlicher, als sie mit Juri zu verbringen.

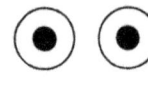

46.
JURI

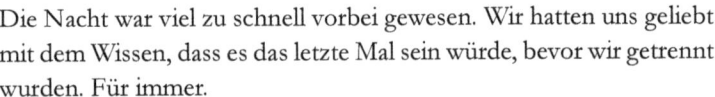

Die Nacht war viel zu schnell vorbei gewesen. Wir hatten uns geliebt mit dem Wissen, dass es das letzte Mal sein würde, bevor wir getrennt wurden. Für immer.

Wir hatten gelacht und geweint, unsere Lust herausgeschrien und gleichzeitig Tränen vergossen.

Mir war klar, ohne Lila würde ich nicht weiterleben können, und doch stand fest, dass genau das passieren würde. Heute war der Tag, an dem Lila sterben würde.

Kaum dass die Sonne mit ihren goldenen Strahlen das Blauschwarz der Nacht vertrieben hatte, klopften die Soldaten an die Tür des Ateliers. Wenigstens waren sie so freundlich gewesen und hatten uns tatsächlich die gesamte Nacht in Ruhe gelassen.

Lila und ich hatten sie bereits erwartet und waren langsam zur Tür gegangen. Insgesamt waren es sechs Wachleute, die uns in Empfang nahmen. Lila hatte sich zu mir umgedreht und mich geküsst. Es war kein leidenschaftlicher Kuss gewesen, der mehr versprach. Es war ein verzweifelter und schmerzhafter Kuss.

Ich hielt Lila an mich gepresst und schaffte es nicht, sie loszulassen. Ich konnte und wollte sie nicht verlieren.

Doch Firas Ultimatum war beendet und er erwartete meine Entscheidung.

Lila war bereits von Anfang an klar gewesen, dass es nur die eine Entscheidung hatte geben können, das hatte ich ihr angesehen. Noch bevor ich es mir hatte eingestehen wollen. Und mehr noch, sie hatte die Konsequenz daraus bereits akzeptiert. Und damit hatte sie ihren Tod beschlossen.

Die Soldaten hatten Mühe, uns zu trennen, und nur vereint war es ihnen schließlich gelungen.

Lila war von zweien weggeführt worden, während mich die restlichen vier zurückhielten und in mein Zimmer brachten. Ich war eingesperrt worden wie ein ungehorsamer Junge und nun tigerte ich unruhig darin umher und wartete darauf, dass Firas mich zu sich rief, um meine Entscheidung zu hören.

War die Zeit in der letzten Nacht wie ein Wimpernschlag vergangen, so schien sie jetzt stehen geblieben zu sein.

Es klopfte und Raja betrat mein Zimmer. Ich hatte sie das letzte Mal gesehen, als sie von Firas kam und mir mitgeteilt hatte, dass Lila aufgewacht war. Sie hatte klein und verloren gewirkt und ging gebückt, als habe sie Schmerzen in der Magengegend. Ich war viel zu besorgt um Lila gewesen, um sie darauf anzusprechen, jetzt fühlte ich mich schlecht deswegen. Sie brachte mir Frühstück und legte mir die zeremonielle militärische Uniform heraus, die an großen Feiertagen und an großen Trauertagen in Nuretaja üblich war. Für mich war dies ein Tag der Trauer, für Firas vermutlich ein Feiertag.

Es war ein steifer und schwerer Anzug in Schwarz, der mit goldenen Manschetten und lächerlichen goldenen Streifen, die quer über die Brust gingen, verziert war. Ich fühlte mich immer wie ein Zirkusdirektor, wenn ich diese Uniform tragen musste.

In mir tobte ein Sturm aus widersprüchlichen Gefühlen. Ich liebte Lila. Niemals zuvor hatte ich eine Person so geliebt, wie könnte ich jemals ihrem Tod zustimmen? Und wie könnte ich es jemals schaffen, mit dieser Schuld weiterzuleben? Aber natürlich durfte ich mein Volk nicht im Stich lassen. Und die Seelenwanderer zu verraten und damit die Grundpfeiler unseres Glaubens zu zerstören, war undenkbar. Ich durfte nicht für den Tod dieser Leute verantwortlich sein. Nervös fuhr ich mir durch meine Haare, die bereits wild vom Kopf abstanden.

Raja hatte uninterbrochen geschwiegen und mit routinierten Bewegungen den Tisch gedeckt.

Sie trug bereits ihre Uniform, die aus einem schwarzen langen Kleid bestand, das sich eng an ihren Oberkörper schmiegte. Ab der Taille fiel es langsam auseinander und wies drei seitlich verlaufende, goldene Streifen auf. Diese zogen sich spiralförmig nach unten und erweckten dadurch den Eindruck, dass sich das Kleid drehte.

Ich ging ohne ein Wort der Begrüßung ins Badezimmer und stellte mich unter die kalte Dusche. Kaum eine Viertelstunde später war ich fertig gekleidet und wanderte wieder unruhig durch mein Schlafzimmer. Ich hatte mir die Karbatsche in die dafür vorgesehene Lasche befestigt und in meinem Schaft und am Gürtel steckten die Dolche.

Ich warf einen kurzen Blick auf den gedeckten Tisch. Davon würde ich keinen Bissen herunterbringen.

Raja hielt mir stoisch eine Tasse mit schwarzem Kaffee hin, und erst dann vermochte ich es, ihr ins Gesicht zu blicken.

Ihr Veilchen schillerte in einem satten Grünblau. Sie sah mich fest an und ich erkannte die Entschlossenheit bei ihr, die sie früher ausgezeichnet hatte. Ich hatte gedacht, dass Firas ihr das längst heraus geprügelt hatte.

Sie beugte sich leicht zu mir runter, während sie leise sprach:

»Du solltest etwas essen, um bei Kräften zu bleiben. Heute ist ein großer Tag.« Dabei reichte sie mir ein Gebäckstück und entfernte sich vom Tisch.

Allerdings verließ sie den Raum nicht, sondern platzierte sich still neben der Tür und wartete.

Ich stand unschlüssig mit dem Frühstückshörnchen in der Hand herum und schaute zu ihr rüber. Bereits seit Jahren gehörte Raja zu Firas. Ich konnte mir nur im Ansatz vorstellen, welche physischen und psychischen Quälereien sie hatte ertragen müssen. Allerdings hatte sie sicherlich mehr als eine Gelegenheit gehabt, sich an ihm zu rächen, und es nicht getan.

Ich biss nun doch in mein Hörnchen und stockte, es war staubtrocken und kaum zu schlucken.

Daraufhin musste ich die gesamte Tasse Kaffee in einem Zug austrinken und unterdrückte ein Würgen. Er war viel zu süß und hatte einen Hauch von verbranntem Karamell im Abgang.

»Was soll das? Ich habe noch nie Kaffee mit Zucker getrunken!« Meine Worte hörten sich selbst in meinen Ohren gereizt an.

Sofort stahl sich Trotz und ein bisschen Angst in Rajas Blick.

»Wie ich sagte, du benötigst die Kraft. Wir sollten nicht zu spät kommen. Firas wartet nicht gern.« Sie sah mich auffordernd an und öffnete die Tür.

Es war Zeit, meine Entscheidung zu verkünden.

47.
JURI

Scheinbar gab es heute mehr als nur eine große Entscheidung. Auf dem Weg zum Audienzsaal hörte ich die Massen draußen rebellieren. Es gab einen großen Aufstand. Größer, als ich ihn je erlebt hatte, größer, als wir ihn je geplant hatten. Ich blieb kurz stehen und versuchte, mir ein Bild von der Situation am Vorplatz zu machen, wurde aber sofort von den Wachen weitergeschoben. Ich erhaschte nur einen kurzen Blick; es waren in der Tat unglaublich viele Nuretajaner auf dem Platz. Und es kamen immer mehr Wachen hinzu. Es sah aus, als versuchten sie, die Menge einzuschüchtern und einzukreisen. Ich hoffte, ohne Erfolg.

Dementsprechend war ich nicht verwundert, dass der Saal fast leer erschien. Ich konnte mir vorstellen, dass Firas innerlich tobte. So ein großer und wichtiger Anlass in so einem kleinen Rahmen inszeniert. Und so würde es bleiben. Auf Firas Befehl hin verschloss Raja den Saal, direkt nach meinem Eintreten. Es gab kein Entkommen.

Um meiner Entscheidung beizuwohnen, waren nur Firas mit seinen Beratern und seiner persönlichen Leibgarde versammelt. Und natürlich Lila, die auf dem Teppich vor dem Stuhl meines Vaters kniete.

Ihre Hände waren am Rücken gefesselt, und sie trug ebenfalls ein zeremonielles Kleid. Es war ein Kleid, welches die Seelenwanderinnen traditionell zu Ehren der Seelenübertragung trugen, wenn sich diese vorhersehen ließ.

Es bestand aus einem schweren violettfarbenen Samtstoff mit goldenen Ornamenten und einer kleinen Schleppe.

Lila sah auf und ihr Blick hielt meinen fest. Sie wirkte entschlossen und unbeugsam.

In meinem Hals bildete sich ein Kloß, mein Entschluss wankte. Ich wollte sie nicht verlieren.

Ein leises Lächeln huschte über ihr Gesicht, dann wurde sie wieder ernst und sah zu Firas.

Raja, die mich in den Saal begleitet hatte, platzierte sich nun neben Lila und deutete eine kleine Verbeugung in Firas Richtung an. Ihr Gesicht blieb dabei vollkommen ausdruckslos.

Es war zwar noch früher Morgen, doch die Sonne, deren Strahlen die Wärme des Sommers verbreiteten, kämpfte sich selbst in diesen Saal.

Seit meiner Kindheit hatte sich hier optisch nichts verändert. Und doch war alles anders. Und Firas war dafür verantwortlich. Die Stimmung wurde beherrscht von Furcht und Misstrauen. In diesem Raum und im gesamten Land.

Automatisch wanderte meine Hand zum Griff der Karbatsche, aber der Platz war leer. Der Gürtel mit meinen Waffen war mir vom Anführer der Leibgarde bereits beim Betreten des Saals abgenommen worden.

Also ließ ich beide Hände in gespielter Gelassenheit an meinen Seiten hängen und näherte mich Firas, verzichtete allerdings auf jegliche formelle Begrüßung. Ich legte all meinen Hass in meinen Blick, doch es prallte an ihm ab und er zog nur arrogant einen Mundwinkel nach oben.

»Mein Junge.« Seine Worte klangen freundlich, als würde er mir einen väterlichen, gut gemeinten Rat erteilen wollen. »Die Frist ist abgelaufen.« Er sah von mir zu Lila und wieder zurück. »Jetzt wird sich zeigen, wie groß deine Liebe zu Lila ist.« Firas schwieg einen Moment, um seine Worte wirken zu lassen.

Er fixierte Lila mit kalten Augen. »Wirst du ihr Leben nehmen, um die Verräter davonkommen zu lassen, oder klagst du die Anführer der Revolte an, die es wagen, sich gegen mich aufzulehnen. Ignoranten, die meine rechtmäßige Herrschaft infrage stellen?«

Er zeigte abfällig auf die Frau, die ich liebte. »Und sie wird leben!« Er streckte einen Finger in die Luft, als sei ihm plötzlich noch ein Gedanke gekommen.

»Ach, und natürlich wollen wir Miro nicht vergessen, nicht wahr? Wobei die liebe Lila ja gar nicht in der Lage war, eine Verbindung aufzubauen, oder irre ich mich?« Kurz fiel sein Blick wieder auf Lila. »Wirklich schade! Er hätte dich bestimmt gut ergänzt. Die kleine Lila und der große, allwissende Miro. Aber wer weiß, je nachdem, wie sich Juri entscheidet, hat Miro doch die Chance auf ein weiteres Leben.«

Sein Blick fuhr zu mir zurück.

»Ich bin schon sehr gespannt auf deine Entscheidung.« Dann setzte er sich langsam auf seinen dunkelbraunen Stuhl und musterte mich.

Zwei Wachen hatten sich währenddessen links und rechts von mir positioniert, und ich spürte, dass hinter mir Soldaten ebenfalls bereitstanden, die mit ihren Waffen auf mich zielten. Ich schaffte es kaum, ruhig zu bleiben.

Mein Mund wurde trocken und meine Nackenhaare stellten sich auf. Mein ganzer Körper sträubte sich dagegen, meine Entscheidung in Worte zu fassen.

Aus den Augenwinkeln bemerkte ich, dass Lila mir aufmunternd zunickte.

Ich konnte es nicht.

Kaum, dass ich versuchte, mich einen Schritt nach vorn zu bewegen, packten mich sofort vier starke Hände und verhinderten selbst den leisesten Ansatz einer weiteren Bewegung. Ich stemmte mich dagegen und Wut stieg in mir hoch wie ein unkontrollierbares Feuer.

»Niemanden, ich werde niemanden verraten, niemals!«, knurrte ich wütend. Dann schaute ich flehentlich zu Lila. Ich würde sie nicht sterben lassen. »Lasst sie am Leben und ich werde statt ihrer in den Tod gehen.«

Meine Bewacher fixierten mich weiterhin und meine Raserei nahm langsam wieder ab.

Es herrschte absolute Stille.

Alle Blicke waren nun auf Firas gerichtet, der scheinbar über meinen Vorschlag nachdachte. Dann stand er langsam auf und schritt auf mich zu.

»Nein, das geht doch nicht.« Firas Kopf neigte sich gespielt amüsiert zur Seite, wobei er seinen Mund zu einem Lächeln verzog. »Das Märtyrertum steht dir nicht, mein Junge. Die Spielregeln waren klar. Ich will die Namen der Verräter haben! Gibst du sie mir nicht, wird sie sterben.«

Er sah mich unnachgiebig und mit kalten Augen an. Dann verzog sich sein Mund zu einem grausamen Lächeln.

»Oder sollte ich besser sagen, werden sie sterben?« Er ließ seine Worte wirken. »Und glaube jetzt nicht, dass ich von Miro rede. Das Mädchen von der Erde hat es nicht geschafft, eine Verbindung mit ihm einzugehen, und nun ist es zu spät, er kann gar nicht mehr bei ihr sein.« Jetzt kehrte das falsche Lächeln wieder zurück auf Firas Gesicht und er sah aus wie das Monster, das er war.

Ich verstand nicht, wovon er sprach. Was hatte das zu bedeuten? Lila hatte bereits angedeutet, dass Miro nicht mehr lange bei ihr sein könnte. Doch eine Seele verließ einen Körper nicht einfach so. Wenn, dann wechselte er den Körper.

Mir wurde schlecht und ich keuchte auf, als sich eine Ahnung in mir breitmachte. Ich sah Lila an, die meinem Blick mit Angst in den Augen begegnete. Sie hatte keine Ahnung!

Firas Blick glitt zwischen Lila und mir hin und her. Ihn amüsierte diese Situation offensichtlich.

»Ich glaube, mein Junge, du bist auf der richtigen Spur. Die arme Lila ist hingegen noch vollkommen ahnungslos.« Firas wandte mir seinen Blick inzwischen vollständig zu.

Ich ignorierte ihn. Mit geballten Fäusten starrte ich zu Lila, während Firas zu sprechen begann.

»Ich will Lila dann nicht mehr länger auf die Folter spannen. Deine liebe kleine Lila hat offenbar schnell deine Tugenden zu Fall gebracht und dein hochgeschätztes Gelübde über Bord werfen lassen. Zumindest wenn ich der Heilerin Glauben schenken darf, die ich auf dein Geheiß hin zu ihr geschickt habe.«

Er sah freudig erregt zu Lila und dann erneut zu mir.

»Nach der Untersuchung war sie sich sicher. Lila erwartet ein Kind von dir!«

Ich riss die Augen auf. Juri starrte mich an. Er presste seine Hände so fest zusammen, dass seine Knöchel weiß hervorstachen. Er wollte zu mir und wand sich im festen Griff der Wachen hin und her. Ich kniete stocksteif auf dem Boden, unfähig, mich zu rühren. Ich war schwanger?

Mir wurde schwindelig. Ich sollte mit meinem ungeborenen Kind in meinem Bauch sterben?

Ich sah, wie Juri zusammenbrach und von den Soldaten auf den Boden gefallen lassen wurde.

»Nein, Juri!«, krächzte ich und wollte mich aufstemmen, wurde jedoch von meinen Wachen ebenfalls zurückgehalten.

»Lasst mich!« Ich sah mich verzweifelt um, mein Blick fiel auf Raja. Hatte ich mich in ihr getäuscht? Sie verabscheute Firas doch ebenso.

»Warum lässt du das zu? Warum hilfst du uns nicht?« Ich schrie die Worte, heiser und hilflos, und Tränen liefen mir heiß über mein Gesicht.

Im Saal war es für einen Moment unruhig. Firas Leibgarde trat unruhig von einem Bein aufs andere und sie tuschelten untereinander. Die Berater sahen kurz zu uns, dann zu Firas, ihre Mienen verschlossen und kalt. Von ihnen war keine Hilfe zu erwarten.

Firas hob beschwichtigend beide Arme und sprach laut und deutlich zu den Anwesenden:

»Ihr wisst, diese Entscheidung liegt nicht in meiner Hand. Juri kann frei wählen und dadurch das Leben von ihr …«, erneut zeigte er abfällig auf mich, als sei ich ein lästiges Insekt, »und ihrem Kind retten. Er muss nur laut die Namen der Verräter aussprechen. Jetzt!« Es herrschte wieder absolute Stille und alle Blicke lagen auf Juri, dessen Gesicht die pure Verzweiflung ausdrückte.

Seine schönen grünen Augen strahlten durch die Tränen noch stärker als sonst. Seine Lippen waren zu Strichen zusammengepresst. Man sah ihm den inneren Kampf an, den er ausfocht.

Ich schluckte schwer.

Ich durfte mein Leben nicht über das der gesamten Wanderer stellen. Aber durfte ich über das Leben meines, unseres Kindes entscheiden?

Ich versuchte, Juris Blick einzufangen.

Es musste beendet werden. Juri musste Firas zu Fall bringen.

Ich strich über meinen noch flachen Bauch. Meine Gedanken wanderten zu dem neuen Leben, das in mir wuchs und nun keine Chance bekommen würde, auf die Welt zu kommen.

Es tut mir leid, Kleines.

Als Juri mich endlich ansah, riss ich mich zusammen und hob mein Kinn bekräftigend, um ihm die Entscheidung zu erleichtern.

»Du lässt sie sterben?« Firas sah mit unbewegter Miene zu Juri, der seinen Blick wütend erwiderte und sich erneut gegen seine Wachen auflehnte.

Dann traf mich sein Blick. Ich erschauderte und mir wurde kalt ums Herz.

»Es ist entschieden. Die Liebe zu dir kann dann doch nicht so groß gewesen sein, nicht wahr, kleine Lila?«

Ich ignorierte Firas und heftete meinen Blick auf Juri, der ihn erwiderte.

Ich lächelte ihn an, während uns beiden die Tränen hinabliefen.

Verärgert verhinderte Firas weiteren Blickkontakt, indem er sich direkt zwischen uns stellte.

»Bringen wir es hinter uns. Um meinen guten Willen zu zeigen, gewähre ich dem Mädchen einen schonenden Tod.«

Er zog einen kleinen Flakon aus seinem Anzug und hielt ihn hoch.

Bevor Firas weitersprechen konnte, trat Raja näher an Firas heran. Ihre Miene war gefasst und ihre Stimme blieb ruhig, während sie zu ihm sprach.

»Euer Wort ist Gesetz, mein Ephor. Und eure Gnade wissen hier alle zu würdigen.« Dabei drehte sie sich langsam einmal um ihre eigene Achse, wobei sie mir und Juri direkt in die Augen sah.

»Um sich angemessen aus dieser Welt zu verabschieden, und damit sie sich später wiederfinden mögen, wenn die Zeit reif ist, erlaube ihnen noch einen letzten Abschiedskuss.«

Überrascht sah Firas zu Raja, die ruhig vor ihm stehen geblieben war. Dann ging sein Blick zu den Beratern, die nur beifällig mit den Schultern zuckten.

»Raja, meine wilde Katze.« Sein Blick wurde anzüglich, dass ich fast würgen musste vor Ekel. Raja hingegen ließ diesen widerlichen

Blick über sich ergehen, ohne eine Miene zu verziehen. »Wer hätte gedacht, dass du eine sentimentale Seite an dir hast.«

Er richtete seine nächsten Worte an die Leibgarde.

»Ihr zielt auf beide, macht euch bereit! Und ihr«, damit wandte er sich an mich und dann an Juri, »eine falsche Bewegung und Lila wird qualvoll sterben und du wirst nie mehr in der Lage sein, zu gehen, habt ihr mich verstanden?«

Ich wurde auf die Füße gezerrt und zu Juri geschubst.

Er fing mich vorsichtig auf, bevor ich zu Boden stürzen konnte.

Ich ließ mich von ihm in einer festen Umarmung halten und schloss meine Augen.

Wohin auch immer ich gehen würde, wenn ich tot war, diesen Moment wollte ich mitnehmen.

Er drückte meinen Kopf sachte an seine Brust und legte sein Kinn auf meinem Kopf ab.

»Es tut mir so leid, Lila. Alles. Ich will dich nicht verlieren. Ich will euch nicht verlieren.« Eine Träne von ihm fiel auf mein Haar.

»Ich sehe keinen anderen Weg, Juri. Du kannst nicht dein ganzes Volk verraten.« Ich löste mich von ihm und sah ihm fest in die Augen. »Halte ihn auf«, flüsterte ich so leise ich konnte. Ich sah auf seinen wunderschönen Mund und schloss meine Augen, um ihn noch einmal zu küssen.

Unsere Lippen trafen sich, als sei es unser erster Kuss, zaghaft und neugierig. Und doch küssten wir uns zum letzten Mal. Er schmeckte herb und süß und nach Kräutern. Ich seufzte leise.

»Das reicht!« Firas Stimme durchschnitt die Stille, die den gesamten Saal erfüllte.

Die Wachen umkreisten uns wieder enger und führten uns zu Juris Vater, der mit der Giftampulle auf mich wartete.

Mein Herz schlug schneller und härter in meiner Brust und ich keuchte laut auf vor Angst. Firas schaute auf mich hinab und lächelte leicht. Diese Szene erinnerte mich an meinen Traum. Ich riss mich zusammen, straffte meine Schultern und fragte leise, aber mit fester Stimme: »Bevor du mich umbringst, möchte ich die Wahrheit erfahren. Du hast Samson und Lekika ermordet und dann alles meinem Vater angelastet. Der Dolch, mit dem Lekika getötet wurde, gehörte dir!« Ich stellte keine Frage, ich wollte lediglich die Bestätigung. Ich wollte, dass er seine Taten zugab und zumindest ein kleiner Teil Nuretajas fortan die Wahrheit kannte. Firas Berater keuchten bei der Anschuldigung laut auf, während Firas mich kurz irritiert musterte, dann aber wieder sein falsches Lächeln aufsetzte.

»Das ist die Frage, die dich kurz vor deinem Tod umtreibt? Und du erwartest, dass ich sie hier und jetzt beantworte?« Er lachte und ging einen Schritt zurück. Er würde es nicht zugeben.

Zorn, Frust und Angst ließen mich unkontrolliert zittern, sodass die Soldaten mich erneut packten, damit ich nicht einfach umkippte. Ich nahm nur am Rande wahr, dass Juri sich seinen Wachen mit aller Kraft widersetzte, aber ohne Erfolg.

»Feigling«, schrie ich ihm mitten ins Gesicht, aber das ließ ihn kalt. Firas stand jetzt direkt vor mir und der Wachmann an meiner linken Seite zwang mich, den Mund zu öffnen. Raja stand reglos neben Firas und sah mich an, ohne eine Miene zu verziehen. Doch in ihren Augen funkelte es.

Firas flößte mir den Inhalt des Flakons ein und hielt mir dann meinen Mund und Nase zu, während mein Kopf schmerzhaft nach oben überstreckt wurde. Ich bekam keine Luft mehr und verkrampfte mich. Ich konnte gar nicht anders, ich musste schlucken.

Es schmeckte bitter und scharf und brannte auf dem Weg die Speiseröhre hinab. Firas beugte sich näher zu mir, sein Mund direkt an meinem Ohr und flüsterte leise: »Ich gebe es zu.« Dann löste er den Klammergriff. Ich konnte endlich wieder atmen. Firas beobachtete mich neugierig.

Mein Körper bebte und schmerzte, aber ich war frei.

Juris Wachen hatten ihn ebenfalls losgelassen. Sofort war er bei mir und bewahrte mich davor, wie ein nasser Sack auf dem Boden aufzuschlagen. War das bereits das Gift, das meinen Körper lähmte?

Juri legte mich auf den Boden und bettete vorsichtig meinen Kopf in seinem Schoß. Er strich mir über die Haare und streichelte liebevoll meine Wangen.

Ich sah zu ihm hoch.

Sein Gesicht war voller Trauer. Seine Augen glitzerten und sein Mund war zusammengepresst, als kämpfte er gegen ein Aufschluchzen.

In mir breitete sich hingegen Frieden aus. Ich spürte keine Schmerzen und keine Angst mehr. Dafür umso mehr die Liebe, die von Juri ausging.

»Sch …« Ich redete leise und hatte Mühe, deutlich zu sprechen.

Juri beugte sich näher zu mir runter.

»Du hast richtig gehandelt!« Es fiel mir schwer, mich zu konzentrieren, und ich schloss für einen Augenblick meine Augen. »Ich liebe dich.«

Mein Herzschlag verlangsamte sich und mich überkam eine schwere Müdigkeit, während sich von meinem Nacken ausgehend ein Kribbeln über den gesamten Körper ausbreitete. Ich driftete langsam in ein schwarzes Nichts und meine Gedanken wanderten zu meinem ungeborenen Kind.

Eine Träne löste sich aus meinem Augenwinkel und meine Sicht verschwamm.

»Ich werde mir nie verzeihen können, dass ich für deinen Tod und den Tod unseres Kindes verantwortlich bin!« Er beugte sich so tief an mein Ohr, dass nur ich ihn verstehen konnte. »Er wird dafür bezahlen, das verspreche ich dir!« Seine Hand strich weiterhin liebevoll über meinen Kopf. »Warte auf mich, wir werden uns wiedersehen.«

Mein Mund verzog sich zu einem leichten Lächeln.

Ich war so müde. Erneut schloss ich meine Augen. Sämtliche Muskeln in meinem Körper verweigerten ihren Dienst.

49.
JURI

Firas hatte Lila und mein Kind umgebracht. Wie hatte ich das zulassen können?

Fassungslos und überwältigt vor Trauer, saß ich mitten im Saal auf dem Boden. Lilas Kopf ruhte noch immer auf meinem Schoß.

Sie hatte soeben aufgehört, zu atmen.

Warum hatte ich ihr das angetan, ich liebte sie doch!

Wut stieg in mir hoch. Firas musste dafür bezahlen und ich würde derjenige sein, der dafür sorgte.

»Das schwöre ich dir, Lila.« Ich knurrte die Worte mehr heraus, als dass ich sie aussprach, und streichelte dabei langsam über Lilas blasse Wange.

Ich sah zu Firas. Doch seine Aufmerksamkeit galt nicht mir, sondern Raja. Sie stand nicht mehr neben ihm, sondern war neben die Tür der Kammer geeilt und drehte an einem der angebrachten Wandleuchten. Dabei sah sie Firas an und lächelte.

Dann brach die Hölle los.

50.
AYA

Bislang lief alles nach Plan. Der Tag war gerade erst angebrochen und es hatten sich jetzt bereits mehr Verbündete als erwartet vor dem Palast zusammengefunden. Der Aufstand war gigantisch und es kamen immer mehr Nuretajaner hinzu, um sich anzuschließen. Es war, als hätte ein Funke gereicht, um einen Flächenbrand zu entfachen. So viele setzten sich für einen Umbruch ein. Ich stand mit Peter und den anderen am Rand und war tief beeindruckt.

Mehr und mehr Wachen versuchten, vor dem Palast die Lage unter Kontrolle zu bringen. Und das bedeutete, das immer weniger im Palast vorzufinden sein würden.

Vasus hatte alles hier draußen koordiniert und würde mit Alexander weiterhin hierbleiben.

Ich lächelte, als mir klar wurde, dass sie vielleicht sogar ohne uns in der Lage wären, die Mauern einzureißen und den Palast zu stürmen. Sollten wir scheitern, würden sie noch eine Chance haben.

Ich schaute zu Rugal, der uns der Reihe nach musterte. Sirona und Tuba standen dicht beieinander und hielten Händchen. Annea und Latura hatten Naa in ihre Mitte genommen, die zitterte, aber einen entschlossenen Ausdruck im Gesicht trug. Sie hatte sich nicht abbringen lassen, dabei zu sein. Und Peter und ich standen ebenfalls eng beieinander, wobei ich von Rugal zu Peter sah und ihn mit einem schiefen Lächeln betrachtete.

»Du siehst heiß aus in deiner Kampfmontur.« Mir half es, mich ein wenig abzulenken, die Spannung wäre sonst für mich unerträglich gewesen.

Annea quittierte das mit einem Lächeln. Und Peter grinste schief.

Rugal strahlte hingegen Ruhe aus und wandte sich an uns.

»Heute wird es sich entscheiden. Für oder gegen uns! Lasst uns bis zum Ende zusammenhalten und für Nuretaja, für Juri und für Lila kämpfen. Wir kämpfen für Miro und für unsere Zukunft. Egal, wie das hier ausgehen wird, ich weiß bestimmt, wir werden uns wiedersehen.«

Er streckte seine Hand zum Gruß der Seelenwanderer aus und wir grüßten zurück. Dann machten wir uns auf zum markierten Geheimgang, der sich in einer Seitenstraße neben dem Palast befand. Vermutlich diente er im Notfall als Fluchtmöglichkeit aus dem Palast heraus. Der Eingang war ein unscheinbarer Kanalschacht, an dessen Innenseite eine Leiter eingelassen war. Der Gang war dunkel und niedrig. Rugal schaltete eine kleine Taschenlampe ein und wir folgten dem Kanal bis zu einer Biegung und dann weiter nach links. Jetzt standen wir direkt unter dem Palast. Über uns waren regelmäßig Schächte erkennbar und den markierten achten Schacht kletterten wir hinauf. Eine schmucklose, kleine Hohlkammer erwartete uns. Eng gedrängt sahen wir uns um. Ich konnte keine Tür erkennen. Ich wurde unruhig und sah den anderen ebenfalls ihre Nervosität an. Peter drückte beruhigend meine Hand und ich lächelte dankbar. Rugal legte einen Zeigefinger an seinen Mund und die andere Hand an sein Ohr.

Wir hörten leise Schritte näherkommen und eine noch leisere Stimme, die mein Herz schneller schlagen ließ. Ich konnte ihn nicht verstehen, doch jetzt wusste ich, dass Juri lebte.

Die Schritte stoppten direkt vor unserer Wand. Mein Puls stieg mit jeder Sekunde. Die Anspannung wuchs. Meine Waffen waren griffbereit. Ich nickte Peter zu und blickte wieder zur Wand.

Sie öffnete sich und wir zögerten keine Sekunde.

Rugal stürmte, begleitet von mehreren Wanderern und Aya, in den Saal. Entschlossen und wild stürzten sie sich auf die Männer der Leibgarde.

Als ich Aya erblickte, tat mein Herz einen Sprung. Sie lebte. Aya preschte wie ein Berserker auf gleich zwei Männer zu. Dem einen rammte sie einen Dolch in die Kehle, während sie dem anderen mit ihrem Schwert Paroli bot.

Ich wusste, dass sie eine kühne und starke Kämpferin war. Gegen mehrere Soldaten gleichzeitig zu kämpfen, würde sie jedoch schon bald an ihre Grenzen führen.

Ich musste ihr und den anderen helfen.

Jemand rüttelte an meiner Schulter und ich blickte auf. Raja kniete gehetzt neben mir und duckte sich etwas, als mein wütender Blick auf sie fiel.

»Überlasse mir Lila.« Rajas Stimme klang fest und mutig.

Sie hatte ihren Rücken wieder durchgestreckt und sah mich unerschrocken an. Ihre Augen leuchteten und ihr Kinn war stolz nach oben gereckt.

Wie zu längst vergangenen Zeiten. Raja war nie gebrochen worden, sie hatte sich immer nur gut versteckt.

Sie war entschlossen und kämpferisch.

»Rugal und seine Leute benötigen deine Hilfe. Denn genau jetzt ist der Zeitpunkt gekommen, Juri! Jetzt wirst du uns befreien!«

Nach diesen Worten legte Raja vorsichtig einen Arm unter Lilas Kopf und umfasste mit dem anderen ihre Beine. Dann stützte sie sich auf und verließ schnell den Saal in Richtung der kleinen Kammer.

Ich blickte ihr kurz hinterher. Dann schaute ich mich wieder um, mein Körper spannte sich an und reagierte fast wie von selbst. Ich sprang in geduckter Haltung auf die Füße und rannte los.

Meine Waffen waren am anderen Ende des Saals. Ich brauchte sie.

Insgesamt bestand die Leibgarde aus fünfzehn Männern, den besten Kämpfern der Akademie und Peprut, dem Anführer. Die zwei Berater stellten hingegen keine Gefahr dar. Firas untersagte seinen Beratern grundsätzlich, eine fachkundige Kampfausbildung zu erhalten.

Ich war bereits auf meinem Rückweg und hatte meinen Waffen-gurt nicht vollständig geschlossen, da verfehlte mich eine sirrende Karbatsche nur um Haaresbreite. Sofort blieb ich stehen, duckte mich und zog gleichzeitig meine Peitsche aus der Lasche.

Das elektrische Surren durchfuhr mich, half mir aber auch, mich zu fokussieren.

Der Wachmann, der gerade auf mich gezielt hatte, ließ seine Peit-sche ein weiteres Mal in meine Richtung schlagen. Noch bevor sie mich erreichen konnte, knallte meine bereits gegen den Griff sei-ner Peitsche. Durch einen schnellen Ruck fiel mir der Soldat vor die Füße. Schnell ließ ich meinen Ellbogen gegen seine Schläfe krachen. Er rührte sich nicht mehr.

Mein Blick wanderte durch die Halle.

Es lagen bereits fünf Wachen auf dem Boden, ob verwundet oder tot, konnte ich nicht sagen. Die Berater hatten sich in den hinteren Bereich in eine Ecke gekauert und schauten verängstigt zu.

Und durch die Kammer gab es jetzt ebenfalls keine Fluchtmög-lichkeit mehr.

Raja hatte die Tür von außen verschlossen.

Sie würde recht behalten. Es würde sich hier und heute entscheiden.

Im Saal gab es jetzt noch elf kampftaugliche Soldaten und Firas. Neben Rugal und Aya konnte ich sechs weitere Wanderer kämpfen sehen. Ich kannte sie alle.

Mit mir zusammen waren wir neun Personen, davon waren sieben kampferprobt. Mich überkam ein Hochgefühl. Wir hatten eine reelle Chance. Wir konnten siegen.

Der gefährlichste Gegner war Firas. Zu seinem Können und seiner Begabung im Umgang mit Waffen gesellten sich seine Taktik und Unbarmherzigkeit. Er war es gewohnt, seine Gegner in die Flucht zu schlagen.

Ihn sah ich in der anderen Ecke des Saals, direkt vor dem Eingang zur Kammer. Er war mit einer Karbatsche in der einen Hand und ei-nem gekrümmten Säbel in der anderen Hand bewaffnet, in einem er-bitterten Kampf mit Rugal vertieft. Beide umkreisten sich so eng und schnell, dass keiner seine Peitsche zu seinem Vorteil nutzen konnte.

Rugal hatte mich zu seiner Zeit im Kampf mit dieser Waffe ausgebildet. Ich wusste, dass Firas Chance nur sehr gering war, sollte Rugal die Peitsche einsetzen können.

In der anderen Hand hielt Rugal ein symmetrisches Schwert mit einer zweischneidigen Klinge und zentrierter Spitze. Damit konnte er fast ebenso gut kämpfen.

Aber in diesem Fall war Firas mit seiner Wendigkeit und seinem Können ein ebenbürtiger Gegner.

Latura und Annea kämpften direkt neben mir. Die beiden Seelenwanderer waren mit Seelen verschmolzen, die wie für den Kampf gemacht waren. Latura hatte eine unglaubliche Reichweite und Annea führte so geschickt und schnell ihre Angriffe aus, dass ihr geflochtener Zopf wild durch die Gegend flog.

Peter links von mir und Tuba, der neben Rugal kämpfte, kamen gut klar.

Nur Naa und Sirona kamen in Bedrängnis. Besorgt zog ich meine Brauen zusammen.

Naa kämpfte, nur mit einem leichten kleinen Schwert bewaffnet, gegen einen massigen Wachmann auf meiner linken Seite hinter Peter.

Eine breite und blutige Schramme lief ihr quer über die Stirn und weiter die linke Wange hinab.

Sirona befand sich in der rechten hinteren Ecke.

Sie schwang eine kleine Peitsche, aber keine elektrische Karbatsche. In ihrer linken Hand hielt sie einen filigranen Dolch. Sie hielt sich ihren Gegner vom Leib, indem sie immer mit dem Dolch nach vorne stach.

Ich legte mir mein Messer an und knallte mit meiner Peitsche. Dann stürzte ich mich in den Kampf.

Der Soldat hatte Naa fast komplett an die Wand gedrängt. Er hieb mit seinem Schwert in einem unnachgiebigen Rhythmus auf sie ein. Sie parierte und wich weiter zurück. Meine Peitsche traf sein rechtes Schulterblatt.

Seine schwingende Bewegung fror ein und er drehte sich zu mir um, während sich Naa an die Wand drückte.

Der Soldat sah zuerst mich, dann meine Waffe an und zückte mit seiner freien linken Hand ebenfalls ein kurzes Messer.

Wir umkreisten uns lauernd.

Sein Schwert warf er achtlos zu Boden, den Arm konnte er ohnehin momentan nicht verwenden. An Größe und Kraft war er mir eindeutig überlegen.

Ich nutzte den einzigen Vorteil, den ich hatte: meine Schnelligkeit. Ich machte einen flinken Satz nach links und deutete einen Angriff auf seine rechte Flanke an. Dann duckte ich mich unter seiner Attacke weg und stach mit meinem Messer während meiner Drehung zu. Ich traf tief in seine ungeschützte Oberschenkelarterie.

Die Blutung war lebensbedrohlich.

Der Gardist stoppte sein Manöver und schleppte sich zum hinteren Ende des Saals. Die rote Linie, die er hinter sich herzog, war beeindruckend groß. Seine Überlebenschancen hingegen sehr gering.

Sofort wand ich mich wieder dem Kampfgetümmel zu. Sirona schrie in dem Augenblick auf und verstummte. Der Soldat hatte sie gegen die Wand geschleudert. Sie blieb liegen.

Und dann ging alles gleichzeitig.

Der Schrei lenkte Tuba und Annea ab, die direkt neben ihr kämpften. Ich wollte sie warnen, doch es war zu spät.

Der Gardist neben Tuba nutzte die Gelegenheit, hob sein Schwert und rammte es ihm in den Bauch.

Tuba ging sofort zu Boden.

Anneas Gegner hatte die Ablenkung genutzt und ihr mit seiner Faust einen heftigen Schlag gegen ihre linke Schläfe versetzt.

Ich hörte ein Knacken, sie fiel hart auf den Steinboden und rührte sich nicht mehr.

Firas hatte sich nicht davon beeindrucken lassen und entwaffnete Rugal mit einem Hieb.

»Genug jetzt.« Firas eiskalte Stimme durchdrang den Raum.

Ich erstarrte mitten in der Bewegung und erfasste die Situation.

Der Kampf war entschieden, wir hatten verloren.

Alle Kampfgeräusche erstarben. Lediglich das schwere Atmen der Anwesenden und das Röcheln Tubas unterbrachen die Stille. Im Hintergrund waren gedämpfte Stimmen und das Stampfen vieler Füße zu hören, die wie eine Welle näherkamen. Es bildete eine unheimliche Kakofonie aus Klirren, dem Krachen von Türen und wütendem

Gebrüll. Der Aufstand hatte die Wachen überrannt und befand sich bereits im Palast.

Ich hob langsam meine Arme und ließ meine beiden Waffen fallen. Rugal und die anderen folgten meiner Geste.

Der Soldat, gegen den Peter zuvor gekämpft hatte, sammelte rasch unsere Waffen zusammen.

»Ich freue mich, dass ihr so vernünftig seid.«

Firas Stimme klang außer Atem, aber viel zu freundlich. Seine scheinbare Gelassenheit war reine Fassade, denn sein Blick huschte immer wieder zur großen Flügeltür, die noch verschlossen war.

Er blutete an der rechten Augenbraue, aber das wischte er gleichgültig mit seinem Handrücken weg, während er siegessicher lächelte. Er wies seine Leibgarde mit einem lässigen Wink an, uns in die Mitte des Raumes zu treiben. Sirona war wieder bei Bewusstsein und kroch zu Tuba, dem noch immer die Klinge im Bauch steckte. Um ihn herum hatte sich eine Blutlache gebildet.

Sirona redete leise auf Tuba ein und untersuchte die Wunde.

Ich konnte sie nicht verstehen und das war auch gar nicht notwendig. Ihr Gesicht sagte bereits alles, was ich wissen musste.

Tuba stand an der Schwelle zum Tod.

Sirona hielt ihr Ohr an seinen Mund und nickte kurz.

Dann strich sie ihm liebevoll über die Wange und entlang seines Oberkörpers.

Ich beobachtete, wie sie unauffällig dabei in Tubas Hosentasche griff.

Währenddessen hatten Latura und Peter Annea zu uns gebracht.

Sie lebte noch, benötigte aber dringend medizinische Versorgung.

Der Rest von uns war mit Prellungen und Schrammen davongekommen. Aya hielt ihren Arm, der unnatürlich von ihrem Körper abstand. Sie war blass und biss sich auf die Lippe. Ihr Schultergelenk war ausgekugelt.

Sirona heulte auf, sie strich liebevoll über Tubas Gesicht, über seine Augen, die sie geschlossen hatte, über seine leicht geöffneten Lippen und seine Wangen. Er war tot.

Doch sie sprach die Worte nicht, die üblicherweise zum Tode eines Wanderers ausgesprochen wurden.

Ich sah zu Firas und ging dann langsam zu Tuba, um mich zu verabschieden und meinen Verdacht zu bestätigen.

Als ich mich neben Sirona kniete, konnte ich bereits riechen, dass ich recht hatte.

Wie auch immer sie es geschafft hatte, die Seele des Wanderers würde nicht weiterwandern. Sie hatte ihm den Seelenbefreier verabreicht. Poreltis, Tubas verschmolzene Seele, war frei und würde sich nie wieder mit jemandem vereinigen.

Ich drückte Tubas Hand und sah in das tränennasse Gesicht von Sirona.

»Er wollte es so«, flüsterte sie mir leise zu. Ich nickte nur leicht. Es gab keinen Grund, das anzuzweifeln. Ich strich ihr sanft über den Rücken, stand auf und ging zu den anderen zurück.

Ich spürte Firas Blick auf mir, der uns nacheinander musterte und dann laut verkündete: »Ihr alle habt euch des Hochverrats schuldig gemacht. Meine Berater können dies bezeugen.« Die beiden Angesprochenen trauten sich aus ihrer Ecke näher. »Darauf steht der Tod.«

Er blickte nacheinander auf die Wanderer. »Der endgültige Tod!«

Ich keuchte. Damit wäre die Ära der Wanderer auf Nuretaja nahezu ausgelöscht.

Mit einem triumphalen Ausdruck in den Augen fuhr er fort: »Das Urteil wird sogleich vollstreckt.« Er spähte zur Tür. Es würde nicht mehr lange dauern, bis die tobenden Massen den Saal erreicht hatten.

Firas gab dem Gardisten links von ihm ein Zeichen und dieser rückte uns eilig zu einer Reihe zurecht. Breitbeinig und mit nach oben gerecktem Kinn baute er sich vor uns auf.

Wir hatten versagt, doch ich hatte weiterhin Hoffnung, dass der Aufstand Erfolg haben würde.

Ein Tritt in die Kniekehlen riss mich aus meinen Gedanken. Sechs Gardisten standen hinter uns und ließen uns auf diese Weise auf die Knie sinken.

Die vier anderen flankierten Firas auf beiden Seiten, während dieser seinen Krummsäbel zückte.

Firas wollte das Urteil selbst vollstrecken. Ich, als sein einziger Sohn, würde durch sein Schwert sterben.

Er trat einen Schritt vor und wandte sich an einen Soldaten zu seiner Rechten. Seine Stimme klang leise und dadurch noch gefährlicher.

»Geh zur Kammer und bring mir die elende Verräterin. Sie fehlt noch in dieser Reihe.« Sein Blick glitt über die Seelenwanderer.

Mir stellten sich die Nackenhaare auf. Raja durfte nicht auch noch sterben.

Sofort drehte sich der Mann um, ging zur Tür der kleinen Kammer und öffnete sie.

Raja hatte doch abgeschlossen? Warum um aller Seelen Willen war sie jetzt offen?

Kalter Schweiß bildete sich auf meiner Stirn.

Als der Wachmann durch die Tür verschwunden war, drehte sich Firas wieder zu uns um und blickte uns nacheinander an. Dann fixierte er mich.

»Dich werde ich am Ende richten. Du wirst den Tod aller hier Anwesenden miterleben.« Ein grausames Lächeln verzerrte sein Gesicht zu einer Fratze. »Damit hast du die Chance, dich bei allen noch zu verabschieden und ihnen vor ihrem Tod in die Augen zu blicken.«

Es sah so aus, als wollte er weitergehen, überlegte es sich dann aber anders und drehte sich erneut zu mir um.

»Schade, als Sohn bist du missraten.« Er trat etwas näher an mich heran und betrachtete mich abwertend. »Dann hoffe ich auf mehr Glück bei meinem anderen Kind.« Ich wollte ihm nicht die Blöße geben und reagieren, aber ich konnte es nicht und riss ungläubig meine Augen auf. Firas freute sichtlich meine Reaktion.

»Die Mutter kennst du gut, schließlich hat Anni ein paar Wochen bei dir gelebt.«

Anni? Und sie war schwanger von meinem Vater?

Firas schnippte eine Fluse von seinem Revers und sah mich dann gespielt überrascht an.

»Das wusstest du nicht, oder? Anni ist noch wilder als Raja.« Er schaute in Richtung der Kammer, in die Raja verschwunden war.

»Leider hat sie versagt. Aber sie wird leben, zumindest so lange, bis mein Sohn auf der Welt ist.«

Ich versuchte, den Kloß in meinem Hals herunterzuschlucken. Ich wollte mich aufbäumen, wurde aber sofort von den Wachen zurückgehalten und zu Boden gedrückt. Es gab kein Entrinnen. Ich musste hilflos zuschauen, wie Firas in die Gesichter meiner Mitstreiter sah und langsam die Reihe weiter abschritt.

Dann trat er zu Aya, die ihn trotzig anblickte. Sie hielt sich ihren ausgekugelten rechten Arm, den sie nicht benutzen konnte. Schweiß rann ihr Gesicht runter und sie versuchte, die Schmerzen, die sie hatte, nicht zu zeigen.

Zwei der Leibgarde traten vor und schoben sie ein Stück nach vorn. Dabei konnte sie einen kleinen Aufschrei nicht unterdrücken.

»Du hast Schmerzen«, bemerkte Firas zufrieden, »die sind gleich vorbei, wenn dich das tröstet.«

Aya sah ihm entschlossen entgegen und ein Mundwinkel hob sich zu einem schiefen Grinsen.

»Schmerzen? Du hast keine Ahnung, was Schmerzen sind. Lass mich aufstehen und fair kämpfen. Dann zeige ich dir, wie sich echte Schmerzen anfü…«

Eine brutale Ohrfeige von einem Gardisten stoppte ihre Tirade.

Aya blieb stumm, aber der Zorn in ihren Augen hätte Eis zum Brennen bringen können.

Alle Augen waren jetzt auf Firas und Aya gerichtet, während dieser einen weiteren Schritt auf sie zu tat und sein Schwert erhob.

Aya sah mich an und ihr Zorn erlosch, dann drehte sie ihren Kopf und lächelte Peter an, bevor sie sich wieder stolz zu Firas umdrehte.

Die Klinge über ihrem Kopf verharrte am obersten Punkt, bevor sie sich hinabsenkte und ihr Ziel verfehlte.

52.
LILA

Vollkommene Schwärze umgab mich.

»Die Zeit ist gekommen. Ich muss zugeben, dass ich nicht mehr daran geglaubt habe.«

Lekikas Stimme klang warm, sanft und voller Freude.

»Ich bin tot. Ich habe es nicht ...« Sofort wurde ich resolut unterbrochen.

»Nein. Du warst tot, nur für einen kurzen Augenblick. Damit war deine Seele befreit. Und nun sind wir beide hier bei dir und bereit, uns zu vereinen.

Du erinnerst dich daran, dass ich dir von der zweiten, riskanteren Möglichkeit der Verschmelzung erzählt habe? Das war sie.« Sie klang aufgeregt.

Ich lebte, das war weit mehr, als ich erwartet hatte.

»Bist du bereit?«

Lekikas Worte drangen zu mir durch.

Konnte ich dafür je bereit sein?

»Ich freue mich, dir meine Seele zur Verfügung stellen zu dürfen«, sagte sie und das Timbre ihrer Stimme durchfuhr mich. Ein wohliger Schauer breitete sich von meinem Haaransatz aus und überzog meinen gesamten Körper.

»Ich wünsche dir ein erfülltes und gerechtes Leben. Gehe sorgsam mit deinen Fähigkeiten und deinem Wissen um.«

»Und was muss ich jetzt tun?«

»Nichts. Versuche, dich zu entspannen, und atme tief und lange ein.« Lekika summte diese Worte und das Kribbeln setzte ein, das ich bereits aus der Steinwüste kannte.

Es wurde so intensiv, dass sich alle Härchen aufrichteten und mein Körper ein Seufzen von sich gab. Ich merkte, wie mein Bewusstsein durchflutet wurde und ...

»Lila, du musst aufwachen, jetzt!« Rajas eindringliche Stimme drang in mein Unterbewusstsein.

Das war nicht gut. Lekika und ich waren noch nicht fertig, dessen war ich mir sehr sicher.

Ich schlug die Augen auf und atmete langsam und tief ein. Wie Lekika es mir gesagt hatte, behielt ich die Luft für einen Moment in meiner Lunge. Ich fühlte mich seltsam, aber nicht anders als zuvor, nicht verschmolzen oder beseelt oder sonst etwas.

Ich lag in dem Kämmerchen neben dem Saal, genau an der Stelle, an der Lekika ermordet worden war.

Neben mir kniete Raja. Sie sah mich hoffnungsvoll an.

»Du lebst!« Ein kleines Lächeln lag auf ihrem Gesicht, doch sie wirkte gehetzt und ängstlich.

»Du hast mich gerettet?« Informationen durchströmten mein Gehirn. Ich bekam Gänsehaut. Dann war es vorbei.

»Wie hattest du wissen können, dass Firas das Gift des Dolianusbaums nehmen würde?« Woher kannte ich bitte dieses Gift und diesen Baum?

Wie Schuppen fiel es mir von den Augen. Lekikas Wissen manifestierte sich in meinem Gehirn. Und doch merkte ich, dass es nicht so war, wie es eigentlich sein sollte.

Rajas Augen weiteten sich und sie sah mich einen Moment verblüfft an.

»Ich hatte welches besorgt und ihm die Vorteile dieser Art zu sterben schmackhaft gemacht.«

»Und wie habe ich das Gegengift erhalten?« Ich wusste, Raja hatte ich mein Leben zu verdanken.

Gifte, Gegengifte, Waffen. Die Liste war dank Lekika wirklich beeindruckend. Dennoch spürte ich, dass Lekika fehlte.

Trotzdem war mir klar, dass dieses Antidot nur wirken konnte, wenn es bereits zuvor im Körper vorhanden war.

»Der Kuss, richtig?« Juri hatte nach dem Gegengift geschmeckt, als er mich geküsst hatte. Und Raja hatte zuvor dafür gesorgt, dass wir uns ein letztes Mal küssen durften.

Rajas Lippen deuteten ein leichtes Lächeln an.

»Ich hatte es Juri vorher in großen Mengen mit dem Kaffee verabreicht. Das musste einfach funktionieren.«

»Was ist mit Juri und den anderen?« Unruhe überkam mich.

Raja zeigte zur verschlossenen Tür und berichtete mir in knappen Worten von dem Überfall der Wanderer.

Aya lebte, ein Stein fiel mir vom Herzen und wurde von einem zentnerschweren Brocken abgelöst.

Sie alle riskierten ihr Leben, um Firas zu stürzen, um Juri, mich und unser Baby zu retten.

Kurz strich ich mir über meinen Bauch. Ich war gestorben, hatte mein Kind überhaupt die Chance, zu leben?

Raja bemerkte meine Geste und flüsterte leise: »Keine Sorge, es ist ungefährlich für dein Kind.« Sie schaute Richtung Tür. »Sofern du überlebst.«

Dann hörte ich die Schritte. Ich sprang auf.

»Schließ die Tür auf und versteck dich«, flüsterte ich Raja zu und suchte nach einer Waffe.

Doch bevor ich etwas finden konnte, stoppten die Schritte bereits vor der Tür. Raja entriegelte sie schnell und lautlos. Ich hielt mich im Schatten neben der Tür bereit.

Langsam wurde sie geöffnet und ein Soldat betrat, mit einem Schwert bewaffnet, den Raum.

Mit meiner rechten Fußspitze drückte ich die Tür zu und rollte mich in einer geschmeidigen Bewegung hinter ihm hoch. Ich trat ihm in die Kniekehlen, dass er einknickte und als Reflex seinen Kopf in den Nacken legte. Diese Chance nutzte ich und umschlang mit meinem Arm von hinten seinen Hals. Mit einem kräftigen Ruck brach ich ihm das Genick.

Noch bevor er sich einmal um die eigene Achse drehen konnte, war er tot. Er sackte zusammen, ich fing ihn ab und bettete ihn sanft auf den Boden.

Raja kam sofort mit großen Augen auf mich zugestürmt, hielt mich mit beiden Händen an der Schulter fest und betrachtete intensiv mein Gesicht. Ihre Stimme war ernst und klang leicht zitternd.

»Ich weiß nicht, was Juri dir über mich erzählt hat. Wir sind zusammen aufgewachsen, bis …«, sie schwieg und schaute kurz zu Boden, »bis Firas Juri weggeschickt hat. Meine Tante hatte sich zuvor um mich gekümmert und mir versucht, eine gute Ersatzmutter zu sein. Bis sie ermordet wurde. Ich kannte sonst niemanden, der mit dieser Kampftechnik vertraut ist. Außer …«

»… Lekika, ja«, vervollständigte ich ihren Satz und lächelte sie kurz an. »Ich erkläre es dir später.« Jetzt war nicht der Zeitpunkt dafür.

Sie erwiderte mein Lächeln und die Anspannung löste sich von ihr.

Ich wandte mich dem Toten zu, um ihm seine Waffen abzunehmen. Kurzerhand nahm ich seinen gesamten Waffengurt und schnallte ihn mir an.

Mit einem Messer kürzte ich das Kleid, das ich trug, um viele Längen. Es war unmöglich, damit zu kämpfen.

Raja lief derweil zu einer Truhe, die sich neben dem Schreibtisch befand. Sie wühlte darin herum und kam mit einer einfach geschnittenen Hose zurück.

Dankbar griff ich danach, reichte ihr das Messer und zog sie schnell an. Dann drückte ich mein Ohr an die Tür, aber es war mir nicht möglich, etwas zu hören.

Es war viel zu still. Ganz sicher würden gleich mehr Soldaten kommen, wenn der Wachmann nicht zurückkam.

Ich schaute zu Raja, die dicht neben mir an der Tür stand. Sie hielt das zweischneidige Messer so fest in ihrer Hand, dass sie vor Anspannung leicht zitterte. Kleine Schweißperlen hatten sich auf ihrer Stirn gebildet.

Ich drehte meinen Kopf stumm Richtung Tür und öffnete sie einen Spaltbreit, sodass ich einen Blick in den Saal werfen konnte. Ich erstarrte.

Tuba, der Koch des Seelentors, lag mitten im Saal in seinem eigenen Blut und rührte sich nicht.

Firas stand mit seinem Krummsäbel in der Hand mit dem Rücken zu uns. Vor ihm knieten in einer Reihe Rugal, Aya mit Peter, Juri, Naa und Latura mit Sirona. Daneben lag Annea.

Sie wurden auf beiden Seiten von je drei Wachleuten flankiert. An Firas Seite standen drei weitere Soldaten.

Aya sah trotzig aus und ein kleines Rinnsal Blut lief an ihrem Mundwinkel hinab.

Mein Blick blieb bei Juri hängen. Nie hätte ich gedacht, ihn wiedersehen zu dürfen. Mein Herz machte einen Satz und, trotz der Situation um mich herum, hob sich mein Mundwinkel zu einem kurzen Lächeln.

Ein Blitzen brachte mich zurück in die Realität. Firas hatte direkt vor Aya Stellung bezogen und erhob seine Waffe, um Aya umzubringen.

Ich musste sofort handeln. Ich zog ein kleines Messer vom Waffengurt, prüfte das Gewicht in meiner Hand und ließ es fliegen.

Dann rannte ich los.

53.
LILA

Das Messer flog auf Firas zu und traf sein rechtes Handgelenk. Sein Säbel fiel scheppernd zu Boden und er wurde nach hinten geschleudert.

Ich lief an Firas vorbei zum Wachmann neben ihm.

Er ließ bereits seine Karbatsche nach mir schnellen. Ich duckte mich weg, aber zu spät.

Die Peitsche erwischte mich an meinem linken Arm, der sofort wie Feuer brannte.

Ich drehte mich, noch immer in der Hocke, und schwang gleichzeitig mein Schwert auf der Höhe seiner Kniekehlen.

Er hatte keine Chance zu entkommen. Die Wucht meines Schlages ließ ihn auf den Rücken fallen. Bevor er realisierte, was vorgefallen war, hatte ich ihm bereits die Kehle durchtrennt. Ich sah auf.

Rugal hatte auf seiner Seite gegen zwei Wachen gleichzeitig zu kämpfen. Naa kam ihm sofort zur Seite geeilt und zusammen streckten sie den einen Wachmann nieder, den Naa dann weiter auf dem Boden fixierte, während Rugal sich dem zweiten Soldaten stellte.

Am anderen Ende kämpfte Aya gerade mit einem Messer in ihrer unverletzten Hand hölzern gegen den Soldaten, der sie geohrfeigt hatte, während Latura zu den Waffen lief. Aya gelang ein Hieb und die Karbatsche des Angreifers fiel vor ihre Füße, während sie gleichzeitig ihre eigene Peitsche von Latura zugeworfen bekam. Sie umkreisten sich. Der Soldat mit einem Schwert in seiner linken Hand und Aya mit ihrem Messer, beide Karbatschen zwischen ihnen.

Peter wurde von zwei Wachleuten bedrängt.

Ich rappelte mich schnell auf und rannte mit einem lauten Schrei auf die drei Kämpfenden zu. Währenddessen erhob ich mein Schwert in der einen Hand und umklammerte die Schneide einer Klinge fest mit meiner linken Hand.

Ich spürte, wie das Metall in meine Handfläche schnitt.

Ein Soldat drehte sich zu mir. Groß und massig erhob er nun ebenfalls sein Schwert, während der andere Soldat sich weiter auf Peter konzentrierte.

Im letzten Moment wich ich seinem Schlag aus und streckte meine linke Hand in Peters Richtung.

Der reagierte sofort und nahm in einer fließenden Bewegung das Messer entgegen. Ich umgriff das Schwert fester und nutzte meine freie linke Hand, um mich vom Boden abzustoßen.

Mein Angreifer, der mit voller Wucht ins Leere geschlagen hatte, kam jetzt aus der anderen Richtung, doch ich war darauf vorbereitet und stieß ihm mit voller Wucht die Waffe von unten in seine rechte Seite.

Er fiel wie ein Baum.

Peter machte gleichermaßen kurzen Prozess und stieß das Messer mit einer schnellen Vorwärtsbewegung in den Hals seines Gegners.

Dieser taumelte nach hinten und sackte zusammen.

Latura hatte Juri ebenfalls bewaffnet und ich sah, wie er sich Firas näherte.

Meine Nackenhaare stellten sich auf, als ich Firas' hasserfüllte, heisere Stimme vernahm.

»Juri.«

Beide standen sich gegenüber, ihre Schwerter bereit zum Kampf.

Währenddessen stürzten sich Rugal und Peter auf zwei weitere Soldaten. Ein dritter kämpfte mit Latura.

Ich schaute zu Sirona. Die hatte Annea in eine Ecke gezogen und sich aus dem Kampfgetümmel herausgehalten, während die Berater in einer anderen Ecke verschwunden waren.

Mein Kopf fuhr herum, als ich Ayas Aufschrei vernahm, die am anderen Ende des Saals gekämpft hatte. Ihr Gegner war vorgeprescht, hatte ihr Messer entwendet und sich auf sie geschmissen. Sie schrie vor Schmerzen, als er ihren Arm traf. Aya lag auf dem Boden, der Soldat hatte sich beim Aufstehen eine Karbatsche geschnappt und stand nun breitbeinig über ihr. Er versetzte Aya einen harten Tritt in die Nieren, was sie nochmals aufschreien ließ. Aya versuchte, sich aufzurichten. Ihr Blick fiel dabei auf seine Peitsche und sie grinste mit ihrer blutigen Lippe. Dann hob sie die andere Peitsche vom Boden auf und streckte dabei schnell ihren Arm aus, als wollte sie die Peitsche schnellen lassen. Der Soldat reagierte sofort, ließ seine Peitsche knallen und brach zitternd zusammen. Er hatte versucht,

Ayas Peitsche zu aktivieren, und damit seinen eigenen Tod heraufbe-
schworen. Ayas Augen funkelten voller Genugtuung.

Dann rappelte sie sich mühsam hoch. Peter hatte währenddessen
seinen Gegner niedergestreckt und eilte ihr sofort zu Hilfe. Er zog sie
in eine kurze und sehr vorsichtige Umarmung.

Latura hinkte zu mir, mehrere Schnittwunden an ihren Armen und
Blut floss an ihrem Bein hinunter.

Rugal rappelte sich von seinem Gegner hoch und sah hinüber zu
Juri und Firas.

Alles war so schnell gegangen.

Jetzt erkannte ich Raja, die sich aus dem Kämmerchen entlang der
Wand bis zu den Flügeltüren geschlichen hatte.

Sie holte einen Schlüssel und öffnete die Türen. Die tobende
Menge flutete den Saal.

54

JURI

Ich sah aus den Augenwinkeln, dass Raja die Türen zum Audienzsaal geöffnet hatte und eine wilde Masse an Aufständischen den Saal stürmten.

Aber mein Augenmerk war auf Firas gerichtet. Er stand vor mir. Mit beiden Händen hielt er sein Schwert fest und sein Gesicht war wutverzerrt. Ich hielt mein Schwert in der rechten Hand und meinen Dolch in meiner linken.

Ich blendete meine Umgebung vollkommen aus und fokussierte mich ganz auf meinen Vater.

Firas Wunde an der rechten Augenbraue blutete noch immer. Er wischte es mit seiner verletzten rechten Hand ab und dabei wankte sein Schwert in der linken Hand kurz. Firas bemerkte meinen Blick.

»Versprich dir nichts davon, ich war schon immer besser als du, Juri. In allem.« Sein Tonfall war herablassend und erinnerte mich an meine Kindheit, als er tatsächlich immer stärker und überlegener gewesen war. Er lächelte kalt und sprach leise weiter: »Ich hätte mir denken können, dass du zu ignorant bist, meine Vision von Nuretaja zu sehen. Ihr alle habt doch keine Ahnung! Ihr Wanderer werdet Nuretaja zugrunde richten. Du zerstörst Nuretaja, Juri! Es wird untergehen, wenn die Menschen davon erfahren!« Seine Augen blitzten wild. »Aber dazu wird es nicht kommen.«

Mit diesen Worten machte er einen Satz nach vorn und hieb auf mich ein. Er war unerwartet wendig und schnell, trotz seiner schwachen Haltung.

Ich wich geschickt aus, drehte mich flüssig und schlug zu. Die Geräusche der aufeinanderprallenden Waffen hallten durch die Halle. Meine Seite schmerzte. Blut quoll aus einer Wunde an meiner Seite heraus. Ich ignorierte es.

Firas zog sich schwer atmend einen Schritt zurück, um gleich erneut vorzupreschen. Doch ich parierte und setzte meinerseits Hieb für Hieb gegen seine geschwächte Seite. Er wich zurück, Stück für Stück. Die Masse machte uns Platz.

Dann prallte er gegen eine Wand. Das Schwert hochgehoben, schielte er zu beiden Seiten. Dann machte er einen schnellen Ausfallschritt, packte einen der Zuschauer und schleuderte ihn in meine Richtung. Schnell hob ich mein Schwert an, um den Mann nicht zu verletzen, und ließ ihn an mir abprallen. Den Moment nutzte Firas, um sich auf mich zu stürzen. Ich ging in die Hocke und riss in dem Moment mein Schwert wieder hoch. Das Schwert bahnte sich unnachgiebig einen Weg durch Firas Körper. Ein leises ersticktes Keuchen entkam Firas, als er langsam vor mir in die Knie sank. Seine Atmung wurde flach und sein Körper zitterte.

Während er mühsam versuchte, zu sprechen, lief ihm etwas Blut aus dem Mundwinkel herab. Der Blick in seinen Augen verlor an Schärfe. Ich beugte mich tief zu ihm runter, um ihn zu verstehen. »Schütze Nuretaja«, waren seine letzten Worte, bevor er endgültig zusammenbrach und tot vor mir lag.

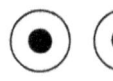
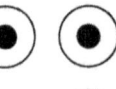

55.
LILA

Stille beherrschte den Saal. Firas war tot, besiegt von seinem Sohn. Juri kniete noch immer vor seinem Vater und starrte auf ihn, unfähig, sich zu rühren.

Langsam ging ich auf Juri zu. Jeder einzelne Schritt hallte dabei unnatürlich laut in meinen Ohren.

Ich beugte mich zu ihm runter und strich ihm sanft über seinen Rücken. Sein Geruch, gepaart mit Schweiß und Blut, stieg mir in die Nase.

Ich flüsterte ihm leise zu: »Es ist vorbei, Juri. Du hast es geschafft.« Er sah mich an, ungläubig, geschockt und unfassbar schön. Dann half ich ihm, sich aufzurichten. Sein Blick hielt meinen fest.

»Nein, wir alle haben es geschafft. Wir haben gewonnen.«

Ich ergriff Juris Hand, der meine fest umschloss und mich an sich drückte.

Juri drehte sich langsam mit mir um die eigene Achse und sah in die verschiedensten Gesichter, die alle Teil dieser Befreiung waren.

»Es wird Zeit, dass Nuretaja wieder das wird, was es einst war. Ein friedlicher und glücklicher Ort. Ein Ort, an dem man einander vertrauen kann. Aber es wird nicht wie früher. Es wird besser! Von heute an für alle!«

Juris Worte tönten klar und fest durch den Saal.

Rugal ließ sich auf beide Knie zum Herrschergruß nieder und streckte seine rechte Hand mit den drei sichtbaren Fingern nach oben aus. Seine tiefe Stimme hallte durch den Raum.

»So soll es sein.«

Er verharrte so und schaute fest zu Juri, während es ihm alle nachtaten.

Juri sah seine Verbündeten einen nach dem anderen an und neigte schließlich in Erwiderung seinen Kopf nach links unten.

Dann sah er mich an.

Ich umarmte ihn und er küsste mich.

Gemeinsam würden wir alles schaffen.

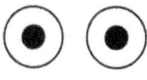

Epilog

»Hast du es gespürt?«, fragte ich ihn aufgeregt.

Juris Hand lag auf meinem mittlerweile gewaltigen Bauch und ich sah, wie seine Augen strahlten und er laut auflachte.

Mein gesamter Bauch bewegte sich, als ein starker Fuß von innen gegen seine Hand trat.

Er streichelte zärtlich über die Rundung und sah mir in die Augen. Dann zog er mich an sich und küsste mich.

Dieser Mann brachte mich immer wieder um den Verstand. Ich könnte so den ganzen Tag verbringen. Jetzt und für immer.

Kaum zu fassen, dass erst sieben Monate vergangen waren, seit mein Leben komplett auf den Kopf gestellt worden war.

Wir standen noch ganz am Anfang, doch es fühlte sich richtig an. Juri bemühte sich seit Firas Tod um die Herstellung einer neuen, demokratischen Ordnung, wobei ich ihn unterstützte, wo ich nur konnte. Er plante, die vier Ephoren wieder einzuführen, was die meisten Nuretajaner befürworteten.

Es war absehbar, dass uns noch ein langer Weg bevorstehen würde. Doch diesen Weg würden wir gemeinsam gehen und wir waren nicht allein. Und wir wurden sogar täglich mehr. Auf der Erde hatte sich die Neuigkeit über Firas Sturz rasend schnell bei den im Exil lebenden Wanderern verbreitet. Das hatten wir größtenteils Aya zu verdanken.

Nachdem sie wieder komplett hergestellt war, hatte sie sich gemeinsam mit Peter auf die Erde begeben, um ihre Eltern zu suchen. Dabei hatte sie jede Menge Beeren mitgenommen, die wir, neben resistenten Huahelebäumen, auf Firas Ländereien entdeckt hatten. Aya versorgte alle Reisewilligen mit Beeren und es kamen ständig neue Wanderer allein oder mit Familie wieder. Auch ganz normale Nuretajaner, die sich vor Firas auf der Erde versteckt hatten, kehrten zurück. Das Seelentor füllte sich wieder und Rugal hatte alle Hände voll zu tun, die Ausbildungsstätten wieder auf Vordermann zu bringen. Er kam uns regelmäßig besuchen und hielt uns auf dem Laufenden.

Aber nicht nur die Wanderer standen hinter uns.

Mehr als die Hälfte des Militärstabs hatte sich für Juri und seine Reformation ausgesprochen. Ein Grund dafür war vermutlich, dass die Militärausbildung immer eine Pflicht gewesen war. Hier gab es dementsprechend ebenso viel zu tun. Latura hatte sich freiwillig gemeldet und die Leitung interimsmäßig übernommen. Ich glaubte jedoch eher, dass sie die Leitung nie wieder freiwillig hergeben würde. Sie blühte darin auf.

Juri und ich hatten beide nur wenig Zeit für uns und die versuchten wir, in Juris Haus am See zu verbringen.

Das Gebäude war bis auf die Grundfesten niedergebrannt und die Bauarbeiten waren bislang nicht abgeschlossen, aber das Nötigste war geschafft.

Raja, die bereits so lange im Ephorenpalast hatte leben müssen, verbrachte dort die meiste Zeit und überwachte die Bauarbeiten. Sie liebte die Ruhe und Stille dort in der Natur. Ich fühlte mich mit ihr verbunden und das, obwohl Lekika leider nicht mit mir verschmolzen war. Meine Male zeigten das typische Muster einer partiellen Seelenübertragung. Das obere Mal war verschwommen und ungenau depigmentiert. Das zuvor tiefschwarze Muttermal darin war hingegen nur noch schemenhaft erkennbar.

Lekikas Seele war von uns gegangen und es dauerte eine Weile, bis ich meine Trauer verarbeitet hatte.

Hingegen war es immer wieder überraschend, wenn ich mit bestimmtem Wissen und Können glänzte, von dem ich bis dato selbst nichts gewusst hatte. Als würde man ein neues Buch beginnen, um dann festzustellen, dass Dreiviertel davon bereits bekannt waren.

Wir hatten die Überreste Ades geborgen. Er wurde in einer feierlichen Zeremonie beigesetzt.

Tuba war ebenfalls, nach der Tradition der Seelenwanderer, im Seelentor bestattet worden.

Anni hatten wir in einer der vielen Zellen unten im Kerker gefunden. Korta, die Leiterin, hatte die Kerker bis zuletzt vor unserem Zugriff beschützt. Sie saß jetzt dort, wo zuvor so viele andere weggesperrt worden waren.

Anni ging es den Umständen entsprechend gut. Weil sie in der Wüste versagt hatte, war sie von Firas bestraft worden. Er hatte sie nicht umgebracht, weil sie sein Kind austrug.

Und bis das auf der Welt war, war sie unter einen streng bewachten Hausarrest gestellt worden. Danach würde ihr der Prozess gemacht werden.

Sobald sich die politische Lage stabilisiert hatte, planten wir, das Reisen zwischen unseren Welten wieder für alle zu ermöglichen. Vorerst würde sich Nuretaja jedoch nicht zu erkennen geben.

Eines Tages würde ich meiner Mutter ihr Enkelkind zeigen können. Und vielleicht zu einem anderen Zeitpunkt sogar Nuretaja.

Juri wollte mir noch mehr von Nuretaja präsentieren und ich ihm mehr von der Erde. Außerdem musste er noch zu einem Pfandleiher, wo er damals einen Ring seiner Mutter versetzt hatte. Er wollte, dass ich ihn trug.

Wir würden sehen, was die Zukunft brachte. Aber eines stand fest. Wir würden sie gemeinsam erleben.

Hallo!
Wenn dir das Buch gefallen hat, würde ich mich wirklich sehr freuen, wenn du eine
ehrliche Bewertung über einen der üblichen Kanäle hinterlassen könntest.
Danke & liebe Grüße,
Nina

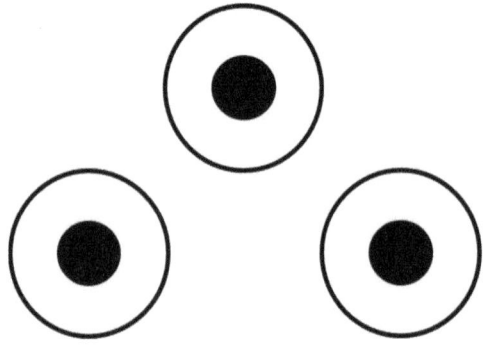